四川历史
名人丛书
小说系列

NOVEL SERIES

青山夕阳

大明文宗杨升庵

聂作平 著

四川文艺出版社

图书在版编目（CIP）数据

青山夕阳：大明文宗杨升庵/聂作平著. —成都：四川文艺出版社，2019.11

（四川历史名人丛书小说系列）

ISBN 978-7-5411-5485-0

Ⅰ.①青… Ⅱ.①聂… Ⅲ.①长篇历史小说-中国-当代 Ⅳ.①I247.5

中国版本图书馆CIP数据核字（2019）第169417号

QINGSHAN XIYANG: DAMING WENZONG YANGSHENGAN

青山夕阳：大明文宗杨升庵

聂作平 著

出 品 人	张庆宁
编辑统筹	宋 玥
责任编辑	张亮亮 燕啸波
内文设计	史小燕
封面设计	今亮后声 HOPESOUND panikouyugu@163.com
责任校对	蓝 海
责任印制	喻 辉

出版发行	四川文艺出版社（成都市槐树街2号）
网 址	www.scwys.com
电 话	028-86259287（发行部） 028-86259303（编辑部）
传 真	028-86259306
邮购地址	成都市槐树街2号四川文艺出版社邮购部 610031
排 版	四川胜翔数码印务设计有限公司
印 刷	成都东江印务有限公司
成品尺寸	168mm×238mm 开 本 16开
印 张	22.75 字 数 370千
版 次	2019年11月第一版 印 次 2019年11月第一次印刷
书 号	ISBN 978-7-5411-5485-0
定 价	108.00元

版权所有·侵权必究。如有质量问题，请与出版社联系更换。028-86259301

"四川历史名人丛书"编委会名单

主　任：何志勇
副主任：李　强　　王华光
委　员：谭继和　何一民　段　渝　高大伦　霍　巍
　　　　张志烈　祁和晖　林　建　黄立新　常　青
　　　　杨　政　马晓峰　侯安国　刘周远　张庆宁
　　　　李　云　蒋咏宁　张纪亮

"四川历史名人丛书"总序
——传承巴蜀文脉,让历史名人"活"起来

文化是民族的血脉,是哺育民族成长壮大的乳汁,是一个国家、一个民族的灵魂,文化兴国运兴,文化强民族强。从十八大到十九大,习近平总书记以政治家的战略眼光,以唯物主义的科学态度,从中华文化的思想内涵、道德精髓、现代价值和传承理念等方面多维度、系统化地阐述了对待中华文化的根本态度和思想观点。他将中华优秀传统文化提升到"中华民族的基因""民族文化血脉""中华民族的根和魂"和"中华民族的精神命脉"的崭新高度,指出"一个国家、一个民族不能没有灵魂","优秀传统文化是一个国家、一个民族传承和发展的根本,如果丢掉了,就割断了精神命脉",要"加强对中华优秀传统文化的挖掘和阐发",从传统文化中提取民族复兴的"精神之钙","对历史文化特别是先人传承下来的道德规范,要坚持古为今用、以古鉴今,坚持有鉴别的对待、有扬弃的继承",努力实现传统文化的"创造性转化、创新性发展"。总书记的一系列著名论断,从中华民族最深沉精神追求的深度、国家战略资源的高度、推动中华民族现代化进程的角度,把中华文化的发展提升到一个新高度,升华到一个新境界,推向了一个新阶段。

中华文化源远流长,积淀着中华民族最深沉的精神追求,是中华民族独特的精神标识,为中华民族生生不息、发展壮大提供了丰厚滋养。沧海桑田,古印度、古埃及、古巴比伦文明早已成为阳光下无言的石柱,而中华文明至今仍然喷涌着蓬勃的生机。四川作为中华文明的重要发源地之一,历史文化源通流畅、悠久深厚。旧石器时代,巴蜀大地便有了巫山人和资阳人的活动。新石器时代,巴蜀创造了独特的灰陶文化、玉器文化和青铜文明。以宝墩文化为代表的古城遗址,昭示着城市文明的诞生;三星堆和金沙遗址,展示了古蜀文明的不同凡响;秦并巴蜀,开启了与中原文化的融通。汉文翁守蜀,兴学成都,蜀地人才济济,文章之风大盛。此后,四川具有影响力的文人学者,代不乏人。文学方面,汉司马相如、王褒、扬雄,唐陈子昂、李白,宋苏洵、苏轼、苏辙,元虞集,明杨慎,清李调元、张问陶,近现代巴金、郭沫若等,堪称巨擘;史学方面,晋陈寿、常璩,宋范祖禹、张唐英、李焘、李心传、王称、李攸等,名史俱传。此外,经过一代代巴蜀人的筚路蓝缕、薪火相传,还创造了道教文化、三国文化、武术文化、川酒文化、川菜文化、川剧文化、蜀锦文化、藏羌彝民族风情文化等,都玄妙神奇、浩博精深。瑰丽多姿的巴蜀文化,是中华文化的重要组成部分,有着鲜明的地域特征和独特的文化品格,是四川人的根脉,是推动四川文化走向辉煌未来的重要基础。记得来路,不忘初心,我们要以"为往圣继绝学"的使命担当,担负起传承历史的使命和继往开来的重任,大力推动巴蜀文化的传承、接续与转生,让巴蜀文化的优秀基因代代相传,"子子孙孙无穷匮也"。

四川历史文化异彩独放,民族文化绚丽多姿,红色文化影响深广,历史名人灿若星辰,这是四川建设文化强省重要的文化资源。中共四川省委、四川省人民政府秉持高度的文化自觉和文化自信,借助四川文化资源富集的优势,持续深入推进文化强省建设,先后出台《四川省"十三五"文化发展规划》《关于传承发展中华优秀传统文化的实施意见》《建设文化强省中长期规划纲要》等一系列战略规划及措施,大力推进古蜀文明保护传承、三国蜀汉文化研究传承、四川历史名人传承创新、藏羌彝文化保护发展等十七项优秀传统文化传承发展工程,着力构建研究阐发、保护传承、国民教育、宣传普及、创新发展、交流合作等协同推进的文化发展传承体系,不断探索传承守护中华文脉的四川路径。

"四川历史名人文化传承创新工程"是四川启动最早、影响最广的一项文化工程。自2016年10月提出方案,经过八个多月的论证调研、市(州)申报、专家评审,最终确定大禹、李冰、落下闳、扬雄、诸葛亮、武则天、李白、杜甫、苏轼、杨慎为首批十位四川历史名人。这十位历史名人,来自政治、文化、科技、艺术等多个领域,他们是四川历史上名人巨匠的首批杰出代表,各自在自己专业领域造诣很高,贡献杰出:李冰兴建都江堰,功在千秋;落下闳创制《太初历》,名垂宇宙。李白诗无敌,东坡才难双;诸葛相蜀安西南,杜甫留诗注千家。大禹开启中华文明,则天续唱贞观长歌。扬雄著述称百科全书,千古景仰;升庵文采光辉耀南国,万世流芳。

十大名人之所以值得传颂,不仅在于他们具有雄才大略、功勋卓著、地位崇高、声名显赫,更在于他们身上所承载的思想理念、人文精神、气质风范、文化品格等,是中华民族和巴蜀文化的集中表达。大禹公而忘私、为民造福的奉献精神，李冰尊崇自然、求真务实的科学态度，落下闳潜心研究、孜孜不倦的探求意志，扬雄悉心著述、明辨笃行的学术追求，诸葛亮宁静淡泊、廉洁奉公的自律品格，武则天巾帼不让须眉的豪迈气概，李白"直挂云帆济沧海"的博大胸怀，杜甫心系苍生、直陈时弊的忧患意识，苏轼宠辱不惊、澄明旷达的坦荡胸襟，杨慎公忠体国、坚守正义的爱国情怀，都是中华民族优秀文化的浓缩和凝聚，是四川人民独特气质风范的体现，是社会主义核心价值观的本源和本质，是四川发展的宝贵资源和突出优势。

历史名人要有现实意义才能活在当下。今天我们宣传历史名人，不能停留在斯土有斯人的空洞炫耀，而要用历史的、发展的、辩证的思维去深入挖掘、扬弃传承、转化创新，不断赋予时代内涵，不断呈现当代表达，让历史名人及其文化"站起来""活起来""动起来""响起来""火起来"，真正走出历史、走出书斋、走进社会，走向世界、走向未来。"四川历史名人文化传承创新工程"实施三年多来，全社会认知、传承、传播历史名人文化的热潮蓬勃兴起，成效显著：十大名人研究中心全面建立，一批中长期规划先后出台，一批优秀成果陆续推出；十大名人故居、博物馆、纪念馆加快保护修复，展陈质量迅速提升；十大名人宣传片全部上线，主题突出，画面精美；名人大讲堂、东坡艺术节、人日游草堂、都江堰放水节、广元女儿节等品牌文化活动多地开花，万紫千红；以名人为元素打造的储蓄罐、笔记本、手机壳、冰箱贴等文创产品源源上市，深受民众喜爱；话剧《苏东坡》《扬雄》，川剧《诗酒太白》《落下闳》，歌剧《李冰父子》，曲艺《升庵吟》，音乐剧《武侯》，交响乐《少陵草堂》等一大批舞台艺术作品好戏连台，深入人心……

"四川历史名人丛书"的编纂出版，是实施振兴四川出版战略、实现文化强省目标的重要举措，其目的是深入挖掘提炼历史名人的思想精髓和道德精华，凝练时代所需的精神价值，增强川人的历史记忆、文化记忆，延续中华文化的巴蜀脉络，推动中华文化传承创新，彰显巴蜀文化的生命力和影响力。

"四川历史名人丛书"的编纂出版，始终坚持正确的政治方向、出版导向、价值取向，深入挖掘名人的精神品质、道德风范，正面阐释名人著述的核心思想，借以增强川人的文化自信，激发川人了解家乡、热爱家乡、建设家乡的澎湃力量；始终坚守中华文化立场，着力传承中华文化的经典元素和优秀因子，促进人民在理想信念、价值理念、道德观念上团结一致；始终秉承辩证唯物主义和历史唯物主义观点，用客观、公正、多维的眼光去观察历史名人，还原全面、真实、立体的历史人物，塑造历史名人的优秀形象，展示四川文化的独特魅力，让历史名人文化为今天的社会发展提供精神动能。

"四川历史名人丛书"的编纂出版，注重在创新上下功夫，遵循出版规律，把握时代脉搏，用国际视野、百姓视角、现代意识、文化思维，将思想性、知识性、艺术性、可读性有机结合，找到与读者的共振点，打造有文化高度、历史厚度、现代热度的文化精品，经得起读者检验，经得起学者检验，经得起社会检验，经得起历史检验；注重在质量和水平上下功夫，立足原创、新创、精创，努力打造史实精准、思想精深、内容精彩、语言精妙、制作精美的文化精品，全面提升四川出版的知名度和美誉度，为建设文化强省、助推治蜀兴川再上新台阶提供思想引领、舆论推动、精神鼓励和文化支撑，为增强中华文化影响力贡献四川力量。

"四川历史名人丛书"编委会

2019年10月30日

目录

甲 编　他们说　　　　　　　　　　001

第一章　王有根，司礼监秉笔太监　　003
第二章　滇中柳麻子，说书人　　　　056
第三章　黄峨，杨慎夫人　　　　　　074
第四章　嘉靖，大明皇帝　　　　　　138
第五章　杨敬修，杨府管家　　　　　171
第六章　杨廷和，内阁首辅　　　　　199
第七章　丁黑牛，长岗岭土匪　　　　235

乙 编　杨慎曰　　　　　　　　　　263

附 编　作平记　　　　　　　　　　333

甲编 他们说

第一章　王有根，司礼监秉笔太监

0

正午。日光如炬。

紫禁城的影子又宽又短。

黑压压的一群人立在广场上，没有人说话，只能听到汗珠掉落到地上的声音。

我手执四尺多长的栗木杖，站在受刑人背后。

几个受刑人一字排开，各自趴在一张木凳上。他们双手张开，被两个缇骑一左一右按住。

好半天，刘公公肥胖的身子终于从门洞里慢慢挪出来。短短百十丈路，他走了足有半炷香的工夫。

刘公公走到受刑人面前，冷漠的目光从左扫到右，又从右扫到左。

"褪衣。"刘公公尖利的嗓音突然响起，如一柄锋利的小刀，划破了广场的寂静，远处的几只雀子吓得扑腾腾地飞了起来。

几个缇骑闻声上前，一人走到一个受刑人身后，各执一柄锋利的剪刀，将受刑人身上的衣服剪开。

受刑人的衣服一一掉落在地。

"圣上有旨:杨慎等欺慢君上,震惊朝阙,大肆恶逆,着即各廷杖二十。"

我面前的受刑人正是杨慎。我看到,在刘公公念完"廷杖二十"后,杨慎浑身止不住地颤抖起来。他的屁股上和大腿上,到处是或大或小的血肉模糊的坑。我知道,那是他十几天前受了第一次廷杖后,太医用刀剜去腐肉后留下来的。新肉与旧伤混杂不清,有一种刺目的猩红。偶尔有血渗出来,让这种猩红更加刺目。

尤其是在正午的阳光下。

我手中的栗木杖轻轻放到了杨慎的屁股上。其他几根栗木杖,也放到了另外几个受刑人的屁股上。这个步骤叫作搁棍。下一步,就要用刑了。

"皇上,臣冤枉啊。"旁边一个受刑人突然大放悲声。

"住嘴。"刘公公喝道,"皇上明察秋毫,你却口称冤枉,这不是诽谤君上吗?"

"臣不敢,臣不敢啊!"

刘公公轻蔑地看了看那个痛哭的受刑人,嘴角一扯,三个字一字一顿:"用心打。"

我悚然一惊,急忙看刘公公的双脚。

他的双脚脚尖并拢,呈明显的内八字。

我一阵昏眩。更仔细地盯着看了一眼。

然后,我高高举起栗木杖,朝杨慎的屁股打去。

我听到一个声音在内心深处响了起来:杨状元啊,你的生死,现在就捏在咱家手里了。

随着栗木杖整齐地落下,几个受刑人一齐大声惨叫。

已经飞到城楼上的那群雀子再次被惊动了,它们迟疑着在天空划了个半圆,朝煤山方向的林子飞去。

1

诸位，咱家大名王有根，表字承宗，是大明司礼监四大秉笔太监之首。

咱家知道，咱家的名字充满讽刺意味。或者说，像个笑话。

一个太监，居然还有脸叫有根？

可天底下哪个人生下来就是太监？又有谁生下来就愿意做太监？就像咱家的自称，以前总是自称俺，直到有一天进了宫，做了太监，才像其他公公那样，一口一声咱家。

从俺到咱家，这中间，一肚皮倒不完的苦水呀。

咱家本是山东省兖州府鱼台县王家庄人氏。到咱家这一代，爹说，已经在王家庄生活了七代。诡异的是，王家血脉竟然七世单传。爹不信这个邪，一连讨了五房小，把大半个家当都耗在了传宗接代上。接连生了招弟、引弟、来弟、唤弟、必弟、有弟等九个姐姐后，正到他五十五岁那一年，才终于生下了咱家这个带把儿的。

咱家出生那天，爹像一匹焦躁不安的老马，在院子里一圈一圈地溜，只差没不时打一个响鼻。娘瘫在里屋的炕上，高一声低一声地叫。奶奶不满地嘀咕道："都生九个丫头片子了，还叫得杀猪似的。早就该像老母鸡下蛋，叽叽就是一个。"天快黑了，急得满头大汗的稳婆才隔着窗冲院子里的爹高声道喜："王老爷，恭喜啊，是个少爷。"

爹欣喜若狂，不顾一切地冲进里屋，从稳婆手里接过满身血水的咱家，把咱家从额头亲到脸蛋，从脸蛋亲到肚子，从肚子亲到小鸡鸡。爹说："就叫有根吧，表字承宗。咱王家有根了，咱王家能承宗接代了。"

很多年后，当我躺在紫禁城里雕花刻朵的大床上，夜半醒来，还能想象得出爹的狂喜。那是含辛茹苦几十年几乎就要绝望时的狂喜。

如果不是那场突如其来的大水，咱家必然就像爹设计过的那样，继承王家庄外的百来亩土地，虽不能大富大贵，倒也衣食无忧。跟着冬烘先生读些子曰诗云，倘是能进个学，中个秀才举人，那就算光宗耀祖了。当然，更重要的是，得打破王家七世单传的魔咒，生他一屋子如狼似虎的儿子。

然而，我九岁那年，黄河又一次改道了。接连三天三夜大雨后，黄河在王家庄上游几十里处冲破了高高的堤岸，高达两丈的水头如同一面壁立的黄墙，低声啸叫着，一路猛扑过来。房屋、村庄、城镇，只一眨眼，都被卷入水底。

村口放羊的老哑巴最先发现了决堤的洪水，老哑巴焦急地大喊大叫。可他发出的却是谁也听不懂的咿咿呀呀，如同中了套的野兽面对猎人时的恐惧。远远听到老哑巴叫声的人都说，这老哑巴难不成捡了个金元宝，欢喜得又喊又叫？

那时我和爹在书房里温习功课。爹坐在一把枣木太师椅上，半闭着眼，一只鸡爪般的手在太师椅的椅圈上轻轻地叩。我站在他面前，正在背书。很多年后，我一直还记得，那天我背的是《论语·公冶长》。我像学堂里的郑先生那样拖腔拉调，慢慢地背："道不行，乘桴浮于海，从我者其由与。子路闻之喜。子曰：由也好勇过我，无所取材。"

爹小鸡啄米一样点头："很好，承宗，很好。"

这时，招弟和从弟惊恐的声音从院子里传来，她们在尖叫："爹啊爹啊，大水来了啊，爹啊，大水来了。"

爹愣了一下，猛地从太师椅上弹起来，拉着我跑到院子里。这时，我看见那股水墙以摧枯拉朽之势卷了过来，矮矮的院墙还没来得及发出一声响，便一声不吭地没在了浑黄的水里。

爹啊啊叫着，像已经被大水冲远了的老哑巴。他看着十丈外逼近的洪水，转过头，又看了看檐下。檐下，有一只三尺高的陶坛，那是去年腌青菜用的，里面还剩一些鸡零狗碎的青菜。爹一把抱起我，把我塞进陶坛。这时，从弟也从远处挤过来，她也爬进了陶坛。爹却毫不犹豫地伸出手，把从弟从陶坛里扯了出去。从弟哭着说："爹，我怕，我也要进去。"

爹说："好孩子，不要怕，爹陪着你。来，骑到爹肩膀上。"

黄水的矮墙被院子里的几棵大树挡了一下，身子稍微矮了一些。我趴在缸沿高喊："爹，爹，你也进来啊。"

爹露出焦黄的牙齿，他的笑比哭还难看："儿啊，记住你叫王有根，字承宗。你是王家庄的人。"

爹的话还没说完，陶坛忽然像被人从地上拱了起来，爹和从弟、招弟的头淹没在水中，如三颗水葫芦，扑腾几下，不见了。

我在陶坛里大哭，却不敢动，我怕从陶坛里甩出去。

哭了好一会儿，大概是又急又怕，我昏了过去。陶坛载着我，在无边无际的洪水里时缓时急地漂。

后来，我读到翰林院的一份档案，记录的就是我九岁那年的洪水。对那场灾难，那份档案惜墨如金，只花费了几十颗方块字：

> 弘治九年，春，河绝山东。兖州、东昌、大名为泽国，人民葬鱼腹者六万有奇。夏蝗，秋禾皆尽。人相食。

六万多被洪水淹死的老百姓里，我家就有十二口。我的爹、娘、奶奶，还有九个姐姐，一个不落地全都死于非命。只有我，因为爹把我抱进陶坛，我总算幸免于难。

我真的成了王家的根。一根又细又小的根。

我在陶坛里漂了两天两夜。醒了哭，哭了睡。哭到第二天，我已经没有眼泪了。我一辈子的眼泪都流干了。从那以后，我再也没有流过泪。饿了，我小心地把陶坛里去年腌的青菜捡起来，放进嘴里。腌得过久的青菜又咸又霉，有如锥子刺喉。吃了青菜，我又睡着了。

再一次醒来时，水已经退了。我听到一个陌生的声音在喊我。

我睁开眼，看到一个憔悴的中年人站在陶坛旁，他双眼红红的，肿肿的，眼皮像两条胖胖的虫子。

那是一片光秃秃的小山岗，小山岗上原本有树有木，不过都被洪水卷走了。洪水留下满地污泥，那个中年人就满身污泥地站在污泥里。

这时，我又看到，小山岗上，睡着一个同样满身污泥的小男孩，看上去，年岁与我差不多。不，他不是睡着了，他明明已经死了。

中年人说："孩子，把你这只陶坛给我吧。我要用它来埋我的儿。我的儿死了，我今年五十五了，刘家也没根了。快出来吧孩子，我且问你，你是哪里人？你家里还有父母吗？"

我愣愣地望着他，慢慢从陶坛里爬出来。

中年人成了我的干爹，他姓刘，排行老三，他是王家庄附近东平府的人，他说，当地人都叫他刘三。因为能识文断字，他在东平府一家绸缎庄做二掌柜，负责写写算算。

干爹用救了我的那只陶坛埋葬了他的儿子。他说，洪水来时，他们爷俩抱着一棵大树，漂流中，他们被大浪卷到一座被淹没的寺庙的庙顶。庙顶上，有一根高高的旗杆，铁制的，他儿子的额头撞到了旗杆上。

"我儿子小声地哭，他喊我，爹，救救我，我不想死。可是，我除了把他抱起来，让他骑到树干上，我游着推他走，我也没有办法啊。老天爷啊，你让我们没办法啊。"

刘三一边用树枝挖了一个土坑，放下陶坛和陶坛里的儿子，一边哭诉。

他像在对我说，又像在自言自语，更像在对灾后荒芜的大地控诉："老天爷啊，你让我们没办法啊。"

2

唉，人老了，不容易入睡，好不容易睡着了，却睡得总是不踏实。

三更时分吧，驿站后院那株大槐树上，突然传来几声清脆的鸟啼。呱呱呱的，一听就是乌鸦。睁开眼，我就知道不可能再入睡了。干脆披衣下床。院子里静悄悄的，天上是一轮略有亏损的明月。那乌鸦，大概就是看到月光，误以为天亮了，才叫个不停吧？

月明星稀，乌鹊南飞。绕树三匝，何枝可依？我一直还记得，当年杨阁老念过的诗。一晃，几十年就过去了，杨阁老墓木早拱，而我，也垂垂老矣。

说起来，这辈子，这么明亮、这么不动声色的月亮，我只见过三回。一回是今晚。一回是在安化，有杨阁老，当然还有干爹。再一回就是一个多甲子以前。那时，我还是个孩子。

我记得很清楚，我和那个远在云南的人是老庚。那么，他今年也七十一了。一个风烛残年的老头，几十年了，皇上还是没有放过他。皇上要我走这一趟，说明那人的分量还是不轻啊。几天前,锦衣卫北镇抚司密报说,那人已经病入膏肓,眼见得是不行了。按惯例,锦衣卫和东厂的密报送到宫里,司礼监再直接送到皇上御前,不比其他各级公文,内阁阁老们就可票拟。

所以,这种密报,无论轻重缓急,一向都由我亲自呈送御览。

皇上当着我看了密报,沉吟半晌道:"王有根。"

"奴才在。"

"你亲自去云南走一趟吧。既然要死了,看看他留下些什么文字。我把他流放到云南几十年,原本也是为他好。"

"奴才遵旨,明日就起程。"

皇上像在自言自语:"几十年了,我还想得起他当年的样子。当年的廷杖,一晃,就几十年了。我那时多少岁?"

"回皇上,那是嘉靖三年七月的事。"

"我听说,他在云南过得倒不坏。唉,一晃,我也老了。"

是的,皇上也老了,越来越像个固执而小气的老人。他整日关在那间净室里。他给自己取了许多道号,道号很长,一般人根本记不住。净室里飘出吕宋国进贡的檀香香味,有时房门虚开一条缝,那灰色的细烟就从门缝里钻出来,像是一尾尾细长灵动的长蛇。

3

依靠陶坛里的十来斤腌青菜,我和干爹刘三一直走了十天,总算看到了没被大水淹没过的土地。

我们的目标是向北。干爹说:"北方是京师所在,是大明的首善之都,天子脚下总不成还让人饿死。承宗,我们就往北方走吧。"

但我们根本没能走到京师。大概才走到保定府境内,我们的腌青菜就吃完了,干爹身上原本带的几钱银子,也全都买了馒头。那个傍晚,我们走到一座驿站旁,驿站门前悬挂着大红的灯笼,灯笼照亮了大门上的一块匾,我认得上面的三个字:

沙坡驿。

驿站里，传出喧哗的人声马声。声浪中间，又飘浮着酒肉的香气。这要命的香气像是一把铁钩，钩住我们的鼻子、嘴巴和胃。我和干爹坐在驿站墙下，流着口水，狠劲抽吸鼻子。院子里，一株老槐树把它繁茂的枝条伸出墙，如一柄大伞，罩在我们头上。抬起头，我看到一轮又大又圆的月亮。我敢打赌，以往，我从没见过这么大这么圆的月亮。

我想起以往有月亮的夜晚，爹和我坐在院子里的石桌前。石桌上，有两枚咸鸭蛋，一把炒花生，爹的那把锃亮的银壶，盛了一壶酒。爹慢慢喝酒，不时用筷子从蛋壳里挑出一星星鸭蛋塞进我嘴里。明晃晃的月光下，蛋黄的香味像是一条绳索，把我和爹亲切地捆绑在一起。

"承宗，你想吃肉吗？"干爹突然小声问我。

我急忙扭头看干爹。干爹手里没有肉，只有一根刚从地上扯断的青草，放在嘴角，无聊地嚼，如牛反刍。

干爹指了指我们头顶上的槐树，更小声说："敢不敢爬进去弄点肉？一会儿老爷们吃饱喝足了，睡得跟猪似的呢。"

爬树倒是我从小就擅长的。可是，要进驿站去偷东西，我还是心里发怵。不过，想到肉的滋味，想到肥腻腻的肉片在口腔里嗞嗞地射出一丝丝油水的感觉，再看看干爹渴望的眼神儿，我收拾起胆怯，猴子般蹿到干爹肩上。干爹慢慢站起身，我伸出双手，抓住头顶的槐树枝，一下子就爬到了树上。

苍白的月光下，我看到干爹花白的头发，接着又看到他向我比了个大拇指。

小半个时辰后，我摸进了驿站的厨房。碗橱里，一大盘白切肉，还有一只面盆大的竹篮，里面盛了几十个又白又大的馒头。馒头白得过分。透过窗户照进来的月光，似乎也被它反射出一道道刺目的光华。馒头大得也过分。我伸出两只手，把它抓起来送到嘴边，张大了嘴巴狠命咬去，却只咬下了微不足道的一个角。我把肉和馒头悉数纳入怀中，小心翼翼地从厨房溜了出来。

厨房外面是一个小院子，花木扶疏，在地上投下横斜的影子。三两间屋子还亮着灯，隐约能听到有人在小声说话。老实说，这是我第一次偷东西。我爹虽然只是乡间的一个小地主，但他毕竟也还上过几天学，在他的教育中，做贼偷东西肯定不是光彩事。可是，我肚子饿，干爹肚子也饿，如果不偷东西，我和干爹还没走到据说遍地是银子的京城，就饿死在路上了。我饿死了，王家就没有根了。爹啊，我不想做贼，可我不得不做贼。

然后，当我像一只穿过风浪的小船那样小心地穿过院子时，一道门突然吱呀开了，我差点撞到一个人身上。那人立即尖叫起来，发出一种令我浑身起鸡皮疙瘩的声音。后来，我才知道，那声音，既不像男人，当然也不像女人。要不了多久，我的声音就将和他一样，让人浑身起鸡皮疙瘩。

那个声音高喊："贼，有贼啊。"

一个声音高亢的驿卒不知从哪里钻出来，他问道："公公，哪里有贼？"

我已经跑过了大半个院子。我听到驿卒从后面追赶而来的脚步声。

我穿过前院，跑进了另一进院子，但我发现无路可逃。我面前是高高的院墙，院墙前，却没了刚才那株槐树。我一定是慌乱中搞错了方向。我只好把身子缩成一团，浑身瑟瑟发抖，藏在一丛低矮的芍药下面。我听到更多的驿卒从前院快步进来，有的还提着灯笼。

我绝望地闭上了眼睛。

4

无论多么长久的昏迷，最终，如果你还能醒过来的话，你都觉得似乎只是在春天的下午打了一个很短的盹儿。至少对我来说，在我九岁那年，我昏迷之后醒过来时，我以为自己也只是打了一个很短的盹儿。后来我才知道，其实我已经昏迷了三天三夜。干爹还告诉我，如果再过两个时辰我还不能醒来，还没有睁开眼睛，那么，按照惯例，我将被当作一具尸体扔到野外，任由野狗把我撕碎当点心吃下肚。

"这就是我们这行的规矩，三天三夜都不醒，即便醒了，也是个废人。当然，从某种意义上讲，我们这些不男不女的奴才，本身就是废人。"干爹对我谈起往事，并发出这种感叹时，已经是二十年以后了。那时候，他早已功成名就，大权在握，一言足以兴邦，一言也足以丧邦，满朝文武乃至皇上都公认他是国之柱石。

回到我九岁那年春天，那个洪水滔天让我做了孤儿的春天。醒来时，我无力地睁开眼睛，眼皮像两扇沉重的门，要把它们睁开，竟然要使出吃奶的劲儿。刚一使劲，胯下却传来一阵钻心的剧痛。我忍不住叫了一声。

"他醒了，张公公。"我听到一个似曾相识的声音，看到一张光洁的、没有胡须的脸在晃动。

我忍着胯下钻心的痛，我问："我爹呢？我干爹呢？"

那个倒男不女的声音冷笑一声："你爹？你干爹？他三天前就走了。"

我惊慌失措地想要坐起来，剧痛却让我只是拱了一下身子，"他，他不会走的，他会等我的。你骗人。"我结结巴巴地说。

另一个不男不女的声音叹了口气："傻孩子，你干爹把你卖了五两银子，早就走了。你就认命吧。"

后来，这个叫我傻孩子的人做了我的第二个干爹，他姓张，人们都叫他张公公。

我的脑子像是盛了一锅糨糊，清理了半晌，才慢慢想起，我是站在干爹的肩上爬上槐树越过围墙的，之后，我进入了厨房，偷走了厨房里的白肉和馒头。想到这里，我把手伸进怀中。我没有摸到白肉，也没有摸到馒头，却摸到了一锭银子。

硬硬的银子让我迅速恢复了记忆。我想起爬进驿站偷东西的夜晚，那个月光遍地的夜晚。当我像只待宰的羔羊一样蹲伏在芍药花下时，我听到背后有一扇门开了，屋子里的灯光水一样泼到我身上，我浑身被又亮又烫的灯光湿透了。我不敢回头。我能听到牙齿打架的声音。

这时，有一只手伸到我的肩膀上轻轻拍了一下，我听到一个孩子的声音："快进来，他们来抓你了。"

我吃惊地回过头，看到一个和我年岁相仿的孩子站在面前。只不过，我衣衫破烂，已经脏得快要看不出本来的颜色了，他却是一身深青色的丝绸，干净而华贵，一看就知道是富家公子。

那天晚上，我在他的客房里躲了半宿。巡查的驿卒自然不会想到有人救我，并把我藏进房间。他们在院前院后搜了一阵，没见动静，悻悻地骂着娘，打着呵欠，提着灯笼去睡了。

天快亮时,他叫醒睡在隔壁的书童,书童拿了一套他的衣服过来,我换上书童的衣服后,顺利走出了驿站大门。看门的驿卒看了我两眼,讨好地问:"你家公子这么早就来了?要急着赶路吗?"

临别时,他还把一块碎银塞到我手里。他说:"拿着,这是你的馒头钱。"

我还想起,在他房间时,他给我倒了一碗水,张罗着要给我找些吃的。我用嘴角向他示意,我的怀里有刚从厨房偷出来的白肉和馒头。

他说:"你吃吧,你一定是饿坏了。"

我接过水碗,取出肉片和馒头,大口吃起来。他目不转睛地盯住我,我知道我吃相不雅。可我顾不上。一个半饥半饱半个月的人,是顾不上吃相的。

他突然问道,"好吃吗?"

我点头:"好吃。"

"我尝一尝好吗?"

我急忙把怀里的馒头分了一个给他,他接过馒头,也大口吃起来。

吃完,我们相视而笑。

他说:"我姓杨,单名一个慎字,表字用修,是四川新都人。你呢?请问你尊姓大名?"

我说:"我,我叫王⋯⋯有根,字承宗。我是山东鱼台县王家庄人。"

5

宫中自有宫中的规矩。该如何走路,如何打拱,如何吃饭,如何说话,甚至如何呼吸,如何放屁,都有它的规矩。不以规矩,不成方圆。从昏迷中醒来的第二天,我的第二个干爹,也就是张公公就这么教育我。

张公公大名张永,直隶保定府人。当我从沉沉的昏睡中醒过来时,张永站在窗前看着院子里的一株黑杨树,春末夏初的黑杨新长出了浓密的枝叶,枝叶里藏着一只扇面大的鸟窝,几只小鸟喳喳喳地叫,等候觅食的鸟爹鸟妈飞回来,嘴对嘴地喂食。

听到我和小太监的对话,张永慢慢转过身。他高大的身子像一堵墙挡在我面前，一袭素青色的官服，一顶深色的头巾。要等到后来我也进了宫，我才慢慢明白，人有人的规矩，服饰也有服饰的规矩。早在洪武爷开基的时候就已经明确规定了，哪一级官员只能穿哪一级的服饰，弄错了，那是要被打屁股的。

那时候，我的干爹张永是御马监左监丞。按国朝规矩，宦官共设有十二监、四司、八局，统称二十四衙门。张永所在的御马监，职掌是负责皇上所用车驾马匹及出行护卫。

那时候，干爹还没跟刘瑾结下梁子，还是以刘瑾为首的所谓八虎之一。刘瑾这个人，尽管我还只是个三尺童子，并且远在山东，也听大人们说起过他。我听说他是当今天子弘治爷最宠信的大太监，是在京城里跺一下脚，全天下都会震动的大人物。

张永走到床前，脸上浮现出一丝不易察觉的慈悲。他说："他说的没错，你干爹走了。从现在起，你就是宫里的人了，你明白吗？"

我摇头，一脸茫然。

"慢慢你就明白了，宫里的人，就是皇上的人。做人有规矩，宫中更有宫中的规矩。慢慢来，等你懂规矩了，你就长大了。"

我看着他，他竟有些像我半个月前被巨浪吞噬了的爹。只不过，爹的脸上有一把又浓又密的大胡子，而面前这个人，却一脸白皙，连半根胡须也没有。再有，那就是他发出的声音既不像男人也不像女人，像是某种类人的动物在深夜里压低了嗓子弹出来的。可他眉宇间的那种神态，真的和爹有几分神似。

张永又看了我一眼，他问道："你干爹说你九岁了，对吧？"

这一回，我可以点头说是了。

"我进宫那年，也是九岁。那年，大半个保定府的天底下，全都是飞来飞去的蝗虫。你张嘴说话，也会飞两只到嘴巴里，庄稼全都被吃光了。我爹就把我送进宫。不然，早就饿死了。"

后来，等我成了张永无话不说的干儿子，他告诉我，他之所以对我特别关照并收我为干儿子，是因为他想起了自己。他想起自己也是九岁那年遭遇灾难后，走投无路才进宫的。

而今，他已是宫中权势极大的掌印太监了。不去伺候皇上时，他坐在椅子上，半眯着眼，享受着冬天里北京城难得的好阳光。

他说:"根儿,时间过得真快啊。一晃,离我当年在沙坡驿为你净身把你带回宫中,已经二十多年了。唉,咱家总算平安地老了。要是哪天皇上开恩,把咱家放回老家,能把这把老骨头埋在老家的园子里,那就是咱家几世修来的福报。"

我恭敬地回道:"不,干爹,您还不老,皇上也离不开您。"

干爹认真地想了想,回答说:"根儿,你错了,没有任何人是皇上离不开的。如果你真的以为皇上离不开你,你离大灾大难也就不远了。"

6

今上嘉靖爷召见我,要我立即前往云南调查杨慎时,奏对之间,不知为什么,我一下子想起了干爹张永。

如今,我的干爹张永已经去世三十个年头了。他高大的身躯在阴暗潮湿的黄土下,想必已化作光洁的枯骨。

我记得,干爹是和杨慎的父亲,也就是前首辅杨廷和同一年去世的。这老哥俩,生前同朝为臣,亦敌亦友,他们最精诚的合作就是联手除掉了刘瑾。不承想,黄泉路上也结了伴。只不过,一个死于京城,一个死于四川。杨廷和去世的消息传到京城时,正是干爹病入膏肓之际。那时,干爹还是司礼监掌印大太监,并兼提督神机营及十二团营兵马。嘉靖爷在位才七年,还是雄姿勃发的少年天子,经常把励精图治、治隆唐宋和尧舜禹汤这些词语挂在嘴边。

当然,那时嘉靖爷也还住在乾清宫,而等到嘉靖爷如今召见我时,他早已搬出乾清宫,住进了西苑。

西苑在皇城以西,北海、中海、南海三座碧波荡漾的湖泊间,绿树青葱,掩映着精致的亭台楼阁。壬寅年,嘉靖爷下旨搬出乾清宫,住进西苑的永寿宫。对嘉靖爷的决定,哪怕最爱上疏反对的谏官,也全都一声不吭地默认了。

嘉靖爷的寝宫总是青烟缭绕,来自南洋的沉香木或檀木,都有一股令人浮想联翩的香味。当我跪在嘉靖爷脚边恭听圣旨时,我却不合时宜地想起了干爹临终的情景。

往事历历在目。干爹张永半坐床上，神色平静。如果不是半个时辰后他就永久地闭上了双眼，我甚至以为他完全是个正常人，唯独声音有些尖，有些沙，也有些冷。

他轻轻地摇头说："皇上还是没有同意让咱家回老家，咱家这把老骨头看来只有葬在异地他乡了。唉，咱家几十年都没有回过一次家，几十年了，终于老死在外。按理，我们这些缺了身子的，没资格进祖茔，可哪怕埋在离祖茔近一点的地方，也算是叶落归根啊。根儿，你在听吗？"

"我在听呢，干爹。"

"根儿，咱家是没机会再回老家了。你以后要是有机会领了差事出宫，记得回你老家看看吧。唉，死在老家多好啊，葬在祖茔多好啊。根儿，咱家是没这个福分了。"

所以，我领了嘉靖爷的圣旨后，叩了头，却没有立即站起来。嘉靖爷是我伺候了一辈子的主子，他一下子就明白我还有话说。

他说："说吧。"

我赶紧再次叩头："陛下，奴才进宫，已经六十多年了，这次出了京，恐怕以后再也不会有第二次了。奴才恳请主子恩准，让奴才顺道回老家看看。"

嘉靖爷的眼睛又长又细，看人时总是一动不动地盯着你，然后，仿佛半睁半闭的眼睛突然张开，露出混浊的眼白，让人忍不住打个激灵。

根据这么多年来在他身边的经验，如果你真的打了激灵，他就会怀疑你另有企图，不仅你的要求多半不会恩准，甚至，还可能招来意外的麻烦。要不，人们为什么总是说天威难测呢？倘若一测就准，一求就应，那还是位尊九五的天子吗？

我笔直地跪着，垂下眼，目光能看到自己的鼻尖。这在民间，叫作眼观鼻鼻对口口问心，是天子面前最标准、最得体的模样。

果然，嘉靖爷笑了："你也是我的老奴才了，去吧，回去看看，富贵不归故乡，何如锦衣夜行。"

"奴才不敢。奴才只想回老家看看，看看就是，绝不敢惊动地方。"

"你不想惊动地方，地方上却想惊动你。一个炙手可热的秉笔太监，天底下除了我，有多少人想巴结啊。"

"那奴才就请求圣上恩准,奴才此去,只带两个跟班,不到万不得已,绝不惊动地方。"

嘉靖爷很满意,这满意,也是跟随他多年后我观察出来的。嘉靖爷中年以后,对修道已经进入忘我境界,不仅屋子里随时香缭袅绕,他本人整天盘腿在蒲团上打坐,甚至,手里还时时捏着一柄玉拂尘。召见大臣时,如果他表示满意的话,他手里的玉拂尘会不由自主地挥一下,满室笔直的青烟像被拂尘踢了一脚,立即向另一个方向弯过去。

果然,我看到嘉靖爷手里的玉拂尘轻轻挥舞了一下,一道青烟逼到我脸上。

7

然而,我很快就会发现,这次好不容易求来的还乡之旅,纯是可笑的多余之举。

我的老家鱼台县王家庄,记忆里已经变得模糊的那座平原上的小村庄,当它出现在我眼前时,我的第一感觉是走错了路。但是,问了路人,都说这就是王家庄,鱼台县王家庄。

我熟悉而陌生的街道全不见了,只有房屋还是从前那种样子——其实只是式样相同,早已不是从前那些了。六十年的时光足以抹去一切,何况我在这里的足迹很浅,只有区区九年。

我自然没法找到我家的院子。幸好,跟随我的人中,有一个还算有些灵性,他花几贯钱买了几坛酒,很快就找来村里的里长,一个长着大酒糟鼻子的中年男人。看在几坛酒的分儿上,里长很快又找来了乡里的老人。

老人真的是个老人——这得解释一下了,在咱们大明朝,说起老人这个词,它有两层意思,其一是年岁大的人,六十、七十、八九十都算,比如我王有根,我今年七十有三,我也是老人了。其二是一个基层职务。太祖高皇帝洪武爷在位时,他是为千秋万代都立了规矩的:"有司择民间高年老人公正可任事者,俾听其乡词讼。"就是每个乡都要选一到三个年龄大、有见识,并且处事公正的老人,由他们来主持调解乡亲之间的纠纷。这个职务,就叫老人。

老人还有一个职责，那就是农忙季节，他会及时敲响村中的大鼓或是随手带的一面锣，提醒乡亲们到田里干活。对那些游手好闲的二流子，他有权力把他们的名字和罪责写到亭子里的一块木板上示众。

里长带来的老人真的很老了，满脸皱纹，像是无边无际的波涛，几乎就要把两只细小的眼睛淹没了。他刚从地里回来，身上还带着一面铜锣，铜锣四周发暗，唯独经常敲击的地方露出不协调的亮，发出轻佻的光。

老人嘀咕着，似乎很不满里长把他匆匆地叫过来。不过，当他看到摆在亭子里的酒坛时，他的两只小小的眼睛立即从皱纹的海洋中浮了出来，他又嘀咕了一句。

很悲哀，我再也听不懂从小就会说的鱼台方言了。我现在一张口，就是一嘴地道的京师官话。

不会家乡话的人，恐怕注定回不到家乡了。我想。

和老人聊了半个时辰，他说他在王家庄生活了七十九年，现在是七十九岁的人，吃八十岁的饭了。可是，他想了老半天，也想不起我父亲的名字，自然也想不起有这样一家人在这里生活过，甚至整整生活了七代人。

"那王有根呢？王有根，字承宗，这个人你还能想起吗？六十多年前，他就住在王家庄？不过，那时他还是个九岁的孩子。"我不抱希望地随口问。

老人喝了几口老酒，满面绯红，他的小眼睛又一次被皱纹之海吞没了。他想了半天，打个酒嗝，"我真的想不起来了。你这酒不错。一坛酒得半贯钱吧？"

"那年黄河决堤发大水，你还记得吗？"

"发大水，记得啊，好多年了。那年，我到胶州帮人去了，真是菩萨供得高啊，才躲过那场大难。回来时，整个王家庄，不，整个鱼台县，不，整个东平府，到处都是几尺深的淤泥，太阳一晒，一大股带着鱼腥的臭味。死鱼烂在房顶，死人挂在树上，要不是村头那棵大槐树，谁还能认得出王家庄啊。"

"村里就没人逃得了命吗？"

老人又喝了几口老酒，"有的，我听说是有的，全村只活了几个人。一个是我，我没在家嘛。一个是最先发现黄河决堤的老哑巴，他被水冲到村子里时，手脚快，爬到那棵大槐树上。其他树都被冲走了，只有大槐树还在。哑巴在树上待了好几天，饿了就吃几把槐树叶，渴了就喝几口泥汤水，硬生生活了下来。

都说他个驴日的命硬啊。"

"还有呢?"

"还有嘛,这个"——老人犹豫了一下,"哑巴给我比画,说是有个孩子,被他爹抱进一口腌青菜的瓦缸,顺水漂走了。不晓得是死还是活。我猜多半是死了,泥烧的缸子,碰到树枝上石头上,还不给鸡蛋碰到城墙上一样?唉,只有我算是老王家庄的人了。算了,我不能再喝了,我得去庄稼地了。"

8

与面目全非的王家庄相比,沙坡驿的变化似乎并不大。

还是挂着红灯笼,当然不可能是早年那两盏。红灯笼下面的木匾上,依然是描金的大字:沙坡驿。这倒是从前那一块。六十多年过去了,除了木头显得越发沉重、深暗,其他好像和从前都一样。时间仿佛不是过去了六十年,而是仅仅六十天,甚至,六天、六个时辰。

在沙坡驿门前站立良久,我才注意到木匾上面的落款:长州青丘子。

这落款让我暗自吃了一惊。长州青丘子,不就是国朝开国时期的大名士高季迪吗?高季迪名高启,号青丘子。长州,就是高季迪的老家苏州。

洪武爷对他很赏识,礼请他出山,授翰林院编修,又让他教授诸位皇子,并主编《元史》。及后,还想请他做户部右侍郎,可高季迪却不卖洪武爷面子,固辞不受,终于赐金放还。洪武爷是个眼里揉不下沙子的雄主,心中早就不快。高季迪回了家乡江南,莺歌燕舞,诗酒风流,他完全想不到的是,他所写的每一行字,都被洪武爷派人暗地里誊抄后送到南京。

一次,高季迪为一幅宫女图题了首小诗,诗云:

女奴扶醉踏苍苔,明月西园侍宴回。
小犬隔花空吠影,夜深宫禁有谁来?

洪武爷读了这首诗，疑心他在诽谤圣躬，就要下旨问他个大不敬之罪。幸好诚意伯刘基温言劝解，洪武爷方才息怒。

这些前朝旧事，无一例外，都是干爹张永讲给我听的。我初入宫那些年，干爹还不像后来那么忙，几乎天天都要伺候皇上。那时候，如果不轮值的话，我们爷俩就坐在花木荫深的小院里，一边喝茶，一边听他絮絮叨叨地讲些闲话。

干爹记忆很好，闲时其他公公赌钱吃酒，只有他手不释卷。我曾半是讨好半是认真地感叹说："干爹，像你这样爱读书，要不是进了宫，恐怕早就金榜题名了，就是中状元也有可能。"

干爹放下书，微笑着说："人生识字忧患始，姓名初记可以休。"然后，他就给我讲了国朝最有名的大文人高季迪的故事。

干爹说："高季迪诗酒风流，却不知道若不是诚意伯出来转圜，他的脑袋早就搬家了。不过，尽管诚意伯爱他的才华，有意维护他，可最终他还是被洪武爷杀了。"

原来，苏州太守整修官衙，上梁时，请高季迪写了篇《上梁文》。本来老百姓家修房造屋，上梁那天也要摆上猪头祭神，掌墨师也要念个四言八句以示敬贺。

可没想到，高季迪的《上梁文》里有四个字，犯了洪武爷的大忌，那四个字就是：龙盘虎踞。苏州本是曾和洪武爷争天下的张士诚的老巢，高季迪称它龙盘虎踞，岂不是自找没趣吗？洪武爷龙颜大怒，一把将抄回来的文章扯得粉碎："你高季迪难道要学张士诚造反吗？"

诚意伯又出来打圆场，可是，洪武爷连诚意伯也一并怀疑了。诚意伯为求自保，只好赶紧辞官回乡，才逃脱了一场风波。至于高季迪，洪武爷派人把他抓到南京，亲自判处腰斩。

"什么是腰斩？"我记得，当时，我好奇地问了一句。

干爹脸色凝重，像午后的天空扫过两团乌云。他接连喝了两口茶，良久，才闷声道，"就是用大斧，从犯人的腰间砍下去，把犯人砍成两段。当然，这只是用来对付那些十恶不赦之徒的，轻易不会用。"

"啊！"我睁大了眼睛，迟疑了一下，我又问道，"高季迪就写了几句诗文，他……也算十恶不赦之徒吗？"

干爹没接腔，他自顾说道："刽子手一挥大斧，可怜的高季迪一下子被砍成两段。他的上半身还没死，呻吟着，伸出手蘸起他的血，在地上一连写了七个字才断气。"

"写的什么字？"

"惨惨惨惨惨惨惨。"

"是挺惨的。"

"刽子手和围观的人都转过脸去，只有监斩官依旧满面怒气。"

"哦，监斩官为什么满面怒气？"

"根儿啊，监斩官就是咱洪武爷。他这一辈子，据说就监过这一回斩，可见他对高季迪有多愤恨。"

"高季迪一介书生，手无缚鸡之力，他难不成真的想造反？那不是自寻死路么？"

干爹摇头："当然不是。秀才造反，十年不成，高季迪哪有这种心。他就是个高傲的读书人罢了。"

"那咱洪武爷干吗这么恨他？"

干爹把手中的书拍了拍："侠以武犯禁，儒以文乱法。以文乱法，懂吗？洪武爷是怕他写的那些异端邪说坏了天下人心，搞得君不君臣不臣国不国家不家的。"

"哦。我明白了。"

"你明白啥？你没明白。"

我从往事中抽出身来，抬起头，又看了看驿站门额上那几个雄劲的大字：沙坡驿。

按理，高季迪作为被洪武爷亲自下令腰斩的钦犯，他的笔墨是不许留存于世的。但沙坡驿这三个大字却在这里挂了一百多年，很显然，那是因为驿站的官员不知道长州青丘子就是高季迪。至于过往官员，比如我，虽然知道长州青丘子就是高季迪，而高季迪是洪武爷的钦犯，他的笔墨理当投进炉子当柴烧，可多一事不如少一事，大家都假装没看见吧。既然大家都假装没看见，这不就跟从来不存在一样吗？

几十年伴君如伴虎的经历，外加同内阁前后几十位阁臣打交道，我早已深谙国朝的官场规则和潜规则。我今天要是去嚷嚷,要把这匾当成钦犯遗毒给毁了,明天全国官场恐怕都会在背后笑我是个二百五呢。

我老了,过一天是一天,保一天平安是一天平安。能够像干爹那样平平安安地度过一生,再平平安安地寿终正寝,那是多少人可望而不可求的大福报啊。

9

"我姓杨,单名一个慎字,表字用修,四川新都人。"

六十年多前,他笑盈盈地站在沙坡驿的某间客房里,轻声对我说。

六十多年后,当我第二次走进童年时做过贼的沙坡驿,我吃惊地看到,驿站还是老样子。不仅高季迪题写的匾额还是老样子,围墙边的大槐树也还是老样子。甚至天井、房舍,包括我偷过肉片和馒头的厨房,一切都还是老样子。如果不是驿站驿丞和几个驿卒都是些二三十岁的陌生面孔,我还以为偷肉片和馒头就是昨天的事,我只不过到田野里去兜了一圈,又趁着天色昏暗爬墙进来了。

尽管我和几个随从都身着便服,但我们特殊的声音,还是让驿丞立即猜到了身份。毕竟,作为临近京城的一座大驿站,这个驿丞也算见多识广。他对我极其恭敬,说话小心翼翼,生怕一句话不对就会惹来大祸。至于他脸上的笑容,自从通过我们的声音判断出我们的身份后,就像是用钉子钉在他那宽皮厚肉的脸上,既别扭又难看。我挥了挥手,"你忙去吧,我随便看看就行。"但他似乎没听懂我的话,更加惶恐地看着我。我说:"那你帮我们准备一桌晚饭吧。记住,我吃素。"驿丞这才如蒙大赦,连连点头哈腰出去了。

穿过第一进天井,花木如同六十多年前那样扶疏,我甚至怀疑那水曲柳、爬山虎和芍药就是一个甲子前我曾在它们的阴影里胆战心惊躲避捉拿的那一株、那一架、那一朵。

走进第二进院落,我准确地找到了六十多年前的客房。杨慎把我拉进去躲藏的那间客房。

透过没有关闭的木窗,我看到客房里的桌子、椅子、床和书架,一切都悉如一个甲子以前。只不过，这些东西看上去色泽深沉，暗示着流逝的岁月已经在这些深沉的色泽里一点一滴地积淀下来。

推开虚掩的门，屋里空无一人。床上被絮整齐，地面依旧有几个老鼠洞。

一刹那，我有一种梦游的眩晕。

九岁那年，我在沙坡驿被我的干爹张永带回北京，进入紫禁城做了一名太监。

七十一岁那年，我奉了嘉靖爷的密旨，前往云南察访钦犯杨慎，皇上主要想知道这个据说缠绵病榻行将就木的大名士大文人，到底都留下了些什么样的文字。

从洪武爷开始，大明朝的每一位天子，都对文字十分敏感，甚至包括酷爱骑射的正德爷。

在沙坡驿，当我看到高季迪书写的匾额时，我突然明白了忙于修道忙于向上天祷告的嘉靖爷为什么会对一个已经流放三十多年的文人还是这么不放心。文字，看来如同古人说过的那样，是一种永于金石的神奇之物啊。仓颉造字的夜晚，鬼神痛哭。鬼神为什么痛哭？这里面一定有一些神秘的原因。

到现在为止，或者说，如果此番我前往云南，还能见到活着的杨慎，那么，这将是我们漫长一生中的第四次见面。

第一次见面，他说了两句话，我只说了一句话。

第二次见面，他说了半句话，我半句话也没说。

第三次见面，他半句话也没说，我说了半句话。

事实上，尽管见过三次面，但也只是我认识他，他并不认识我。或者更准确地说，他应该知道司礼监秉笔太监王有根，却不知道他十岁时就与王有根有过交集，甚至还救过王有根。难以想象的是，如果我做贼的那个夜晚，没有他的帮助，以后我会是什么样子。

他在明处，我在暗处。

一直都是这样。

10

自洪武爷开基建国以来,三年一度的科考便是国家头等大事。

千军万马过独木桥的考试共有四级,分别为县试、乡试、会试和殿试。越往后,越是精华,也越艰难。能够胜出的读书人,除了才华,还得依靠运气,依靠上天的眷顾。

五岁时,父亲带我到村子东头魏夫子的有槐书屋发蒙。七十岁的魏夫子连胡须都白了,加上胡须又短又稀,看上去就像是秋霜打过的枯草。他坐在一张书桌前,书桌背后的墙上,竖着一块暗色的木板,上面用正楷写着我当时还不认识的"天地君亲师"五个大字。木板上方,是一个长相古怪,穿着长袍的老人。最初,我以为那是魏夫子的爷或爹。后来,我知道他其实是孔子。

魏夫子在村子里教了几十年书。十五岁那年,他到鱼台县城应县试,被座师看中,点为第一名,中了秀才,成为轰动一时的大新闻。那时候,十里八乡的乡亲都认为,魏夫子中举人中进士甚至中状元都是水到渠成的事情,文曲星下凡嘛,谁阻挡得了他的远大前程呢?日后自然高官任做,骏马任骑。东村的徐大善人不惜倒贴几百两银子,把一个如花似玉的女儿嫁给他做老婆。

可是,接下来,魏夫子到省城去应了十几回乡试,竟然次次名落孙山。老岳父的脸越来越难看,终于在魏夫子又一次铩羽而归时,把人到中年的女儿接回娘家,从此再也没回来。

枯瘦的魏老夫子有一张竹条般的瘦脸,一件青色的长袍也像穿了几十年,屁股上补丁重着补丁。平日里,他佝着腰,背着手,在村里的街巷间缓缓而行。大人们或许和他打声招呼,一群没上过学的半大孩子,却拍着手,高声唱:

> 呆秀才,吃长斋,
> 胡须满腮,
> 经书不揭开,
> 纸笔自己安排,

明年不请我自来!

魏老夫子听了,酱黑的脸涨得深红,宛如春节时贴在门楣上的对联,红色的纸被雨水浸得起泡了一般。他回过头来,伸出竹枝般的手指,颇有几分悲愤地摇头晃脑:"朽木不可雕也,粪土之墙不可杇也!"

这时候,我爹闻声从院子里疾走出来,喝退那群半大孩子,很是恭敬地向魏老夫子行了个礼。

全村人中,对魏老夫子最恭敬的就是我爹。我爹说过,魏老夫子的八股文,原是做得极好的,只是看卷的老爷们不识货,他才终老也只是个秀才。要是在洪武爷那年头,不要说举人,就是进士,也早就中了。"生不逢时啊!"我爹仰天长叹,浓黑的胡须像剑戟一样刺向虚空。

后来,我渐渐明白了,我爹对魏老夫子的同情,其实也是他的自伤。因为,像魏老夫子一样,我爹在二十二岁县试时中了秀才后,也是多年里满怀希望地前往省城应乡试,却次次名落孙山。幸好,我们家里还有祖上留下来的百余亩良田,我爹才不用像魏老夫子那样必须开帐授徒,收几文束脩勉强度日。

我爹不仅把传宗接代的希望寄托在我身上,也把他学成文武艺货卖帝王家,在科举上金榜题名的希望也一并寄托在我身上。许多年后,我倒是货卖帝王家,天天为皇上服务。但我不知道,我那早在几十年前就葬身水底的老爹,要是获悉我得以为皇上服务的前提,就是一刀斩断了传宗接代的尘根,他到底是该欢呼还是该痛哭。

总之,我五岁时被我爹带到魏老夫子的有槐书屋,在向孔子拜了三拜之后,我又向魏老夫子拜了三拜,魏老夫子乐呵呵地手捻短须,提笔在白纸上写了一个"人"字。

他说:"有根。人字虽然只有一撇一捺,却是天地间最难写的字。古人讲修齐治平,其实就是如何用一辈子的时间去写好这个人字。"

我听不懂魏老夫子的话,看到我爹一个劲儿地点头,于是也跟着一个劲儿地点头。魏老夫子就乐呵呵地笑起来,笑得下巴上的花白胡须也跟着上上下下地抖动。

按国朝规矩,县试每逢寅、巳、申、亥年举行。县试中式的童生,称为生员或秀才。如果一直没中式，哪怕八十岁了，还是只能叫童生。

县试里考中的秀才，每逢子、卯、午、酉年的八月，齐聚省城，参加由皇帝派遣的正副主考官主持的乡试。乡试在八月初九举行，每隔三天一场，一共三场。只因时逢秋日，故又称秋试。

从我记事起，每隔三年，当盛夏的暑热开始渐渐减弱时，我爹就变得兴奋而忐忑。当然，如果说得更准确些的话，那就是随着他年岁的增长，兴奋越来越少，忐忑越来越多。那时，母亲总要为他缝一件新袍子，纳一双新布鞋。家里唯一的长年老丁也总要提前把那辆大车修补一新，把那匹拉车的驴子也养得膘肥体壮。

请东岳庙的和尚看好期程后，我爹穿着新袍新鞋，像新郎官一样坐上大车。老丁在前面赶车，一声吆喝，大车向村外冲去。送行的人中，除了我们一家外，后来还增加了魏老夫子。那时魏老夫子已经老了，对中举登科完全绝望，当然也有可能，他已负担不起前往省城的盘缠。在村口，父亲和魏老夫子拱手告别，魏老夫子的话只有一句："贤弟此去，定当泮宫折桂，金榜题名。"

我爹也只有一句："借夫子吉言。"

一个月后的某个午后，村口又传来胶皮车碾过石板路的吱吱声，仿佛一群老鼠半夜啃床脚。我们都知道，爹回来了。

乡亲们也都纷纷上前围观，问赶车的老丁："王秀才这回想必金榜题名了？"

老丁没吭声，手里的鞭子抽在驴子屁股上，大车向前猛地一蹿，拐进了我家门前那条小巷。乡亲们互相递了一个意味深长的眼色。站在人群外的魏老夫子，脸上渐渐露出一丝不易察觉的如释重负。

大车进了院子，娘和姐姐们从屋里赶出来，在老丁的帮助下，小心把爹从车上扶进屋。

爹一身酒气，醉得不省人事。半夜里，我被尿胀醒，听到爹娘的房间里传来压抑的哭声："驴日的主考官有眼无珠，有眼无珠啊。我王某人乡试十三次了，还是没遇到识货的考官啊。"

然后是娘的劝解："他爹，你也这把年龄了，咱不如不考了。家里还有这百十亩地，粗茶淡饭还过得去。不如多教教根儿，根儿聪明，想必今后读书进学也在你之上。"

爹止住哭声："你说得也是。我只是不甘心。古人说得好，世有伯乐，然后有千里马，千里马常有，而伯乐不常有。"

娘听不懂，娘说："睡吧睡吧，睡一觉就好了。"

乡试胜出者，称为举人，第一名称为解元。中了举人，虽说还不能像进士那样称得上正途出身，但也可以出来做官了。至于在我们那种乡村，中了举人简直就是文曲星下凡。东村就中了个赵举人，出入都是轿子，往来都是官宦。我们乡里有句话，叫作秀才是断了手的，举人是断了脚的。意思是说中了秀才，就不用干活了；中了举人，就连路也不用走了。我爹只断了手，他想把脚也断了。这心愿几十年也没实现。他只好把希望寄托到我身上。我现在倒是手也断了，脚也断了，可这大概不是我爹想要的。

举人们乡试的次年，春暖花开时节，一齐坐了公家的大车前往京师，参加由礼部主持的会试，这就叫公车。京师的春天，东风送暖，万物初萌，如同激荡在人心中永远的欲望。各省来的举人，老的幼的，高的矮的，肥的瘦的，丑的俊的，都渴望在会试中脱颖而出。

会试有三场，由皇帝特派的正副总裁主考官主持。中式的称为贡士，第一名称为会元。因是春天举行，故又称春试或春闱。考试每逢丑、辰、未、戌年的二月初九举行，每隔三日一场。

会试中的胜出者，已是科场佼佼者了。接下来，他们将迎来人生中最辉煌的一刻：步入紫禁城，接受皇帝的殿试。

殿试又叫廷试，目的是对已在会试中胜出的贡士排个等级，因而殿试不像其他几场考试那样，每场都有无数黯然神伤的黜落者。参加殿试的贡士，个个都有糖吃，只是糖多糖少罢了。

自从进宫后，我参加过十几场殿试，时间总是定在三月初一，地点也总是定在保和殿。

保和殿是永乐爷在位时修造的，名字也是他老人家取的。干爹告诉我，保和的意思，甚是古雅，出自《易经》，意为志不外驰，恬神守志。也就是神志要专一，以保持万物和谐。干爹说："所以啊，咱们永乐爷学问大着呢。不仅武能定国，文也能安邦。"

三月初一的凌晨，京师还很寒冷。有一年甚至还下着铜钱大小的雪花。还不到寅时，前一晚注定多半是个不眠之夜的贡士们已经按礼部官员的导引，来到了保和殿外。验明身份后，贡士们鱼贯进入大殿。这时，皇上已经坐在他的龙椅上了。贡士们下跪行礼，皇帝温言相慰。这就算是成了天子的门生了。一个读书人的荣耀，到这儿就算登峰造极。比如我，我只能算是落第秀才魏老夫子的门生。离天子门生，还差着十万八千里呢。

赓即，贡士们被带到隔壁房间，由礼部官员散卷，也就是发放考试的题目及笔墨纸砚。等到礼部官员宣布开始，偌大的屋子里便只有毛笔在纸上轻快滑行的沙沙声，像是一万只春蚕在啃桑叶，又像春天时突然下起细若游丝的雨，轻轻扑在老家的瓦屋上。

黎明发卷，日落收卷，殿试只此一天。所有考卷收好后糊名保存。到了阅卷日，八名读卷官一人一桌，一卷卷地轮流传阅，并对每份卷子用不同的符号评出不同等级。画圈的最佳，画叉的最次。

待到读卷官们都评定完了，再把画圈最多的前十本集中起来，送呈皇上御览。

这十本卷子中，皇上将选出最优秀的三本。它们的主人将成为万众瞩目的状元、榜眼、探花。此三位幸运儿合称一甲，也叫进士及第；次之是二甲，称为进士出身；再次之是三甲，称为赐同进士出身。

按国朝规矩，凡是进士都可做官，但在授官前，还得再经朝考，择优录入翰林院做庶吉士，也就是民间所说的点翰林。没能点中翰林的，分发到各部任主事或到地方任职。只有一甲三人，不必再经朝考，立即授予官职。状元例授翰林院编撰，榜眼和探花例授翰林院编修。

11

当我第二次见到杨慎时，我们都二十四岁。不过，我只是宫里一名低级的小太监，而他，已经是前途无量风光无双的新科状元了。

状元的荣耀，无论怎么说都不为过。我记得干爹曾经给我讲过，宋朝名将狄青，勇而善谋，战功赫赫，只因没有科场功名，竟然被进士出身的韩琦等人看不起。韩琦曾经很轻蔑地说："东华门外以状元唱出者才是好男儿！"另一位文官尹洙则说："即便是统兵十万，恢复失地燕云十六州，到太庙奏凯歌，也比不上状元及第那么荣耀。"

国朝有个不成文的惯例，不是进士出身的，就没有机会进翰林院，而没有进过翰林院的，不能入内阁。说到底，从洪武爷定国到嘉靖爷坐天下，一百多年里，以举人而不是进士身份做到部堂级别的，也不过区区数人而已。

所以，皇上出席的琼林宴上，杨慎必然是最耀眼最惹人羡慕与妒忌的中心。更重要的是，他只有二十四岁。

我也二十四岁，我干的却是侍候人的活，虽然有干爹关照，不会有人欺负我，但我毕竟是奴才。豆芽长到天高，也是小菜。奴才打破了天，还是奴才。

琼林宴上，我的任务是负责为第一甲的三位进士，也就是状元、榜眼和探花上酒。三人在距皇上的御座不到一丈的殿下叩首后，皇上十分温和地令他们站起来。"赐御酒。"皇上轻轻说。

这时，我和另位两位年轻的太监就一人捧着一只托盘走出来，托盘上，放着一只金杯。杯子里，盛着大半杯御酒。我的那杯，是给状元，也就是给杨慎的。

杨慎和榜眼、探花一齐俯下身子，再次叩谢皇上隆恩。之后，他们各自伸出手，从托盘里取走自己的酒杯。

杨慎看了我一眼，低声说了四个字："谢谢公公。"

我却一声不吭。皇上御前，没有皇上圣旨，我们这些做奴才的，那就只能是哑巴。

端着托盘退下时，我借助眼角余光瞟了一眼杨慎。我没想到十多年后，竟然会和他在皇宫相见。当然，他不可能记得我。但我记得他。毕竟，我最狼狈的时候，他曾向我伸出过援手。他是我的恩人。我只是他的过客。

"我姓杨，单名一个慎字，表字用修，四川新都人。"我永远记得那个月亮很好的夜晚，他曾经笑盈盈地对我说。

12

我的干爹张永把我带进宫后，前四年，我是作为他的贴身侍者存在的。那四年，我们朝夕相处，他不厌其烦地指点我宫中的各种规矩、规则和潜规则。四年后，我比九岁时高出了足足两个脑袋，手臂上肌肉隆起，对紫禁城也由两眼一抹黑变得像熟悉从前生活了九年又被大水冲毁的王家庄。

这时，干爹给我安排了一桩新差事：学习打人。当然，正规的说法是，学习廷杖。他要让我做一名兼职行刑手。

最初，我对他的安排很不情愿，也很想不通。干爹一边教我诗书礼仪，一边让我学这种血腥暴力的东西，他到底有几层意思呢？我当然猜不透。干爹心思缜密，不要说我猜不透，即便是权倾天下，当初与干爹是盟友，后来却渐行渐远的刘瑾也猜不透。

后来我想，如果刘瑾猜透了干爹的心思，他一定会先下手为强。那时候，刘瑾是有力量除掉干爹的。如果真是那样的话，我也会因干爹而生死难料。纵然能活下来，大概也是被打发到浣衣局洗一辈子的衣服，几十年连出一次院子的机会也不一定有。

廷杖是什么？就是用木棒杖打臣民的屁股。听干爹讲，廷杖古已有之，但到了咱大明朝才被发扬光大的。

如同我前面说过的那样，宫中自有宫中的规矩，包括廷杖也是如此。不过，到了大人物那里，规矩也是要根据需要不断发展变化的。

那时候，干爹管辖的诸多机构中，东厂是最重要的一个，这也是他和刘瑾抗衡的最重要的本钱。

东厂在紫禁城东南边，隔着午门与东华门遥相呼应。一排几进的院落，高大阴森，院子里有一排排面盆般粗大的榆树和杨树，树上住着几十只乌鸦。晴朗日子，黑色的乌鸦像黑色的火苗一般飞来飞去。

如同西厂和锦衣卫一样，东厂也是令大明臣民谈虎色变的地方。甚至，人们对它的恐惧，还要超过西厂和锦衣卫。

那天,一个低眉顺目的小太监把我领进了最里面的一进院落。在那里,我开始学习如何成为一名廷杖专家。廷杖的行刑手一般都由锦衣卫缇骑充任,但偶尔也会有宫中太监担纲。我的干爹张永要我学习廷杖,自然有他的深意。他早就看出我的不情不愿,却没有过多解释。他只是说:"有根,到时候你就知道我为什么要让你学这个了。记住,一定要好好学,我已经给东厂的胡公公打了招呼,他会派最好的师傅教你。"

干爹既然如此说,我也就无话可说了。那时候,我早已自觉把自己当成干爹的附庸和爪牙。爪牙是不需要思想的,只要按大脑的意思执行就是了。

师傅递给我一根木棍,那就是传说中的廷杖。大约四五尺长的廷杖,握在手里,沉甸甸的。师傅说:"栗木的。"栗木,那就是板栗树解的了。我的老家王家庄的原野上,麦地之间,就散漫地生长着一些修长的板栗树。秋天,板栗的果实熟了,从深绿色的毛刺包围中,裂出了红色的栗子。至于板栗木,我们家乡常用来打家具,我坐着写字的那张书桌,就是栗木的,重得像块石头。

栗木的一端就是本来的圆形,另一端却用刀削成了槌状,上面包着一层铁皮,铁皮上有些细细的毛刺,想到这样坚硬的东西一下又一下用力打在屁股上,我不由打了个寒噤。

训练是从一个假人开始的。假人用皮革弄成人形。师傅教我如何握杖,如何收腹,如何运气,如何把力量通过双臂传送到廷杖上再传送到受刑人白嫩的屁股上。当然,一开始是如何传送到假人的屁股上。

一连学习了三个月,就在我以为差不多了时,师傅却笑着摇头。他看看我,然后找来两个假人。师傅扭开假人的颈部,那里有一道口子,他把一些砖头塞进一个假人的肚子,把一些宣纸塞进另一个假人的肚子。我站在旁边傻乎乎地看着,不知道他要干什么。

师傅重又把两只假人摆放好,取出那根他用了三十年的廷杖,他先打那只塞了宣纸的假人,他的廷杖高高扬起,重重落下,一下又一下,廷杖落到假人身上,发出沉闷的声响,像是假人也在喊痛啊痛啊。打了十几下,他又打那只塞了砖头的假人,看上去,师傅似乎由于刚才用力过猛而力道变小了,虽然也是一下又一下,但打得明显不如刚才那样又刚又猛。

师傅也打了十几下,停下来,面不改色气不喘地看着我,问道:"宣纸应该打烂了,砖头应该没问题,对不对?"

我点头称是。

师傅意味深长地看了我一眼,他扭开一个假人的脖子,从里面拿出那卷宣纸,宣纸完好如初,根本没有像我想象的那样被打成一团破絮。

"啊,怎么会这样?"我吃惊得叫出了声。

师傅又扭开另一个假人的脖子,用手一掏,从里面掏出一块接一块的砖——全都是半截甚至三四分之一的断砖。

"啊,啊……"我说不出话来。

师傅说:"看到了吗?要这样。要这样才能出师。看起来你没用劲,却能把人打死;看起来你很用劲,却能让人活下去。收放自如。记住,收放自如才是我们的最高境界。"

半年后,当我告别师傅回到御马监时,我能够用一根杨树的枝条,把一只鸡的内脏全部打坏而皮肉上几乎不留痕迹。

我的干爹张永坐在内室闭目养神,我轻手轻脚走进去,他没睁眼,却像是闻到了我的气味儿。他笑了,"学成了吗有根?"

我恭敬地说:"是,干爹,我回来了。"

干爹又笑了:"根儿,技多不压身。有用得着的一天。"

13

果然。我的手艺很快就派上了用场。

那年我二十三岁。入宫已十余年了。

那一年,大明发生了两件惊天动地的大事。第一件是安化王造反。第二件是大太监刘瑾倒台。当然,这两件事之间有着千丝万缕的关系。可以说,如果没有第一件,也就不会有第二件。

安化王名叫朱寘鐇,他的曾祖父庆靖王是洪武爷的第十六子,藩国在陕西行省。

洪武爷开基立国后,对朱家子弟封赏有加,这些分封在外的藩王,有权有势，享不尽的荣华富贵，我实在想不通他们为什么要兴兵造反。唉，达官贵人的心思，不是平头百姓可以猜测并理解的。

安化王造反时，打出的旗号是"清君侧，诛刘瑾"。这就给早已和刘瑾面和心不和的干爹带来了千载难逢的好机会。

我曾私下问干爹："安化王为什么一定要杀刘瑾？他们难道有什么解不开的冤仇吗？"

干爹冷笑一声："傻儿子，杀刘瑾只是借口，他想趁乱夺了正德爷的江山才是目的。"

"可我也听说刘瑾派到宁夏屯田的周少卿大肆敛财，还多次强奸屯田士兵的妻子，安化王所以才愤怒，才造反了。"

干爹摇摇头："周少卿当然是刘瑾的狗腿子，为刘瑾敛财不择手段地鱼肉百姓，可他再大胆，他敢欺负到安化王这种皇亲国戚头上吗？即便是刘瑾，也要对安化王客气三分。"

"那……安化王真的想夺正德爷的江山？"

"有了五升想一斗，有了八两想一斤，人心不足蛇吞象。安化王是想学当年的永乐爷呢。可他哪有永乐爷的雄才大略。再说，咱正德爷是建文可比的吗？"

果然，事情如同干爹预言的那样，安化王很快就兵败了。代表朝廷指挥军队平叛的重要人物中，就有干爹张永。当时，朝廷任命前右都御史杨一清总制军务，泾阳伯神英为总兵官，第三号人物就是干爹张永，他是监军。

平叛胜利早在干爹预料中，而借安化王造反打击甚至推倒刘瑾是否也在他预料中，我不敢肯定。他没有提前向我透漏过半点风声。干爹做事总是很缜密。纵使箭在弦上，如果没有百分之百的把握，他也会引而不发。

很多年过去了，干爹才在一次闲谈时告诉我，真正让他下决心与刘瑾翻脸，就是那次监军之行。

安化王被擒获后，杨一清和干爹留下来善后。有一天，两人在营房里谈心。

杨一清说："张公公，现在安化王这个外患倒是平息了，可国家的内忧并没解决啊。"

干爹当然知道杨一清说的内忧是什么。不过，干爹城府很深，他装作不解地望着杨一清："杨大人，内忧？你指什么？"

杨一清站起身，伸出食指，从汝窑的青瓷茶杯里蘸了一点微黄的茶水，在茶几上写了一个字：瑾。

杨一清望着干爹："张公公，你我都是明白人，也是多年的心腹之交。逢真人不说假话。"

干爹忙说："是的是的。老奴受教于杨大人也有十余年了。只是，此人日夜在皇上跟前，耳目众多，最近又亲自领了西厂，只怕是事有不成，反遭其害啊。"

杨一清说："公公您也是皇上的亲信。现在托公公的福，咱们平定了安化王，安化王打的旗号就是清君侧、诛刘瑾，这可是千载难逢的好机会啊。现在功成奏捷，公公正好向皇上揭发刘瑾为恶，人神共愤。皇上必然采信。诛了刘瑾，公公奇功一件，也足以为朝廷收拾人心。这样的盖世奇功，公公难道就弃如敝屣吗？"

干爹想了想，他站起身，向杨一清拱了拱手，说了一句许多年后将被记载于史书的话，他说："杨大人既然如此看重，老奴何惜余年不以报主哉？"

14

小诸是我的师兄，学习廷杖时的师兄。小诸身高近丈，臂大腰圆，往你面前一站，像座铁塔。我们练习廷杖时，他的手最狠，力最大，也最准。

小诸既是我的师兄，也是可以交心的朋友。要知道，在阴森庄严的紫禁城，人与人之间总是隔着遥远的距离，哪怕两个人抱在一起，他们的心其实也隔着三山五岳。"防人之心不可无啊，"我的干爹曾经多少次告诫我，"一句不经意的闲话，一个不经意的眼神或者动作，轻则葬送你的前程，重则了断送你的性命。我儿，不是干爹与你这样的关系，切莫对他人抛真心。说不定被人卖了，你还在替别人数钱呢。你宅心仁厚，就是过于手软。这是个败着，你要改。记住，在皇宫里要想混得人模人样，你得心狠，得手黑，得浑身长满心眼儿。"

即便有干爹的告诫，我和小诸也成了整天形影不离的好朋友。这中间有一个重要原因，那就是他和我都是山东行省兖州府鱼台县人。只不过，我是王家庄的，他是朱家庄的。我们一谈起故乡的一品香鹅和乱炖湖鱼便两眼放光，嘴角流涎。对故乡美味的共同怀念中，我和小诸成了走得最近的好朋友。

小诸世代居住朱家庄，他姓诸，不姓朱。他上过两年私塾，当然能写自己的名字，也能写人之初性本善或是天地玄黄宇宙洪荒。和他比起来，我上了四年私塾，除了《三字经》和《千字文》，我已学会了对对子，并开始读《论语》《中庸》。我记得发大水前几天，我已经能把《论语》完整地倒背如流。

小诸说，不仅朱家庄全庄都姓朱，他的爷爷、父亲也都姓朱。朱家庄不姓朱的只有一个，那就是他，小诸。

小诸说，从他进宫做太监那天起，他就改姓诸了。不是他要改姓，而是宫里的公公要他改的，问公公为什么要改，公公鼻子里哼了一声："叫你改你就改，哪有那么多为什么！你给咱家记住，这紫禁城里，不该问的就不要问，不然丢了小命别怪咱家没给你提过醒。"

我暗地里把小诸改姓的事告诉了干爹，干爹说："当年，洪武爷下过一道圣旨，凡是进宫做太监的朱姓者，一律改姓诸。"

我不解："为什么？"

干爹正在喝酒，烛光下，脸色通红。一般说，干爹平时不喝酒的，除非有喜事或大事。那天，他刚升了尚衣监总管，这自然是喜事。他得喝几杯。我却不胜酒力，只陪了两杯便不行了。干爹喝了酒，话多了起来，就像一句俗话说的那样：野兔是狗撵出来的，话是酒撵出来的。干爹的话也被酒撵出来了。当然，也只有面对我这个干儿子，他才会全无顾忌地说话。换了别人，哪怕烂醉如泥，他也保证九分清醒，知道哪些话该说，哪些话不该说。

干爹又干了一杯，慢腾腾地说道："根儿，你想想，做太监是光宗耀祖的事吗？"

我说："外面那些做尚书的、侍郎的，一个个都是人五人六的大官，见了干爹或是刘公公，不都毕恭毕敬？"

干爹道："你以为那是他们瞧得起咱家？他只是怕我们这些在皇上身边听差的奴才，万一得罪了我们，我们会趁机给他下烂药安套子。他不是对我们恭敬，他是对权力恭敬，是对皇上恭敬。"

"这和洪武爷的圣旨有关？"

"当然有关。"干爹喝完了一壶酒,两眼放出精光,一张宽大的脸上渗出了细密的汗珠,"古人说,身体发肤,受之父母,不敢毁伤,孝之始也。我们呢,毁伤的岂止是发肤?说穿了,这紫禁城的几千上万名公公,九成以上,要不是像你我爷儿俩一样走投无路,但凡还有点出路的,谁肯干这差事?洪武爷姓朱,这朱姓就是国朝第一大姓,这大姓里要是有人也像咱们一样,洪武爷便觉脸上无光,所以必须改姓诸。这也是古人所说的公族无刑人之义。"

没想到,第一次执行廷杖时,小诸竟吓得尿了裤子。

刘瑾被凌迟之前,先处理了刘党一批官员。最轻的罢官,最重的杀头。至于廷杖,不轻也不重。

那个秋雨绵绵的早晨,我和小诸等人带上棍子,站在午门外侧的一间听差房里等候。

午门是紫禁城的正门,东西北三面城台相接,中间环抱着一个方形的空地。北面门楼,面阔九间,重檐黄瓦,显露出皇家的尊贵与威严。

奇妙的是,午门明明有五个门洞,但站在广场上遥望,却只能看到三个。那是由于左右两个掖门,开在东西城台里侧,一个面西,一个面东。这种规制,称为明三暗五。开着的三道门,中间那道,是皇帝御用的。皇帝大婚时,皇后也可以用一次。其他则只有高中状元、榜眼和探花的天之骄子,在参加琼林宴时,得以从这道门进入。

一会儿,司礼监的一个公公把我们带到午门外的空地上,要我们站在他指定的地方不动,等候禁军一会儿将犯官们押出来,再由我们分别行刑。那一次,我却没有行刑任务,我的任务是见习。

正德爷高坐在乾清宫的龙椅上,他的左右两边,站着九卿以上的高级官员。被处以廷杖的几名犯官,长跪于乾清宫门外,等候命运的判决。

正德爷听了首辅李东阳等人的启奏后,只轻轻说了一句:"廷杖六十,永不叙用。"

正德爷的八个字,由殿内四个身材高大的禁军高声喝出:"廷杖六十,永不叙用。"

这声音从足有半里的乾清宫传到午门,每一次,高声喝叫的禁军人数增加一倍,由四而八,由八而十六,由十六而三十二,当三十二人一齐高喝时,宛如天空中滚过一道惊雷。小诸吓得脸色惨白,手中的棍子也掉了下去。然后,我看见他的裤裆湿透了。

15

杀人诛心。我的干爹张永对我说。

那是紫禁城的一座幽静院子,干爹喜欢清静,便选了这间院子。据说,这里曾是几十年前景泰爷的废后汪皇后居住的冷宫。土木堡事变后,正统爷被瓦剌俘虏。在兵部尚书于谦的力主下,正统爷的弟弟继位,也就是景泰爷。景泰爷上台后,废了正统爷的太子,要立自己的儿子,汪皇后却力陈不可。景泰爷一怒之下,废了皇后,打入冷宫,汪皇后就在如今干爹居住的这座四合院里,整日以泪洗面,后来终于在一个大雪纷飞的夜晚,跳进了院中那眼深井。紫禁城里有许多这样的深井,几乎每一口井,都吞没了不止一个冤魂。

我曾趴在井口探看,十几丈深的地面以下,是一泓黝黯的井水。夜晚,能看到一轮月亮在水底潜行。所以,那眼井称为月亮井。

干爹有心事时,总是搬张太师椅坐在月亮井前,沏一壶六安瓜片,一边喝茶,一边凝视那眼如同大嘴的井。

"杀人诛心。"干爹喝了老半天茶,才对我说了这四个字。

我不懂,望着他。

"万岁爷知道刘瑾是奸臣,误了天下,可万岁爷还没下定决心要杀他,只想把他贬到南京去为洪武爷守陵。刘瑾一天不死,我们,包括杨一清、李东阳、杨廷和,就一日不能睡上踏实觉。卷土重来、东山再起的例子太多了。"

"那怎么办?"我忙问。

"你想想,刘瑾要犯了什么样的罪,万岁爷才绝不会放他的生路?"

"像安化王一样,造反?做梦想坐万岁爷的龙椅。"

"对,只有谋反这种十恶不赦的大罪,万岁爷才会杀他,让他死得很难看。"

"可是,刘瑾真的要造反吗?似乎不像。"

"你没听说，从他府里抄出了不少兵器甲仗吗？他一个服侍万岁爷的奴才，置办这么多兵器甲仗，不是想谋反，那是想什么？"

"干爹，按说，您也可以像刘瑾他们那样，在宫外再置一座府第……"

"不，"干爹打断了我的话，"住在这里，离万岁爷最近，不是更好吗？再说，天底下哪有比紫禁城更舒服更安全更体面的地方？"

"万岁爷下圣旨了吗？"

"下了。圣旨说，刘瑾谋逆，处以凌迟。"

"凌迟？"我惊得站了起来。

"是的，"干爹出神地看着那眼小小的深井，他的眼神也像两眼小小的深井，"圣旨说，三千三百五十七刀。"

"啊？三千三百多刀？"

"我听说，昨天小诸在廷杖开始前，就吓得尿了裤子。没出息。明天午时三刻行刑，你换了衣服，我给把门的石公公说一声，你去看看人家是怎样行刑的。三千多刀，那可是运用之妙，存乎一心的上乘技艺啊。"

"是，干爹。"

月亮已经躲进云层，月亮井里没有了明晃晃的月亮，只有一汪漆黑的水，像座无底洞。

我换了青衣小帽，只要不说话，或是听话的人不仔细，不会发现我是偷偷出宫的小太监。守门的石公公是干爹的心腹，他不说，干爹不说，谁也不知道我去哪儿了。

刑场照例设在西市，也就是甘石桥下的四牌楼。四牌楼旁边，有一片空地，那是死囚们在人间的最后一站。刚过辰时，刑场四周的街道已由官兵戒严。按干爹指示，我提前赶到那家叫醉香楼的酒楼。

酒保笑吟吟地迎上来："客官，请客还是自饮？本店有上好的花雕。糟鸡卤鸭肥鹅，山珍海味，应有尽有。"

我说："自饮，要二楼那个面向四牌楼的包间。"

酒保笑得更深了："客官，那个包间，今天您得在酒钱菜钱之外，另加二两银子。"

"为什么？你一桌酒菜也还不值二两银子。"

"您老肯定也晓得，今天皇上要剐刘公公。那个包间呢，是看热闹的首选，距离近，看得清，还处在上风，不会有血腥味儿刺您老的鼻子。您说，这么好的房间，一年才凌迟几个人，不多收二两银子，不白瞎了这么好的房间吗？"

于是，我花了三两银子，订了一桌上席。包间宽大的窗户，正好对着即将行刑的地方。看上去，最多也就十丈远。趴在窗口，居高临下，我能看到士兵们手中的刀枪闪闪发亮。

我来到醉香楼时才辰时，便要了壶武夷山大红袍，坐在窗前，一边喝茶，一边观望。只见十多个苦力正在干活，吃力地把一根有横枝丫的大木头竖立在东牌坊下。地上事先挖了一个坑，木头的一端插进坑里，再用泥土夯实。横出的枝丫有六七尺高。听干爹说，不同的死刑在这座小小的刑场也有不同的地方，一般来说，处斩在西，凌迟在东。

牌坊下，临时搭了一座遮阳篷，篷里坐着监斩的官员，来自大理寺、都察院和刑部。这三个部门统称三法司。凡是重大案件，都要由三个部门一同会审，以示慎重。

一会儿，只见几个膀大腰圆的汉子懒洋洋地走了过来，一人手里提着一个小竹筐，太阳照到小竹筐，有光芒刺目，细看，是一些小刀和铁钩。他们就是行刑的刽子手。刽子手们走到大木头旁，取出小刀和铁钩，在一块砂石上磨起来。一边磨，一边说笑。这些经验丰富的刽子手，对他们来说，凌迟一个活人，大概并不比杀一头猪更让人紧张。

巳时二刻，太阳明晃晃地挂在天上，围着四牌楼的几条街观者如堵，尤其是广场四面的几家茶楼和酒楼，每一道窗户都拥挤着无数颗脑袋，拉长了脖子。一些年轻人，甚至爬上了周边的几座房子。一个老头在下面扯开了嗓子喊他们下来，但无人理睬。

我想起七岁时，我们村一个姓刘的青年，被他妈告了忤逆不孝，新来的县令大概要把他作为一个典型，层层报上去，竟判了他死刑。行刑那天，县城西门外的河滩上，也围了成千上万的人，比过端午划龙舟还热闹。

尽管刘青年的妈呼天抢地大叫冤枉，希望大人们收回成命。可是，一切都已无法挽回。人们兴奋的围观中，光着膀子的刽子手抡起雪亮的鬼头刀，一刀砍到跪在地上的刘青年的脖子上。刀光过处，一颗头飞出四五尺远，在河滩上滴溜溜打了好几个滚，然后才是暗红的血，从没了头的脖子处喷涌出来，足足喷了两三尺高。站得近的人赌咒发誓地说，那颗头落到他脚边时，他听到刘青年还喊了一声"冤枉啊大人"。

　　看完杀头，回村路上，人们议论纷纷。一个说："妈的，我们村也总算出了个死刑犯了。"一个说："下回看杀头，不知道还要等多久呢。"一个说："我听说河滩边的几百亩麦地都被踏平了，麦地的主人正在县衙喊冤呢。"一个说："冤个屁，要冤，他有刘青年冤吗。"

　　就在这时，一队官兵从远处喝道而来，中间两个士兵抬着一只大竹筐。竹筐里坐着一个人，科头赤足，正是曾经权倾天下的刘瑾。

　　所有的嘈杂一下子神奇地消失了，只能听到士兵们的靴子踩在黄土路上的吱吱声。

　　刘瑾被抬到横木丫前，士兵把竹筐放了下来。这时，我听到刘瑾用带着陕西腔的官话，好奇地问："那个是做啥的？"

　　旁边立着的刽子手愣了一下，随即谦恭地回答说："那个，就是一会儿送公公升天的。"

　　刘瑾沉默不语，我似乎能看到他的脸色由红润变得苍白，又由苍白变得潮红。刘瑾说过，他是汉高祖刘邦的第六十二代孙，他那是暗示他的血管里，也流淌着皇家的血液。所以，人们把正德爷称为坐皇帝，而他，就是不折不扣的立皇帝。

　　诸位官员端坐的遮阳篷外，立着一根短木，那是用来测日影的。一个官员看了看棍子在地上的影子，已经到了最短的位置。这意味着太阳当顶，午时三刻到了，这是一天里阳气最盛之时，选在此时行刑，是要让受刑者连鬼也没得做。

　　一个官员大声宣读圣旨，他的声音被四周人群的嘈杂声所淹没，只见他的嘴一张一合，像是一条被扔到沙滩上的鱼。到了最后一句，他似乎用尽了全身力量，大吼道："照律应剐三千三百五十七刀。"话音刚落，上百名士兵和十来名刽子手一齐吼道："应剐三千三百五十七刀。"巨大的声响如同平地里掠过一声惊雷，我吓得手中的茶杯也掉到了地上。这时，我才明白为什么小诸要尿裤子了。

刘瑾被刽子手们七手八脚地从竹篮里拉出来，呈一个"大"字绑在那根有横丫的木头上，他的衣服已经被扒光了，他的没有下体的身子惹来众人一阵嬉笑。那一刻，我忍不住心虚地向四周看了看。幸好，宽大的包间里只有我一个人。没有人知道，我也和十丈开外那个被绑在木头上的老太监一样。我们都没有尘根。尽管我叫王有根。

三千三百五十七刀当然不可能一天完成。事实上，哪怕是个铁人，也受不了三千三百五十七刀。所以，剐刘瑾分三天进行，第一天剐三百刀。三百刀也不可能由一个刽子手完成。这是一项精细活，需要技术，更需要耐心和敬业。十个刽子手轮番上场，一人剐三十刀。

第一个刽子手上场了。他光着上身，却又挂了一条红色的绸带，那是避邪的。他的两个助手一左一右，一人手里端着一个铜盘。右边的铜盘里，放着刚刚磨过的小刀和铁钩，左边的铜盘却是空的。

他们一齐走到刘瑾面前，刘瑾面无表情地望着他们，似乎好奇倒要多过害怕。果然不愧是刘邦的子孙，胆儿肥着呢。

刽子手向刘瑾恭恭敬敬地作了个揖："刘公公，小人吃了这碗饭，只得奉命行事。我和您老往日无冤近日无仇，你就不要记恨小人了。小人来服侍您老。"

刘瑾说："你一刀杀了我吧，咱家在九泉之下也会感激你的。"

刽子手没吭声，他伸手从盘子里拈起一柄小刀："刘公公，你忍着点，我要动手了……你倒是把眼睛闭上啊。"

刘瑾说："不，咱家偏要看你如何动手。"

刽子手愣住了，手里捏着那柄小刀。阳光射到刀身上，如同一面细长的小镜子，把阳光反射得到处乱跳。

遮阳篷里走出一个级别较低的官员，对着刽子手吼道："快动手，还磨叽什么。"

刽子手不回头，答道："是，大人。"

他伸出左手，揪起刘瑾的左眼眼皮，右手挥动小刀。刘瑾尖叫一声，他的眼皮已经被割开了，却又没割断，耷拉下来，恍似一片皱巴巴的灰布，遮住了他的左眼。紧接着，他的右眼也如此这般地遮住了。

没有了刘瑾的注视，刽子手迅速恢复自信。他的手艺果然非常精湛，一看就是经常操练的熟手。刘瑾的乳头被割了下来，一枚铜钱大小，小心地放在左边那个助手端的铜盘里。从乳头开始，一片片地割。每一片肉几乎大小相等，并不见多少血迹在上面，都一片片地码好，叠放在铜盘里。我一下子想起膳食监的御厨们为国宴摆盘的情景。

这一天，三百刀割完后，刘瑾昏过去了。这个浑身少了三百片铜钱大小的肉的血人，被士兵们重又押回死牢。据说，当天晚上他就苏醒了，大喊口渴，还喝了两大碗小米粥。当然，这是他在人世间的最后的晚餐。

至于从刘瑾身上割下的三百片肉，当然有它的用场。那是刽子手们的外水。太医说过，人肉是能治痔疮的。具体用法就是把一片片人肉用文火焙干，再打成粉末，痔疮发作时，塞进屁眼儿里。

一片人肉一百文钱。一会儿工夫，三百片人肉就一抢而空。没抢到的站在那儿不走，刽子手就柔声安慰："明天请早，明天还要接着剐呢。再说，照我看啦，恐怕要剐的也不只刘公公一个。"另一个刽子手立即吼道："你他妈乱嚼啥舌头，朝廷大事，也是你能关心的？你不要命啦？"

第二天，我没再去刑场。只听说，刘瑾终于吃痛不过，大声揭露宫中的污秽之事，监斩官们匆匆开了个小会，用几只核桃塞住他的嘴。刘瑾的揭露声变得沉闷而模糊，像是夏日雨夜，很远的天边传来一片雷声。

监斩官们终觉核桃也不保险，又匆匆开了个小会，命令刽子手割断了他的某根血管。刘瑾喉管里呻吟一声，死了。

只是，刽子手们因为没有按计划售出更多的人肉片而十分恼火。"大人们连小的们眼屎般的财路也断了，叫我们怎么活？"抢着买人肉片治痔疮却没买到的看客更是大发牢骚。刽子手们只好又柔声安慰："等着吧，下次我给您老留着。"

16

剐了刘瑾之后第三天，又廷杖了一批官员。

八月的京师秋高气爽，官员们穿得也薄，大多就是官服里再穿件丝绸内衣。这样，廷杖时，力道更好控制。这是我首次行刑前，我的师傅特意告诉我的。这是他多年廷杖的经验之谈。

我负责行刑的是一个姓余的二品级高官，原本是吏部尚书，据说多年来与刘瑾勾结，是干爹张永的主要对头之一。但是，正德爷并没有判他死刑，他的处罚是廷杖四十。按以往经验，廷杖四十是不会打出人命的。

但我知道，干爹想要余尚书的命。

行刑地依然是午门外那片宽阔的空地，监刑官是我的干爹张永。

余尚书被锦衣卫校尉按倒在地，褪下绯红的袍子和白色的丝绸内衣，露出了白嫩的屁股和大腿。还没打，他就杀猪一样尖叫。干爹轻蔑地说："余尚书，忍着点吧，咱家不是还没开打吗？"

余尚书止住声，抬起头来恶狠狠地朝干爹啐了一口："竖阉，你不会有好下场的。"

干爹微微一笑："说起好下场，谁有你们敬若神明的刘瑾好呢？搁棍！"

听到干爹喊搁棍，我不慌不忙地把手里的棍子放到余尚书裸露的屁股上，我感到他的身子不安地颤动了一下，棍子也跟着轻轻地抖了抖。

"用心打。"干爹喝道。

我点点头："是。用心打。"

说话间，我仔细看了看干爹的两只脚。这些，师傅早就教过我们的，执行廷杖时，到底只是让他吃点皮肉之苦，还是真要打残甚至打死，这都是有学问的。这学问就是执行监刑官的命令。当然，监刑官的命令不会直说，而是暗示。

他的暗示有两种，其一，如果说着实打，那就是棍下留人；如果说用心打，那就是打死得了。

还有一种暗示，即喝令行刑时，看他双脚的位置。如果他的双脚呈外八字，也就是脚尖分开，那就是随便打打好了；反之，如果他的双脚呈内八字，也就是脚尖靠拢，那就是要死不要活。

干爹两只脚的脚尖用力地靠拢，尽管这样的站姿很不舒服，但他还是确认我看清楚了之后，才微微分开一点，继续站成内八字。

我缓缓举起棍子，用力落在五尺之外的屁股上。我想起了师傅之前让我们打的那些包在假人里的砖头。棍子落到屁股上，发出沉闷的声响，并不刺耳。倒是余尚书的惨叫，远远比它传到更远。

按规矩，每个行刑人执行二十棍，二十棍后，换一个行刑人再打。

我打完二十棍后，余尚书白皙的屁股和大腿早就血肉模糊，人也昏迷过去。我估计，尽管我不能打他的背部，但运用师傅传授的法子，不仅他的屁股已成一团死肉，哪怕相连的脏器，多半也打得稀烂。他不会有活下去的指望了。

想到这是我亲手杀的第一个人——尽管他并没有当场就死在我的杖下，我还是有些不安。

不安浮上心头那一瞬间，另一个行刑人的廷杖声已经响了起来。它减轻甚至抹去了我的不安。

三天后，尽管京城最有名的伤科医生李大夫从余尚书被打得稀烂的屁股和大腿上，一连剜下五大碗烂肉，并用了最好的从西洋进口的治伤药，但他仍然在夜里一命呜呼。据说，临终前，他除了大骂干爹张永外，还大骂了我。他当然不知道我的名字，他骂的是，那个断子绝孙的小太监。他骂得真可笑，既然做了太监，不用说，那肯定注定了要断子绝孙的，这又有什么可骂的呢？真是人之将死，其骂也荒唐。

不过，听说余尚书的死讯后，我还是做出一个重要决定：从今以后，我只吃素。这倒不全因为余尚书死在我手下，而是我清楚地知道，将会有更多的人死在我手下。作为一名行刑手，我其实没有选择的自由。我必须执行命令。像一根棍子，我也只是工具。

我只想用吃素来求得菩萨的谅解。

干爹得知我决定吃素后，不明所以地笑了笑："随你吧，有根。你还年轻，还需要历练。"

17

一根田埂三截烂。这是一句四川俗话，用来说明人生的复杂多变。我没去过四川。我知道这句俗话，是多年以前，当我才二十多岁时，有一天，干爹与杨廷和聊天时听到的。

"一根田埂三截烂。"我记得,当时,内阁阁老杨廷和一手端着茶碗,一手拿起茶盖,鼓起嘴巴轻轻地朝着茶水吹气。他的花白的胡须又浓又密,像是南方榕树的气根。然后,我听到他对干爹感叹:"一个人啦,三穷三富不到老,一根田埂三截烂,这一辈子,到底会发生什么样的起承转合,孰能预料?"

干爹含笑着附和:"是啊,杨大人说得对。嗯,一根田埂三截烂,三穷三富不到老。"

后来,当我听说翰林院编撰、正主持修纂《武宗实录》的状元杨慎被下旨廷杖时,虽然我早已从满城风雨中,知道朝中近日必有风波,但仍没想到竟会有如此天翻地覆的巨变。

我一下子就想起了杨廷和的预言,想起了他说一根田埂三截烂时的神气。他当然不是预言他的儿子。那时候,谁要是说他的儿子将在十多年后被廷杖,他一定会认为这个人得了失心疯。

那次廷杖没有安排我行刑,小诸和其他一班兄弟去的。监刑官还是干爹张永。那天我轮值,我得坐在御马监大堂外的一间耳房里,时刻准备听差。

下午,小诸他们行刑完毕回来了。小诸格外兴奋。多年历练之后,他已成为一个成熟的行刑手。他不会再尿裤子了,倒是那些被他廷杖的官员,有不少人尿了裤子。

小诸走进来,大声说:"有根,你猜今天我打的是谁?说出来吓你一跳。"

"谁?"——刚说出这个谁字,我突然一个激灵,立即站起身,"难道你打的是杨、杨状元?"

小诸哇了一声:"神了,居然让你猜出来了。"

"他怎么样?"

小诸既得意又沮丧地说:"你知道的,按咱家的技术,要把他打成几块烂砖头,还不小菜一碟。不过,张公公要留他一条生路,咱家岂敢不听招呼。"

小诸说的张公公,自然就是我的干爹张永。干爹和杨廷和算不上至交,但毕竟曾是反对刘瑾的同道,如今,他关照杨慎,也算是对故人有个交代。

我慢慢坐了下去。

只是,万万没想到,对杨慎的廷杖居然有两次。

第一次四十棍，第二次二十棍。

我同样没想到的是，对杨慎的第二次廷杖，竟由我来执行。

不过，监刑的不是干爹，而是慎刑司的刘公公。

以往受刑的那些官员，哪怕是吓得尿了裤子，总算是自己走到午门外那片空地的。但杨慎和另外几个第二次受刑的犯官，上次的伤口远未痊愈，根本无法自行走动。他们都由锦衣卫的校尉用竹椅子抬了过来。

杨慎被两名锦衣卫校尉一左一右地挟起来，粗鲁地把他按到受刑的长条凳上。他趴下之前，我瞥了他一眼，他面容清瘦，有一种失血过多后的苍白。不知为什么，他的脸色让我一下子想起了多年前沙坡驿那个夜晚的月光。那个夜晚的月光也是如此这般的苍白。只不过，苍白中有一些混浊。

我手持木棍，走到杨慎身后。这样，我看不到他的脸，只能看到他的背影。校尉把他的衣服褪了下去，露出他的屁股和大腿。十天前廷杖后的伤口还没痊愈，新长出的肉还没来得及填满之前挖出的坑。

"搁棍！"

刘公公站在我和杨慎面前，突然大声暴喝。

"是，搁棍！"我高声应着，同时把栗木杖举起，轻轻放到了杨慎的屁股上。如同上次廷杖余尚书那样，我同样感觉到了杨慎不由自主地颤抖了一下。想必，和初尝廷杖的余尚书比起来，已经受过一次廷杖的杨慎会更加恐惧。但凡血肉之躯，恐怕都不可能不恐惧。

把棍子搁到杨慎身上后，我抬头向刘公公望去。

悚然一惊。刘公公的双脚脚尖并拢，呈内八字，就和当初余尚书被廷杖时，干爹的姿势一样。紧接着，我听到刘公公嘴里吐出三个冷冰冰的字："用心打。"

我的心狂跳起来。我立即意识到自己犯了一个想当然的错误。并且，我即将面临一个严峻选择。

原以为，这次廷杖也像上次那样，只是要让杨慎等人再受点皮肉之苦，并不会取他们性命。因此，我只要手下留情，施展出打宣纸的本领即可。可是，谁知道，这次竟是要他们的命。

其实，仔细一想也对。如果只是要让他吃皮肉之苦，第一次廷杖已经足够了，何必再执行第二次？很可能，第一次廷杖其实就准备要他的命，然而，由于干爹暗中相助,杨慎才逃过一劫?今天却不是干爹而是刘公公监刑。刘公公也是干爹下属,他不可能在明知干爹要放杨慎一马的情况下,却要我取了杨慎的命。那么,一定是有什么人暗示或者明示过他。这个人的地位和权力,自然还在干爹之上。

我该怎么办?照刘公公的暗示,直接取杨慎的命,那倒非常简单。甚至,我也不必为此有良心的谴责。因为,我只是执行命令。就像我手里的棍子,它打死人,也只不过是工具,是任人支使的工具。我也是工具,任人支使的工具。

可是,早在接到行刑的命令时,我就暗自决定棍下留情。

我是个固执的人。

"我姓杨,单名一个慎字,表字用修,四川新都人。"

当我手中坚实的栗木棍在空中划出一道漂亮的弧线,我耳畔又回响起九岁时那个春天的夜晚。遍地苍白的月光下,古老的沙坡驿客舍里,九岁的杨慎笑盈盈地对我说。

我的棍子落到杨慎身上,发出一记沉闷的声响。最初几棍,他在小声呻吟,随后,声音渐渐小了。廷杖结束时,他昏了过去。刘公公肯定以为他已经毙命了。他赞许地看了我一眼,"有根,好手段。"

"谢谢刘公公栽培。"

一会儿,两个校尉上前挟起昏过去的杨慎,他的屁股和大腿上新伤加旧伤,血肉模糊,惨不忍睹。两个经验丰富的校尉也以为他死了,他们问刘公公:"是通知他的家属来收尸吗?"

刘公公嗯了一声。

我把栗木棍放在肩上,回过头去看了杨慎一眼。只有我清楚,尽管他已经昏死,尽管他看上去被打得一塌糊涂。其实,他没有死,他不会死。

你帮了我一回,我也帮了你一回。杨状元,咱家算是和你扯平了,谁也不欠谁的了。我心里道。

18

回到干爹的院子，干爹又坐在那眼深不可测的古井前发呆。他旁边的小几上，放着一壶酒、一碟定州焖子和一盘高碑店豆腐丝。看到这两个菜，我就知道干爹今天心情不错。

干爹是保定府定州人。定州焖子是一道凉菜，把瘦肉和山芋粉灌制到肠里，再切成片。干爹最爱用它下酒。据他说，这道菜还是宋代大文豪苏东坡创制的呢。至于高碑店豆腐丝呢，历史就更久了。干爹说，早在汉朝，淮南王刘安发明了豆腐之后不久，高碑店就开始制作豆腐丝了。制作豆腐丝的地方到处都有，可高碑店豆腐丝却以香味浓郁，色泽乳黄和条股匀称而知名。

我记得，干爹向我说起他家乡的这两道美食时，总要艰难地咽下几口唾沫。等到后来我也有机会品尝时，却发现它们的滋味远不像干爹描绘的那样不可方物。不过尔尔罢了。

年齿渐长，我渐渐明白，一个人的口味是由母亲定的调；然后，家乡风味将成为口味的底色。回不到故乡，吃一口故乡菜，似乎也就从精神上返了乡。我想，定州焖子和高碑店豆腐丝于干爹来说，就是如此。

宫中分工细致，以饮食来说，二十四衙门中，尚膳监是主要负责机构。除此之外，在皇上起居的乾清宫，还设有多个专业部门，每个部门只负责饮食的某一方面。如负责甜食的甜食房，负责点心的点心局，负责干碟的干碟房，负责冷饮的冰膳局，负责汤类的汤局……至于酒醋糖酱等调料，还在二十四衙门中设了酒醋面局来担纲。总而言之，这些机构、部门设置之多之专业，外人简直匪夷所思。

不过，哪怕和宫中饮食有关的人员多达万人，但他们的主要服务对象其实只有一个，那就是皇上。因此，宫中饮食的一应特点，都以皇上为中心。

这就是说，如果地位不够的话，在宫中，你想吃一道家乡菜几乎不可能。比如我和小诸，一说起家乡的一品香鹅和乱炖湖鱼就两眼放光。可是，要等到我也做了二十四衙门之一的尚宝监监正时，才有机会再次品尝到它们的滋味。

至于时运不济的小诸，他在宫中生活了五十年，一直到死，也没再吃上一口念念不忘的一品香鹅和乱炖湖鱼。

干爹说："来，陪我喝一杯。"

我坐下来，先给干爹满上，自己也倒了一杯，再毕恭毕敬地向干爹敬酒。

"很好，你会琢磨事了。"过了半晌，干爹突然没头没脑地说。

我知道他指的是什么。我说："干爹，我这样做，是不是有风险？"

干爹说："风险当然是有的。不过，你做得不错。既放了他一马，又把他打得昏死过去。他们最多认为你的手艺火候还不到，并不是有意的。"

"是谁想让他死？"

"你想想看。"

"我想了，但想不出。那个人能够指挥刘公公，而刘公公又是您的手下，那这个人，岂不还在干爹您之上？"

"没错。"干爹点点头，"我派刘公公监刑，又派你去行刑，本来就是一着险棋。但你处理得不错。往死里打的意图你是执行了，只是手艺不过关，或者说他命大，死而复苏，这就不是你的责任了。大家都好交差。"

"给谁交差？"

干爹没理我。他拈了几片定州焖子放进嘴里，闭上眼睛，慢慢咀嚼。过了好一会儿，他喉咙一鼓，咽下食物，又喝了口酒，像是自言自语般地说了四个字：

"天威难测。"

我问："皇上？"

干爹黑脸叹气："皇上的意思，是要把他打死。"

我又站了起来，"皇上为什么这么恨他？"

干爹长叹："你不懂。这个大礼议事件，复杂至极。表面看，皇上是要为他的父亲母亲争取一个更体面的尊号并建庙祭祀，可杨状元这些文臣，却坚持认为不合礼法，不肯同意，且一而再再而三地苦谏，皇上不打杀几个，如何树得了威？"

19

出了京师将近两个月后,我和两个随从终于行抵数千里外的永昌卫。可谁也没想到的是,最后一段路途上,出事了。

永昌卫四面环山,它的城池就坐落在群山之间的一块小平坝上,当地人称为坝子。进城后,我们住在指挥使司衙门对面的客栈。

如何与两个月前就据说已经病入膏肓的杨慎见面,又如何了解他都留下了些什么样的文字,一路上,我设想过多种方式。

第一种是通过指挥使司把他招到衙门,公事公办地见面。但是,皇上的意思,并不是让我来审查他,而是比较含蓄地了解他。这样做,不相宜。

第二种方式是隐藏我的身份,比如伪装成一个读书人,前去向他请教,再从言语之间有所了解。只是,我有些担心我和两个随从的声音。多听几句,以杨慎的见识,必定能判断出我们的真实身份。

傍晚,早早地用过晚餐后,太阳还挂在天上,月亮却从另一边升起,边地的黄昏轻风吹拂。我沿着指挥使司衙门前面的大街信步闲走,不知不觉走到了城楼上。城楼正对的那匹山名叫太保山,山间林木苍翠,几点炊烟表明那里居住了一些人家。按昨天打听来的消息,杨慎如今就住在太保山半山腰张含的一处别业里。张含这人我是知道的。早年朝廷要大用他时,他却一再婉辞,表示希望留在云南。后来,如他所愿,做了腾冲兵备道。现在想来,他这么煞费苦心,其实就是为了就近照顾杨慎。

对杨慎来说,腾冲兵备道张含就是一株可以倚靠的大树。否则,就杨慎流放犯人的身份来说,一个千户乃至一个总旗,都可以合法地治死他。天高皇帝远的边疆,死一个流放犯人,大概比死一只麻雀重要不了多少。

太阳终于下山了,月色笼罩。我突然有了主意。

第二天一早,我只带了一名随从前往太保山。临行前,我吩咐这名随从,从现在起,你就闭上嘴当哑巴。至于我,我提前服用了两颗从西洋进口的沙嗓丸。据说热带岛屿上,有一种高达十几丈的大树,它所结的果实提取后制成丸子，服用后，能使人的嗓子沙哑低沉，持续几个时辰。宫里的公公们出了宫，又想隐藏真实身份，就得靠它。不过，这东西实在太贵，甚至有钱也买不到，这次云南之行，我也只带了两颗而已。

太保山不算高，没想到山路却湿滑崎岖。我已是年过七旬的老人，精血已衰，只爬了半个时辰就气喘如牛。随从扶着我，一步一步地朝白云深处走去。

峰回路转，草木更加茂盛，林子更加阴郁。然后，那条大蟒便横在山路上。

初时，我和随从都以为那是一段枯树枝。只是，当我手里的拐杖触到它时，它轻轻地动了一下，我还以为眼睛花了。然而，眼力稍好的随从大叫起来："王公公，蛇！蛇！"

"蛇在哪里？"我茫然四望。这时，那段枯木剧烈摆动起来，它长长的身子扫过来，打在我腿上，我脚下一滑，向一侧的悬崖摔了下去。

我听到随从惊恐的尖叫。那一刻，我想，我这老骨头看来要交待在这永昌城外的太保山了。

还好，我被悬崖上的一株苦楝树兜住了，否则，下面便是乱石林立的山谷。我只是短暂地晕了过去。

据随从后来告诉我，他急得大叫救命时，从前面的林子里钻出一个须发皆白的老人，看起来，足有八九十岁了，脚步却十分轻健。他听了随从的哭诉，飞快地转回去拿了一根长长的绳索。一头系在腰上，一头系在巨蟒刚才横着身子的山路旁的一块石头上。紧接着，像只猿猴一样，身子一荡，便滑了下去。

后来，老人说："这蟒蛇看起来很吓人，其实从来不伤人。它就喜欢躺在阴凉的地方睡觉。只要接连下几场雨，它就要出来透透气。当然，它摆身子的时候，你不能靠得太近。如果你要从它身上跨过去，只管轻轻跨就行。或者，用树枝远远地拂拂它，它就会让路。"

我的身上受了点轻伤，大概是滑下悬崖时划破的。

"两位不知从何而来？为什么一大早就到太保山上？"

"咱……我们是从保定府来的，想到山上去见杨状元。"

"哦？你们是他故交吗？"

"不是。"

"那找他何事？"

"我受保定府杨知府之托,前来邀请杨状元,恳请他主持编修《保定府志》。"

"实不相瞒,我就是杨状元的家人,我叫杨敬修。杨状元已病半年,恐怕要让先生失望了。"

大半个时辰后,我终于走进了半山腰的杨慎居所。

是一座傣人风格的竹楼。大门前悬着一块修长的木匾,上面是曲里拐弯的傣文,我自是一个也不认识。

客厅宽大而空,一个童子献了茶便下去了,杨敬修也告了声失陪,说是要去禀报主人。

我四处张望。老实说,我很少像现在这么好奇。墙上挂着一张斗方,画的是一丛兰草。早听说杨慎善画兰,这自然是他的作品。看看题款,署的是滇南一老兵,当然就是他了。兰草旁边,又题了一首七律,道是:

七十余生已白头,明明律例许归休。
归休已作巴江叟,重到翻为滇海囚。
迁谪本非明主意,网罗巧中细人谋。
故园先陇痴儿女,泉下伤心也泪流。

杨慎此诗,倒是别有一番心酸。据地方官汇报说,三年前,他因病归蜀,然而并没有得到朝廷批准。其实,像这种不经批准而归故乡,于杨慎,早已不是第一次了。一般而言,地方官也都假装不知,与他行个方便。然而,当年新任云南巡抚的王昺却小题大做,竟派了几名军吏跑到泸州,将闲住在此的杨慎押回滇中。不仅押回滇中,一路上还给杨慎戴上了刑具。张含大为着急,写信给首辅严嵩。严嵩昔年曾受过杨廷和恩惠,对王昺此举也深不以为然。然而,还没等到严嵩出来说话,王昺已因贪墨而东窗事发,被撤职查办了。

其实,说起来,王昺早年也算是资格的刘瑾党羽。京师中一直传闻说,王昺面白无须,有一次,刘瑾问他为什么不长胡须,王昺回答说:"老爷您不长胡须,我们这些做儿子的哪里敢擅自长?"逗得刘瑾哈哈大笑。刘瑾倒台时,他却站出来揭发,又向杨一清等人示好,因此只受了撤职处分。十来年后,起复为官，竟做到了封疆大吏。

正胡乱想着，杨敬修走了出来："先生，我家主人病体欠安，请先生移步到书房相见。"

20

这是我和杨慎的第四次，也是最后一次见面。

前三次，加起来，我们总共说了三句话。

"你不是保定府的师爷，当然更不是万里迢迢跑到永昌来请我去修《保定府志》的。"

杨慎看着我，话说得很慢，却很肯定。一瞬间，我竟不知该如何回答。

"杨状元这些年在永昌过得还好吗？"

"不好。"

"状元公今年该七十有一了，与咱……我们是老庚。"

"是的。我三十七岁那年流放永昌卫，到如今，一晃就三十四年了。"

"永昌风物不恶，状元公著作等身，诗酒自娱。塞翁失马，焉知福祸？"

"边地荒凉，万物不备，慎只有著书立说，聊以自慰耳。然而百无一用是书生，纵使写了一千卷一万卷，又有何裨益？"

"状元公过谦。古人说笔墨之寿，永于金石。"

"实不相瞒，慎自窜贬滇南至今，总计著书一百五十余种。小学有《古音》七书，《丹铅诸录》及《六书博证》；经学有《升庵经说》《易解》及《檀弓丛训》；方志有《云南山川志》并《南诏野史》；文学有《全蜀艺文志》《画品》及《升庵诗话》；另有诗歌及长短句两千余首。"

我站起身，毕恭毕敬地行了个礼："状元公大才，天下无人能及。"

"再有才，也得死，也得归于永寂。"

"不知状元公所患何疾？可曾延请大夫诊治？"

"治得了病，治不了命。自我来永昌，朝廷六次大赦，慎均不在其列。看来，慎合该死在这滇南小城啊。"

"状元公吉人自有天助,勿用太过伤感。"

"昔年司马迁著《史记》,书成,汉武忧其有诽词谤语传之后世,于是命中贵前往问疾,实则探其虚实。不意此情此景,今日又现。"

我悚然一惊,又一次站起:"状元公此话何意?"

杨慎定定地看着我:"托公公回皇上,慎一介逐臣,诗词歌赋,文章考据,都不过是陶冶性情,以便能在此荒山野城有个念想,岂敢妄议朝政?午门外的教训,不亦深乎?说起来,还得谢谢公公当年手下留情,慎方才捡得一条性命,于人世间又苟活了这三十多年。倘非公公施以援手,慎之墓木早就拱也。"

我更加吃惊:"状元公识得咱家?"

杨慎一笑:"公公有所不知,慎自小就有一本领,凡是听过的声音,哪怕三几十年,都还能辨识。何况当年午门外被廷杖,乃是慎一生中最灰暗最痛楚之事,公公当年虽然只说了一句话,公公的声音,慎却是永远记住了。只是,还不曾请教公公高姓大名。"

"我姓王,名有根,字承宗。"

恍然之间,我好像重回到六十多年前那个月色皎洁的夜晚,回到了宁静而深幽的沙坡驿。

21

从云南回到京师,一年多后,云南巡抚报告说,杨慎于永昌去世,享年七十二。

那年我也七十多了,我双眼昏花,双耳重听,步履艰难。我三次向嘉靖爷恳请,希望他免去我的所有职务,把我遣送出宫。我想回到我只生活了九年的故乡,回到山东省鱼台县王家庄。

一个春天的下午,嘉靖爷终于同意了。

我也就趁着渐渐温暖的春风,带了两个仆人,坐上一辆驴车,踏上了前往王家庄的路。运河两岸,虽然田野间还偶有三两堆积雪,但柳枝已吐出新芽。太阳明晃晃的,像一面炙热的铜锣。

依凭村口那株大槐树，我大约确定了当年我家小院的位置。现在，那里是一口池塘，水面还积有一些薄冰。我花了些银子买下那口池塘。然后，按照记忆，我在纸上画下了当年我家小院的格局：院子、正房、厢房、驴棚、院墙等。几十个工匠用了不到一个月的时间，我儿时生活过的院落就神奇地出现在眼前。

我甚至没忘记在屋檐下放一口腌青菜的陶缸。

当我在院子里进进出出时，我好像回到了六十多年前。仿佛是大水到来之前的日子，我不是七十多岁，我只有九岁，我还是一个孩子。我有九个姐姐。仿佛只要对着空荡荡的屋子叫一声爹，我爹就会从里面含笑走出来："根儿，去把今天的功课温一温吧。"

唯一与当年不同的是，客厅上方，我挂了一幅字。那是离开太保山时，杨慎送给我的。

我记得，当时，他对我说："其实，我要说的，都在这首词里了。"

浩荡的春风从院子外面吹进来，把那幅字吹得微微晃动：

滚滚长江东逝水，浪花淘尽英雄。是非成败转头空。青山依旧在，几度夕阳红。　　白发渔樵江渚上，惯看秋月春风。一壶浊酒喜相逢。古今多少事，都付笑谈中。

第二章 滇中柳麻子，说书人

0

卢方把那夷人引到朕的面前，夷人立即跪下，行三拜九叩的大礼。

旁边，是那夷人的车。一头羸弱的老牛，拖着一辆破旧的车。车上，插了一面青色旗帜，上面绣着两个刺目的白色大字：贡品。

就像卢方说的那样，那夷人自称是运送了给朝廷的贡品，前往北京城去交接的。我大明虽落到山穷水尽的田地，也不至于寒酸到用牛车送贡品啊。况且，北京城沦陷多年，他难不成是要给鞑子进贡？卢方觉得事有可疑，带人把他拦下来，再押到朕跟前问个究竟。

夷人头发花白，身子骨倒还健壮，看上去约莫六十岁光景。朕温言叫他起来，他懂礼仪地谢了恩，竟是满口流利的官话。

"朕问你，你姓甚名谁？"

夷人急忙又跪下："回皇上，小的叫阿麻那，是陇川宣抚使多胜祖手下的经历。"

"你既是我大明朝的土官，为何在牛车上插了这面旗帜，冒充贡品？"

"回皇上，旗帜乃嘉靖爷所赐。牛车上确系贡品。"

"是何贡品，与朕打开看看。"

阿麻那还没来得及起身，卢方已经拉开了牛车。朕和周边的侍卫都好奇地张望着。

牛车上，整齐地码放了上百根粗细长短都差不多的木头。

卢方忍不住失声道："这些柴火就是贡品？"

阿麻那点头："是贡品，不是柴火。"

"那你说这是什么？"

"这是栗木。进贡到宫里制作廷杖用的栗木棒。"

一听廷杖两个字，不仅朕，还有卢方这个久在后宫当差的太监都轻轻"啊"了一声。老实说，朕虽然做了这么些年皇帝，却从来没廷杖过谁。朕翻读列祖列宗的实录，早就知道廷杖乃他们恩威并施的手段之一。像洪武爷、嘉靖爷、万历爷以及朕的皇兄崇祯爷，他们就经常廷杖臣子。只是，朕从来不知道，廷杖所用的栗木棍竟然是从云南进贡到京师的。

"阿麻那，你且说说，这栗木有何特别之处？"

阿麻那有几分卖弄地说："皇上或许不知，陇川宣抚司辖地的极南边，与缅甸相接，有一条叫阿瓦河的大河。河两岸瘴气弥漫，荒无人烟。山间林子里，有一小片栗木林，生长极为缓慢，十年才长一尺。树林里有一种红黑相间的小蛇，有剧毒，被它咬中的人，走不出两步就口鼻流血而死。这小蛇会爬树，每天晚上总要爬到栗木枝丫上栖息。天长日久，蛇身上的毒性就浸入了栗木。用这种栗木制作的棒子杖人，受刑人惨痛十倍也不止。并且蛇毒攻心，十有八九难逃一死。纵使侥幸不死，也要落下残疾。正统年间，麓川宣慰使思氏作乱，朝廷三次征伐，之后新设了陇川宣抚司。有一个叫吴诚的监军太监，把阿瓦河的栗木带回宫中。从那以后，宫中廷杖用的栗木棒，照例由陇川宣抚司进贡。"

"那你这是要把牛车赶到京师？"

"是的，小的受宣抚使多大人之命，要把贡品送到北京。"

朕还没回答，卢方这竖阉居然笑了起来。唉，要是换在洪武爷、嘉靖爷或万历爷时代，恐怕就是刘瑾和魏忠贤也不敢这么放肆。然而，此一时也彼一时也，多年以来，朕一直巡狩南方，日暮途穷，也没法和这班奴才计较了。

卢方笑道："阿麻那，你不知道北京城已经被逆贼李自成攻破，崇祯爷早就龙驭宾天了吗？现在是永历爷掌天下了。"

阿麻那说："小的倒是有所耳闻。只是没得到朝廷正式通告。自从正统以来，朝廷就要求五年一贡，今年恰好是五年，所以多大人就命令小的赶了车上路。北京真要陷入逆贼手中，小的自然去不得。天可怜见，小的在这里遇到永历皇爷，还请皇爷开恩，把贡品收下，小的好回去复命。"

打发了阿麻那，牛车上一百根坚硬的栗木就胡乱放在行在的一个小房间里。那天下午，朕用过晚膳后，在院子里信步，不意间走到了堆放栗木的房间前。透过窗户看过去，灰白的栗木有一种沉静而昏暗的微光。

朕进了屋，抚摸着栗木，回想起朕的列祖列宗在北京城里大喝"廷杖四十""廷杖三十"的情景，不禁悠然神往。这哪里是山野间生长的木头啊，这明明就是主宰天下的君王的权力。

然而，如今残汤剩水，跟随朕的军民，只有区区数万人而已。朕如何敢像列祖列宗那样意气风发，想廷杖谁就廷杖谁呢？唉，看来，朕是永远没有机会使用这东西了。

朕的眼泪慢慢流出来，一颗接一颗地滴到栗木上。

栗木无言，依然发出沉静而昏暗的微光。

1

朕驾崩后，远在台湾的延平王郑经给朕上的谥号是：应天推道敏毅恭俭经文纬武礼仁克孝匡皇帝。庙号昭宗。朕使用的年号是永历——永，朕少时曾封永明王；历，我的祖父年号万历——民间习惯性地称朕永历皇帝或永历爷。

朕的大名叫朱由榔，生于朕的堂兄朱由校做皇帝的天启三年。与两位皇帝堂兄朱由校和朱由检一样，我们都是洪武爷的第十二世孙，也都是万历爷的孙子。朕能够在风雨飘摇之际被吕大器、陈子壮等人拥立为帝，得归功于朕的高祖，也就是朕爷爷的爷爷世宗嘉靖爷。从他开始，大明皇位移到了我们这一支。

不过，老实说，朕对后世的史学家很不满。他们居然荒唐地把朕的堂兄朱由检，也就是崇祯皇帝，视作大明最后一朝天子。

固然，朕在肇庆府承天受命时，继承的只是半壁江山。并且，这半壁江山还在满洲铁骑和吴三桂的步步紧逼下，像一摊日出后的雪渍那样越缩越小。最困难时，朕的金銮殿只是一间坑坑洼洼的茅草房；躺在后宫龙床上，竟然能看到满天星子，可朕毕竟延续了大明国祚十五年。不，严格地说，朕四十岁那年被吴三桂下令用弓弦残忍地勒死后，凭借风急浪高的海峡，郑成功的儿孙们还在继续奉朕的正朔。朕当年建立的永历年号，持续使用到了第三十七个年头。要等到另一个汉奸施琅带兵攻克台湾，郑成功不争气的孙子树了白旗才告一段落。

所以，朕一直坚持认为，朕才是享国三百年的大明王朝的末任皇帝。当然，朕同时还承认，与列祖列宗相比，朕是一个真正的苦命天子。甚至，比朕那个在煤山投缳自尽的堂兄，都还要苦。唉，或许我们哥俩就是一根藤上结出的两只苦瓜吧。

那个凄风苦雨的夜晚，崇祯杀妻杀女后，和王太监一同吊死在一株歪脖子树上，说起来自然一肚子苦水。可他毕竟居于深宫之中，还享受过几年太平时光。不像朕，继位伊始，就处于永远的流亡。身为皇帝，很多时候，朕竟然要为明天的早餐发愁。史书上说，梁武帝被侯景围困于台城时，供应断绝，梁武帝不得不以九五之尊，亲自保管几枚鸡子。和梁武帝比，朕大概也好不了多少。南狩缅甸期间，几间茅草房就是帝国的全部家当。就连那枚黄金铸造的象征朕乃受命于天的传国玉玺，也被不肖之臣马吉翔等人凿碎了拿去换粮食。唉，盛世的君主都有相似的油彩，乱世的君主却各有各的悲哀。

当吴三桂手下那几个高大的士兵一步步向朕逼近时，朕知道该上路了。朕才四十岁，刚过不惑之年。感伤之余，朕心底却突然升起一种解脱。是的，作为末代皇帝，朕的悲苦人生也该画一个句号了。朕累了。朕该退场了。朕该睡了。朕把江山都让给你们吧。你们爱怎么折腾就怎么折腾去。

2

永昌卫的夏天又干又热。太阳像颗红色的葫芦吊在天上，没有一丝云彩。

偶尔也有风,但风是干的、燥的、热的。像是用大火烘烤过,或是放在大锅里爆炒过。

入夜,终于退了点凉,白天死寂的街道,总算有了人间迹象。阴凉处躲避了一天的人们,可以出来喘口气了。

朕的行宫设在永昌卫指挥使司衙门。两百多年前,圣明的洪武爷天才地创立了卫所制度。洪武二十六年,全国共建有三百二十九个卫,每个卫下设五个所。洪武爷有明文规定,每卫的军人计五千六百四十名,每所的军人计一千一百二十八名。卫所外统于都司,内统于五军都督府。遇到出兵打仗,就由朝廷派一个将军,叫作总兵官,所带的便是卫所军队。战事结束,总兵官把兵权交出,军人们回到卫所。和平年代,卫所的军人,若地处内地的,留两成守城,八成耕种;若地处边境像永昌卫的,留三成守城,七成耕种。洪武爷的意思就是寓兵于农,镇守与屯垦两不误。朕曾看过《太祖实录》,朕的这位圣明的老祖宗对他的设计非常满意,他自豪地说:"吾养兵百万,要不费百姓一粒米。"

然而,时过境迁,当年能打仗也能种地的卫所军人,早就是黄鼠狼下耗子,一窝不如一窝。比如这永昌卫的指挥使,一个正三品的高级武官,早在半个月前,听说吴三桂的军队正在向西而来,竟然带着三房如花似玉的姨太太,在一百余名卫士的保护下,翻山越岭,急急忙忙出逃了。

那天,代表永昌卫迎接朕的,是一个五品的经历。他又细又长的身上,罩着一件过于宽大的袍子。风一吹,袍子就像要在风中飘起来。他趴在朕面前三叩九拜后,听说朕要把行宫设在指挥使司衙门时,颇有几分意外。愣了半晌,他打开了大门。

衙门一片狼藉,就像刚被抄了家。经历喃喃自语般地告诉朕:"赵大人撤退之前,原想把指挥使司衙门一把火烧了,总算臣等好说歹说,他才没有让士兵去点火。要不然,陛下看到的,就是一片瓦砾了。"

朕的寝宫设在一间相对隐蔽和安全的房间,那房间是曾经的武器库,地上到处是乱七八糟的箭矢、大刀、长矛、弓——看到一张暗黑色的弓时,朕突然心跳加速。朕忍不住又看了一眼。几年后,在昆明城外的篦子坡金蝉寺,当几个脑袋后面拖着一根猪尾巴似的长辫子的军人向朕逼近时,朕看到其中一个军人手里握着一张同样暗黑色的弓。那时,朕将会想起在永昌卫指挥使司衙门看到的过另一张暗黑色的弓。

老实说，朕讨厌武器，也讨厌没完没了的战争。朕令小太监把武器赶紧拿出门去。但朕没法终结这没完没了的战争。

朕睡在一张吱吱作响的床上。它应该被庄严地称为龙床，可它实在太过简陋，太过不堪。它不仅破，还小。幸好，那些年朕已经被无休止的追杀和逃亡折腾得性欲全无。每一个夜晚，朕都习惯独处，至多也就门外有两个值更的小太监。朕对女人散发出香味的胴体一点兴趣也没有。

屋子里除了床，甚至连一张椅子、一张桌子也没有。朕只好坐在床沿上。朕突然听到外面的街巷传来鼎沸的人声，它让这座白天里鬼城一般寂静的边城，有了几许生气。天已经不那么热了，微微有些风吹着。朕决定出门走一走。朕换上一身青袍，打扮得像个乡间土秀才，信步走出大门。

人声是从距指挥使司衙门不到两百步的一家茶馆传来的。茶馆地处十字街口，两面都是板门，不过全都开着，屋梁上吊着几盏粗大的油灯，照着一屋子茶客。茶馆门前，竖着一块门板，门板上贴着一张大纸，碗口大的颜体写了几个字，细看，道是：

滇中柳麻子拍案惊奇

看到柳麻子三个字，朕不由笑了。朕想起了那个土木形骸的丑男人。那时，父王还未驾崩，流贼张献忠也没攻陷衡阳。衡阳城中的桂王府里，柳麻子曾经为父王说过几回书。朕和哥哥都只有二十来岁，正是好热闹的年龄。我们聚在东书房外的花园里，春天的太阳温暖而稠酽，好似一锅热气腾腾的粥。我们一边吃着衡阳城朱家记的酥薄月饼，一边听柳麻子说书。想起酥薄月饼的香甜，朕悄悄咽了泡口水。

朕择了一张看上去相对干净的八仙桌，拾掇了长条凳，坐下，再顺手排出几文铜钱给小二。小二端上来一壶浓如牛药的黑茶。喝一口，差点吐出来。好在，那位自称滇中柳麻子的说书先生已经敲响了醒木。

果然像柳麻子一样，也是一个丑男人。不过，柳麻子乍看很丑，多看些日子就会发现，其实也不算丑。或者说，丑得有味道。眼前这位滇中柳麻子，却是越看越丑。是真丑。

醒木过后，一个小厮端着一只铜制的面盆，挨桌请赏。有扔出十来文的，也有扔出三五文的，也有干脆闭了眼假装没看见的。若是二十年前，若还是在衡阳的桂王府，朕一定会像父王赏赐柳麻子那样，大手一挥，就是普通人一辈子也花不完的两千两银子。可是，落毛的凤凰不如鸡，现在，朕还是皇帝，还是大明的最后一朝天子，可朕的江山业已不存，朕的皇宫只有今夜暂时属于朕的永昌卫指挥使司衙门的武器库。小厮走到朕面前，朕在身上摸了半天，终于摸出钱把银子。不过，即便是朕深觉惭愧的一钱银子，大概也是小厮很少见到的大数目，他睁大眼睛，回过头对台上大声道："何爷，这位先生，打赏银子一钱。"

原来，滇中柳麻子姓何。何爷闻声，向朕这边遥遥地作了个揖。他的醒木又敲了一记，喧哗的茶馆顿时声息全无，灯光在微风摇曳下，晃动着满屋子零乱的人影。

暑气消退的夜晚，小小的永昌城里，这座茶馆似乎是唯一的活物。油灯下，滇中柳麻子开始说书。

3

两树繁花占上春，多情谁是惜芳人？
京华一朵千金价，肯信空山委路尘。

诸位爷，这首诗，乃国朝一位才高八斗、学富五车的名士所作。名士谓谁？说书人先且带过不表。话说我云南，古为滇人国，后入于楚，山有哀牢乌蒙之雄，水有澜沧红水之异。南诏兴盛于前，大理称雄在后。元世祖革囊渡江，方才为中原所服。逮至国朝，太祖高皇帝起于垄亩，提三尺之剑，奋一时之英，逐蒙元于北方，奠定万世之基业。及至太祖创卫所之制，云南为沐氏世代镇守，于今已垂三百纪。人物衣冠，虽不及洙泗之盛，亦有文献名邦之美。

话说嘉靖年间，那名士由京师而来，远游至云南西北之剑川。剑川有兴教寺，寺中有唐朝所植海棠，时逢早春，花发如泥。那名士因花伤情，感动心事，故有吟哦。此诗看似惋惜名花开在深山，无人怜惜，实则以花自喻，自伤贬谪，不为世用。

诸位爷，古人有两句道得正好：不如意事常八九，可与人言无二三。

且说这位名士，原本生于钟鸣鼎盛之家，长于琼书翰墨之苑。年甫弱冠，高中状元，皇帝钦点在翰林院里做供奉。端的是鲜花着锦，烈火烹油，说不尽的荣华富贵，大好前程。

孰料，未见好中好，已知灾便来。不意那名士竟获罪于殿前，皇帝乃将他廷杖之后，流放云南。

诸位爷，你若问流放云南何处？便是小可之桑梓，永昌是也。名士谓谁？便是国朝三大才子之首杨慎字用修号升庵的便是。皇帝谓谁？国朝嘉靖爷是也。

状元为何挨廷杖，缘何又远窜滇南投军？诸位爷且品香茗，听小可与你慢慢道来。

话说国朝自洪武爷开基，定鼎南京，在位三十一载。其后有靖难之役，永乐爷天子戍边，迁都北京，在位二十三载。洪熙爷继位，在位才一载即崩。宣德爷又在位十一载，传到正统爷，正统爷两番践阼，在位二十三载，却与洪武爷统御之数相同。正统爷传位长子成化爷，成化爷在位二十四载，传与三子弘治爷，弘治爷更新庶政，广开言路，人称中兴之令主。可惜天不假年，三十六岁山陵崩。

弘治爷传位与长子正德爷，后来庙号武宗。论出身，正德爷乃国朝历代皇爷中罕见之嫡长子。论天命，正德爷生于申时、酉日、戌月、亥年。恰好与地支申酉戌亥相同。卜术之士有言，此乃联珠之象。国朝十几位皇爷，仅正德爷与开国的洪武爷有此大福大贵之生辰。

诸位爷，闲话休提，书归正传。且说正德爷原也天姿聪慧，无奈前有刘瑾及八虎导引邪路，后有江彬钱宁纵容淫荡。那正德帝自登基以来，不理朝政，专爱狎游。

诸位爷，天子本居深宫，出入皆有礼法。然而正德爷为游观园囿，纵情逸乐，乃于紫禁城之侧，另建豹房。豹房之中，遍集美女姿童，奇花异兽。又令仿修民间店铺，令太监扮作商人百姓，宫人扮作妓女民妇。正德爷自扮富商，逐户听曲饮酒，做戏行乐。

其时诸臣失声，未敢辩争。后来有李公东阳、杨公廷和，暗中联络内侍张永，揭露刘瑾诸种不法，终至正德爷勃然大怒，将刘瑾凌迟。

呔，诸位爷可知凌迟之刑否？小可且为诸位爷说说。凌迟之刑，系刑中极品，民间又称千刀万剐。依我大明律例，如判三百刀，则刽子手必得剐三百刀而后犯人方死；若三百刀内犯人已死，刽子手便是罪过。

这位爷问了，刘瑾判剐多少刀？三百刀？四百刀？五百刀？非也非也。小可来回这位爷，正德爷判了刘瑾三千三百五十七刀。此三千三百五十七刀，分三日完成。第一天，剐了三百刀。当晚，刘瑾押回狱中，犹自喝稀粥两碗。次日，再行凌迟。刘瑾痛极而呼，大发宫中污秽之事。你道是何种污秽？不过豹房中正德爷如何邪行恶作是也。监斩官无奈何，令人取核桃堵其嘴，又剐数十刀，刘瑾乃气绝。

刘瑾既死，天下吏民额手，以为正德爷自此当为明君也。然前门驱狼，后门迎虎。刘瑾方死，又有江彬、钱宁蛊惑圣心，蒙蔽圣聪。

正德爷所起之豹房，结构密致，有如迷宫。内中宫娥彩女，累千巨万，正德爷犹嫌不足。密派江彬等人渔色民间，乃至将青楼荡妇，也招入豹房淫乐。更有胡僧妖道，争献诸种房中秘药。

话说正德九年正月十六，宫中燃放烟花庆元宵，不慎失火，大火烧及内廷三大殿之乾清宫。那乾清宫系永乐爷所建，面阔九间，进深五间，重檐庑顶，正中有御座，两头有暖阁，乃国朝历代皇爷起居及处理政务之处，端的是机要之地。众人见乾清宫火起，发一声喊，急忙来救。正德爷却挡下众人，不许靠近，眼见火势愈发大了，却笑道："好一棚大烟火。"

正德爷不喜琴棋书画，专好鹰犬弹射。贵为天子，却每常纵马射箭，奔逐禁城之中。大臣虽有劝谏，无奈只是不听。又嫌大臣多嘴多舌，听从江彬妖言，几番离京。

那江彬知正德爷好骑射，遂极力怂恿他游幸西北。其时之西北，地接蒙古，时有边患。正德爷以雄武自居，以为御驾亲征，可一战而建不世之功。江彬更有进言，极说西北妇人长大美好。正德爷听罢，喜不自禁，不顾众臣苦苦劝谏，带了江彬一干亲信，吹吹打打，开往宣府。

到得宣府，地方官迎驾，正德爷下令，着速建造镇国公府。地方官面面相觑，镇国公谓谁？诸位爷，那横空出世的镇国公是谁呢？

原来竟是正德爷自己。正德爷自封镇国公，改名朱寿。古往今来，皇帝下诏自封公侯者，唯正德爷一人而已。

在宣府，正德爷常自带了江彬，扮作军官，猎取民妇。民间但有姿色者，不管嫁人与否，一律掠入镇国公府中。

正德十三年，太皇太后驾崩，国逢大丧，正德爷却不以为意，犹自不返京。兴来，又与江彬由宣府而太原。偶见乐户刘良之女甚美，不顾已嫁乐工杨腾为妻，强求交合。既合，带入镇国公府，宠幸压诸女，号称刘美人。左右侍臣但有触怒正德爷者，皆暗求刘美人。刘美人若一笑，正德爷必释怀。江彬等人凑趣捧场，僭称刘娘娘。

正德爷居宣府甚久，朝中诸臣，文书迭次劝谏回京，均不允。又有李东阳及杨廷和一班老臣，欲亲往宣府迎驾。正德爷下旨道，诸臣均不得来宣府。李东阳、杨廷和无奈，只得任其胡行。幸得李东阳、杨廷和皆股肱之臣，实心任事，朝廷方得以维持。

居之既久，忽一日，正德爷下诏，封朱寿为大将军，统兵扫平蒙古。原来，依正德爷本意，原欲亲征。然此时去正统爷当年宠信太监王振，亲征瓦剌，不意竟在土木堡做了俘虏，不过七十余年。前车之覆，后车之鉴。正德爷也知晓，倘再用亲征之说，必引得天下哗然。所以只是下旨与朱寿，拜其为大将军，令其率兵灭敌。不过朱寿本是子虚乌有，实则仍是正德爷亲征。

正德爷领兵出塞，遭遇蒙古某部，斩敌一十六人，官军却伤五百六十三人，亡二十五人。正德爷反自认讨伐有功，下诏曰：总督军务威武大将军总兵官朱寿亲统六师，肃清边境，录功晋升一级，岁支禄米五千石。吏部接到这圣旨，啼笑皆非，然不得不依旨行事。

不意数月之后，京师地动，倒塌房屋无算，死伤吏民无数。钦天监夜观天象，帝星不明。兵部郎中黄巩等六人据此上书苦谏。正德爷大怒，将黄巩下锦衣卫狱，将编修舒芬于午门外罚跪五日。又有锦衣卫指挥佥事张英，痛正德爷之荒谬，拔佩刀自残其身，以求尸谏。幸得左右夺其刀，方不死。正德爷怒极，令廷杖。张英竟毙于廷前。

这正是：武将死战，文官死谏。

正德爷既失政，普天之下，自有窥其江山者。诸位爷，你道那人是谁？那人便是洪武爷五世孙，名唤朱宸濠的便是。朱宸濠自幼袭封宁王，原有寄疆之重。因见正德爷朝政日非，乃于正德十四年夏天，借口正德爷荒淫无道，集兵十万造反。兵戈所向，官军披靡。掠九江，破南康，出江西，逼安庆。

那宁王造反的加急谍报送到正德爷案头，正德爷读罢，不惊反喜，笑道："如今却无人可挡朕御驾亲征了。"又怕群臣再有谏者，下旨道：敢谏者，处极刑。群臣早已心寒，只得由他去吧。

却说宁王起兵，杀巡抚，俘按察使，势如破竹，举国震动。幸赖其时有阳明先生王守仁巡抚南赣，精兵直取宁王老巢南昌。宁王恐后方有失，急忙回军，首尾不能相顾，造反仅四十三日便被王守仁俘虏。

花开两朵，各表一枝。

却说正德爷率兵出京，一路游山玩水，逶迤南来。此前正德爷与刘娘娘相约于潞河相见，并赠正德爷金簪为信。不意正德爷纵马过卢沟桥时，金簪颠落水中。遂按兵不动，大索三日，终未得，怏怏不快。

数日后，正德爷行抵涿州，王守仁飞马告捷，云叛乱已平，宁王被执。正德爷览罢奏章，跌足愤恨。诸位爷，你道正德爷愤恨宁王造反？非也非也，正德爷乃愤恨王守仁已俘宁王，他便再无理由南征。正德爷寻思半响，按下王守仁奏章，不与众闻，依旧率兵南进。

数月后，正德爷一众方才抵达扬州。那扬州乃东南膏腴之地，烟柳繁华，温柔富贵，正德爷一见倾心，每日里只顾游玩作乐。一日忽发奇想，乃集扬州众妓院妓女于一堂，亲自检阅，分级品评。一时扬州妓女身价百倍，皆拜正德爷所赐。

其时，宁王早被王守仁俘往南京。王守仁屡次上书，求正德爷受俘，正德爷只是不理。王守仁乃方正端严之士，不知内中奥秘，郁郁难解。守仁手下一师爷献计道："公素与杨状元交好，何不修书一封，请杨状元指点迷津？"

王守仁因亲书一札，令心腹间道送往北京。杨状元回信，却只四字。王守仁一见，恍然大悟，感叹道："用修乃一语惊醒梦中人也。"诸位爷，你道是哪四个字，那便是：功在朱寿。

王守仁急忙上奏，奏折中道，平定叛乱，生俘宁王，此皆大将军朱寿威德方略之利，策划经略之功。书上，正德爷方喜，下旨受俘，凯旋返京。

孰料一波方平，一波又起。行至中途，正德爷终觉未曾亲俘宁王，实乃终生大憾。乃令将宁王释放，再由其亲自擒拿。可怜那宁王蓬头跣足，才走得三五百步，正德爷驰马急奔，如鹰拿鸡雏。

正德爷这才心满意足。数日后，经行清江浦，时值盛夏，正德爷见水景秀丽，乃荡舟水上，与江彬诸人捕鱼为戏。岂知乐极生悲，撒网之际，轻舟忽倾，正德爷竟跌落水底。那正德爷原不识水性，虽左右迅速救起，终是水呛入肺。加之惊悸恐慌，遂至一病不起。来年正月，例行敬天，正德爷忽然口吐鲜血，两月后驾崩于豹房，享年只三十一岁。

正德爷这一死不打紧，要命的是，正德爷风流一生，却没留下一儿半女。天不可无日，国不可无主。文武百官，凡有能力染指者，均欲立所推崇者为帝，纷纷攘攘，莫衷一是。其时，李东阳已致仕，朝中首辅却是杨廷和。杨廷和为人风姿绰约，性格沉静，有天下人望。是日，杨廷和令深闭内阁大门，自怀中出《皇明祖训》及草拟之遗诏，告内外诸臣曰："兄终弟及，谁能渎焉？兴献王长子，宪宗之孙，孝宗之从子，大行皇帝之从弟，序当立。"

一言九鼎，于是立兴献王为帝，是为后来之嘉靖爷也。其时，嘉靖爷之国安陆，杨廷和会同太皇太后，令谷大用往安陆迎驾，其总揽国事凡四十余日，乃国朝仅有。

嘉靖爷登基，年方十五，少年天子也。内有太皇太后，外有阁老杨廷和一班忠臣，天下吏民，无不额手，以为太平可期。孰料节外生枝，宫中府中，翻云覆雨；只闹得谏臣血溅午门，才子流放边疆。

原来，洪武爷定基之初，留有《皇明祖训》，白纸黑字：凡朝廷无皇子，必兄终弟及，须立嫡母所生者，庶母所生虽长不得立。杨廷和立嘉靖爷之意，盖正德爷无子，乃上推至成化爷。成化爷长子次子早死，三子即位，是为弘治爷。四子即兴王，兴王即嘉靖爷之父。依理，正德爷既薨，当由兴王继，然此时兴王已逝，故由嫡子伦序当立。是以嘉靖爷得以位登九五。然依礼制，杨廷和以为，嘉靖爷当继嗣弘治爷。即古礼所谓大宗不绝嗣之义也。若依杨廷和之说，则嘉靖爷当称父为叔，称伯为父。嘉靖爷自幼慈孝，坚决不从。是故君相之间，已有大隙。

诸位爷，你道那嘉靖爷与杨廷和不睦，端的仅为杨廷和要其遵循礼制，以父为叔，以伯为父？呔，自古天威难测，那嘉靖爷继位时虽才一十五岁，然已知杨廷和历仕四朝，首辅多年，门生故吏，遍于天下，皇权要张，必削相权。是故，为父母争大伦乃一端，欲打击杨廷和乃另一端。那见风使舵之徒，纷纷站将出来，欲博取功名。旬月之间，张璁与桂萼等人，交疏上章，弹劾杨廷和，嘉靖爷如获至宝。

话说杨廷和见嘉靖爷一意孤行，于是上书乞骸骨。嘉靖爷竟不顾颜面，准了奏。杨廷和虽气恼，却也无法可想，只得含恨回了故乡四川新都。

说话的一张嘴，表不下两处事。那嘉靖爷与杨廷和君臣因大礼议生隙咱暂且放过不表。却说杨廷和之子状元杨慎，原是个才高八斗学富五车之大才子，更兼年轻血性，时时欲以天下名教为己任。

那一日正逢端午，杨状元在府中后花园摆下酒宴，邀了张冲、王元正、丰熙等一班朋友饮酒。名为饮酒，实乃商议应对之策。

有分教：这番商议，百名官员痛哭宫门，大礼议终成大悲剧。

原来，杨状元乃与众友商定，趁着来日上朝，众人一拥而上，将张璁与桂萼两个奸贼打杀，再到宫门外哭谏。

次日，天不明，杨状元即入朝去。不想张璁与桂萼已事先得到风声，只是不来。杨状元无奈，趁着散朝之际，鼓动百十名官员，齐到左顺门外，拍着宫门大哭。

诸位爷，你道杨状元一众人等，缘何痛哭宫门？原来，成化爷时，百官曾哭于文华门，争慈懿太后葬礼，成化爷不得已，从之。自此成为国朝故事，举凡有不平者，哭于宫门外以求申诉。杨状元熟读经史，悉谙典故，是故有此一举。

话说嘉靖爷刚下了朝，正在文华殿喝茶休息，忽听得左顺门外人声鼎沸，隐隐有哭喊声，遂问宦官何事。宦官不敢隐瞒，回说翰林院编撰杨慎，聚了一拨官员，在门外号哭，争大礼事也。嘉靖爷虽是恼怒，犹自强压怒火，令司礼监张永传旨，令群臣退朝回家。然而此时此势，若箭在弦，众官志在必得，岂有中途而罢之理？杨状元请张永告知皇上，众官必得谕旨乃敢退。他又见号哭人中，并无阁臣，便对众官道："国家养士，在此一举，辅臣尤宜力争。"丰熙乃快趋内阁，将首辅毛纪游说至左顺门外。

嘉靖见温言劝解无效，龙颜震怒，令锦衣卫将杨状元等人逮下诏狱，下狱者竟达一百三十四人之众。那杨状元乃杨廷和之子，又是带头号哭之人，嘉靖爷视为眼中之钉，肉中之刺。两番廷杖，原想取他性命，不想天可怜见，竟侥幸捡得一条生路。与杨状元同哭宫门者，编修王相等十六人，伤重不治，先后惨死。

杨状元虽不死，嘉靖爷却放他不过，廷杖罢，流放云南为军，永不叙用。

桂萼又上疏请逐杨廷和私党，嘉靖爷闻言甚喜，对左右曰："知我者，桂萼也。"准其奏，下旨称杨廷和罗议礼罪，法当戮市，然皇恩浩荡，削籍为民；子杨惇斥为民，婿余承勋去职。至于有功之张璁、桂萼，封赏有加。不两年，张璁进位少傅兼太子太傅、礼部尚书、谨身殿大学士，桂萼加少保兼太子太傅。一时间，满朝趋炎附势之徒，无不以痛批杨廷和父子为快，冀得张、桂赏识，直上青云。世道人心，端的如此险恶。

再说杨慎以状元之令名，相府公子之尊贵，竟两番遭廷杖，气息奄奄，几度将死。伤未愈，兵丁打门，暴喝上路。杨状元不得已，强拖病躯，计日起程。数月后，方到云南永昌卫，便是在下如今说书诸位爷听书的这座小城。

杨状元在滇中垂三十余年。依国朝规矩，纵使流放，若遇天恩，尚可大赦；纵未大赦，若年过六旬，亦可申告回乡，或由子孙接替。然杨状元凡遇大赦六次，均在不赦。年过六旬，也不准以子相替。诸位爷，你道此中有甚缘由？咉！只因嘉靖爷恨其入骨也。

诸位爷，我国朝自洪武爷开基，到崇祯爷自缢，举凡一十六帝，多的是圣明端方的天子，如洪武爷、永乐爷、洪熙爷、宣德爷、成化爷皆是；可称昏君者，正德爷是也。然正德爷虽好淫乐，人品尚且不坏。嘉靖爷虽然不好淫乐，然性情阴柔，心多猜忌。诸位爷若不信，说书人且举一例证明。

话说国朝诸位皇爷，自从永乐爷迁都后，皆起居于紫禁城，唯正德爷另建有豹房，只为供其穷极耳目之娱。内中却也还另有例外，那便是嘉靖爷。嘉靖爷自嘉靖二十年起，移居西苑，视禁城为畏途。何也？畏惧当年宫婢之乱也。

原来嘉靖爷有一妃，即曹端妃。嘉靖爷好服丹药，每服药后，必御曹端妃。虽是天子人主，行的却是禽兽行为，那曹端妃不胜蹂躏。曹端妃宫中有宫女杨金英等，屡为曹端妃鸣不平。嘉靖爷察之，勃然大怒，若非曹端妃苦求，已杖杀杨金英也。虽未杖杀，亦几番廷杖，将息半年，方才未死。是故，杨金英等十六名宫女，暗中勾结，阴图弑帝。

一晚，嘉靖爷服药后又来曹端妃宫中。杨金英等人预备花绳、手绢，趁嘉靖爷寝后，一拥而上，或骑帝身，或执帝手，或捂帝鼻，或塞帝口，次后以花绳系帝颈。嘉靖爷眼球外凸，行将做鬼。不意谋逆宫女中，有张金莲者，临阵胆怯，私奔急告方皇后。方皇后大惊，立率人赴曹端妃宫。嘉靖爷由是侥幸不死。

诸位爷，宫女谋逆欲害皇帝，此乃三皇五帝至今所仅有。端的可见嘉靖爷之凉薄未得人心。那位爷要问，杨金英等人又如何处置？且听说书人慢慢道来。

其时，嘉靖爷尚昏迷，方皇后令太医急救，徐徐方苏，乃令方皇后处置。方皇后谕旨：不分首从，悉数凌迟，并收斩其族属十人，给付功臣家为奴二十人。财产籍没。

那杨金英等人愿赌服输，死则死矣，可叹者告密之张金莲，亦同时凌迟。更有那曹端妃，事前并未知晓，金枝玉叶，同赴法场。可怜青春曼妙，化作南柯一梦。

诸位爷，说书人插讲这宫婢之变，你道只是闲话？焉知于嘉靖爷之心性，不可略窥一斑？是故那杨状元流放云南三十余年，嘉靖爷终未解恨。只是迫于天下口舌，未便将其处死。杨状元七旬以后，潜归故里，仍被云南巡抚派兵押回永昌。七五之时，终至不起，死于卫所。

杨状元在滇中，多游名山，好作诗文，国朝三百年间，著述之丰，以其为第一。

这正是：

天上乌飞兔走，人间古往今来。沉吟屈指数英才，多少是非成败。
富贵歌楼舞榭，凄凉废冢荒台。万般回首化尘埃，只有青山不改。

4

说书人说书已毕,有的茶客起身回家,有的茶客在交头接耳。

朕伤感地想,看来,纵使满洲军队暂时还没打到滇西,可在这些平头百姓眼里,大明朝的确已经覆灭了,这说书人说起正德爷、嘉靖爷才如同说起前朝旧事,任意评价,毫无顾忌。

跟随出来的司礼监太监卢方也看出了这点。他悄声问:"陛下,这说书人诽谤朝廷,要不要把他抓起来,治他个大不敬之罪?"

朕摇摇头:"山野之民知道什么。由他去吧。"

登基之前,在王府时,朕有过一段如今想起来仍充满向往和惆怅的藩王生活。国朝故事,之国的藩王,不问政事,不理军政民政。朝廷每年下拨一大笔丰厚的资金。在封地,藩王们有的是时间享受生活。那时候,朕是一个酷爱读书,酷爱写点诗词的年轻人。

朕的书房里,便有杨慎多部著作。当然,朕最爱的还是他的《二十一史弹词》。许多精妙之句,记忆犹新。不承想,有朝一日,朕竟然以帝王之尊退到这山穷水尽的边地小城,而这小城,偏又是杨慎的流放地。

"卢方,你且把他叫过来。"

"谁?"

"他啊。"

卢方恍然,起身向说书人走去。

说书人走过来,长揖行礼。

"何先生不愧滇中柳麻子,请坐,看茶。"

"谢先生鼓舞。小可别无长处,唯有能说几句书,因此靠它混口饭吃,倒令先生见笑了。"

茶博士上了茶,说书人端起茶碗,吹着气,喝了两口,两人相对,却无甚言语。

"何先生对杨状元故事甚是熟悉,刚才所说之书,史耶?说部耶?"

说书人面色凝重，徐徐道："回先生，小可虽是个说书人，但所说的杨状元故事，却无一不有出处。小的世居滇中，杨状元故事，却是自我爷爷的爷爷起就代代相传，后来小可又遍查史料，多访名家，因此纵然一饮一啄，亦有所本。"

"先生缘何对杨状元如此用心？"

"实不相瞒，小可与杨状元颇有些渊源。"

"哦？是何渊源？"

说书人迟疑了一下，字斟句酌道："杨状元流放永昌卫，或居永昌，或居安宁，或往来于云南与四川，时间长达三十余年。小的祖上，却不是汉人，而是苗人。状元公当年，与苗人之间，来往颇多。"

正说话，忽然一个小太监过来，附在卢方耳边低语。卢方听罢，脸色大变，把头伸到朕的耳朵旁，小声道："万岁爷，刚才李定国派人来报，吴三桂的前锋已抵达永平前所，距此只有几十里地了。万岁爷，永昌卫不是久留之地啊，咱们得早作打算。"

朕长叹一声。看来，得告别永昌卫了。就像之前告别肇庆，告别安龙，告别昆明……朕人生的最后两年，永远是无休无止的告别。直到有一天，朕将告别大明万里江山，颜面扫地地寄居到缅甸。

说书人又行了个礼："先生，恕小的直言，你不是普通人。"

"哦？为什么？"

"先生，小的学过相面之术。先生的真实身份，说出来只怕吓杀山野之人了。"

"你既然会相面，那为我相一相。"

"先生，天机不可泄漏。如今，吴三桂勾结满洲，兵锋西进，这滇南，这永昌卫，怕要易主了。"

朕还未及答话，卢方重重地拍了一下桌子："大胆，你如何说这种大逆不道之言。"

卢方跟随朕多年，原本也是个老成持重的人，然而随着局势越来越坏，他的脾气也越来越急躁，急躁到似有几分不顾朕的颜面了。而朕，也只有假装没看出来。朕知道，大明的江山已只有这山穷水尽的巴掌大一块地方了。

朕知道很快就会曲终人散。有时候,朕甚至希望它来得早一些。朕已经不愿意再忍受了。

说书人并未被卢方吓到,他竟笑了笑,从怀里掏出一张纸来,上面写了些字。

他把纸片递给朕:"先生,天机不可泄漏。杨状元这首词,倒仿佛有几分预言呢。先生不妨带在身上,以后有机会再看。"

半个时辰后,朕又骑在了那匹枣红马上。前面是一群面有菜色的军人,打着火把开路,后面是后宫眷属、太监和几十名追随的文武官员。洪武爷开基的大明曾拥有万里河山,而朕,大概也就只有这几百名追随者了。

在马上,朕掏出说书人送的那张纸片,就着闪烁的火把和天上的月光,朕依稀看到,那是一首词,的确是杨慎的作品:

一片残山并剩水,年年虎斗龙争。秦宫汉苑晋家茔,川源流恨血,毛发凛威灵。　白发诗人闲驻马,感时怀古伤情。战场田地好宽平,前人将不去,留与后人耕。

一年以后,当吴三桂手下那几个高大的士兵步步向朕紧逼时,朕看到了暗黑色的弓,朕再一次想起了永昌城外的月光和火把。朕喃喃地说:前人将不去,留与后人耕。

第三章　黄峨，杨慎夫人

0

那是我一生中最黑暗的一天。

当然，对升庵来说也一样。

那是我们夫妻俩一生中最黑暗的一天。

尽管京师阳光灿烂。

夏天还没完全过去，天气已经凉爽。一大早，太阳就明晃晃地挂在天上。

那一天，是大明嘉靖三年七月二十五。

那一天，升庵第二次被廷杖。

十天前，他刚被廷杖了四十，他屁股和大腿上的伤才刚刚开始愈合，又不得不再次受刑。这一次，廷杖二十。

在杨敬修等人的搀扶下，他好不容易爬进了那顶小小的青色布帘的轿子。稍一动弹，伤口就发出剧痛。可是，皇命如天，他仍然得带着一身伤痛去接受那沉重的二十记廷杖。

当升庵在栗木杖的击打下发出痛苦而凄楚的呻吟时，我晕倒在杨府的庭园里。

我流产了。

从那以后，我再也没能怀上孩子。

每年七月二十五，我总是如坐针毡。

我想要忘记，可记忆却更加深刻。

1

我生命的最后十年，也就是三千六百多个日子，每一天，我只做了两件事：呼吸和回忆。

呼吸是为了活下去，回忆也是为了活下去。

我将在七十二岁那年离开人世。那时，你刚好去世十年。你比我年长十岁，我们寿数相同。只不过，没能同年同月同日生，或者同年同月同日死。上天让我在你去世后又独留十年，并不是没有深意的。

在我生命的最后十年，也就是三千六百多个日子里，我住在面朝桂湖的那座石砌的碉楼中。碉楼有五层，越往上越狭窄。我把我的床和一张书桌放进去，屋子里就只能再摆一架书、一只小几和一张美人靠了。小几上，放着你送给我的那张唐朝武德年间制作的古琴。我每天用绒布把它精心擦拭一遍，却再也没有弹过哪怕半支曲子。因为，琴弦已断。我再也没让冬儿去寻琴师来把它补好。虽然冬儿说过几次："夫人，琴弦断了，我去请赵琴师把它补好。"我总是默默而坚定地摇头："不必了。就这样挺好的。"

使女冬儿住在四楼，她似乎总是担心我会在某一天早晨不再醒来，于是常常趁着第一缕熹微的晨光照进碉楼时，悄悄爬上楼来。她走到我虚掩的门前屏息探看。几乎每一次，她总是看到我坐在书桌前，面对你生前未曾编定的文集。宁静的空气微微有些颤动。我知道，那是她在心里长长地吁了一口气。

"你不用担心，我没事的。"有一天，我终于对她说。

"是的，夫人，你一定没事的。"冬儿说。

这座碉楼，我们曾经无数次登临。那时，是为了从高处眺望这面多桂花与荷花的湖。桂湖之外不远处，是方方正正的新都城墙，看起来，城墙似乎只及我们碉楼的一大半高。城墙之外，若是春时，我们总能看到热烈的油菜花开得酥黄柔软，一大片一大片地，覆盖住平旷无垠的原野。在油菜花的海洋中间，一些绿色的翠竹和灰色的农舍星星点点，像是随手撒下的小小岛屿。

那时，我们还年轻，我们还从来没有想到过，有一天，我们不仅会分离，并且还将幽明异路，永不重逢。幸好，这样的时光只有十年，也就是三千六百多个日子。当我在碉楼上迎来三千六百多次熹微的晨光后，我终于长久地闭上了双眼。感谢儿孙们，他们把我和你合葬在一起。

是的，你知道，这辈子，我最大的遗憾，就是没能为你生下一男半女。我就像寂寞开放的花朵，最终，却没有孕育出果实。这是我的心病，也是我的悲哀。才下眉头，却上心头。

冬日的新都阴冷潮湿，一连七八天都不曾见过太阳。才申酉之交，天色就迫不及待地暗下来。站在碉楼上，透过装在窗棂上的厚玻璃，我看见铁色的乌云低低地压过来，从新都城西门方向，一直压到了桂湖边的榴阁上空。那栋精美的两层木楼，曾经见证了我和升庵新婚的甜蜜，也曾见证过山岳茫茫，两不相知的思念和惆怅。这也是我为何要在把升庵的遗骨运送回家乡并安葬在杨家祖茔后，坚持从榴阁搬到碉楼的原因。

碉楼是升庵出生那年修筑的。那时，我的翁父大人，也就是升庵的父亲廷和公以及升庵的祖父华堂老大人都在京城做官。那年，四川和湖广发生严重灾荒，一时间，流民四散，起而为寇。廷和公奉了皇上圣旨，到四川赈灾。回到老家新都后，为了家人安全，他主持修建了这座坚固的碉楼。五层的碉楼，不仅容得下全家老小和几十号仆人使女，还装得下足够一个月的粮食和清水。碉楼上，均匀地分布着枪眼和瞭望的垛口。自我搬进来后，就用从西洋舶来的玻璃把垛口给封上了。

这些厚厚的玻璃，足以把阳光过滤。遇到阴冷的冬天，它让室内变得更加昏暗。透过玻璃，隔湖相望的榴阁和榴阁门前那棵光秃秃的香椿树都变得模糊不清，如同隔了老远的岁月去回望从前那些欢乐与忧愁。

我的房间里，生了一盆火。从立冬到来年春分，这盆火从不会熄灭。没有这明亮而安静的火，我无法度过川西小城漫长严寒的冬日。

是的，我知道这是陪伴升庵流放云南落下的毛病。地老天荒的云南，可它有最明亮的阳光，纯净得像从大山里走出来的小孩子的眼睛。阴冷的冬日，我常常忍不住怀念云南的阳光，尤其是云南安宁和永昌的阳光。

2

我出生在距新都数百里的遂宁。父亲给我取名黄峨，字秀眉。

记得那个烛影摇红的洞房之夜，春风梳柳，大地流春，榴阁宽大的寝房里，伴娘把我送进房间后不久，升庵就进来了。他坐在床前那张雕花椅上，我完全没想到，他和我之间的第一句话，居然是这样的：

"为什么是峨眉山的峨，不是蛾眉的蛾呢？"

我抬起头，看到三十二岁的升庵身材健壮，满面春风地站在我面前。我还没来得及回答。他又说："峨者，卓然而立也。看来，我的岳丈大人是要你做一个卓然而立的人。那么，他其实有点遗憾你身为女子而不是男儿了。不过，谢天谢地，幸好你是女子不是男儿。"

"为什么？"我好奇地问。

升庵却大笑起来。喜宴上，众多亲朋的敬酒让他有些过量，虽然我早就知道他酒量很大，一个人能喝下一斤多绵竹春。

"为什么？"他说，"这还用问吗，傻瓜。"说着，他紧挨着我坐了下来，轻轻拉起我的手。我的心狂跳起来，像是有一头疯狂的兔子在挣扎。我的脸颊发烫，如一盆火挨得太近。我知道，这一夜，我将成为女人，成为我心仪已久的杨状元的女人。此时，距离我隔着帘子见到他第一面，满打满算，仅仅三个月。

命运就是这么神奇。三个月前，我只知道在距我家乡遂宁不远的新都，出了一个叫杨慎字用修号升庵的状元，只知道他们老杨家，从祖父杨春到父亲杨廷和再到儿子杨慎，以及杨慎的弟弟杨惇，一家三代四人，都在朝中为官，是川中首屈一指的名门望族。

那时，我的父亲也在朝中为官，甚至，他和杨慎还是忘年交。两年前，父亲丁忧回到遂宁，服满，正打算前往京城复命，朝廷忽然下旨，要他就近巡按简州。为此，他有机会在桑梓再停留几个月——如果不是这道突然降下的圣旨，很显然，我将与升庵终生无缘。我们将如同两条天各一方的小船，在各自的人生之河里漂流，永远不会有停船借问的机缘。

3

后来，人们都称我才女。

当然，如果细究的话，才女的名声，早在我的少女时代就有了。只不过，知道的人要少一些而已。当人们把我当作这个国家两千多年里最优秀的几大才女之一时，我已经去世几百年了。坟墓虽在，坟前的墓木却早已砍了又发，发了又砍。人生的艰难苦恨，比我晚生几百年的另一个才女，将会说出一句于我心有戚戚焉的话。她说，生命就是一袭华丽的袍子，上面爬满了蚤子。

我的父亲名叫黄珂，字鸣玉，出生于遂宁有名的黄家，官至工部尚书。不过，我嫁给升庵时，他还是都察院的御史。我的母亲是湖北黄梅人，姓聂，外祖父聂新是黄梅县尉。外祖父没有儿子，从小把母亲当儿子养，不仅自己教她读书，还不顾我外婆反对，为她请了一名饱学的宿儒为师。

有趣的是，我的父亲也没能如愿生个儿子，这样一来，自我童年起，母亲就把我也当作儿子养，一定要把她的满腹学问传授给我。四岁，她教我读诗词；五岁，她教我写字绘画；六岁，她教我弹琴焚香。十岁，我开始写诗。几百年后，在《遂宁县志》里，还将收录一首我十一岁的诗作。

那是一个早春的下午，庭前几树寒梅悄悄开出几点红花，春天正在显露光临人间的玉步。母亲命我以此为题作诗，略一沉吟，我在一张薛涛笺上写下了一首七绝：

金钗笑刺红窗纸，引入梅花一线香；
蝼蚁也怜春色早，倒拖花瓣上东墙。

当然，对我来说，这样的小诗只是少年时的涂鸦。如果不是后人有心并把它收入志书，当我长眠地下时，哪怕日复一日年复一年地回忆往事，也不一定还记得起曾写过这样的作品。

我最满意，或者说在后世影响最大、流传最广的是另一首诗。那首诗写于新都桂湖。不过，不是写在我晚年居住的碉楼上，而是写于遥遥相望的榴阁。那是一个深秋的夜晚。细雨淅沥，轻轻柔柔地打在楼外的桂树和湖中的残荷上，像是春蚕在吃桑叶。使女月娘在她的房间里打盹，我在自己的房间里百无聊赖。昏黄的孤灯映着一个人的影子，投在粉白的墙上。

升庵流放云南五年了。这一数字，正好与我们婚后在一起度过的时光相同。

我的家乡遂宁，地处川中，万千座起伏如同馒头的丘陵中，遂宁城得天独厚地拥有一片由涪江冲积而成的小平原。我家的后花园有一道门，门外有一条小路，小路曲曲折折地通往涪江边的码头。码头上，停着一只两层的画舫。春秋佳日，父亲总喜欢约上一批文人，荡桨涪江，吟诗饮酒。我曾经要求跟随他一起去，他却总是不允。

父亲在巡抚简州之前几个月里，一直优游于老家的这种诗酒生活并自得其乐。国朝初年，洪武爷给官员定下的俸禄原本不高，但国家承平日久，官员的隐形收入越来越多，至于炭敬、冰敬之类的外水，更是名目繁多。父亲官场得意，是不少人都要巴结的对象，家里来来往往的客人，总是络绎不绝。

那天，我经过客厅外的曲字回廊时，远远地看到一个身材瘦高的中年男子，站在庭院里仰头欣赏一枝开得正密的海棠。他头戴乌纱帽，身着团领衫，束着素银的腰带，补子上绣着鹭鸶。那是国朝六品官的标志。比起父亲补子上代表四品的云雁，我猜他多半是来向父亲请安送礼的小官。

中年男子把头低下来时，我看到他面容白皙，眉目间似乎带着一种与众不同的气质。后来我想清楚了，那种与众不同的气质就是官员们脸上很少看到过的忧郁。其实也不完全是忧郁，而是忧郁中又夹杂着淡淡的骄傲，骄傲中似乎又有几分矜持。总之，这种气质你很难在官员脸上找得到。

当父亲从里面走出来并和他打招呼时，我才知道，他就是蜀中大名鼎鼎的杨状元。我不由立住脚步，透过回廊上雕花的方格，呆呆地注视他，看他向父亲打躬作揖，口中念念有词。

我的父亲和升庵的父亲杨廷和同朝为官，又是同乡，彼此间一直有来往，当然不算太密切。尽管有历代诗人尽入蜀的说法，但蜀中与江南相比，在科甲上还是大为逊色。以状元这个读书人梦寐以求的极品功名来说，像江南的苏州府一地，自隋唐开科取士到我的时代，就已出了十几个状元；而南直隶一省，状元多达六十人。至于偌大的蜀中，或者说下辖几十个州府的四川行省，状元竟只有区区十来人，而升庵，就是几百年间四川所出的状元之一。他的荣耀，他的名声，无不成为望子成龙的父母们勉励儿孙的榜样。

那年春天，在父亲热心张罗下，由遂宁绅商集资，于涪江边修筑了一座三层的楼台。雕梁画栋的楼台耸立在江边那匹青秀的山峦上，面朝涪江，壮丽异常。遂宁王知府请父亲为楼台命名。父亲提议说，不如邀请蜀中名士搞一次雅集，雅集时，再为楼台命名。王知府欣然答应。

升庵就是应邀前来参加雅集的。

雅集在我家花厅举行。前一天晚上，三个厨师就带着十几个下人张罗酒席；管家也带着几个下人清理花厅和花厅侧面的花园——升庵正是在那里欣赏海棠的。

几个月后，当我和升庵成婚，成了他的第二任夫人时，烛影摇红，在新都桂湖的榴阁里，我们说起我们的相遇，很自然地，会说起那次雅集。当然，更自然地，我们会感叹人与人之间虽然从未有过交流，却真的能够心有灵犀。

就像升庵为我的名字解字时指出的那样，我的父亲的确遗憾没有儿子，从而给我取了一个男性化的峨字，而不是女子常用的娥字。这种暗示似乎有一种潜移默化的影响，它让我的性格变得倾向于男性，比如直率，比如大胆，也比如后来升庵称许我的，说我像女中丈夫。他调笑说："你不幸是女子，我只能和你结为夫妇；如果你有幸是男子，我一定会和你成为知己，结为兄弟。"

我问他："那你说我是不幸好还是有幸好？"

他笑着说："都好。真的，都好。你是男是女都好。"

四十多位来宾坐定后，作为主人，父亲意气扬扬地讲这座新起的楼台如何壮丽如何雄伟，以及适时地表扬王知府和众多出资的绅商们为了造福桑梓，为家山添一景观的壮举。尔后，他号召大家举杯，接连干三杯。三盏既下，便请大家为楼台命名。

如此盛大的聚会，又是在我家举行，我自然想参加，哪怕站在一旁观看也有意思。可是，父亲不会答应的。我毕竟是女儿之身，不适合在这样的场合抛头露面。

所以，一会儿，当我穿着一身男装，以书童的模样出现在他面前时，他愣了半天，张张嘴，什么也没说。

我把一张纸条递给父亲，低声说："我也取了个名字。"

父亲下意识地往纸条瞟了一眼，也低声说："你个死丫头，胡闹。"

我固执地伸着手，父亲只好把纸条接过去。

雅聚的主题就是为新起的楼台命名，一张书案早已搬出来，放在花厅前面的花园里。书案上，整齐放着笔墨纸砚。春天的风微微地吹，吹落了几瓣海棠花，正好落在那张铺开的宣纸上。

王知府请大家命名，大家又是一番谦让，谦让来谦让去，谁也不肯上前。

我站在父亲背后，借助父亲宽大身影的遮挡，偷偷打量着厅上诸公——其实，更准确地说，我更多的是在打量昨天在回廊下见过的杨状元。

他一直在喝酒，看得出，他有一个好酒量，虽然脸上已泛起红晕，手里的杯子却没停下来，一杯接一杯地喝。酒是我家酒坊自酿的白酒，加入了醪糟、枸杞、桂圆和橘皮，口感好，后劲也大。

大概因为年轻，厅上那帮四五十岁的官员们谦让多次后，终于谦让到了杨状元头上。

王知府笑吟吟地说："用修，你是名满天下的状元，由你来命名，再恰当不过了。"

众人都掉过头去看杨状元，纷纷附和："是啊是啊，再恰当不过了。"

按理，哪怕有心为楼台命名，也应当适当谦让一下。但他没有，他径直把杯子放回桌上，向众人拱了拱手，才慢悠悠道："既然列位大人错爱，那用修就放肆了。"

父亲说："何来放肆之说？用修虽然年轻，文名早已流布宇内。请吧，请吧。"

王知府也向杨状元做了个请的手势。

杨状元走到海棠树下的书案前,提起笔,略一沉吟,在那张洁白的宣纸上写下三个端端正正的大字:储烟楼。

我站在父亲背后,杨状元正对着我们,遥遥地,我能看到他写字时手臂的挥动,并大致能看出笔画。当他落笔写下一撇时,我的心竟然一阵紧张;当他写出第一个字,也就是储字时,我感到心脏跳动得格外厉害。我想,如果有人注意到我,一定会发现我的脸色不对劲。幸好,大家都在观看杨状元写字,没有人注意到我,一个伪装成书童的年轻女子。

杨状元写下储烟两个字时,我狂跳的心恢复了平静。我想,看来,世上有些事情的巧合,真的到了离奇的地步。如果不是亲身经历,恐怕连我自己也不会相信。

"储烟楼!"王知府双手捧起那张宣纸,兴奋地说,"好名字,杨状元赐了一个好名字啊,江山留胜迹,储烟楼必将成为我遂宁千百年后的一个好去处。"

众人一齐鼓掌,父亲也鼓掌。爹向我示意,要我退下去,我知道他的意思,你不是要看热闹吗?热闹看完了,该回闺房了。

我看着父亲,突然用一种我自己也感到异样的声音说:"父亲,你看看我刚才给你的纸条。"

我的男装和明显的女声,再加上明明是书童装束,却又管我父亲叫父亲,立即引来满堂惊讶的注视。

王知府离我们父女最近,他看了我一眼,又看看父亲,不解地问:"黄大人,这是?"

父亲尴尬地咳了一声:"各位大人,小女胡闹。"

客人们都善意地笑起来:"原来是黄大人的千金啊。"

父亲说:"是啊是啊,从小被她母亲宠坏了,不让她出来,她偏要装成个书童来看热闹。好了,热闹看完了,快下去吧。"

"不,"我说,"父亲,你看看我刚才给你的纸条。我也给这座楼取了个名字。"

父亲说:"难不成你取得比杨状元还好?好了,别在这里丢人了,快下去。"

王知府却说:"黄大人,既然女公子也取了名,我们就看看吧,列位以为如何?"

有人鼓掌说好。

父亲只好把我刚才塞给他的那张纸条从案角捡起来，顺手递给王知府。王知府慢慢展开，一下子愣住了；父亲探头一看，也愣住了。

他们一齐说："这，这怎么可能？"

客人们闻讯都争相探头来看，也都愣住了，其中几个还低低地啊了一声。

那张纸条上，也有三个字：储烟楼。

只不过，杨状元写的是雄健的颜体，纸条上却是秀气的欧体。

那是昨天晚上我写的。

4

那年春天与往年没什么不同。无非就是海棠开得更艳更密，涪江的春潮涨得更大更猛。高耸于涪江岸边的储烟楼，第一进大门悬挂的是升庵的字：储烟楼。第二进大门悬挂的是我的字：储烟楼。

那是正德十四年，那年的天下大事是宁王造反，幸亏被阳明先生很快地平定下去了。当然，那些事虽然关乎江山社稷，但于我，一个生活在偏僻西南的小女子来说，却缥缈而遥远。如传说。

那年，对我来说，最重要的大事是成婚。与升庵成婚。

虽然我们那个时代，向来都是父母之命，媒妁之言，一切都由父母安排。但前面我说过，由于没有儿子，父母对我十分宠爱，宠爱到了旁人觉得不可思议的地步。婚姻大事上，他们也没有替我做主，而是主动征求我的意见。

那天晚上，父亲把我唤到书房，母亲也在。父亲说："杨状元家请了王知府做媒人，这门亲事，说起来也是门当户对。用修又是状元，文曲星下凡，前途不可限量。唯一一桩事却不太美，他已经结过一次婚。去年他夫人病故了，峨儿要是嫁过去，就是续弦……"

"呃呃，什么弦不弦的，那还要看我们峨儿是否答应。"母亲说。

我显露出了我们那个时代未出嫁的黄花闺女应有的娇羞，我在灯前低着头，拧自己的衣角，小声说："女儿全凭父母做主。"

这句话在我们那个时代，是含蓄地表达：我愿意。当然，如果不愿意的话，那也另有一句含蓄的话：女儿还想多陪二老几年。

我眼角的余光看到，父母对望一眼，轻轻一笑。父亲说："那看来峨儿是同意这门亲事了？俗话说得好，宁为圣贤妾，不为庸人妻。升庵才华横溢，又点在翰林院，将来入阁拜相，也是意料中的事。只是，他为人却有些焦躁，少年得志，未免恃才放狂嘛。"

"你当年还不是一样，"母亲打断父亲的话，"况且，你还没中过状元，眼睛就长到了额头上。要是中了状元，那还不知道比人家升庵狂多少倍呢。"

父亲哈哈大笑。我闻到空气中传来栀子花浓郁的香味，初夏到了。

正德爷亲征宁王并落水的那年九月，我和升庵结束了在桂湖的生活，动身前往遥远而陌生的京城。

之前一年半，是我一生中后来再也没有过的幸福时光。在桂湖之滨的那座巨大的宅院里，我过上了少女时代想象过的生活。

但是，因为正德爷的落水导致龙体不安，在外的京官都接到通知，必须立即回京。升庵看了塘报，坐在书房发呆。我无声地凝视他，他说："小峨，看来，我们真得去京城了。"

我点点头，表示同意。

从位于榴阁二楼的书房望出去，高高的城墙上，飘着几面破旧的旗。更近更低处，便是桂湖，沿湖的柳树，叶子快掉光了，湖中是一些高高低低的残荷。

我们站在窗前，天色向晚，空气中游动着越聚越多的蛾子和雾气。

升庵慢慢伸出手，从后面抱住我，他把脸贴在我的脸上。他说："真想就这样辞官归隐，和你过几十年诗酒自娱的逍遥日子。"

但其实，我知道，升庵只是说说而已。我倒不是说，他说的要和我过几十年诗酒自娱的逍遥日子是信口开河，而是说，就像我父亲之前预言的那样，身为天之骄子的状元和翰林院编撰，升庵渴望一步步升迁，由编撰而部堂，由部堂而阁员，由阁员而首辅，以便实现"致君尧舜上，再使风俗淳"的政治理想。

对他来说，归隐林泉还早得很，就连对他的父亲，也就是我的公公廷和公来说，都还早得很。

我转身轻轻拍了拍他的脸，我说："要下雨了。"

升庵说："京城的冬天，风像是要刮进骨头，你身子弱，得把那两件皮袍带上。"

我点头。

那天晚上，我们没到饭堂用膳。我让使女翠娥做了几道菜，其中有升庵一辈子最喜欢的糯米排骨。然后，我下楼来到湖边，跳上拴在柳树上的那条小船，我把船划到湖中残荷相对较多的地方，用剪刀剪了一堆荷秆。

之前的夏天里，桂湖满池芳荷。有一天，好饮的升庵突发奇想，他折取了十几根荷秆，洗净后，用竹签把荷秆捅了一遍，然后，取来米酒，小心注入荷秆细小的孔中。荷秆的另一端有节，米酒便被盛在了荷秆里。只是，容量太小，一壶酒大约要用二三十根荷秆才盛得下。

盛了酒的荷秆小心地竖立在贮满井水的瓦坛里，放置一个时辰后，取出来饮用，一口恰能吸光一秆。这酒带着荷叶的清香，有一种透明而干净的凉爽。

升庵为他的发明欢呼雀跃。我们常常在榴阁相对饮酒，瓦坛里，放置着几十根绿色的荷秆。

现在，夏天已逝，曾经茂盛得看不见水面的桂湖，只余一些发黄的枯荷，李商隐有诗云："竹坞无尘水槛清，相思迢递隔重城。秋阴不散霜飞晚，留得枯荷听雨声。"说的正是这时节的景象。只是，升庵就在我面前，我们日夕相对，倒不会隔着迢递的重城相思。

那时，我还是太年轻。我以为，我会和升庵一辈子这样朝夕相对，吟诗作词，赏画饮酒。我以为，生活就像一面锦绣，永远都是绚丽和美好。我不知道，人生其实会拐弯。哪怕是名垂海内的状元，或是四品巡按的千金，人生才不会管这么多，它要管的就是如何曲折，如何跌宕起伏。等到明白这个道理时，又是好些年过去了。

但那时我确实还年轻，甚至包括年过而立的升庵，都还太年轻。他做着如何入阁拜相的梦，而我，做着诗酒写意的梦。

我把那些荷秆拿到榴阁，升庵略微愣了一下。他说："小峨，现在天气凉下来了，透心凉吃起来怕有些伤身子。"透心凉，那是我为升庵发明的这种荷秆酒取的名字。

我还没说话,他又说:"是了,你是怕到了京城,再也喝不到透心凉了。"

我笑了。

升庵说:"其实,北方也是有荷叶的。只不过,我们家的院子里没有池塘,没法种。"

那个晚上,我和升庵坐在榴阁里喝酒。我们都没意料到的是,那竟是我们最后一次饮用透心凉。以后漫长的几十年间,虽然我还会在榴阁居住无数个日子,还会看到桂湖的荷花无数次从盛开到凋零,但我再也没有饮过透心凉。尽管那冰爽的米酒穿过口腔进入肚子的滋味一直还留在心间。

但是,一切都不似当年。透心凉如同从前生活留下的一个证据,它属于回忆,属于过去,属于回忆里过去的好时光。

我和升庵的秘密都融化在那过去的好时光里。

那个夜晚,升庵喝醉了,我也微醺。他在房中踱步,仿佛他预想中的首辅那样指点江山,批评时弊。我想起父亲的话,我觉得父亲说得对。前三十年太顺利,顺利得出乎意料,升庵因而为人狂妄,容易得罪人却不自知。在官场上,按父亲的说法,升庵还需要磨平棱角。不然,他有可能跌得很惨。

我记得父亲在我出嫁前的那个夜晚,因为舍不得我的离开而双眼通红。他告诉我:"适当时候,你要劝劝他。你今后的命运,就和他绑在一起了,你就生是他杨家的人,死是他杨家的鬼了。儿啊你且记住。"

父亲的劝告,我一直没有告诉升庵。一则,我们还没有回京,我们还在新都,在桂湖;二则,我们还沉浸在新婚的欢乐里。肉体的愉悦,精神的互赏;这样的背景下,我不想说那些可能令他扫兴的话。他就像个喜怒无常的孩子,尽管我要小他十岁,可有时候,我觉得他就像一个不曾长大的孩子。需要夸奖,需要怜爱。

但是,明天我们就要动身进京了,我有责任提醒他,我的命运和他绑在一起的这个人。

我委婉地陈述了父亲的劝告。升庵没有生气,他略一沉吟,竟然哈哈大笑:"岳父还是老了,和我父亲一样,人一老,就会多出些莫名的担心和顾虑。李太白说得好,仰天大笑出门去,我辈岂是蓬蒿人。"

我略有不悦,升庵敏锐地看出来了。他晃晃悠悠地站起来搂住我,往床的方向走去。他一边宽衣,一边说:"小峨,我知道你是为我好,我记在心上还不行吗?"

我知道他没有记在心上,他这么说,只是为了让我放心。

我没法放心。

当他进入我的身体时,我听到窗外下起了淅淅沥沥的秋雨。

北京的冬天很冷,风像要刮进骨头里。想起升庵刚才的话,我不由打了个寒噤。

5

新都到京城的路极为遥远。好在,一路与升庵朝夕相对,倒不觉特别辛苦。我们在成都万里桥码头雇船,顺着清流荡漾的锦江南下。几十里外的彭山地面,锦江汇入岷江。然后经过眉州、嘉州,抵达戎州。在那里,我们的小船无法再继续行驶,于是雇了一条大船,一路下渝州,过三峡,进入湖广地界。在江陵休整两天后,再次上船,经九江、南京等地,到达扬州。此后,便从顺着扬子江东行,改为沿大运河北上。路经淮安、宿迁、济宁等地后,终于在冬日的一个下午,透过船窗,看到了高高在上的京师的城墙。

那一天,京城飘着大雪,天地间一片洁白,透露出无声无息的冷寂与清凉。一下子,我想起了榴阁的透心凉。

沿途经行的那些陌生地方,当我渐渐老去,一直到我在沉睡中离开人世时,我都还记得它们。那些名字让我好奇。但是,如同儿时躺在后花园的摇椅上,听着年迈的祖母用含混的口音给我讲天上那些星星的故事,牛郎星、织女星、太白金星,当祖母的手指着它们时,我觉得它们一个个都像在向我眨眼睛;但过上三五天,当我再次抬起头在天上寻找它们时,它们又全都变成了另一个模样。我再也无法分辨它们。星星消失在众多的星星里。那些陌生的地方也一样,消失在众多的陌生地方中。

在我晚年,我天天陷入对往事的追忆,我对从前那些与我有关的地名记忆深刻,却无法回想起关于那里的更多细节。比如眉州,我知道它是我和升庵都最喜欢的大文人苏东坡的故乡,但我记不起在船上看到的眉州城的模样,也想不起我们停泊的港口,那里的酒店有什么字迹的帘招。再比如扬州,那是杜牧和姜夔的扬州。尽管行程紧迫,我们还是在那里停留了一天,为的是游览瘦西湖。但几十年后,我只记得我们去过瘦西湖,至于瘦西湖到底什么样,甚至,它与桂湖有何区别,我却一点也不记得了。

唯独,我对一座城市记忆犹新。不,不是京城,是前往京城路上的一座并不大的城市,说起来,它显然不如沿途经行的扬州、南京或是九江。它最多相当于眉州或者戎州。

那就是江陵。

非常巧合的是,我们停泊的港口不远处,也有一匹低缓的小山,山上有一座楼台,题曰枕江楼。看起来,它和我老家遂宁的储烟楼非常相似。一样的形制,一样的楼层,甚至,看上去它们的新旧程度也差不多。更妙的是,它们矗立的山丘也如一母所生的双胞胎。如果要说有不同的话,那就是山前的江面相差较远。流过储烟楼的涪江,只有几十丈宽,除了夏日洪水季,平时都是一副消瘦的样子。枕江楼外却是急流滚滚的长江,惊涛拍岸,江阔水深,雄浑的气势远非涪江可比。

升庵当然也发现了枕江楼与储烟楼的神似。当我们谈论起眼前的枕江楼时,舟子插话说,如果再往洞庭湖方向行三十里,就是岳阳楼。升庵点头:"我四岁就能背范文正公的《岳阳楼记》,原来岳阳楼就在这左近。只是,时机不对,我们只能在这里停两个时辰,小峨,岳阳楼这次怕只有擦肩而过了。"

我说:"以后有的是机会,那时再去登楼看看。把酒临风,喜气洋洋者矣。"

升庵大笑:"夫人所说,甚合我意。那我们就到这枕江楼上去看看它衔远山吞长江吧。"

舟子泊好船后,我们相携上岸,登上枕江楼。枕江楼的最高层,飘出一角青色的酒旗,升庵大喜:"小峨,你看,正好把酒临风呢。"

我们沿着窄窄的木梯上楼,楼台正对奔流的大江,莽莽江水似乎就要漫到楼上,整座楼如同浮在水面的一叶孤舟。

酒楼里空荡荡的,除了几张桌子和椅子,只有屋角坐着一个青衣中年人,面对茶几上的一局残棋发呆。我们上楼的脚步声惊醒了他,他站起身,脸上露出友善而疲惫的浅笑。

我们拣了靠窗的桌子坐下,中年人先送上两碗茶。升庵端起茶,轻轻呷了一口:"食罢一觉睡,起来两碗茶。举头看日影,已复日西斜。小峨,白香山这首诗,八句我倒是有四句记不得了。"

"又想要考考我了吧?我记得后四句好像是乐人惜日促,忧人厌年赊。无忧无乐者,长短任生涯。"

升庵大笑:"可惜我们是在客中,不能像赵明诚李清照那样斗茶。小峨,你快尝尝,是洞庭银针。"

说笑间,中年人送来几碟菜和一壶酒。我们喝了几杯酒,胡乱吃了几口菜,招呼中年人结账。

就在结账时,升庵听了中年人几句话,突然很惊异地问:"掌柜的,听你明明是京师口音,为何在这里开店?"

中年人迟疑了一下,又看看升庵的服饰,回道:"大人好听力。小的的确是京师人,去年才流落江陵,开个小店混口饭吃。"

"京师距江陵两三千里地,你在这里有亲戚吗?"

中年人苦笑摇头:"举目无亲。"

说着,他指了指角落里那张茶几。茶几上,正是我们进来时他在审视的那副棋局,"都是为了它才流落江湖啊。"

和升庵吟吟诗,唱唱词,我倒也算得上不分伯仲,但说起江湖与人情,我这自幼在几十亩大的院子里成长的女子,却是一窍不通。因此,不由有些诧异升庵为何对这个开酒店的中年人这么感兴趣。

升庵面色凝重:"先生是否姓郭?"

中年人面露讶异:"小的正是姓郭,不知大人缘何知道?"

升庵面露得意之色,哈哈大笑。他的笑有一个特点,那就是尾音拖得特别长,让人很容易被他的笑声所感染。

升庵说:"那你一定就是有京城国手之称的郭子奕先生了?"

中年人的诧异大概和我不相上下。他又上上下下打量了升庵一番,"大人说得对,小人正是郭子奕。只是国手之称,实在过誉了。小的与大人萍水相逢,不知大人何以认得小的?"

"七年前，在李文正公府上，我曾经见过你一面，只是未及交谈。"

中年人两眼迷茫，"大人恕小的眼拙，实在没有认出大人。李文正公在世时，甚好下棋，小的有时也去陪他几局。"

"李文正公最爱下棋，围棋象棋都爱，当然不像先生这么出神入化。先生既然与李文正公多次下棋，下棋时想必是在书房隔壁临水的那间棋房吧？"

中年人点头，"是的是的，次次都在棋房。"

"棋房正中，是不是挂有一幅画，画的两个古人对弈，旁边还有一首诗？"

"对对对。"中年人口里说着话，眼睛却上上下下打量升庵，突然猛拍脑门，"天啦，小的真是笨死了，想必大人就是画那幅画写那首诗的杨状元了？"

升庵得意地大笑。我突然对他这种大笑有几分担忧。对他而言，他笑得纯真，笑得开心，但听的人，却怎么听也有几分张狂。至少，不够儒家的温良敦厚。

当然，这个叫郭子奕的人倒是没有任何反感。大概是见自己猜出了升庵的身份，因而也和着升庵一同大笑起来。他们的笑声惊醒了趴在窗台上的一只正在睡觉的老猫，老猫弓起身，不满地喵了几声，重又睡去。对它来说，江山胜迹与人事代谢都不如睡一觉为好。

升庵和郭子奕口中的李文正公，乃是出任过内阁首辅的李东阳，他和我的公公廷和公同朝为官，来往甚密。此时却已经过世了。

据升庵说，廷和公与李东阳既是同僚，也是棋友。只不过，李东阳象棋围棋都精通，廷和公却只喜象棋。十多岁时，有一天，升庵陪父亲到李府拜访，照例，两人要下三局象棋。那年春天，李东阳在书斋旁边，新修了一间精致的雅舍，命名手谈斋，专门用来下棋。

两人下得入迷，对象棋兴趣不大的升庵只好敬陪末座。虽无聊，也不敢走开。末了，还是李东阳善解人意，看出升庵无聊，就说："贤侄，你坐在一旁无聊，不如为我们两个老头子写个真，再题首诗如何？诗题嘛，自然就以下象棋为限了。"

升庵欣然答应。手谈斋虽然号称棋房，其实宽大之极，旁边几案上，就有上好的文房四宝。升庵走过去，铺纸砚墨。

三局末了，升庵已画好一幅整纸丹青。画面上，两个神仙般的老头坐在树荫下对弈,一个举棋,一个凝视,神态酷肖李东阳与廷和公。

李东阳见了,大为欢喜。及至读了题在边款上的那首诗,更是直呼升庵为小友,并预言道:"他年蟾宫折桂,金榜题名,对你来说,简直就是探囊取物,前途不可限量啊。老夫这把年纪,还能见识如此俊才,也算是人逢稀奇事,必定寿缘长了。"

廷和公乐呵呵地捋了捋长胡子,"东阳兄,你可不要把他夸得跟一朵花似的。这小子,才华或许有几分,性情上,还需着实打磨。"

李东阳道:"船到桥头必然直,令郎年未弱冠,才情毕露,可喜可贺。"

多年后,升庵谈起在李东阳府中的那个下午,犹自神采飞扬。我问他,那首咏象棋的诗怎么写的,他气沉丹田,朗声向我吟诵:

兵卒冲千里,将军坐九宫。
追风看马跃,吉日想车攻。
士相围城固,江河天堑雄。
笑谈番几局,月白映灯红。

至于他在枕江楼上,如何会认出郭子奕,一个时辰后,当我们回到船上,继续顺着江流的方向东下时,升庵慢慢向我讲述了个中缘由。

李东阳象棋围棋都爱,廷和公却只陪他下象棋,他便经常找些人到府中下围棋。当时,京师下围棋最知名的几个人中,有一个叫郭子奕的扬州人,在京师做军,属军籍。虽然与身为内阁辅臣的李东阳地位悬殊,但李东阳屡屡听人说他的棋下得如何妙,大有一局能入烂柯经的神韵,止不住技痒,就悄悄令仆人把他找到家,下了几回棋。

有一次下棋时,升庵陪同父亲前往李府,李东阳立即罢了棋局,陪升庵父子茶叙。郭子奕经过庭前时,向升庵父子作了个揖,并未说话。郭子奕出门了,李东阳感叹说:"这个郭子奕,真不愧京师国手。要是在宋朝,早就进待诏院了,如今却还在军籍做军,也是时运不济啊。"

由是,升庵记住了京师国手郭子奕这个名字,也依稀记下了他的面容。升庵博闻强识,不仅读过的诗文,几乎都能达到过目成诵的地步;而且,哪怕是几年前十年前见过一面的人,他常常还能准确地回忆起当时当日的诸多细节,甚至眉目的清秀与粗野,声音的洪亮或沙哑。

我曾问他为何有这种特长,他很认真地说:"我其实也没想过要去记,可自然而然地就忘不了。"

升庵与郭子奕最多只能算半面之交,不过,在这远离京师的偏僻之地相遇,两人都有几分激动。

郭子奕重新泡了两盏洞庭银针捧上来,自己却拿一只粗碗喝冷水。升庵问他为何不喝茶却喝冷水,郭子奕苦笑着说:"都是几十年做军养成的习惯。"

"你还在军籍吗?"

郭子奕没吭声,苦笑着站起来,示意我们看他的左手。这时,我和升庵才惊讶地发现,他的左手衣袖竟然空空荡荡的,风一吹,衣袖轻轻地飘动。

"啊!"我低低地叫了一声。

升庵目光如电,"先生的手想必……想必就是犯了太祖高皇帝定下的严刑峻法?"

郭子奕点头,脸上的悲苦如同初冬时罩在平原上的雾气,若有若无,若无若有。

见我有些不解,升庵转头对我说:"当年,洪武爷立下的法规,学唱的,割舌头;下棋的,砍手;踢球的,断足;做买卖的,充军。"

"还有这样的法律?不是听说,洪武爷自己就爱下棋,还经常和刘伯温、徐达等人手谈吗?"

郭子奕苦笑道:"夫人有所不知,小的属军籍,一入军籍,世代不能变更,这些规定,都是对军籍的军人而言。其他人却无妨。"

升庵接着说:"虽然洪武爷的规矩的确存在,可多少年来早就形同虚设,为什么偏偏对先生较了真?再说,他们就不顾李文正公的面子吗?"

郭子奕说:"宫里有个近年得势的王公公,也爱手谈。刑部一个姓朱的员外郎,大概想结交王公公,专门把小的找去陪王公公下棋,一连下了三局,也怪小的糊涂,好胜心强,竟没注意到观棋的朱员外郎的脸色,三局都把王公公杀得大败。王公公倒没说什么,却不想就此获罪于朱员外郎。那朱员外郎在刑部任职,要修理小的,就像捏一只蚂蚁,就找出当年洪武爷的圣旨……偏偏当时文正公已致仕回乡,小的喊天天不应,叫地地不灵,只得眼睁睁地被斩去左手,除了军籍。小的左思右想,不如到湖广投奔李文正公,不想才走到江陵,就听说文正公殁去了,因此上进退失据,流落于此,靠这小小的酒店胡乱赚几钱银子谋生,却是让状元公见笑了。"

升庵道:"洪武爷当年的规矩,也自有它的合理处,只是不想先生却为此受了皮肉之苦。说起来,也是那个姓朱的员外郎和那个王公公可恶。郭先生,我和你也算是故交旧友,我现在正往京中复职,先生若要回京师,不嫌小船逼仄,不如就与我结伴同行,一路也好向先生讨教。"

郭子奕深深地作了个揖,"多谢状元公美意。京师乃我的伤心地,我如今宁肯落流江湖,终死沟壑,也绝不再去了。"

升庵略微沉吟了一下,从随身的招文袋里取出一张银票,双手递与郭子奕,"郭先生,既如此,这一百两银票,还请笑纳。虽然于事无补,也还可经略微补贴家用。"

郭子奕却坚不肯纳,升庵急了,两人站起身,真诚地推来推去。半响,郭子奕才收下银票,眼角含泪,道:"小的与状元公萍水相逢,受此厚赐,真是于心不安啊。"

升庵笑道:"我们在京中李文正公府上早就有过一面之缘,今天又在异乡重逢,真是缘上加缘,哪是萍水相逢呢!"

告别郭子奕,我和升庵回到船上。舟子又扯起风帆,继续顺流而下。升庵半带歉意半开玩笑地说:"夫人,这笔钱原本是打算到南京时与你买几丈云锦做衣服的,我一时冲动,就送给郭子奕了。着实该打。"

我笑道:"一百两银子怕要买几十丈云锦也不止,我难不成做它几百套衣裳?"

升庵道:"买云锦剩余的钱,一路上买花吃酒也够了。"

是的,那时候,一百两银子对我们来说,只是一笔小数字。杨家数代为官,公公杨廷和又位极人臣,想受穷都不可能。原本,洪武爷建国时,给官员定的俸禄少得让人难以理解,同时又对贪污受贿处罚极重,只要区区五十两以上,就要剥皮实草。

更吓人的是,比如张县令被处分后,他的皮被精益求精的匠人小心地剥下来，蒙在一个用稻草扎成的人形上。这个蒙了人皮的稻草人,就放在张县令曾经处理政务的大堂上。后任的县令,身边天天立着这么个令人毛骨悚然的人皮稻草人。

洪武爷的目的,是想用这种高压手段打压官员,迫使官员廉洁。但是,由于官员正常收入太低,一旦做清官,就意味着全家受穷。是以洪武爷驾崩后,以后历代皇爷,对官员的灰色收入都在不断放松,以至于一些放在洪武爷时肯定要被剥皮实草的行为,到了后来,也被视为理所当然。这种前提下,即便一个相对廉洁的清官,家境也相当殷实。

两个多月的舟车旅途中,我们总有足够的钱吃酒买花。偶尔,遇到心仪的城镇,还会驻扎一两天。就这样,我们初秋动身,抵到京师,已是深冬。在那里,一场鹅毛般的大雪迎接了我。

杨家在京城的宅院位于孝顺胡同,宽大的院落,门前耸立着一对威严的石狮,门当与户对,以及一根表示中过状元的高大的石制旗杆,无声地向每一个路过者显示这家人的华贵与尊崇。

6

回忆总是像一匹无拘无束的小马驹,它在过往的记忆里东奔西跑,让我一会儿想起少女时代的天真烂漫,一会儿又沉入中年期间的寒凉孤寂。回忆要么由远及近,要么由近及远,这匹任性的小马驹,它把我晚年的光阴拉扯得格外漫长,恍似一个永远也过不完、永远也看不到花开的早春。

现在,我想说的不是在京城的岁月,我想说的是离开京城的日子。

认识郭子奕四年后,我和升庵的船又停泊到了枕江楼下。四年前,我们顺流而下,顺风顺水;四年后,我们逆水行舟,艰难前行。

经过三个多月的将息后,升庵的伤已渐渐痊愈,但人还很虚弱,并留下了后遗症,那就是他的左脚变得不那么利索了。天阴下雨前,总会准时疼痛。他和我开玩笑说:"有了这本领,日后若能起复,皇上量才录用,最好把我安置到钦天监,预测阴晴雨雪,想必要比那几个动不动就占卜的老迈官员灵验些。"

随着离江陵越来越近，原本精气神还算不错的升庵开始变得焦躁而沉默。我当然知道这是为什么。我只能柔声安慰他，每个时辰都不离开他，白天与他共坐闲话，夜晚与他同床共枕。

抵达江陵前的那个夜晚，他忽然从噩梦中醒来。他从床上坐起，紧紧拉住我，把我也从床上扯了起来，一边拉，一边失声叫道："小峨别走，小峨你别走。"我醒了，摸摸他的额头，额头上渗出又细又密的汗水。

"升庵，升庵，你做噩梦了吗？我在这里呢。"

升庵终于从恍惚中清醒过来，长叹一声，又慢慢躺了下去。

过了足足一个时辰，我们都没睡着。但我们都假装睡着了。

我们的小船终于还是泊在了江陵城外那座小小的码头上，站在船首，抬起头，我看到枕江楼三个字变得更加暗黑，像一个上了年岁的老年男子饱经风霜的脸。

我问升庵："天色还早，要不要去找郭先生喝一杯？"

升庵点头："正有此意。一眨眼，就四年了。"

我和升庵沿着青石块铺就的台阶，一级级走上江堤。再沿着木制楼梯，一步步走上枕江楼顶层。短短的路程，升庵已经气喘吁吁，他的左脚无力地耷拉着。我开始后悔刚才的提议，我应该想到升庵受伤后的左腿，那么，我其实可以把郭子奕请到船上来。

但升庵不同意。他说："欲穷千里目，更上一层楼。船上喝酒没什么意思，还是要到最高处把酒临风，才有诗意。"

然而，令我们惊愕的是，小酒家还在，郭子奕却不见了。

店家不再是清瘦的中年男子郭子奕，而是一个肥头大耳的老年男子，说着一口江陵土话。好在，支起耳朵，勉强还能听懂。

他说他是本地人，三年前从郭子奕手中盘下了这个小酒家。问他郭子奕到哪去了，他说，他当时也问郭子奕日后的打算。郭子奕却不肯说，再问，便说，家没了，四海都是家。

家没了，四海都是家。老年男子的话像一记重锤。我和升庵默然相视。升庵点点头："好吧，掌柜的，请给我们来几个菜，一壶酒。"

一会儿，酒菜上齐了，却没有食欲。我为升庵斟酒，升庵接连喝了三杯。

他的酒量一向很大，这三杯酒下去，脸色却开始潮红。大半年来，他的脸色总是苍白的或铁青的，只有此刻，酒精催逼下，反倒显出一种貌似健康的潮红。

一壶酒刚喝完，杨敬修急匆匆地上来禀报，说是为我租的船已经到了。他说："小少奶奶，舟子说，这一路都是上水，晚上不行船。现在天光大好，正好跑上几里。"

这就是说，我和升庵必须在这里分别了。我要回四川，回新都，因为年迈的公公病卧在家，家中还有一大摊子事情要打理。而升庵，按照皇上的钦命，他必须于春节前赶到遥远的云南永昌卫。现在，他的身份已经不是翰林院编撰，甚至就连状元，也只是从前的梦幻。他现在是一名充军的犯人。从今往后，不但他被纳入军籍，要去效命边疆，以后就算年迈了，如果有儿子的话，还必须得指定一个儿子编入军籍。郭子奕的祖上，就是升庵这种犯了罪的犯人，他也才父死子继，成年后就入了军籍。

我和升庵都站了起来，升庵笑着说："夫人，一路保重，我到了永昌卫，马上就会写家书回来报平安。父亲大人膝前，只好托付给夫人了。"

我和升庵就在几年前一同喝酒并结识郭子奕的枕江楼下分了手。我溯流西上，他舍舟登岸，由陆路折向西南，翻越横亘的众多山峰，前往云南永昌卫。

虽然从离开京城那一天，或者更准确地说，在接到充军永昌卫圣旨那一天，我们就知道分别是早晚的事，但出京后这些天里，我们朝夕相处，谁也没有提起过将要来临的分别。似乎我们不说，分别就不会来。

木船扬起了帆，溯水行舟，行得很慢。我站在船头，使女春儿小心地站在我旁边，风很大。春儿道："夫人，起风了，你身体弱，还是回舱里休息吧。"

我没吭声。遥望着渐行渐远的枕江楼。一会儿，我看到升庵熟悉的身影出现在枕江楼前的驿道上，他骑着一匹瘦削的驴子，杨敬修牵着另一匹同样瘦削的驴子跟在后面。驴背上，搭着几个包袱。里面是几件旧衣服，一些散碎银两和几十部书，当然还有升庵的诗稿与文稿。

我向岸上招手。落日西沉，一点点金色的晖光投射到水面，我正在向西而行，升庵大概只能看到我的小船的轮廓，却没法看清我的身影，更没法看清我在向他招手。太阳的光太猛烈，他只能眯着眼。我继续向岸上招手。

后来，我才知道，就在我离开他上船的那半个时辰里，他找枕江楼的老板借来笔墨纸砚,笔走龙蛇,写了一首词。多年以后,当我在桂湖的秋雨之夜,为升庵编定他的文稿时,当年那张稿纸已经发黄、发脆。只是,上面的墨迹依然清晰:

楚塞巴山横渡口,行人莫上江楼。征骖去棹两悠悠。相看临远水,独自上孤舟。 却羡多情沙上鸟,双飞双宿河洲。今宵明月为谁留?团团清影好,偏照别离愁。

7

廷杖令下达之前,我和升庵都不相信。正如灾难来临之前,也没有人会相信。等到终于相信时,灾难已经发生。

一生中,尽管我和升庵情投意合,是人们所称羡的神仙眷侣。但是,就像我们所处的那个时代一样,男主外,女主内,在朝为官的升庵其实几乎不与我谈论国家大事。偶尔,我只能从他的只言片语中了解到一些蛛丝马迹。

当然,像廷和公突然以乞骸骨之名辞职,而刚刚登基三年的嘉靖爷竟然一点也不按游戏规则予以挽留,毫不犹豫地准了公公的辞职折,即便我只是一个妇人,一个对诗词的兴趣超过女红的妇人,我也知道对公公来说,这很可能意味着他的政坛生涯已经画上了一个并不那么圆满的句号。

公公致仕后,立即动身回了新都。他给送行的同人们的说法是,身体越来越差了,如果不趁着现在还有一口气吊着,那就有可能客死京城。这把年纪了,我什么也不想,我只想埋在新都的祖茔里。要是天可怜见,能再吃几顿家乡的粗茶淡饭,就算是意外的福报了。

当然,我知道这是公公的夸大之辞。他的身体不是太好,但也绝对没差到行将就木的程度。我明白,他想以这种方式一方面尽快离开京师这个是非之地,另一方面也想以此告诉深宫中的嘉靖爷,他只是一个风烛残年的老人,他无意于权力,更无心恋栈。大明的天下是万岁爷您的,在您的手里呢。尽管我杨某曾总揽国政四十多天,可那只是为了等您从湖北赶来继承大位。

公公离京后，位于孝顺胡同的杨府一下子门庭冷落。虽不至于门可罗雀，但与从前总是车水马龙相比，来访者的大潮一夜之间退去了。

公公那封家书让我意识到，这个帝国正在发生一场可怕的剧变，而我的丈夫杨慎，他正好处于剧变的旋涡中。

公公虽已致仕，可他毕竟是做过首辅的重臣。按惯例，他的家书，照例可以由公家的驿站传送。但是，公公的这封家书却没有通过驿站，而是由民间组织麻乡约送来的。

那是一个炎热的七月的下午，春儿把家书送到我房里时，封皮上的字表明，公公的家书不是写给升庵，而是写给我的。我略略犹豫了一下，还是把它拆开了。我想知道公公回新都后的情况，也想知道娘家的情况。我以为，公公一定会在家书里说说这些别人毫无兴趣，我却极想知道的家长里短。

然而，出乎我的意料，家书却只有一张薄薄的薛涛笺，甚至，就连一张纸也没写满。

那是一首词，熟悉的廷和公的笔迹：

百般忧念百般难，一度书来一度宽。经年间阻经年盼。利名途祸患端。端做闲官，只守闲官。常守三缄口，常怀一寸丹，怕人情翻覆波澜。

词作很浅显，只读一遍，意思就十分明了。不过，我还是读了三遍。一遍比一遍慢。公公是希望升庵谨言慎行，不要为了朝廷的事做出头鸟。公公做了一辈子高官，先后辅佐四任天子，他自然明白官场的禁忌与规矩，或者说，他比任何人都更明白伴君如伴虎的道理。所以，他才会突然间辞官归故里，息隐于林泉。但是，公公的劝告，年轻气盛的升庵会听吗？公公知道他不会听，因而这封家书才写给了我。他是要我劝告升庵。

升庵会听我的吗？直觉告诉我，我恐怕得让公公失望了。不过，纵使他不听，我也得劝告。不仅因为公公的嘱托，还为了我们共同的未来。

那几天，按规律，正是该来月信的日子。但已经过了好几天，月信还是毫无踪迹，早上洗面时，忽然感到一阵强烈的恶心，忍不住呕吐起来。午饭时，面对一桌精致的菜肴，却毫无食欲。到了下午，却无比想吃酸东西，最好是遂宁城外五月初刚摘下来的端阳李，皮薄肉厚，咬一口，快要酸掉牙。可是，北京城的七月，哪里有端阳李呢？

我把春儿叫进来，让她出去买些水果。自然没买到端阳李，而是几个拳头大的油桃。吃了几口油桃，又感到一阵恶心，忍不住再次呕吐起来。春儿吓坏了，端茶送水地忙了好一会儿。

我却又惊又喜，看来，我和升庵就快有孩子了。

升庵弱冠之年娶礼部主事王溥之女王氏为妻，一起生活了十一年，直到王氏在新都病逝，他们也没留下一男半女。因此，赶快生儿育女，是上自廷和公下到升庵的迫切希望。

这一年，我和升庵结婚五年了。五年里，尽管升庵从不曾提起过，但我还是能敏锐地感觉到，他是多么希望我的肚子鼓起来，能够让他享受做父亲的愉悦。

我轻轻抚着肚子，肚子自然还没有隆起来，还是光洁的一马平川。但种种迹象表明，我的肚子里已经有了小宝宝。突然降临的幸福像一道闪电划亮夜空，它既让迷途中的旅人看清了脚下的路，也因这闪电的突如其来而眩晕。

8

非常巧合的是，我的生日与王氏的忌日居然是同一天。知道这一巧合，是在我与升庵成婚后的第二年。

我生在七月初七的晚上。是时的川中盆地，天气已由暑热转向清凉。夜风习习，星斗满天。那一天，也就是传说中牛郎与织女通过鹊桥相会的日子，民间把它称作七夕节。从汉朝开始，就流传着年轻女子们在七夕之夜乞巧的习俗。所谓乞巧，就是年轻女子们身着新衣，在庭院里遥望织女星，乞求它赋予自己智慧和灵巧。

乞巧的方式各地不同，在我老家遂宁，沿用的是最古老的一种。成年后，当我以读书为快事时，我曾在典籍中检索到，这种方式起源于汉朝。书上说，东晋葛洪《西京杂记》有"汉彩女常以七月七日穿七孔针于开襟楼，人俱习之"的记载。那种专门用于乞巧的七孔针，每年六月底，集市上就有人出售。到了七月七日晚上，照例，使女们在院子里摆上瓜果和糕点，我和贴身使女春儿一起，用一根彩色的丝线，次第穿过那根有七个针鼻的七孔针。凡是一次性穿过七孔的，就是织女星已答应了赋予智慧和灵巧。

每一年，我总是第一个顺利完成，而春儿，有时候能完成，有时候却需要一连穿三四次才行。

在我老家，七夕节还有一个习俗，那就是举凡七夕这一天，只要条件许可的人家，一定会杀一只大公鸡。大公鸡不仅是盘中美食，更重要的是，老人们说，杀了大公鸡，天亮时就没有公鸡报晓，牛郎和织女就永不分离。

至于我这种在七夕降生的女子，有一个流传甚远的说法，说是注定了不仅心灵手巧，秀外慧中，还会因得到织女星的眷顾而一生幸福平安。

那时候，我相信自己的一生必将幸福平安。然而，就像一只在波澜不惊的湖面荡漾的小船，在被突如其来的风浪卷入漩涡前，它不会相信漩涡的存在。

和升庵成亲的第二年七夕节，我们还没有动身前往京城，我们还在桂湖继续适性得意的诗酒生活。

那天，杨府上下为我举办了一次规模不大却充满欢乐的寿宴。那也是我嫁给升庵后在杨府第一次过生日。升庵喝醉了，由家人扶到卧室睡下。到了晚上，春儿就像以往在遂宁娘家那样，安排下果品糕点，当然还有提前几天从集市上买回来的七孔针和彩色丝线。

庭院里，几株早桂已经吐出米粒大小的花，更多的，还在蓄势待发。有一弯淡淡的月亮，把满天星斗衬托得更为明亮。

我到卧室去叫升庵。卧室里没人。他已经醒了，那一定在书房。果然，我轻轻推开书房的门时，看到升庵背对着门，站在书房窗前，望着夜色出神。长长的书案上，横着一张写满了字的纸。哦，看来，他有新作了。我蹑手蹑脚地走过去，展开桌上的纸。一读之下，我愣住了。那不是他的新作，而是录的唐人旧作：

谢公最小偏怜女，自嫁黔娄百事乖。

> 顾我无衣搜荩箧，泥他沽酒拔金钗。
> 野蔬充膳甘长藿，落叶添薪仰古槐。
> 今日俸钱过十万，与君营奠复营斋。
>
> 昔日戏言身后意，今朝都到眼前来。
> 衣裳已施行看尽，针线犹存未忍开。
> 尚想旧情怜婢仆，也曾因梦送钱财。
> 诚知此恨人人有，贫贱夫妻百事哀。
>
> 闲坐悲君亦自悲，百年都是几多时。
> 邓攸无子寻知命，潘岳悼亡犹费词。
> 同穴窅冥何所望，他生缘会更难期。
> 惟将终夜长开眼，报答平生未展眉。

这诗我当然读过，甚至早就会背诵。它是唐人元稹悼念亡妻的作品，题曰《遣悲怀》。升庵抄录它，是什么意思？

他在思念他的亡妻王氏。

升庵与王氏既是结发夫妻，又一同生活了漫长的十一年，他对她的思念，我能理解。或者更进一步地说，那是发生在我之前的事，我不能理解也得理解。可是，今天是我的生日，他却在酒后悼念亡妻。我心里隐隐有些不悦。放下稿纸时，我的手碰到了笔筒上。

窗前的升庵吓了一跳，转过身来："啊，小峨，是你。"

"嗯。"

升庵缓步走过来，大约看出我脸上的些许不悦，他一只手扶住我的肩膀，一只手拈过稿纸。

他说："小峨，请勿介意。"

"我没介意。"

"不，你介意了。"

"我以为你在睡觉。我请你去院子里看我们乞巧。"

"好的。我这就去。"升庵把手缩回去,"小峨,今天,是王氏的忌日。"

我浑身一震。

"我们在一起十一年,也没个一男半女。甚至,我想为她写首诗作首词,也总是成不了篇,只好抄抄元微之的《遣悲怀》,聊表悼亡之情。"

"升庵……"

"走吧,乞巧去。"

那个星凉如水的夜晚,二十多年来,我第一次乞巧没成功。

9

对我来说,七月总是那样,既洋溢着七夕的柔美与欢快;也充斥着中元的惊疑与恐惧。在我老家遂宁,千百年来,大概对许多人来说——尤其是对许多女人来说——可能都是这样。

七月半,鬼乱窜。据说,从七月初一到七月十五,地狱之门洞开,死去的亡灵纷纷从地府跑出来,回到阳间寻找他们的亲朋故旧。其中,尤其以七月十五,也就是中元天这天为盛。故此,中元之夜,家家户户都要在门前的三岔路上烧一些纸钱,洒一碗水饭,以祭祀那些无亲可寻的孤魂野鬼。至于自己家的列祖列宗,则要在家祠里举行家祭。当然,这样的家祭,作为女流之辈,我是没有资格参与的。

明天就是中元节了。照例,府上要举行家祭。往年,公公还没回新都,一应事务,都有他主持。今年却有些不同,一则公公已走;二则升庵天天早出晚归,据说在和同人们谋划一桩大举动。我只好吩咐杨敬修,让他带两个家人,从集市上买回了家祭所需的物品,不外乎纸钱、香烛、猪头。

我斜靠在卧室窗前的罗汉床上,等着升庵回来。我既得提醒他明天晚上要举行的家祭,更要告诉他,我们有孩子了。我们终于有孩子了。哦,当然,还得找准机会把公公的意思转告他。只是,得注意措辞。

孤灯如豆,把卧室照得模糊而温情。七月中旬的京城,已经有了秋天的凉意。遍地风来,把庭院里的槐树叶吹得到处乱飞。

等到春儿敲门时,我已经睡着了。

春儿身后跟着两个家人,一左一右,架着喝得一塌糊涂的升庵。

升庵醉眼惺忪,眼角布满血丝。他的酒量很大,我很少见他醉得如此厉害。春儿还没来得及为他脱掉外衣和鞋子,他就斜着身子歪在了榻上。

一会儿,春儿和家人们离开了,屋子里只有我和升庵。红烛高烧,秋风从庭院上空刮过,能听到一种轻盈的呼啸。我推推升庵,想要告诉他我们有孩子了,还想提醒他别忘了明天的家祭。

升庵吃力地睁开眼:"小峨,早点睡,我瞌睡得很。有什么事明天再说。"

话到嘴边,只好咽下。升庵转过头,转眼间,就发出了轻微的鼾声,恰好与门外的风声响成一遍。

我却睡不着。我开始想象肚中的孩子。我当然希望他是个男孩,这样,我就能从小教他读书识字,像升庵那样,小小年龄就成为聪慧的神童。也像升庵那样,年纪轻轻就金榜题名。我知道我这是虚荣,但全天下恐怕没有一个母亲不虚荣——我是说,为她的儿子而虚荣。

不过,我不能确定,我还没来得及隆起的小腹中,是否真的正在孕育着一个男婴。我唯有耐心等待。答案揭晓之前,我得为他的到来先做些什么。虽然这些东西都可以安排给下人们去做。但我要亲自动手。比如为他缝制襁褓、衣帽、尿片。想到这些,我再也坐不住了。我让春儿找来一些布匹,凑到灯下开始忙碌。春儿不知道我要干什么,好奇地看了半天:"夫人,你这深更半夜的是要做什么啊?"

"去睡你的吧。"我说,"以后你就知道了。"

春儿打着呵欠走了。我继续忙碌。说实话,虽然小时候母亲也教过我女红,但穿针引线却比握笔挥毫更艰难。好几次,细长的针都差点刺到了手指头上。

后来,我听到身后传来脚步声,我知道是升庵醒了。果然,他有些吃惊:"小峨,你还没睡。"

我放下手中针线,升庵站在书案前,他看到了书案上那封从新都寄来的家书。

升庵看了半晌,说:"父亲大人现在是越发胆小怕事了。"

我说:"父亲的担忧不无道理。毕竟小心驶得万年船。"

升庵满不在乎地打了个呵欠:"要是他知道我们明天的行动,一定会惊掉下巴的。"

"明天的行动?明天有什么行动?"我惊问。

但是,升庵却不准备回答我。这也是杨家一向的规矩,朝廷大事,只限于男人之间交流。身为女子,即便我和升庵几乎无话不谈,但从不谈朝廷大事。

升庵说:"睡吧,天晚了,明天还要早起上朝。"

我却睡不着。我呆呆地坐在灯前。

第二天,就发生了那件惊天动地的大事。

下午,我在房间里为腹中的孩子缝制褓裸。经过大半天摸索,我已经能够很熟练地使用针线了。

就在这时,春儿惊慌失措地冲进来,一边跑,一边喊:"少奶奶,快出来,少爷出事了。"喊声带着哭腔。

我悚然一惊,抬起头,春儿已气喘吁吁地进了房间:"少奶奶,少爷出事了。"

"春儿,不要慌,慢慢说,少爷出什么事了?"

"少爷他,他得罪了皇上,被廷杖了。"

细长的针一下子扎进我的手指,一滴滴血流出来,把手中的褓裸浸成了淡红色。春儿扶着我,我们一起快步向前院走去。

一群家人围在堂前,见我来了,纷纷让路。院子中间,一把竹椅上,伏着一个男人,头发披散,遮住了原本就埋在椅子靠背上的脸。他一动不动地趴着,下身的衣服血迹斑斑,不时发出一声吃力的呻吟。

"升庵,升庵,你怎么啦?"我尖叫着扑过去,轻轻挽起他的头发,我看到升庵的脸惨白无光。

"夫人,我不行了,夫人。"升庵说。

"不,升庵,你没事,你一定没事的。"那一刻,我如同珠子般的泪水突然止住了。我后来也奇怪,我居然能在一瞬间变得那么冷静。

"你们不要呆站着,来两个人,把少爷扶到房间里。杨爷,你赶快出门去请最好的医生。"

　　五十多岁的杨爷叫杨敬修,是杨府的老家人,早年曾是公公杨廷和的书童,一辈子忠心耿耿。

　　杨敬修说:"少奶奶,京城里治棍伤最好的医生是灯市口回春楼的李大夫,我已经叫人去请他了,估摸半个时辰就会来。我看了少爷的伤,伤得虽重,但幸好没牵涉到筋骨,少奶奶不必担忧,想必一两个月就会好起来的。"

　　果然,不到半个时辰,回春楼的李大夫就坐着一辆驴车来了,后面跟着两个学徒,挎着沉重的药箱。

　　升庵又连同他趴的那张竹椅一起被抬了出来,小心地摆放在光线最明亮的中庭。中庭里,金桂银桂花开满枝,却显得十分不合时宜,就像谁在丧事上穿戴得珠光宝气。

　　李大夫客气地向我拱了拱手,"夫人,小生要给杨状元疗伤了,你还是回避吧。"

　　我沉吟着不知是否该回避,这时,升庵吃力地抬起头,"夫人。"

　　我急忙轻轻抓住他的手。他的手心里全是汗水,软弱无力,像一团棉花。李大夫见状,不再吭声,喝令徒弟打开药箱,取出一些奇奇怪怪的器具。

　　接下来的整整一个时辰,对我或者说对升庵来说,都将毕生难忘。升庵的下衣被李大夫用剪刀慢慢剪开,他的屁股已被打得血肉模糊。李大夫的徒弟在一旁点燃一盏灯,李大夫用一柄轻盈的小刀,在灯火上反复烘烤。之后,轻轻挑起升庵屁股上被打烂了的腐肉。升庵发出骇人的惨叫,春儿和几个丫鬟忍不住用双手捂住耳朵,胆战心惊地躲到了桂花树后。只有饱经世事的杨敬修,皱着眉,青着脸,目不转睛地看着李大夫。

　　随着惨叫的声音越来越大,升庵的手也变得越来越有力。我的手被他捏痛了,痛得木了。但我没吭声,也没往回收,任由他捏着。仿佛只要他捏着我的手,他身上的痛楚就可以分我一半。

　　李大夫从升庵的屁股上和大腿上,接连挖出了三铜碗腐肉,施药后再用一块块白布包扎起来。

　　做完这些,李大夫的额头上渗出了细密的汗珠。他说:"夫人不必着急,小生今天已经治了三位被廷杖的大人了,加上前几年治过的,至少也有十几个。

杨状元这伤，看起来很吓人，其实没有伤筋动骨，只是皮肉之苦，将息三五十天，就会慢慢愈合。只是，这些天千万不能挪动，否则，今后腿脚会不方便的。"

我谢过了李大夫，让杨敬修取来诊费。李大夫却无论如何也不收，他说，他坐诊的回春堂那三个斗大的字，还是杨阁老从前写的呢，"怎么敢收费？那不是忘恩负义吗？"

10

然而，我万万没想到的是，廷杖竟然没有结束。七月十五的廷杖，执行了四十棍；十天后，还要再执行二十棍。

十天里，李大夫每隔一天就上门来为升庵换药。他真不愧是妙手回春，升庵惨白的脸上，也终于有了一些红晕，虽然还无法起床，但看上去，伤口已好了五分。

第九天晚上，升庵趴在铺了棉被的床上，他让春儿为他拿来酒食，喝了半壶酒之后，升庵突然大放悲声。我和春儿都吓了一大跳。

"升庵，你痛得厉害吗？"

升庵不说话，哭得像个孩子。

"升庵，你说话啊！"

升庵还是不说话，一心一意地哭。

过了老半天，他终于一字一顿地说："按照皇上的圣旨，明天，我还要进宫。"

"进宫干什么？"

"你不知道，还有二十棍要打。我怕是回不来了。这四十棍已经打得我只有半条命了，余下的半条命，只有丢在紫禁城了。"

我和春儿目瞪口呆。

我知道，升庵是真正绝望了。人一旦绝望，便没了求生的本能。我得让他满怀希望地活下云，满怀希望地接受明天的廷杖。

106

可是，谁能让这个绝望的人突然间满怀希望呢？

想了想，我对春儿说："春儿，你去把前段时间我缝的东西拿进来。"

春儿取来那些新制的襁褓和衣帽，我接过去，递到升庵面前："升庵，你看到这些东西了吗？"

"这是什么？这是小孩子的襁褓、衣服、帽子，你拿这些出来干什么？"

"升庵，这是前些时候我亲手缝制的。你猜猜这是为什么？"

升庵还没来得及回答，聪明的春儿欢叫一声："夫人，难道是你有喜了吗？"

"升庵，"我轻轻地说，"我肚子里有孩子了，我们有孩子了你知道吗？"

"啊，"升庵睁大眼睛，张大嘴，"真的吗？夫人，你说的是真的吗？我们有儿子了吗？"

我点点头："升庵，你得好好地活下去。我肚子里的孩子不能没有父亲。"

升庵示意我靠近他，他伸出手，抚摸着我的肚子。其实，肚子还没有明显隆起的迹象。算起来，我的孩子甚至还不到两个月。

"小峨，你最近喜欢吃辣还是吃酸？"

"酸！"

"那一定是儿子了，酸儿辣女。哈哈，我们就快有儿子了，小峨，你是杨家的功臣。"

11

还不到八月，那年京城的秋天来得特别早，几场冷雨一扫，天空便飘着匆匆忙忙的乌云和黄叶。

一大早，升庵艰难地拖动着伤后的身子，在家人的照顾下，喝了两碗粥，趴在轿子里前往宫中接受第二次廷杖。

当家人扶着他穿过庭院里的那株金桂时，一些米粒般的小花被风吹落到他头上和肩上。他站在树下，仔细地看着金桂。他忽然回过头来，笑着对我说："小峨，桂湖的金桂，一定开得比它更漂亮。"

我慌乱地点点头："是的是的，那是一定的了。"

"我还记得那年秋天，我们在桂湖泡的桂花酒，又香又糯。可惜，到了京城，反而没闲心泡一缸桂花酒了。"

我呆呆地望着升庵，眼泪忍不住夺眶而出。

"小峨，我一会儿就回来。你进屋吧，外边风大，不要受凉了。"

说着，升庵向我招招手，示意我把耳朵贴近他的嘴，他嘴里的热气吐到我脸上，麻酥酥的。他小声说："为了我们的儿子，你要保重。不要担心我，我一定会回来的。"

我也贴在他耳边，小声说："我知道。我和儿子在家里等你，等你回来。"

然而，我和升庵都没能见到我腹中还是一团血块的儿子。升庵走了，家人们也各自忙碌去了。我还站在金桂下，秋风吹来，一些米粒大小的桂花落到我的头上和肩上，就像刚才落到升庵的头上和肩上一样。我拈起一粒金黄色的小花，有一种淡淡的香味。那是秋天的味道，桂湖的味道，当然也是我的故乡遂宁的味道。

我突然无比想念家乡。我当然清楚，自从升庵被嘉靖爷下旨廷杖后，他就不再是在籍的官员，而是有罪的犯人。按惯例，两次廷杖之外，一定还会有另外的处分。哪怕最轻的处分，也是免去官职。

于我来说，这倒是一桩好事。升庵能够就此离开污秽的官场，在金桂飘香的秋天回到故乡，虽不如古人的莼鲈之思那么高雅，但自此不用提心吊胆地过日子，无论如何，我愿意。

只是，升庵，他愿意吗？骄傲的升庵，想想他被不男不女的太监们粗鲁地剥下衣裳，按倒在行刑椅上，再用坚硬的木棒一下又一下地廷杖，他曾经的状元的风光与荣耀，就已经一去不复返了。

无边无际的皇权面前，状元又算得了什么？只是，他会甘心就此削官为民，终老林泉吗？

尽管他不曾和我就仕途理想交过心，可从他的诗文中，从他平时的只言片语里，我清晰地知道，他也希望像他的父亲，也就是我的公公廷和公那样入阁拜相，成为一人之下万人之上的首辅。国朝一百多年来，状元成为首辅的例子举不胜举。或者说，摘取过状元桂冠的人，离首辅只有一步之遥。只要按部就班，首辅的位置早晚是他的。

可是,世事无常,如今状元却成了被污辱的犯人,面对判若云泥的前途,升庵挺得过去吗?

昨晚,如果不是我告诉他我们即将有儿子——其实也可能是女儿,只是,我们都希望是儿子——他今天还能挺着身子去挨那另外二十棍吗?还有,他远未愈合的伤口,还经得起今天这二十棍吗?如果他被当场杖毙……想到这里,我心里一阵哆嗦,眼前一片漆黑。

我听到一个声音又遥远又迫近,是春儿,她在尖叫:"来人啦,夫人昏倒啦……"

我的孩子没了。

我和升庵的孩子没了。

我醒来,天已黑。屋子里亮着灯,庭外秋风吹过,夹着铺天盖地的雨。

我躺在床上,身上盖着薄薄的被子,春儿坐在床前凳子上,一动不动地望着我,眼神忧郁而深邃,像秋天里的井。

看到我睁开眼,春儿低声问:"夫人,你好些了吗?"

我的头有些晕,愣了半晌,才想起我是在金桂树下眩晕倒地的。我记得,在我彻底失去意识时,一些温热的液体从我的私处涌出来。

"我的孩子呢?"

我问春儿。

春儿低头不语。

"我的孩子呢?你说话呀。"我的声音加大了。

春儿还没来得及说话,一个声音从毗邻的书房传来:"小峨,你保重身体吧。我们,我们以后还会有孩子的。"

是升庵。

"升庵,你回来了,你怎么样,你还好吗?"

"我没事。李大夫已经来过了,给我治了伤。大生堂的张大夫也给你号了脉,抓了药。春儿,一会儿你记得把夫人的药端来,伺候她喝下去。"

"升庵,升庵,我们的孩子没了。"

"夫人不要烦恼,我们还年轻,我们还会有孩子的,以后,待你身子将息好了，我们多生几个，喜欢儿子就生儿子，喜欢女儿就生女儿。"

"升庵……"

回答我的，却是一阵压抑的呻吟。

"升庵，你身上痛，你就大声叫吧。你别担心我。"

"夫人，你心里痛，你要哭就哭吧，你也别担心我。"

那是我生命中最奇特的一个秋夜。我和升庵，一人在卧室，一人在书房，两间房由一道月亮形的圆门相通，我半倚在床上，他半趴在椅子上。

他大声呻吟，我低声啜泣。束手无策的春儿一会儿从卧室走到书房，一会儿又从书房走进卧室。

后来，她干脆坐在冰冷的地上，一心一意地哭起来。

室外，秋风裹胁着秋雨，把偌大的京城包在了一团沉重的黑暗中。

12

上天给了我冰雪聪明和如花容颜，可上天欠我一个孩子。我肚子里的孩子还是一团血块时，他或她就离开了我。一生中，我再也没有体验过怀孕的喜悦和忐忑。

好像是为了弥补这种歉疚，在我的孩子离开我两个多月后，上天又给了我一个孩子。不过，不是让我怀孕、生产，而是跨过了这些步骤，直接给了我一个四五岁的女孩。

那是在长江边夔州府下属的云阳县。我们乘坐的船只溯流而上，一路都是靠光膀子的纤夫，躬下身子拉纤行进。云阳城下，照例得歇下来。从码头到云阳城，是一段高高的石阶，云阳城如同被托举到了半空。原本只歇一晚，但船老大说有两个纤夫病了，一个纤夫要回家，得重新找三个，找好了才能走。就这样，我们在云阳住了两天。我掐着指头计算，这时节，升庵大概走到贵州的安顺卫一带了。世事茫茫，他还好吗？他承受了两次廷杖的身子禁得住旅途的风霜吗？船只停靠在云阳码头时，我坐在船舱里呆呆地想。

这时，我听到相邻的岸上传来一阵吵闹。一会儿，十四岁的使女玉儿涨红了脸走进船舱。"你怎么了?"我问她。

"夫人,"玉儿说,"我和春儿去岸上买菜,刚上岸走了几步,一个大嫂手里牵了个四五岁的女娃娃,请我们帮她看着娃娃,她要进茅房。可等了大半天,大嫂却不见出来。春儿到茅房一看,早就没人影了。这明明就是要把那个女娃娃扔给我们啊。这可怎么办,夫人?"

哦,我心里一动:"女娃娃呢?"

"春儿牵着,还在岸上。那些人真讨厌,说是要让我们做那个女娃娃的妈妈。"

我忍住笑:"人家逗你的,你还是个孩子,怎么可能做妈妈。"

一会儿,春儿带着那个女娃娃回到船上。女娃娃有一双明亮的眼睛,像是秋日里的深潭,小模小样,长得伶俐可爱。这么好的孩子,居然有人说不要就不要了。

我问她:"孩子,你叫啥名字?"

"啥是名字?"女娃娃仰着头问我。

"你妈妈呢?"

"妈妈不要我了。"

"妈妈怎么叫你?"

"妈妈叫我扫帚星。"

"夫人,你看。"这时,春儿忽然惊叫起来。女娃娃破烂的衣服,露出了她的手臂,手臂上,到处是青紫的伤。春儿小心解开她的衣服,屁股上也是青紫的伤。

我把她抱过来:"告诉我,这是谁打的?"

"妈妈打的。"

"她为什么打你?"

"她说我是扫帚星。"

"爸爸呢?"

"没有爸爸。"

说话间,她注意到了小几上的一盒点心,她看看点心,又看看我,最后低下头看自己的双脚。

我示意玉儿把点心拿过来给她,她犹豫着接过点心:"是你给我的,不是我偷的。"

"是的,是我给你的。"

"那你会打我吗?"

"不会的不会的。"

她还是有些不放心,看看玉儿,看看春儿,又看看我,像是在确认我们是否骗她。一会儿,她终于大口大口地吃起来。

那个初秋的下午,我忽然就有了一个女儿。

"你几岁了?"我问她。她摇摇头。"你给我做女儿,我做你的妈妈好吗?"

她停住了吃点心,有些担心地望着我:"你会打我吗?像妈妈那样打我吗?"

"我不打你。"

我给她取名杨芷。她拍着小手,欢呼起来:"我有名字了,我叫杨芷。"

我给升庵写了一封信,我告诉他,我们有了一个孩子,这孩子从天而降,突然来到我的世界,我给她取名杨芷,我要把她带回新都,细心地抚育她成长。我们在新都、在桂湖旁等着你从云南永昌卫回来。

船上的床很小。晚上,杨芷乖巧地脱了衣服钻进被窝,像一只小猫那样蜷在床上。每年秋天,我总是手脚冰凉。太医说,这是气血不足。离开升庵的第一个秋天,这种冰凉特别刺骨,我知道,这不仅是气血不足,更是心力交瘁。我冰凉的脚不小心碰到了睡在另一头的杨芷,她坐起来,懂事地问我:"新妈妈,你的脚像旧妈妈一样,冰凉冰凉的。"

我还没来得及回答她,她吃力地把我的脚拉进她小小的怀里:"新妈妈,我给你暖一下。"

"不要叫我新妈妈,叫我妈妈吧。"

"好的,妈妈。"

13

我的老家遂宁城外,一匹林木青幽的山上,有一座建于唐代的寺庙,叫作广德寺。寺中的果应禅师,是父亲的方外之交。果应禅师九十多岁了,面目枯槁,却步履轻健。我清楚地记得,有一次他和父亲等人在我家品茗闲话,有人向他请教长寿的秘诀,他迟疑了半晌,却说:"寿高必辱。人活在世上,其实就是来受苦受难的。"

那时我很不解,听他的意思,长寿似乎不是一件值得高兴的事;而人生的本质,竟然是受苦受难。

许多年后,当我也渐入老境,我的头发花白而稀疏,曾经珠圆玉润的脸庞布满沟壑般的皱纹,我开始渐渐理解并同意果应禅师当年的结论。

当然,果应禅师早已去世几十年了。

升庵最后一次回到新都,是一个春暖花开的夜晚。我记得很清楚,二月二,龙抬头刚过,红梅还挂在梢头,柳树就吐出了新芽。

那晚,从桂湖里传来一阵紧似一阵的蛙声。才吃过晚饭,冬儿一路小跑着进了后院,小声而兴奋地说:"夫人,老爷回来了。"

我正在一张素净的夹宣上抄写《心经》。那些年,一遍遍地抄写《心经》成了我每日必修的功课。我放下笔,静静地看着通往前院的天井。我记得,天井里有一树红梅,淡淡的月光下,红梅依稀可见。

然后,我看到升庵走了进来。

那一年,升庵七十一岁,我六十一岁。

我们都已是风烛残年的老人了。

天可怜见,升庵身体不错。

那个春天的晚上,在不断涌进门的蛙声中,冬儿到厨房里为升庵做了几道家常小菜,温了壶米酒。

升庵坐在书房的窗前饮酒吃菜,我坐在旁边陪他。恍惚间,我竟以为这是三十多年前,那时候,我们就是这样朝夕相对的。可仔细一想,才发现三十多年过去了,我们的头发都已经白了。用一句新都的俗话说,泥土已经埋到了我们的脖子上。

我们已然来日无多。

升庵此次潜回新都,正因为他也知道,我们来日无多。

他最后的愿望是死在新都,葬在祖茔。所以,他没向云南巡抚和永昌卫指挥使司请假，便和杨敬修悄悄地上路回家。

升庵说："我已经七十一岁了，人生七十古来稀。更何况，我已经流放了三十多年，我这把老骨头想死在老家，这不过分吧？云南巡抚和永昌卫指挥使，当然会知道我潜回家，可他们也只能睁只眼闭只眼。叶落归根，人之常情了。"

灯光下，升庵须发皆白，仔细看时，他虽然精神尚可，但动作已经迟疑。

比较有缘的是，如同我的老家遂宁，家附近一里许就是广德寺；在新都桂湖，离杨府只隔两条小巷，就是比广德寺还要古老的宝光寺。据说，宝光寺建于东汉。那时候，佛法才西来中土二三十年。

广德寺里供奉的是观音菩萨。塑于唐朝的观音面目平静，眼神充满悲悯，一望之下，会让人有一种把满腹委屈讲给她听听的冲动。宝光寺里供奉的却是五百罗汉。五百罗汉表情各异，占据了满满的几间大殿。很早以来，宝光寺就有数罗汉以卜前程的风俗：从任意一位罗汉数起，以自己当年的岁数为限，数到的那位罗汉，其面前的基座上便有几句暗示前程的卦语。

回到新都第三天，阳光晴好，升庵兴致勃勃地和我前往宝光寺。在罗汉堂，升庵开始数罗汉。

数到七十一，是一位低头沉思的罗汉，看那基座上，道是：具足仪尊者。

旁边是四句卦语诗：因名因德如何事，欲恐吉中变化凶。酒醉不知何处去，青松影里朦朦胧。

我和升庵读了一遍，俱是心中一沉，这偈语也太不吉利了吧。尤其对升庵来讲。我知道，他此次潜回新都，虽然表面还算开心，内心却充满愁苦。他到宝光寺数罗汉，大概是想讨个彩头，能得到几句安慰，以求心宽。

正想着该如何劝解他，身后突来一个苍老的声音："施主看了这偈语便闷闷不乐？"

回头看时，是一位慈眉善目的老年僧人。

老僧又说："恐怕二位施主的理解有误。"

升庵的傲劲儿上来了："哦？大和尚如何便认为我们理解有误？"

僧人却对我说："敢问女施主，看了这偈语，是否心中忐忑？"

我略一迟疑，点了点头。

僧人也点头，对升庵说："施主气度非凡，却又面有倦意，想必长途鞍马，尚未恢复？"

我和升庵目光相接，不由得暗暗有些佩服这老僧。升庵也收起狂傲："那依大和尚看，此偈难道并非凶意？"

僧人一笑："凶吉凶吉，凶便是吉，吉便是凶。塞翁失马，焉知福祸？"

"请大和尚明示。"

"以施主此偈来说，表面看，似主凶，实则不然。这偈语之意，原是说吉凶是变化的，人的一生经历了许多磨难，到了晚境，却豁然开朗，明白了世事与人生之三昧，因而如同醉酒。以往恩怨是非，统统如酒后忘却世事，从而得享晚岁欢娱。"

升庵想不到老僧对偈语的理解竟与字面完全不同。很显然，这番话深深地触动了他。

接着，僧人指着佛像说："二位知道这位具足仪尊者吗？"

升庵说："只知道他是佛祖的十大弟子之一。"

僧人含笑说："具足仪尊者素以忍辱负重闻名。尊者在舍卫国时，曾经被一些轻薄者打得头破血流，但他以慈心能忍，从而受到佛的赞扬。尊者十五岁时出家，持密戒行，通晓佛教三千威仪、八万细行等一切戒律，而且一丝不苟地实行，人称密行第一，后来终于修成了正果。"

从宝光寺回来，升庵不再叹息。他开始埋头整理这些年的著作。每天深夜，书房里的灯一直亮着。

自然，升庵不知道的是，那天在宝光寺巧遇的那位老僧，他就是昔年广德寺果应禅师的关门弟子，也是我父亲早年的朋友。那次去宝光寺数罗汉，是我的预谋。这预谋，只有老僧和我，以及杨敬修知道。

这也是我瞒着升庵的不多的事之一。

14

宝光寺数罗汉几天后，天气愈加晴朗。原本，四川多阴天，阳光极少，故而有蜀犬吠日之说。我记得，三十多年前，闲居桂湖时，升庵曾以蜀犬吠日求对，我对的是吴牛喘月。升庵极是赞赏。我六十一岁这年春天，阳光却十分大方，几乎天天艳阳高照。

升庵在家一连整理了几天文稿，这天清晨，他站在窗前，看着那轮慢慢升起来的红日，忽然动了郊游踏青的兴致。我自然没有二话，立即让冬儿去做准备。无非是备点郊游的食物。

那天我们去了新都城外的毗河之滨。河水清澈平缓，河滨平坦的原野上，春草碧绿，其间点缀着一些黄色的、红色的小花。稍远处是如同棋盘似的田畴，有农人在地里忙碌。田畴周边，是一些竹林或树林，黄色的鸲鹋站在最高的枝头，高一声低一声地叫。

新都的春天总是这样柔美而清丽，我不禁随口吟出几句《诗经》中的句子："春日载阳，有鸣仓庚。女执懿筐，遵彼微行，爰求柔桑。"

升庵听了，微笑着说："小峨，《风》中的仓庚好是好，却是不如杜鹃啊。"

我不解其意："为什么？"

升庵长声吟道："懒把音书寄日边，别离经岁又经年。郎君自是无归计，何处青山不杜鹃。"

我恍然大悟。升庵所念的这首七绝，是我去年怀念他时写的。那时候，我和升庵之间关河阻隔，空有思念之情，却无从诉说。我记得那也是一个美丽如同今天的春天，春深似海，花开如泥，桂湖最高的那株香椿树上，夜来，总有一只杜鹃叫到天明。李商隐诗说，庄生晓梦迷蝴蝶，望帝春心托杜鹃。传说，杜鹃这鸟儿，本是古蜀国君王望帝所化，每到春来，总要昼夜不停地啼叫，以提醒他的人民不要忘了农时。望帝的首都，与新都近在咫尺，就在相邻的郫县。郫县城外，花木掩映处，尚有一座望丛祠，祭祀的就是望帝和他的继任者丛帝。每年阳春三月，望丛祠都要举行盛大的歌会。那年与升庵闲居新都，我们曾前往望丛祠，见识过歌会。而今，我和升庵都老了，更要命的是，两个白发苍苍的老人，中间竟然隔着千山万水。

夜里，我睡不着，独自倚坐床头，听着杜鹃清丽的声音似乎也因长久的啼叫变得暗哑，像一块原本洁净透明的镜子，慢慢被岁月撒上了一层灰尘。于是，我披衣下床，写下了升庵刚才吟哦的那首七绝。那首七绝，它的标题就叫《寄升庵》。

往事不绝如缕。如果说去年我还沉浸在无边的伤痛与怀念中的话，那此时此刻，这个阳光明媚的春日，这个我和升庵都已垂垂老去的春日，尽管我们经历过太多的风雨，但只要从此以后，我们厮守着再不分离，我仍然要感谢菩萨保佑。

中午，冬儿在草地上铺开一张草席，再摆上家人带来的几碟凉菜和冷食，以及一壶酒。我和升庵相对而坐，享受着难得的安宁与幸福。

这时候，有两只描涂彩红的风筝从毗河对岸飞起，慢慢扶摇到我们头顶，比旁边那些椿树、楝树和摇钱树都高了。其中一只风筝，扎成一尾鱼的形状，肥肥的鱼身，在风中轻轻荡漾。宛如一尾真正的鱼，正在水里快乐地游来游去。

风筝让我再一次陷入沉思。我想起了我的女儿杨芷。

那一年，我带着杨芷回到新都。桂湖的湖水依旧碧绿，柳树依然青翠。只是，昔年一同出双入对的升庵却不在眼前。公公在官场上沉浮了大半辈子，他一定没有预料到，在他晚年，竟然会眼睁睁地看着儿子流放云南，自己却无计可施。

公公原本是个好热闹的人，但几个月不见，他变得沉默少语。他整天整天地关在书房里，即使偶尔好不容易走出门来，也只是呆坐在庭前的树下，沉思的样子如石雕泥塑。

公公的沉默，也让整个杨府上下都变得沉默。所有人不论走路还是说话，都小心翼翼，笑声仿佛从这座宽大的宅子里永远地消失了。唯有不知趣的鸟儿，有时会在湖对岸的小树林里，叽叽喳喳地吵个不休。

杨芷的到来，让杨府再一次有了笑声。

我教她喊爷爷，她就用脆生生的声音大叫："爷爷，爷爷。"这时候，公公原本呆板的脸慢慢变得生动。

风日晴好之日，公公令家人搬出一张小几，备了文房四宝，一笔一画地教杨芷写字。杨芷不小心把墨汁弄到脸上，小手一抹，满脸乌黑，像只小猫，祖孙俩一齐发出快活的笑声。公公的笑声粗糙低沉，杨芷的笑声尖利轻盈。笑声中，杨府上下人等终于不自觉地吁了一口气，生活终于又慢慢恢复了它本来的模样。

只是，我却更加思念升庵。我无数次地想象，那座前半生我从没听说过的永昌城，那里的群山如何起伏围困，落日如何在林间旁逸斜出，而我的升庵，怎样与那些粗鲁的士兵一起，站在暮色凝重的城楼，向着家乡的方向极目远眺。

春天，我带着杨芷沿桂湖散步。一只不知道从哪里飞来的风筝，断了线，挂在路旁的柳树上。那是一只鲤鱼风筝，鱼身肥胖，夸张。杨芷见了，吵着也要放风筝。下午，我让春儿为她扎了一只。微风过处，风筝慢慢飞起来，渐渐高过了柳枝、香椿、碉楼。杨芷仰起脸，一动不动地望着飘摇的风筝。

她忽然对我说："妈妈，要是爸爸可以坐在风筝上，就可以明天飞回家了。"

那时候，我已经告诉过她，她的爸爸在很远很远的云南。要等很久很久，爸爸才能从云南回来。

有一天晚上，杨芷睡着后，我坐在书案前给升庵写信。写着写着，不由悲从中来，小声地啜泣。没想到，杨芷竟然被惊醒了，她光着脚从床上挪下来，小心走到我身后，伸出小手用力抱住我。

"妈妈别哭。"

"妈妈没哭。"

"我听到妈妈哭了。"

"好的，妈妈不哭。"

"妈妈是想爸爸了吗？"

……

两年后，当新都城四处回响起鞭炮声，飘洒出美酒味的年关将近时，公公经常牵着杨芷，一老一少慢慢走到新都城南熏门，长久地站在城门外的驿道旁。

我知道，公公在盼着升庵回来。升庵一去两年，除了不多几封家书，毫无例外地告诉我们他身体很好，吃得也不错，住得也不错，至多就是抄录一些他新近创作的诗词歌赋。

然而，直到腊月三十，驿道上几乎再也看不到行人时，升庵还是没有出现。公公牵着杨芷回到家，杨芷的脸蛋冻得通红。公公阴着脸，走进书房，连晚饭也没吃。家人们面面相觑，不知如何是好。我强自打起精神，让春儿贴上春联，挂上红灯笼。又让杨敬修告诉家人们，老爷身体不好，把年夜饭送到书房去，你们也辛苦了一年，好好喝酒吃肉。

就在家人们张罗了两桌酒席并落座喝酒时，公公突然出现在饭厅门口。按杨府的规矩，杨家人吃饭在东厢房，家人们在西厢房。但自从升庵发往云南后，家里来往的客人渐渐少了，到后来，除了一些至亲，几乎再无他人上门。因此，杨家人吃饭也和家人们一起，只不过各摆一桌罢了。

家人们一齐放下筷子站了起来，恭敬地看着公公。杨敬修急忙上前扶住他，尽管公公已经六十多了，杨敬修仍然像从前那样叫他："少爷。"

"少爷，你来了。"

"是啊。"公公大声说，"今天过年，大家吃好喝好，来，敬修，给我拿双筷子，我和你们一起喝杯酒。"

家人们没想到公公竟然要和他们同桌饮酒，除了杨敬修，另外几个家人都有些拘束。公公不时发出爽朗的大笑，我一下子就明白了什么叫强颜欢笑。他一句也没提升庵，没提他的宝贝儿子。他和杨敬修絮絮叨叨地说些陈芝麻烂谷子的往事，为的是让这冷清的屋子里多些人的声音：说话声、碰杯声、咀嚼声和欢笑声。总之，人的声音。

就在盘子里的腊肉已经因天寒而冻住时，一阵寒风突然扑进屋子，众人一起抬头，原本关着的饭堂大门此时已然打开，一个人戴着头笠，披着蓑衣站在门口。

灯光昏暗，那人身上抖落的雪粒似乎在发光。只见他慢慢摘下头笠，大声叫道："父亲，我回来了。小峨，我回来了。"

天啦，原来是升庵。

公公爽朗的大笑变成了会心的微笑，他捋着胡须，乐呵呵地看着儿子。春儿拿来一张毛巾，为升庵抹去肩膀上的雪花。杨敬修把炉火撩得更旺。另两个家人，立即到厨房忙碌，一会儿工夫，便添酒回灯重开宴。

然而，一直念叨着爸爸的杨芷却躲在我身后。我细细看时，两年前原本白净富态的升庵，竟变得又黑又瘦，两颊却黑里透红。我知道，那是永昌卫毒辣的阳光和干燥的风给他打下的烙印。难怪，杨芷不敢亲近这个陌生的黑瘦汉子。

那年春节，升庵在家待了一个月。升庵不得不再次前往永昌时，杨府所有人等，一起送到了南熏门外。在那里，杨芷又看到了天上飞舞的风筝，她对升庵说:"爸爸,要是你能坐在风筝上就好了。你就可以天天回来。你天天回来,妈妈就不哭了。"

我假装没听到杨芷的话。升庵犹豫了一下,也假装没听见。杨芷仰着脸,一动不动地看着天上的风筝。升庵慢慢走远了,成为远方驿道上的一个小黑点。

桂湖中间有两座亭子,其中一座叫听荷榭。亭子位于湖心,小小的亭子里,有一张桌子和一圈椅子。

春天,总是有许多人在新都城墙上放风筝,与城墙只隔着一条小巷的桂湖,常常有断线的风筝掉下来。有的挂在柳树上,有的挂在亭子上,还有的挂在屋顶上。

那年,有一条鲤鱼风筝挂在了亭子边的栏杆上。那天,我和杨芷绕着湖散步时,她看到了那只风筝,她说她想去把它捡回来。但正好春儿前来找我们回去吃饭。我告诉杨芷,先回家吃饭吧,吃了饭再来捡。

吃过午饭,我把这事儿给忘记了。回到房间,正好收到升庵一封信。信是托在云南做生意的一位邻居捎回来的。看了信,我开始复信。写完信,才发现杨芷不在房间。问春儿,春儿说刚才还见她在呢。

等我们找到杨芷,她已经永远地闭上了眼睛。

为了捡那只鲤鱼风筝,她趁我写信时溜出房间,独自来到桂湖湖心的听荷榭,并爬到栏杆外。

她滑进了湖里。我们找到她时,她一只手抓着那只风筝,另一只手抓着一根细细的荷秆。

我的女儿杨芷陪伴了我三年。然后,她以一个令我猝不及防的姿势突然离去,就像她从没来过一样。她小小的身子睡在一口小小的棺材里,那么矮小,瘦弱,脸上带着一丝慌张,恍如刚进入一次甜蜜的午睡。

未成年的孩子夭折后不能进祖茔。我掏钱在新都南门外的五龙山买了一块地,为杨芷建了一座小坟。坟前树了一块青石碑,碑上写着:爱女杨芷之墓。

那个春天比往年更冷,已过春分,还下了一场小雪,四川人把这种天气叫作冻桐花。我坐在阴冷的房间里打盹儿,突然从浅睡中惊醒,大叫:"杨芷,杨芷。"

回答我的却是春儿，"夫人，你怎么啦？"

我这才悠悠回想起，杨芷已经不在了。她已经离开了杨府，离开了我，睡进了五龙山脚下那抔湿润的黄土里。

我带着春儿，打着伞，穿过泥泞的田野，来到杨芷坟前。

新盖上去才几天的黄土还很新，但已经有草籽从黄土里发出芽来。一个生命死去的地方，更多的生命却在生长。

生死匆忙，迫不及待。

春雨淅淅沥沥地下着，天地间一片苍茫。

我要比往年春天更多一些寒冷。

15

那是一个生机勃勃的春天，也是一个死意盎然的春天。

杨芷落水去世后不到十天，娘家老仆人来到新都，带来父亲病重的消息。两天后，当我风尘仆仆地赶到遂宁时，父亲已于前一天病故。果应禅师和他的一班弟子，正在为他做法事。

果应禅师诵经的声音平静中却饱含着悲悯与愁苦：

尔时佛告长老舍利弗，从是西方，过十万亿佛土，有世界名曰极乐。其土有佛，号阿弥陀，今现在说法。

舍利弗，彼土何故名为极乐？其国众生，无有众苦，但受诸乐，故名极乐。

又舍利弗，极乐国土，七重栏楯，七重罗网，七重行树，皆是四宝周匝围绕，是故彼国名为极乐。

然而丧乱并未终止。安葬父亲十一天后，母亲起夜时摔倒在地。从那晚到七天后与世长辞，她一直昏迷未醒。

父母只有我这个孤苦伶仃的女儿，如今，二老竟在不到二十天内相继离我而去，我已经忘记了悲痛。或者说，我已经悲痛得麻木了。等到把母亲也安葬后的那个夜晚，当我独自坐在空荡荡的房间时，我才有时间，也才有心思认认真真地痛哭一回。

宽大空寂的庭院，回荡着我哀哀的哭声。春天的夜晚，悄无人声，只有更声隐约从远处传来。

回到新都，才知道，公公也已身患重病。新都小西街的李郎中，每隔一天就带着一个徒弟前来诊病。然而，十几服药下去，如同泼在了石头上，压根儿没有好转。我不得不给升庵写信，告诉他公公已经病体难支。写好信，一时间找不到顺路的人捎去，只好派杨敬修星夜启程。两年前，杨敬修陪同升庵到达永昌卫后，刚安顿好，升庵就把他派回了新都。杨敬修是公公的书童，他和公公早就名为主仆实为朋友。升庵怕乡居的公公寂寞，因此要杨敬修回来陪着。

杨敬修走后十多天，公公已经不能说话。他斜靠床头，望着窗外出神。我知道，他是在等他的儿子回来。那时，他的两个儿子，长子流放永昌卫；次子也因受牵连而从兵部职方司郎中上免职，永不叙用，这时却还在京城。望了半晌，他忽然伸出枯瘦如鸡爪的手，尖着食指，在空中挥舞。春儿以为他想要什么，问他要喝水吗，摇头；要吃东西吗，仍摇头。

春儿不解其意。我看了半天，慢慢看出他的手指其实在凌空写字。又看了半天，我发现他一直在反复写四个字。

那四个字是：岂有此理。

16

毗河之滨的春游，我和升庵乘兴而去，兴尽而返。

我们已经多年没有这样放松了。想到从此可以朝夕相处，可以彼此陪伴着在桂湖慢慢老去，尽管互相看看满头白发不无凄凉，但想想与以前天各一方相比，到底还是感到一丝温暖和踏实。如同一大碗苦涩的药汁下面，隐藏了一勺白糖，毕竟也苦中有甘。

然而，这一丝温暖和踏实很快就成为泡影。

准确地说，从毗河之滨春游回家，乐极而生悲。

杨家虽然中落，瘦死的骆驼比马大，至少就杨府的宅院来说，依然巍峨壮观。门前两只石狮子，岁月久远，却不减霸气。

那个黄昏，蛾子飞舞，空气中游动着一丝丝残存的蜡梅细若游丝的香味。我和升庵在杨府门前下了轿，相携着正准备走进家门。这时，从石狮的阴影里突然窜出来三条大汉。其中一个大声问："请问是杨……状元吗？"

我定睛细看，这三条大汉都是军人打扮，头着五色布扎巾，上身着鸳鸯战袄，衣长齐膝，窄袖对襟。下身着袒机裤，脚蹬革翁鞋。那鸳鸯战袄，原是洪武爷定天下之初所定制，表里异色，可以两面换着穿。衣分红、紫、青、黄四色，这三条大汉俱是红色，那便是卫所边军了。再加上隐约听出那人的云南口音，我心里一沉：他们一定是永昌卫派来的。

升庵拱了一下手，回道："在下杨慎。敢问军爷有何吩咐？"

这时，从另一头石狮的阴影里，又走出一矮壮汉子，着绯色武职官服，补子上绣着表示四品的虎豹。矮壮汉子也是一口云南口音："杨状元，你倒是过得风流快活。"

升庵听他言语不善，只是拱了拱手，没说话。

矮壮汉子突然厉声喝道："杨慎，你不经许可，擅离戍所，潜逃回乡，今本官奉云南巡抚王大人之命，特将你捉拿回滇。左右，与我拿下。"

两名军人一拥上前，抓住升庵，竟将一面板枷戴在了他的颈上。我和家人都惊呆了。

升庵还算冷静，他对矮壮汉子说："大人，云南巡抚啥时换人了？"

矮壮汉子哼了一声："三个月前。"

"敢问大人，新巡抚名讳？"

"巡抚大人姓王，讳昺。"

"大人，在下得罪圣主，多次大赦不在其中，这是我自作自受。然而依大明律，凡年七十以上，十五以下及废疾，犯流以下收赎；又说，年六十者，许子侄替役。今在下年过七旬，屡次请求收赎或子侄替役，然一直没有回音。在下万不得已，才趁此新春，回归故里。不知为何却要如此大张旗鼓，将在下视若凶犯，竟械系押送？"

矮壮汉子和气了几分，轻声道："杨状元，非是下官要为难你，乃王巡抚有严令，下官只有依从。到了路上，我自会与你方便。"

我和升庵都明白，他终老新都的愿望终成画饼。他不得不在这几名军人的押送下，重又启程前往云南，前往永昌卫。他已经七十一，我已经六十一，此日一去，今生恐怕再难相见。

生离，就是死别。

我们却很平静。就像知道灾难要降临，在它降临之前尚自惴惴不安，心怀畏惧，但当灾难真的降临，除了默默承受，夫复何言？

我又想起了果应禅师的话，人生在世，就是为了受苦受难。

"既是如此，大人请容在下略略收拾一下行囊。"

矮壮汉子点头答允了。

半个时辰后，天完全黑了，家家户户都飘出猩红的灯光。不知何时下起了小雨，润如酥的春雨落到树上、屋顶上，发出沙沙的声响。

这样的雨夜，宜饮酒，宜读书，宜品茗，宜与相爱的人对坐无言，听更鼓遥响。

然而，在几名军人的押送下，升庵踏上了重返永昌卫之路。他佝偻着身子，一袭青袍被夜风微微吹动。杨家人站在大门外，默默地注视着他。

和他同行的，除了四个军人，还有忠心耿耿的老家人杨敬修。杨敬修年龄比升庵还大得多，升庵不让他同行，可他坚决要去。他说："我自小习武，身体不错。小少爷，你就带上我吧。不然，过些日子我也会到永昌来找你的。"

升庵只好答应了。

升庵回过头来，浓重的夜色下，我看到他脸上露出了一个模糊的微笑。

我突然想起三十多年前，那个烛影摇红的花烛之夜，他酒醉后走进洞房的爽朗大笑。

从大笑到微笑，是他的大半生，也是我的大半生。

17

我在纸上画下了从新都到永昌的路线。

我对沿路的地名烂熟于心：新都县、简州、资州、富顺县、泸州、永宁卫、雪山关、毕节卫、乌撒府、沾益州、曲靖府、云南府、安宁州、楚雄府、镇南州、洱海卫、云南驿、大理府、凤溪司、永昌卫……

三十多年间，这条路，我走过两回，而升庵则走过十多回。从满怀悲愤的壮年，走到世事洞明的晚年。当他在桂湖读书或是在京师做翰林时，他完全不可能预想得到，他的一生，将和最遥远的永昌如此难以分割。尤其让人感到命运荒诞神奇的是，嘉靖元年，升庵还在京中做着前途无量的翰林院编撰，公公杨廷和还是一人之下万人之上的首辅时，云南巡抚何孟春向朝廷提出新设永昌府。朝廷很快允其议。何孟春又出面邀请公公撰写《新建永昌府治碑记》，公公欣然答应。当然，文章其实是升庵代笔。不想写碑记才两年，升庵竟被流放到永昌。

这一次，我和几乎所有人都明白：这将是升庵最后一次前往永昌。这一次的行程耗时五十余天。当升庵翻越雪山关时，山顶还覆盖着冰冷的积雪；等到他途经大理来到永昌坝子时，天气已经炎热似夏。

后来，我读到了升庵最后一次永昌之行所写的诗作。尽管表面平静，但他的内心其实巨浪翻滚。他的委屈、悲愤，只能在孤灯照影的逆旅里，化为一颗颗方块字：

> 七十余生已白头，明明律例许归休。
> 归休已作巴江叟，重到翻为滇海囚。
> 迁谪本非明主意，网罗巧中细人谋。
> 故园先陇痴儿女，泉下伤心也泪流。

诗里，升庵声明，不顾违反《大明律》而坚持把他这个七十多岁的老叟继续流放的,并非嘉靖爷,而是下面兴风作浪的小人。有意思的是,升庵到达昆明时,那位疾言厉色要把升庵械系回滇的云南巡抚王昺,已因贪污事发被撤职。

到底是什么原因,让王昺不像之前的云南巡抚,也不像之后的云南巡抚那样善待升庵,我和升庵永远猜不透。

在新都到永昌卫两千多里路途中,位于四川与云南交界地带的泸州,是升庵一生中至关重要的地方之一。

早年,公公去世后,升庵回新都奔丧。丧事既毕,我跟随他一起去了云南。那一年,对我们来说,先后有四个亲人离开。即我的父母,公公和女儿杨芷。

我们第一次迫切地想离开新都这伤心之地。

行至泸州,时逢盛夏,长江急浪翻滚。泸州自来以酿酒闻名,整座城市的街巷间都游动着酒糟味儿,好饮的升庵忍不住时时抽吸鼻子。

我和他开玩笑说:"要是皇上开恩将你量移到泸州就好了。"

升庵大笑:"是啊。以前阮籍听说步兵校尉府藏有美酒,便就请求去做步兵校尉。如今泸州有佳酿,我合该请求量移泸州。这才符合古人之道。"

然而,升庵一生也没得到量移,甚至就像他后来质问矮壮军官的那样,为什么按《大明律》七十以后就可以收赎,或是由子侄替袭的规定,到他这里却行不通?当然,矮壮军官没法回答。除了紫禁城里的嘉靖爷,恐怕没人能回答。

18

一生中,我四次经行泸州。

第一次即与升庵赴永昌,第二次是自永昌回新都,其间是五年的间隔。也就是说,我陪伴升庵在云南温暖的阳光下生活了五年。那五年,托张含等人的关照,我和升庵大多时间其实并没有住在永昌卫,而是在昆明附近的安宁。

安宁是一座小城,只有窄窄的几条街道。清晨,附近山上的农人驾了牛车,载着柴火、蔬菜、水果和粮食来城里贩卖。木制的车轮碾在青石板的街面,发出吱吱呀呀的声响。那时候,天才蒙蒙亮,一轮又大又圆的日头跃上东边的山梁,把半天云霞熏得绯红。

那时候，流放岁月对我和升庵来说，也就是客居边城。每天上午，照例有慕名而来的寻访者，安宁与昆明的居多，也有打这里路过顺道拜访的。升庵依旧还是状元气度，坐在草堂里，就着一杯清茶，和来人坐而论道。兴起，也会为来人写字或绘画。来访者真诚或不那么真诚的赞赏，以及或轻或重的伴手礼，也会为他带来短暂的快乐。

午饭后，如果不外出，他就把自己关在书房里，开始漫长地写作，一直要写到掌灯时分。晚上，就着使女做的三两盘家常菜，我陪他喝一杯。附近山民酿制的苞谷酒，有一股猛烈的酒劲儿，很冲，才喝半杯就上头，脸红得像早晨的云霞。

这几年的岁月就如同这座小城的名字，它是安宁的。然而，我也能感觉得到，升庵心灵深处时时俱在的焦躁。我知道，他还没有死心。他还想象着有朝一日，天使南来，宣读皇上赦免他，甚至起复他的圣旨。因此，偶尔听到京师口音，他竟会忍不住浑然一震。

我只好假装没看见。

一直要等上好些年，升庵的焦躁才慢慢消失。我知道，他的心死了。

我是说，他对朝廷、对嘉靖爷为他改正并起复的心终于死了。

这其实也是我想看到的：与其再度回到险恶的官场，不如做个无官一身轻的平民。当然，升庵还不是平民。他还是有案在身的犯人。我最大的梦想莫过于，他能除去罪犯之身，结束流放之旅，自由地回到新都。

当然，就像后世的君子们所知道的那样，这永远只是一个梦想。

我是一个女人。坦率地讲，对我的女人身份而言，曾经用阳光和温泉温暖过我的安宁，有时也带给我一种异样的惆怅。

因为，升庵纳了两次妾。两次纳妾，都在安宁。

我一生最大的遗憾就是没给升庵生下一男半女。如果这种遗憾可以弥补的话，我宁愿少活二十岁；或是放弃衣食无忧的少奶奶生活，做一个粗手大脚，洗浆缝补的农妇。

与升庵客居安宁时，我已年过三十，自从在京师怀孕并流产后，我惊恐而又伤心地发现，月信月月准时来临。偶有两次稍晚几天，还来不及高兴，它又来了。我渐渐明白，我大概失去了生育能力。不得不承认这个事实的那个夜晚，我的泪水打湿了枕头，升庵被我压抑的哭声惊醒。半晌之间，他一下子明白了我为什么在深夜里伤心欲绝。

因此，升庵从来没有提过纳妾的事。然而，尽管不情愿，我却不能不主动为他张罗。我想，即便是天底下最贤惠的女子，想到自己深爱的丈夫要和别的女人登堂入室，颠鸾倒凤并生下儿女，纵使表面强颜欢笑，内心也不会真正快乐。

至少，我就是这样。

升庵的第一个妾姓周，比我小十岁，来自云南临安府。

为了让我心里好受些，升庵很低调，但低调得太过明显，反让我有另一种不快。除了张含等几个最要好的朋友到家里喝了一场酒，没张灯，也没结彩。

周氏是一个健壮女子，脸上有两团红晕，一双没缠过的天足在家里走来走去时，总会发出啪啪啪的夸张声响。纳妾后的第五个晚上，升庵来到我的房间。我把他朝周氏房间推。一会儿，外面传来敲门声，开门，却见周氏涨红了脸，把升庵往我这边推。

升庵尴尬地笑道："你们再这样推来推去，我只好睡书房了。"

这年冬天，我起程回了新都。毕竟，新都还有一份杨家的家业，房子、土地，以及城里参股的货店，都需要有人打理。升庵既不屑于这些俗务，同时也没有自由支配的时间，公公又去世了，理所当然地，责任落到我头上。

临行，周氏的肚子已经微微突起。想想十几年前，在京城孝顺胡同杨府，我的肚子还来不及突起，我的儿子——或者女儿——就永远地离开了。我转过身去，怕周氏看到我的泪光。

次年秋天，升庵的家书报喜说，周氏生了一个七斤八两的胖儿子，取名同仁。

这年，升庵四十八岁。我由衷地替他高兴。当然，高兴之余，也有几分失落。

更大的失落来自七年后，也就是升庵五十五岁，我四十五岁那一年。

从安宁回川后，漫长的半生里，除了去过一次泸州，我一直生活在新都。

准确地说，是新都城靠近南门的桂湖之滨，大概两百来亩的杨府，就是我的全部空间。

让我失落的消息是家人杨健带回来的。杨健是杨敬修的儿子。自从杨敬修早年跟随公公后，他先是做公公的书童；后来一步步成为杨府管家。他娶妻生子，都是公公为他张罗。所以，杨健也像他父亲一样，打小就生活在杨府，是杨府忠心耿耿的家人。

杨健从安宁回来，捎回了升庵的家书。家书里，升庵告诉我，他又纳了一房妾。姓曹，京师人，祖父辈流放云南，因而自小在安宁长大。

看了家书，我半晌无语。一丝丝失落在心底潜滋暗长。我不是一个爱吃醋的女人，可我还是失落。

在我的时代，男人三妻四妾很正常。作为正室，我又没有生儿育女，升庵纳妾简直是天经地义。所以我也曾张罗着为他纳了周氏。有了周氏，有了长子同仁。我以为，事情到此就算圆满了。没想到，升庵又纳了曹氏。

后来，我推测出了其中的原因。那一年，曾经受过公公提携，并且与升庵颇有些交情的严嵩入阁。我知道升庵对严嵩以青词得宠于嘉靖爷其实腹诽居多，但严嵩为人机敏乖巧，对升庵一直很友善，时常有书信往来。我猜测，严嵩在书信里向升庵暗示了什么，比如居中斡旋，让升庵起复之类的话。

事实上，从杨健零星的转述中，我印证了自己的推测。那段时间，安宁乃至整个云南官场，大凡与升庵有些来往的人，都在传说严阁老正在为升庵运作，升庵起复只是时间问题。

这种传说并非空穴来风。一是上一年嘉靖爷曾打算把皇位传给太子，他好专心修道。如果真的新天子继位，必然大赦天下，升庵至少可以免去罪犯之身。此外，更重要的是，严嵩深得嘉靖爷赏识，而他以前又是廷和公的门生，与升庵也友善，有他助一臂之力，事情不就成了吗？

听杨健说，那段时间，来安宁草堂拜访的车马一下子多了起来。升庵就有些飘飘然，好像明天就要回到京师官复原职。

我曾居住过几年的安宁草堂一箭之外，有一条幽深的小巷，小巷尽头有一家酒楼，那是升庵常与朋友们一起买醉的地方。酒楼掌柜姓曹，升庵所纳曹氏，便是曹掌柜的侄女。

据杨健说,升庵与曹氏认识已久,在曾屿的撮合下,成就了这门亲事。曾屿是与升庵来往最多的几个密友之一,做事精明,善解人意。那么,或许他早就看出升庵对曹氏有意思了?

那天,我没吃晚饭,还不到掌灯时分,就上床睡觉了。

宽大的床雕花刻朵,我却难以入眠。

次年,曹氏为升庵生了一个儿子,取名宁仁。这一年,升庵五十六岁,我四十六岁,曹氏二十三岁。

不过,之前人们纷传的升庵即将起复的消息渐渐平息,升庵和他的密友们又一次陷入了深深的失望。

嘉靖爷也没有传位给皇太子,严嵩继续以青词侍奉他,并一步步成为权倾天下的首辅。他和升庵之间越来越遥远。一个居庙堂之高,一个处江湖之远,如同两条互不相涉的线条,再也不会交集了。

19

与升庵在新都杨府门前相别不久,凶讯从云南传来:升庵在七十二岁那年七月病逝。

接到消息,已是中秋节。桂湖周边的金桂银桂竞相开发,整个杨府都罩在一层层温润的香气中。那个晚上,月亮早早升上天空,把整座城池映衬得素净明朗。

如此美好的夜晚,杨府并没有多少过节的气氛。偌大的府邸中,只有我、冬儿和另外三个使女,以及四五名长年。唯一有节日气氛的,只是晚餐时桌上多了两道菜。另外,每个人还发了几个月饼。与早年杨府过节的盛大隆重相比,实在寒碜怆简单。

接到凶讯,我并不格外震惊或悲痛。该有过的悲痛在这三十多年里已经悲痛过了。至于震惊更谈不上。自从那个春天的傍晚与升庵一别,我就知道这一天迟早要来。

现在,它终于来了。

我平静地令冬儿赶紧收拾些行李，我要亲自前往云南，迎接升庵。

第二天一大早，天刚蒙蒙亮，我带着冬儿和月娘，主仆三人，踏上了前往云南的路。我们穿过清晨凉风中还在沉睡的街巷，逆着早起进城卖菜的农人出了南熏门，顺着驿道进入了原野。回头望时，新都城原本高大的城楼矮了，小了，不见了。

四天后，我们到达了泸州。我们是从新都附近的泥巴沱码头坐船顺沱江而下的。沱江在泸州汇入长江，两水交汇，是一个商贾云集的繁华之地。我依稀记得二十多年前随同升庵一起前往云南和几年后自云南回新都时所见到的那座临水的酒城。站在客船上，但见一级级石梯爬伸到高处，泸州城就在石梯的尽头，像一座巍峨的古堡。只不过，这古堡四时都飘逸出浓烈的酒香。

主仆三人带着简单的行李，沿着石级一级级往上爬。到了泸州，便要从相对舒服的水路转为艰难的陆路。翻越距泸州百余里的雪山关后，便进入苗区。在苗区，要走上好几百里，才能到达昆明府。临行前，一个姓王的老家人试图阻止我，他说："从新都到永昌，两三千里路，还有好些地段荒无人烟，夫人三个女流之辈，恐怕太过冒险。"

我说："你可能忘记了，杨家的女人千里独行迎奉夫君遗骸，这并不是第一遭。先辈们做得到，我也做得到。"

老家人愣了半晌，他知道我指的是什么事，只有冬儿和月娘却一脸茫然。

一路上，我给冬儿和月娘讲述了杨家女人千里独行迎奉夫君遗骸的往事。

"冬儿，月娘，你俩来杨家，也快十年了吧？如今的杨家，一天不如一天，可说到底，瘦死的骆驼比马大，至少还有几百亩田，几十间铺子，还有那一座大宅院。可你们不知道的是，我公公廷和公在世时，曾经辅佐过四个皇帝。有一年，老皇帝病死了，新皇帝还没到京，就由他代为处理国家大事。那时候的杨府，每天车水马龙，宾客盈门。现在呢，除了偶尔还有几个亲戚或是佃户来叩门，真是门前冷落鞍马稀。我给你们讲这个是啥意思？就是说啊，人这辈子，意想不到的事情多得很，三穷三富不到老。

"杨家是从湖北麻城迁到新都的。到升庵这一代，已经有六七代人了。一开始，杨家也只是最普通的老百姓，也靠租地主家几十亩地种田过日子。男耕女织，起早摸黑，勉强混个肚子圆。

"杨家是从什么时候有起色的呢？是从美玉公开始的。美玉公单讳一个玫字，算起来，我和升庵要叫他曾祖父。美玉公白天在田里忙农活，晚上回到家，再晚也要读书作文。皇天不负苦心人，后来美玉公终于以明经入贡太学，然后朝廷授他为贵州永宁吏目。吏目是个八品小官，比芝麻官还芝麻官，不要说无法和后来廷和公的内阁首辅比，就是和升庵的翰林编撰比起来，也差得天远地远。可你们要记住，万丈高楼平地起，这个八品的吏目，却是杨家仕宦的肇始。美玉公不仅被授的只是吏目这种卑微的小官，任职的地方离新都也远得很。永宁有两个，一个是泸州附近的永宁卫，升庵从永昌卫回新都，那里是必经之地。早些年，我和他一起去永昌，也经过了永宁卫。还有一个是贵州下属的永宁州，地处苗岭，整个州只有几百户人家，还绝大多数都是苗人。地无三尺平，天无三日晴，人无三分银。可美玉公知道，要是拒绝这个任命，今后恐怕就只有老死田亩了。咬咬牙，他把妻儿老小留在新都，自己一个人骑匹驴子就去上任。

"美玉公是穷苦人出身，最能体恤下情。他在任上，为官清廉，敢于任事，政声很好。后来地方志上称赞他'却土官之贿金，正州民之地界'。可是好人命不长，美玉公到了永宁州，没两年，就因生病去世了。

"美玉公一生娶了三位夫人。原配郭夫人，生了两个儿子，可还没成年竟都夭折了。再娶羊夫人，无子。再娶熊夫人，生了三个儿子，老大就是升庵的爷爷。美玉公死时，三个儿子中最大的也才八九岁，可他的遗骸还远在千里之外的永宁州。怎么办呢？

"熊夫人和其他两个夫人一商议，决定年纪大的郭夫人留在新都照看孩子，熊夫人和羊夫人结伴前往永宁迎奉美玉公。从新都到永宁州，虽然路程比新都到永昌卫要近些，可从泸州附近分路后，前往永宁州的路比前往永昌卫的路还难走。其中几百里，都是连绵不绝的大山，大多地方荒无人烟，纵使有人烟，也是夷人，语言不通，风俗不同。可怜的熊夫人和羊夫人从小就不曾离开过新都，可也没办法，只有硬着头皮风雨兼程。

"两位夫人到了美玉公任所，把美玉公的遗骸装在一只坛子里，带上美玉公留下的几卷书，两件衣服，踏上了回乡之路。不承想，归途中遇到苗人叛乱，道路不通。对了，我还要给你们讲的是，早年升庵从京城流放到永昌卫，路上既要经过苗人地盘，也要经过美玉公客死的永宁州。

"作乱的苗人把两位夫人抓起来,押到寨子里关进土牢。两位夫人听人说,被抓住的女子,不是被卖到南粤做奴仆,就是胡乱许给年老或残疾无妻的苗人。两位夫人当然害怕,在土牢里放声大哭。一个苗人女子看她们可怜,就来问她们怎么回事。她们就一五一十地说了出来。那个苗人女子是苗王的女儿,把这事告诉了苗王,苗王深为感动,这才把她们放了,还派人把她们护送出境。

"回到新都,孤儿寡母,又没个生活来源,熊夫人只好取下头上一根祖传的金簪,变卖了做丧葬费用,这才勉强把美玉公安葬进了祖茔。以后,以后嘛,三位夫人靠着给人洗浆缝补,牙缝里挤出几文钱,也要送三个孩子上学。后来,升庵的爷爷考中进士,做了京官。杨家就此渐渐发达。

"我如今比当年熊夫人和羊夫人年纪都大,可如今是太平盛世,路上虽艰难,却无匪徒贼子作乱。再说,还有你们俩年轻人陪着我,我还有什么可怕的?再再说,即便和当年熊夫人羊夫人一样恼火,我还是要去。谁也拦不住我。"

20

我终于还是没有在暮年时重返云南。

泸州宝来桥码头上,我和冬儿、月娘慢慢地爬着一级级石梯往城里走时,路旁突然有一个满面风霜的老人站起来,向我施礼并叫道:"少奶奶。"

竟然是老家人杨敬修。

"敬叔,你怎么在这里?"

杨敬修双眼眯成一条线,脸上皱纹密布,如同一株饱经风霜的老桑树。他说:"少奶奶,小少爷去世后,新任云南巡抚居敬居大人令我奉了他的遗体回川。我一路从永昌卫回来,三天前到了泸州,估摸着少奶奶肯定要来迎接小少爷,因此这三天都在码头上守候。少奶奶你果然就来了。"

码头旁边的一间客栈里,我和升庵终于又见面了。

面对那口柏木棺材,我泪如雨下。

棺材旁,立着一个文静的年轻人,不到二十岁的年纪,看上去,和年轻时的升庵有几分神似。

那就是升庵和曹氏所生的儿子宁仁。

晚年,升庵和曹氏以及两个儿子同仁、宁仁都在云南。也就是说,这一家人里,只有我一个人孤苦地守在新都桂湖。有时候,想想他们在温暖的云南厮守,我也会生出七分惆怅三分妒忌。只是,这惆怅和妒忌最终都会化为伤痛:我为什么就没能生下一男半女?甚至,就连上天看我可怜赐给我的杨芷,我为什么也没能呵护好?

意外的是,几年前,升庵的长子同仁竟突患疾病去世,年仅二十二岁。当年,升庵的弟弟杨惇也去世了。两位亲人的死,对升庵的打击是毁灭性的。我以为,这也是他从此郁郁寡欢,不到三年就去世的最大诱因。

长子同仁的早逝,使升庵做出一个令我诧异的决定:他张罗着给还不到十六岁的宁仁娶了一门亲。女方是泸州人,姓滕。滕家在泸州蓝田坝开了老大一家酒坊,出产的滕氏老酒远近闻名。升庵是个著名的酒徒,而泸州又是他往来于新都与永昌的必经之地,因而逗留泸州时,经常喝滕氏老酒。一饮难忘,竟跑到酒坊去拜访,从而与滕父相识并成为好友。一日酒后,两人大包大揽,决定结为儿女亲家。

婚礼当然在泸州蓝田坝滕家举行。升庵写信告诉我此事,却没有让我也前往的意思。我知道,我的出现将是不合时宜的。那种喜气盈盈的日子,我这个毕生无儿无女的老妪,只是新郎名义上的大妈而已。我托人给宁仁捎去一块玉佩,给滕氏捎去一只玉镯。

客栈里见到宁仁时,我一眼就认出,他戴在帽子上的玉佩,就是我送给他的结婚礼物。

从泸州上船回新都,人数一下子增加了一倍。我和冬儿、月娘之外,还加上了杨敬修,宁仁和他的妻子滕氏。当然,还有升庵。

泸州到新都是逆水,必须依靠纤夫拉纤才能前行。我站在船头上,江风吹拂,初秋的河水清冽而碧。不知不觉间,我突然想起三十多年前,我和升庵在枕江楼告别后,他骑着驴子前往永昌卫,我坐着木船回新都。那是在长江上。那也是逆水,也是一群纤夫弯着腰,踩着乱石的纤道艰难前行。一边拉纤,一边喊着低沉的号子:

长不过路来，短不过钱。高不过帽儿头，挣不到的是钱。爬不完的坡坡坎坎，流不完的血汗。挑不断的楠竹扁担，穿不完的是草鞋。天天挑的油和米，顿顿吃的是盐泡饭……

　　回到新都，为了如何安葬升庵，我和杨家的几位至亲意见相左。

　　按他们的意思，升庵流放云南，苦了大半辈子，如今叶落归根，又是状元出身，理应厚葬。

　　我却坚持薄葬。薄葬的意思，不仅不能穿戴他当翰林院编撰时的衣冠，还要穿戴流放的军籍人员的号服。

　　几乎所有人都不同意。宁仁委婉地说："即便不着朝服，也不能穿号服啊。"

　　只有老家人杨敬修支持我。这个为杨家三四代人服务了几十年的老家人，年近九旬，却世事洞明。

　　他应该明白我这样做的苦心。

　　升庵的遗体运抵新都时，距他去世已有四十余日。但据杨敬修说，因为使用了张含提供的一种据说来自西洋的药水，当棺材盖打开时，升庵并未腐烂，他面目安详，恍如入睡。

　　那是我最后一次面对他。以后，只有在梦中和思念中再见了。

　　在我的坚持下，升庵换上了戍卒的号服。号服换好后，偶然间回过头，我瞥见了宁仁怨恨的目光。

　　灵前，只供奉了简单的祭品。

　　亲朋致祭告辞后，只有我和宁仁夫妇以及杨敬修，冬儿和月娘守着升庵。

　　杨敬修开口说话了，他的声音苍老疲惫，他说："在云南永昌卫，一年多前，有一个姓王的公公前来拜访升庵。听他的意思，嘉靖爷直到今天，还是不放心小少爷。"

　　宁仁不解："我父亲只是个流放的犯人，他是皇帝，有什么不放心的?"

　　杨敬修笑道："你父亲不仅是个流放的犯人，还是会写诗作文的状元啊。"

　　泸州客栈里，杨敬修亲自把一个包裹严实的布袋交给我，里面是升庵的文稿。我知道，余生的日子，我将交给这只布袋，交给布袋里那数以百万言的诗文。

几年后,当我整理完升庵几百万字的遗稿时,嘉靖爷已经龙驭宾天了。升庵的大多数遗稿终于得以刊印行世。那天,我带了一套崭新的书,在他坟前焚化。

当初安葬他时栽下的柏树,已经亭亭如华盖。这是后话。

安葬升庵前一天,我猜测中的不速之客终于出现了。

是锦衣卫的一位指挥佥事。他向我们出示了他的火漆牌,并要求我们把棺材打开。悲愤难平的宁仁要和他理论,我喝住了他。

指挥佥事看到了沉睡的升庵。他原本板着的脸变得柔和,点点头,示意把棺材盖上。

临走,他甚至还朝升庵的牌位拜了三拜。

指挥佥事走后,杨敬修对宁仁说:"现在,你该明白你大妈的一片苦心了吧?"

宁仁两眼含泪,百感交集地叫了一声:"大妈。"

21

安葬升庵以后的十年里,我说过,我搬到了桂湖一角的碉楼第五层,和我一同搬进去的,还有使女冬儿。

花了差不多七八年时间,我整理并刊印了升庵留下的诗文。把这些事情做完后,我觉得这一生也差不多了。

一切都该结束了。

我是在一个春天的早晨离开人世的。

那是平原上最美好的季节。阳光灿烂,大地清朗。梨花、桃花、油菜花、胡豆花、豌豆花,所有应该在春天开放的花都开放了,空气中全是花的酥软和温柔。

我坐在书桌前的椅子上,阳光透过深深的瞭望窗,落到我脸上,以及书桌上。

要等到冬儿从厨房取了早餐回来时,她才会惊慌地发现,我已经走了。

"夫人，夫人，你醒醒，你醒醒啊夫人……"另一个世界，我听到了冬儿悲痛欲绝的哭声和喊声，还听到她的哭声和喊声中，突如其来地插入了杜鹃的啼叫。一准是年年站在桂湖最高的香椿树上夜夜悲鸣的那一只。

书桌上，是临走前我亲手抄录的一首诗。那首诗是三十年前我写给升庵的。那时候，他在永昌，我在新都，我们只能依靠思念取暖。

那时候我们都还年轻，尽管遭遇如此大难，我们也还坚信：以后，一切都会慢慢好起来的。

> 雁飞曾不度衡阳，锦字何由寄永昌？
> 三春花柳妾薄命，六诏风烟君断肠。
> 日归日归愁岁暮，其雨其雨怨朝阳。
> 相闻空有刀环约，何日金鸡下夜郎？

第四章 嘉靖，大明皇帝

0

说起来，朕得感谢廷杖。

廷杖让朕有了至高无上的威严和权力，也让那些喋喋不休、自以为是忠臣，实则沽名钓誉的家伙吃尽了苦头。

廷杖的地点在午门外的广场上。

每次廷杖，朕总要悄悄穿过午门五个门洞中最中间那道，走进城楼上的一间小屋。

朕轻轻撩起窗帘，能清楚地看到广场上用刑的场景。甚至，朕年轻时，就连受刑人痛苦的表情也看得一清二楚。他们的嘴角因疼痛和绝望而扭曲，肮脏的胡须像一把秋风中的衰草那样抖动。

他们有的用力抬头，向天呼号；有的一声不吭，低头忍受。

不论是抬头还是低头，朕都感到巨大的快意。

朕在窗帘后面看着，有一次，竟发出大笑。

一个小太监冒冒失失地走进来跪在地上请旨。是的，他大概以为朕在叫人呢。

朕立即收起笑容，就像从来没笑过一样。

当然，这种冒失的小太监也没有继续活下去的理由。

再说，他听到了朕的大笑。

朕可不愿意让人家说，臣子们受刑时，朕却在大笑。

朕看他年轻，加上那天心情不错，想了想，到底没杀他。朕得知他不识字后，令人割掉了他的舌头，分发到浣衣局去洗马桶。

1

实话说吧，原本，朕没想过要做皇帝。朕一生下来，金枝玉叶的高贵血统，就注定了一辈子都有享不尽的荣华富贵。朕从来也没有非分之想。如果硬要说有的话，朕只想让父皇与母后寿与天齐，尽享人间天伦之乐。倘若这个非分之想能实现，做不做皇帝都是其次的了。历代的昏君不爱江山爱美人，朕深觉荒唐。不过，朕倒愿意不爱江山爱父母。当然，后来朕才明白，江山与父母并非二选一的对立。有江山，才有父母的尊严。有父母的血统，才有江山在手。

朕是大明开国皇帝洪武爷的第七世孙。宗人府的玉牒上记得很清楚：洪武爷生永乐爷，永乐爷生洪熙爷，洪熙爷生宣德爷，宣德爷生正统爷，正统爷生成化爷。朕的父皇是成化爷的次子，他的哥哥、朕的伯父，就是弘治爷。

十二岁那年，父皇被朕的祖父成化爷封为兴王，封地在德安。四年后，弘治爷又把父皇的封地改在了湖广省的安陆州。父皇十八岁那年，奉命离开京城，前往封地就藩。分封到各地的亲王郡王，如果没有得到皇上诏命，不得离开封地，更不得进京。甚至，两个王爷之间，从此也不得再见面。

安陆是一个风调雨顺，气候温和的富庶之地。巍峨的王宫耸立于城池中央，宛如鹤立鸡群。朕的父皇以亲王的身份在那里度过了他生命中的最后二十多年，其实也就是他的青年和中年时期。由于既没有国家大事需要处理，更不必为生计奔波，父皇把大多数精力花在了修道上。打朕记事起，王宫里就常常有身着青袍的道士出入。其中，父皇最信任的道士来自武当山。父皇总是尊敬地称他元天先生。

父皇是一个有洁癖的人。他用的餐具每天都得用沸水烫洗三次，卧具每天更换，衣服更是每天更换两次。有时候，冬天的初雪不是洁白的，而是有些灰暗，当这些灰暗的雪压在庭院中的梅树上时，父皇总是痛心疾首。他一定会命令仆人们赶快从深井里打来最干净的水，把那些肮脏的灰雪洗下来。杀猪宰羊前，他也一定会命令仆人们烧了热水，抹了皂角给猪和羊痛痛快快地洗个澡。

元天先生却一点也不讲究，他是一个邋遢人。他的青色长袍上补丁重补丁也就罢了，偏偏还好像半年没洗过。夏天的风吹过庭院扫过客厅时，父皇身上的丝绸袍子轻轻地飘，就连檐下的八哥笼子，也跟着风晃荡，可元天先生的道袍像是用纸板糊成的，纹丝不动。元天先生头上的道冠倒是镶着一块玉，可那玉大概也因为长年不清洗，看上去像一片暗淡无光的小石子。

不过，父皇对元天先生的肮脏无动于衷，或者说视而不见。每当元天先生来访，父皇总是笑吟吟地拉着他的手，亲自为他倒茶续水。

父皇告诉过朕，元天先生是得道真人。他看起来也就五十多岁，可事实上，他已经一百二十多岁了。他的师父是谁？说出来吓死人，那就是活了一百五十多岁的张三丰。

父皇说："当年，洪武爷打天下时，张三丰多有献策，立了不少功劳。洪武爷在南京登大宝后，多次派人把他召进京去做国师，张三丰都没答应，洪武爷就把武当山赏给了他。这个元天先生，就是张三丰晚年的关门弟子。张三丰这个人，浑身上下穿得极其破烂，三个月不换衣，四个月不洗澡，他老人家是用这种方式养他的浩然之气呢。只是民间不识玄机的凡夫俗子，给他取了个绰号，叫张邋遢。简直亵渎神仙啊。所以啊，元天先生是学的他师父，他不修边幅，那正是得道高人的风范。高山仰止，高山仰止。"

父皇说这话时，满脸艳羡。

2

武当山距安陆好几百里地，每次前来王府，元天先生要先坐船从汉水顺流而下，在汉阳进入长江，再溯府河而上，到达安陆。大约是发现元天先生来往一次不易——用父皇对元天先生的说辞是："不便小王早晚向先生请教。"于是，父皇就在王宫外不远的地方，为元天先生修建了一座精美的道观，取名白云观。以后，元天先生就长时间住在白云观里，隔三岔五，就来拜访父皇。

因此，从朕几岁起，朕就习惯了袅袅起舞的青烟，也爱上了元天先生传授的法事。那些法事，后来横贯了朕的一生。如果说朕这一生有什么永恒不变的热爱的话，朕热爱的不是美酒佳肴，不是佳人丽娃，甚至也不是江山社稷，朕热爱的是清修法事。

经由元天先生传授，陪伴了朕一生的清修法事，一共有两种。

其一是斋醮。

兴王府偏殿外的花园里，扶疏的花木间，有一座一丈二尺高的土坛，称为法坛或醮坛。平日里，由两名宫女和两名太监日夜守护，哪怕一只猫，一只鸟，也不许落到坛上。四周的树木都砍光了，不会有落叶掉下来。偶尔刮大风，吹来几片树叶，太监和宫女就立即用一根老长的竹竿把它捞走。

坛是用黄土筑成的，元天先生说过："皇天后土。与皇天相对的，就是土，诸土之中，黄土为贵。黄通皇，黄土就是皇土。"虽是黄土筑成，坛上却从不会生长出哪怕一根野草。这是元天先生的法力。在筑坛前，他把一大桶念过咒语的清水均匀地洒在黄土上，以确保将来的两三年里，法坛上寸草不生。当然，隔上两三年，他还会把另一桶也念过咒语的法水也均匀地洒上去。

每逢初一十五，元天先生带着一群道士斋醮。法坛周遭点燃了檀香和灯烛，整齐地排列着一应贡品。道士们在元天先生带领下，身着崭新的金丝银线道袍——就连元天先生也不例外——缓缓走来。他们手持法器，用一种轻柔神秘的曲调，吟唱起舞。斋醮的目的是祭告神灵，祈求它消灾赐福。

其二是撰写青词。青词就是斋醮时上奏给天神的表章，因为是用砂笔写在专用的青藤纸上，是故称为青词，还有人把它称为绿章。

写好的青词有两个去处。一是斋醮完毕焚化；二是打坐时焚化。多年以后，当朕成为大明王朝的皇帝，朕把斋醮和青词都带到了北京。紫禁城里，修筑了一座九丈九尺的法坛，远比安陆州兴王府那座更加巍峨更加庄严。每逢初一十五，以及父皇、母后和朕的生日，都要举行庄重的斋醮。当道士们翩翩起舞时，朕站在法坛外侧，表情肃穆地观看。随着一阵法器的鸣响，朕亲自把工笔撰写的青词投进燃烧的香鼎里。火舌舔着青藤纸，青藤纸翻卷几下，化为一道细细的灰尘，其间，它会散发出一种奇妙而神秘的清香。

至于打坐，那是朕几乎每天雷打不动的必须活动。先前，朕住在乾清宫；后来活该千刀万剐的杨金英谋逆，幸得上天佑护，未能动得朕一根毫毛。只是，朕已厌烦了乾清宫甚至整座紫禁城，朕搬到了西苑，并在那里度过了生命中的最后几十年。

不论乾清宫还是西苑，朕都下旨在寝宫外精心打造了一间静修室。室内干净而空旷，朕从父皇那里继承了他的洁癖。朕看不得不洁不净的人与物。地上铺着厚厚的毯子，朕光脚走在上面，像猫一样不会发出一丁点声音。屋角，立着几只商代的青铜鼎，里面长年燃着爪哇和泥婆罗国进贡的最上等的檀香。一只小几上，放着朕常用的法器。

每天下午，朕就盘腿坐在地毯上，手舞法器，默诵经文。诵毕，再把青词投进青铜鼎里焚烧，以此上达天听。

净修室外面，还有一间小屋，同样干净而空旷，甚至空旷到没有任何家具，只铺着一层厚厚的地毯。那里，是最亲近的内臣和阁臣向朕奏事的地方。两室之间，是一道木制矮墙，墙没封顶。朕闭目打坐时，能听到内臣和阁臣们的呼吸声与心跳声。

如此处理这个泱泱大国的国事，朕有一种惬意的驾重就轻。

不过，朕的这些纯属个人爱好的习惯，从一开始，就遭到了首辅杨廷和以及他的儿子杨慎等人的反对甚至谤讪。这些可笑可恨的腐儒，他们以为朕斋醮也好，清修也罢，总之就是不理朝政，就是昏君——他们倒不敢污蔑朕是昏君，否则，就这一条，朕就可以灭他三族。只是，从他们的奏章和平日的进谏里，朕能感觉得到他们的言外之意。

他们不知道的是，朕的斋醮也好，清修也罢，朕固然会请求上天赐福予朕，让朕龙体安康，万寿无疆；但朕也无一次不请求上天赐福予大明，好让朕的江山万世一系，传之无穷。

杨廷和之后，朕还会有好多位首辅，若论固执和可恶，杨廷和却是位居第一。至于最让朕满意的首辅，首推江西人严嵩。朕是一个爱惜人才的天子，严嵩的才华就让朕欣慰，他所撰写的青词，不仅文辞优美，还洋溢着对朕的一片深情。相比起来，杨廷和未免相形见绌。比如有一年中秋，严嵩就以对联的格式写了一道青词：

　　洛水玄龟初献瑞，阴数九，阳数九，九九八十一数，数通乎道，道合元始天尊，一诚有感。

　　岐山丹凤两呈祥，雄鸣六，雌鸣六，六六三十六声，声闻于天，天生嘉靖皇帝，万寿无疆。

　　朕一览之下，龙颜大悦，突然间便想起了杨廷和，朕很想把这青词掷给他看看，"你自负才学，你写得出这种才情俱佳的青词吗？"

　　可惜，杨廷和看不到了，他两年前就在四川去世了。去世前一年，朕下旨把他削籍为民。至于他那个自恃才高的状元儿子杨慎，朕在七年前就把他发配到云南永昌卫充军去了。和他同时充军的那些人，朕先后都赦免了，有的官复原职，有的任由回乡。只有杨慎，朕绝不会赦免他。朕要让他在穷乡僻壤潦倒一生。只有这样，朕才能出一出当年胸中那口恶气。

3

　　离开王府的时刻到了。

　　大明正德十六年初夏的一个早晨，安陆州空气清凉，隐隐能闻到早开的栀子花的清香。王府内外一派繁忙，大门外，护卫官军呈两行排列，一直排到了父皇为元天先生修建的白云观外。从京城来的司礼监提督太监谷大用和定国公徐国祚、驸马都尉崔元，以及礼部尚书毛澄等官员肃立于中庭。一乘十六人抬的大红轿子停在一旁，他们全都等着朕进轿起驾，前往京师。

　　母后坐在中庭前的椅子上，朕跪在她面前，扶着她的双腿。朕哽咽着对她说："母亲，孩儿这就要动身了，您老人家千万保重啊。"

　　母后老泪纵横，当朕仰头看她时，她的眼泪像屋檐下的雨水，一滴又一滴地滴到朕脸上。母亲的泪水和朕的泪水混在一起，爬过朕的鼻翼，嘴角，一些掉到地上,一些滑进嘴里。

朕说:"母亲不必烦恼,孩儿进京是去登基做天子呢。"

一旁的谷大用插话说:"是啊是啊,王后不必多虑,殿下这是进京继承大统,是天大的喜事呢。"

谷大用声音尖利,听上去很夸张。他和京城来的其他几位大员,都是受太后,当然还有总揽朝政的首辅杨廷和的派遣,前来安陆州兴王府迎接朕的。谷大用比其他人先到几天。一来,就提出想觐见朕。朕知道,他想通过这种方式赢得朕这个即将成为他的新主子的人的欢心。不过,朕没见他。等到其他官员都到了王府,朕才在大殿上和他们例行公事地见了面。

对这个充满机心的大太监,朕委实没什么好感。因此,也对他的劝说不置一词。

更何况,虽然朕在劝说母后,其实朕心里也充斥着离别的伤悲。哪怕离别的时间并不会太长。可自从朕出生以来,朕就从来没有离开过母后哪怕一天。

父皇和母后在安陆兴王府生活了二十六年,他们先后生过四个孩子。朕的大哥生下来五天就夭折了;大姐活到了四岁,二姐活到了十岁,都先后离开人世。只有朕这个最小的儿子,在他们战战兢兢地养育下,终至长大成人。

父皇告诉过朕,朕的三个哥哥姐姐不幸夭折后,他做了一个梦。梦中,他跟随一个身穿青色长袍的老者,一步一步攀上了一座险峻的山峰。山峰上,有一大片起伏的道观。

老者站在道观前,问父皇:"你知道为什么你的三个子女都夭折了吗?"

父皇摇头说:"不知道。"

老者说:"命数使然。"

父皇急忙问:"朕还会有子女吗?"

老者说:"你还会有一个儿子。不过,你必须十天之内到这里来斋醮。否则,你将一生无子息。"

父皇欢喜地问:"请问道长,这是什么地方?"

老者伸手朝道观指了一下,道观上立即闪现出三个金灿灿的大字:武当山。

父皇醒来后,和母后说起这个梦,他决定宁可信其有,不可信其无。他要在十天内赶到武当山斋醮。

按洪武爷立下的规矩，之藩后的王爷们，没有得到皇帝批准，是不能擅自离开封地的。但如果事先向皇帝请示并得到批准的话，不要说十天，一个月也不够。父皇掂量了一番，决定乔装打扮。他和府里最得力的两个仆从，换上平民衣裳，装成商人模样，一人骑一匹大青骡，第二天一早就离开王府赶往武当山。

在武当山，当父皇看到观里供奉的张三丰的塑像时，他激动万分地认定，这个梦是真的。他梦中的老者，长得和张三丰一模一样。

父皇在武当山举行了一场盛大的斋醮。尽管他并没有暴露身份，但元天先生却看出他举止不凡，必非池中之物。

父皇说，从武当山回来第二年，母后就生下了朕。朕的哭声很响亮。还是凌晨，天还没亮，四周黑乎乎的，朕响亮的哭声甚至把庭中杨树上的一窝喜鹊都吵醒了。那年，父皇已经三十一岁了，他终于有了儿子。他抱着朕，激动得仰天大笑。

就这样，父皇和元天先生成了挚交。以后，元天先生顺水又溯水，多次来到兴王府。再以后，他干脆长年住在父皇为他建造的白云观里。

母后的泪水终于止住了。自从两年前父皇去世，母后明显衰老了。两年多来，朕娘儿俩相依为命，虽然呼奴使婢，锦衣玉食，可从前一家三口其乐融融的日子却是无论如何也回不来了。说实话，如果老天让父皇、母后和朕长相厮守，朕愿意放弃到紫禁城当皇帝，永远守在安陆州做一个藩王。

意外发生在朕十五岁那年春天。三月初一，按惯例，王府举行斋醮。像往常一样，仍由元天先生亲自主持。斋醮完毕后，朕把他请到书房喝茶。茶送上来了，元天先生却没有碰茶杯，而是突然起身，向朕行了个大礼。

朕吓了一跳，急忙扶起他："先生这是为何？"

元天先生说："小道要恭喜大王。"

朕糊涂了："小王有何事值得先生恭喜？"

元天先生说："这数日，小道夜观天象，尾箕之间，帝星暗淡；翼轸之际，客星明朗。思之再三，恐怕要应在大王身上。"

尾、箕、翼、轸都是天上的星宿，按二十八宿分野，尾箕对应的是幽州，元天先生用它来指京师;翼轸对应的是荆州,元天先生用它来指安陆。那么,他的意思岂不是说,当今天子有厄,朕却有可能入继大统?

朕急忙正色道:"先生何出此言?这要是被厂卫听到了,就是弥天大罪啊。"

元天先生却哈哈大笑:"大王,贫道受先大王礼遇,也只有在兴王府,才敢如此放肆大胆。不过,大王听贫道分析分析吧。"

说到这里,他压低了声音,虽然左近阒无一人:"据京城来往的客商和官员说,目下正德爷病重,恐怕早晚就会有个山高水低。正德爷并无子息,他真要龙驭归天,这空出来的龙椅谁最有资格坐上去?贫道推来算去,无论于情于理,都该大王啊。是故接连几天观测天象,原来天象也早就有预示了。大王,可喜啊可贺啊。"

十几天后,果然传来了朕的堂兄,也就是正德爷驾崩的噩耗。再后来,太后懿旨传来,要朕立即进京继承大统。

"母亲,孩儿真要走了。"朕再次对母后说。

母亲恢复了平静,抚摸着朕的脸颊:"吾儿此行,肩负重任。记住娘一句话,千万不要轻易说话,不要轻易表态。凡事都要三思而行。"

"孩儿记住了。"

4

朕与杨廷和的第一次见面就不愉快。当然,我们都是要面子的人。也不能不要面子。是故,我们都很克制,也符合君臣之间的温良仁厚。

见到杨廷和之前,我们就意外地进行了交锋。说实话,朕知道,确立朕为正德爷的继承人时,太皇太后的意见最重要,其次便是杨廷和。如果杨廷和不同意,朕不可能位登九五。毕竟,与正德爷或是朕的伯父弘治爷血缘相近的,也不只朕一个。

按理,朕应该感谢杨廷和。

可是,朕却打心眼儿里对他十分反感。

反感的起源,就在于他和朕都是强势的人,都是在认定的原则前绝不让步的人。没有杨廷和的日子里，想起他的这一个性，再看看周围只顾窥测圣意的大臣，朕心里顿时生出无限感慨。

四月初一，南方已经和风拂面，春暖花开，朕辞别了母后，一大队人马向京师前进。临行前，朕把王府护卫使骆安和谷大用叫到轿前，告诫他们沿途不许骚扰地方，也不许接受沿途官吏和诸王的贡献。他们都一一应了。

二十一天后，朕抵达了京师城下。朕令队伍驻扎于郊外，等候文武大臣次日的郊迎和拥戴。

二十一天虽然鞍马劳顿，但那是朕第一次也是最后一次穿行于大明的江山。沿途，越往北走，花开得越小，到最后进入河北，干脆连花骨朵都没了，天地间还是一片冰冻。人们说话的口音也变了，和朕从小就听惯的湖北安陆口音区别极大，很多时候，朕得靠他人传译或是尖起耳朵，才能勉强听懂。想到今天要面对的臣工们，大多是这种粗粝的北方口音，朕不由生出微微的不悦。

更大的不悦随之而来。在京师南郊住下的那个晚上，礼部员外郎杨应奎奉首辅杨廷和之命前来觐见。

原来，杨廷和已和礼部尚书毛澄等人商定好了即位仪注，杨应奎就是来送仪注的。

到京师前，朕和母后仔细商量过，王府中的哪些人可以带到京师去。护卫军官骆安和长史袁宗皋都是跟随父皇多年的老人，精明能干，更难得的是忠心耿耿，母后要朕把他俩带上。

接见杨应奎时，袁宗皋也在场。朕接过仪注粗看了一遍，又细看了一遍。朕看的时间太长，让杨应奎有些不安。他喃喃地解释说："仪注是杨阁老和毛部堂两位大人会同九卿一道，反反复复讨论才定下来的。"

他这样说，朕更加不快。

仪注竟要让朕按皇太子即位礼，从东安门进入皇宫，到文华殿行劝进礼，然后登基。

朕没理杨应奎，朕把仪注递给袁宗皋，缓缓说道："我记得大行皇帝遗诏上明明是让我继承皇帝位，可这个仪注上怎么说要按皇太子即位礼？"

袁宗皋当然明白朕的意思。但有外人在场，他不便明说，因此向朕行了个礼，一字一顿地道："殿下聪明仁孝，这是上天给予的。"

话虽含蓄，朕却听懂了。他提醒朕，朕即将到手的皇位，乃是朕高贵的血脉注定的，朕可以按自己的意见来，不必依从他人安排。

想到这里，朕明确告诉杨应奎："我不同意礼部安排的仪注。"

杨应奎大概没意料到这一点，他还想解释什么。朕可没闲工夫跟这个区区六品的员外郎磨牙，不客气地对袁宗皋说："袁长史，你替本王送客吧。"

没想到的是，一个多时辰后，仆从来报说，杨应奎再次求见。朕问袁宗皋："他们这是什么意思？"

袁宗皋说："可能他们修改仪注了。"

然而，满面尴尬的杨应奎拿来的仪注，与刚才一模一样。

"这是什么意思？"朕厉声问。

杨回答说："杨阁老和毛部堂又召集九卿讨论，还是觉得之前拟定的仪注没错，希望殿下按此执行。"

朕心头涌上一阵怒火，很想把那纸仪注扯碎了扔到杨应奎脸上。可临行前母后的话又提醒了朕：凡事都要三思而行。朕温言对杨应奎说："你回去告诉杨阁老和毛部堂，这仪注是拿朕当皇太子对待的，可大行皇帝的圣旨是让朕即皇帝位，并没说要按皇太子之礼。如果他们一定要一意孤行的话，那本王就只好打道回府了。"朕的话音很轻，分量却极重，杨应奎呆了，就连袁宗皋也呆了。

杨应奎走后，袁宗皋有些担心："殿下，你这样说，会不会把杨阁老他们全都得罪了？"

朕说："如果现在不坚持，今后就更不可能坚持了。"

袁想了想，点头称是。

朕知道今晚一定还有人来，索性叫仆从泡了两壶茶，和袁宗皋相对品茗，等着使者从京城摸黑来到郊外。

果然，四更时分，使者又来了。这一回不是礼部官员，而是司礼监太监。太监拿来的不再是杨廷和诸人拟好的仪注，而是张太后的懿旨。懿旨说，大位不可久虚，嗣君已至行殿，内外文武百官可即日上笺劝进。

这就是说，朕与杨廷和的第一回合，朕赢了。明天，朕不是以皇太子礼，而是以劝进的形式，通过只许皇帝出入的大明门，而不是之前所说的东安门进入皇宫。

次日，进入皇城，安排勋贵们祭告天地和宗庙后，朕亲自前往正德爷灵前行礼。礼毕，去谒见了张太后和朕的祖母邵妃。祖母见了朕，拉住朕的手就开始哭泣。她说："你长得跟你爹小时候一个样呢。我以为这辈子再也见不到你们了，没想到还能再见上一面。"

是的，朕的父皇，也就是她的亲儿子，自从十九岁出宫之藩后，母子俩再也没见过一面。而今，父皇已长眠地下两年多了，祖母也是风烛之年。如果不是皇位突然降落到朕头上，朕和祖母这一生连一面也见不到。人们只看到了皇家的荣华富贵，却不知道皇家的这些人情酸辛。

即位前，朕得确定年号，以便在仪式上昭告天下万国。司礼监送来了杨廷和拟好的年号：绍治。

绍治的寓意很明显，朕的伯父孝宗皇帝，他的年号是弘治；那么，杨廷和为朕拟定的绍治，意思就是对弘治的继承。从这个年号也可看出，杨廷和一帮人的目的，就是要让朕以皇太子身份继承皇位，也就是继统又继嗣。

机心深啊。朕心里叹息了一番。提笔把绍治抹去，重新写上两个字，那是赴京这些天里，朕一直在琢磨的两个字：嘉靖。

"嘉靖"典出《尚书·无逸》："不敢荒宁，嘉靖殷邦。至于小大，无时或怨。肆高宗之享国五十有九年。"从字面上看，嘉靖有清算过去、拨乱反正之意，含蓄地表达了朕对正德爷时代的不满。

即位仪式上，朕与闻名已久的杨廷和首次见面。这个传说中的铁腕首辅，头戴七梁冠，身着绣着仙鹤的绯色朝服。

群臣簇拥下，太监帮朕穿上新制的衮服，戴上十二旒的冠冕，随着礼官的赞礼声行礼。

那一天，朕虚岁十五，还是个少年。像父皇一样，朕个子不高，那时更矮，衮服又长又大，明显不合身。每当朕行礼时，衮服就拖拖拉拉，十分不便。仪式又如此冗长，朕不由得暗自皱起眉头。

这时，朕发觉拖在地上的衮服被人小心翼翼地捧了起来，行礼的间歇，一个温和的老人的声音靠近朕耳边说："陛下真是垂衣裳而天下治啊。"

朕没回头，朕知道，那一定是站得离朕最近的首辅杨廷和。他的话让朕有一丝温暖，对他的反感也云烟消散。在可以预见的以后相当长的日子里，朕还得依靠他，依靠整个文官集团治理这个庞大的国家。朕已经是皇帝了，自太祖高皇帝传到朕这里，已经有十一任了。

5

不过，很快，朕对杨廷和的反感就死灰复燃，并且越来越强烈。终至朕不得不和他翻脸，不得不把他的宝贝儿子两次廷杖后再发配到云南永昌。

朕入继大统那年，杨廷和已经六十三岁了。据说杨廷和年轻时是个美男子，如今垂垂老矣，花白的胡子稀疏地蜷缩在颔下，总显得有几分肮脏。朕受父皇影响，也是有点洁癖。几次三番，总有种冲上去把他的胡子全都拔下来一根根扔进炉膛的冲动。

当然，仅仅是一把肮脏的胡须，还不足以让朕对杨廷和滋生更多不满。一切，都要从朕第一次朝见群臣说起。

即位后第五天，朕在西角门举行首次朝会。这次朝会，主要议题有两个，一是给朕的堂兄，也就是刚去世的正德爷拟定谥号；二是给朕的父皇议定主祀及封号。两件事都是礼部职掌。礼部尚书毛澄年龄和杨廷和差不多，并且也有一把稀疏的白胡子。只不过，杨廷和的胡子较短，支在颔下；毛澄的胡须极长，一直飘到胸前，说话时，常不由自主地伸出手去轻轻捋一捋。

第一件事倒没什么意外，按部就班办理就是了。几天后，礼部就议定了正德爷的谥号：承天达道英肃睿哲昭德显功弘文思孝毅皇帝。说实话，在内心，朕是瞧不上这个胡闹了一辈子的皇兄的，他在身后能获得这么一个美谥，也算是备尽哀荣了。

出现意外的是第二件事，也就是给父皇议定封号。父皇驾崩后，当时议定的封号是兴献王。那当然没什么不妥，但时过境迁，朕如今既已登基为帝，父皇就不应该只是王，而是帝了。

没想到，朕以为不会有多大问题的一桩小事，竟被杨廷和闹成了一桩轰动朝野的大事，也就才有了后来被称为大礼议的巨大风波。

那天朝会，当朕宣布给父皇议定封号一事时，朕无意间看到，杨廷和脸色为之一变，花白的短胡须似乎也像针一样立了起来。紧接着，他和旁边的毛澄无声地交流了一下眼色，毛澄好像想说什么，杨廷和比个手势，止住了他。毛澄略一犹豫，顺手捋了一下花白的胡须。当时，朕还没往深处想。第二天，当两人联名的奏章送进宫时，朕读了两遍，越读越生气，一把将御案上的毛笔扔到地上。这时，朕突然就想起昨天杨、毛二人在朝会上的小动作。

其实，在两人的奏章送上来前两个时辰，朕就知道他们要与朕为难。

两个时辰前，朕在乾清宫一侧的暖阁里召见了锦衣卫指挥使骆家印。

骆家印启奏说，据他派去的两名缇骑汇报，昨天朝会结束后，杨廷和与毛澄先后回到内阁，在内阁那间中堂里，两人开始商量朕提出的为父皇上封号一事。

毛澄首先开口，表示此事甚是为难。所谓为难，是指朕的皇位并非源自父皇，而是来自堂兄。

杨廷和却胸有成竹，显然，这个老奸巨猾的四朝老臣早就预想到朕会提出这个问题，因而已经想出了敷衍朕的歪理邪说。

杨廷和听了毛澄的话，微微一笑，起身从案上捏起笔，在一张纸片上写了五个字：定陶王濮王。派去的缇骑虽然粗通文墨，却不知道这五个字所蕴含的典故。朕自小受宿儒教导，读书甚丰，一看骆家印递上来的那张小纸片，略一思索，马上明白杨廷和要向毛澄暗示什么。

原来，汉成帝没有儿子，便将他的兄弟共王之子定陶王取入宫中，立为太子。后来，汉成帝去世，定陶王继位，是为汉哀帝。同时，为了不让共王绝后，又另立楚孝王之孙刘景为定陶王，作为共王的继承人。

宋仁宗也没有儿子，取濮安懿王的儿子入宫，立为太子，后来即位为宋英宗。

不论定陶王还是濮王，他们都是所谓的小宗过继给大宗。他们原本没有机会登上皇位，但因驾崩的皇帝没有儿子，他们就过继给伯父，从而成为太子，并顺理成章地继位。

杨廷和写这五个字的意思昭然若揭，他要让朕照葫芦画瓢，像定陶王和濮王过继给他们的伯父那样，朕也过继给正德皇兄的父亲，也就是朕的伯父弘治爷。

果然，朕在毛澄的奏章里看到了这样一段话：

今兴献王于孝宗为弟，于皇上为本生父，与濮安懿王正相等。皇上宜称孝宗为皇考，改称兴献王为皇叔父兴献大王，兴献王妃为皇叔母兴献王妃。并祭、告兴献王、妃，皇上俱自称侄皇帝，则隆重正统与尊崇本生恩礼备至，可以为万世法。

杨廷和的奏章说法也差不多，不过更加咄咄逼人。他说，宜尊孝宗曰皇考，称兴献王为皇叔考兴国大王，母妃为皇叔母兴国太妃，自称侄皇帝，别立益王次子崇仁王为兴王，奉献王祀。末了，他气势汹汹地断言：有异议者即奸邪，当斩。

朕的目光久久地停留在最后一句话上面：有异议者即奸邪，当斩。这几颗端正的小楷如同几道过于明亮的光线，刺痛了朕的眼睛。朕抓住那道奏章，把它揉成一团。

杨廷和呀杨廷和，你这不是专门和朕作对吗？朕的确是继承了伯父的皇位，可坐上皇位，却要把伯父喊作父亲，把父亲喊作叔叔，把母亲喊作叔母，向父母自称侄儿，虽说有为人后者为人子的理论，可放到朕身上，朕却万万做不到。想到过一段时间，母后就要亲临京师，朕到时竟要称她为皇叔母，这不仅荒唐，简直就是太荒唐。

然而，朕尽管对杨廷和与毛澄打心眼里厌恶，可此时也明白，还没到和他们撕破脸皮的时候。朕初践帝位，还得依靠他们。

朕强自按捺下满腹不快，弯下腰，把刚才揉得皱巴巴的奏折重又拾起来，试图把它抚平。纸揉得太皱，怎么也抹不平。旁边一个侍候的宫女见了，建议说，拿一只暖壶，装了热水，用它来熨，就平了。

果然，一会儿工夫，那宫女便真把杨廷和的奏折熨得平整了。朕细细打量这宫女，十七八岁的样子，红扑扑的脸上，闪着一对水汪汪的大眼睛，说话时带着微微的笑意，不经意间露出一口细而白的碎米牙。刚刚发育成熟的身子，仿佛才蒸熟的馒头，有一股若有若无的清香。朕不由得深吸了一口气："你叫什么名字？进宫多久了？"

宫女跪下道："回万岁，奴婢叫于秀英，进宫半年了。"

"把头抬起来。"

于秀英慢慢把头抬起来，朕仔细端详她，像在看一件精美的玉器。然后，如同有一种无名的力量在指引，朕站起来，拉着于秀英的手往乾清宫里走去。

于秀英不安地任由朕拉着，想问什么，却不敢。

一会儿，到了朕的寝宫，朕把她推倒在龙床上："脱吧。"

"什么？"于秀英好像没听清。

"朕叫你脱衣服。"

于秀英明白了。迟疑着脱掉外衣，只余下粉红色的肚兜，怯生生地望着朕。

"都脱。"

"躺下。"

一刻钟后，于秀英开始为朕穿戴。穿好之后，她突然跪了下去。

于秀英小声说："万岁爷记住了吗，奴婢叫于秀英。"

朕看着于秀英，刚才云雨的快感一下子烟消云散。她提醒朕记住她，她是什么意思？不就是希望朕因为刚才的突然临幸给她个嫔妃的名号吗？那么下一步呢？她岂不是指望朕立她为皇后？

朕冷笑道："朕记住你了。你叫于秀英。你起来吧。从今天起，你就到浣衣局去。"

于秀英刚站起身，听到浣衣局三个字，原本红润的脸一下子变得煞白。浣衣局，那是宫里最糟糕的机构，用来安置犯了错误或是年老的宫女，除了天天浆洗，没有任何出路。

朕以为，于秀英要哭号着向朕求情。说到底，朕其实也只想吓吓她而已。只要她肯求情，朕多半就收回成命了。可是，她愣在那儿，小脸白一阵，红一阵，低着头，像根呆木头。

朕也是人，朕心里一下子就有气了，大叫一声："来人！"

一个太监闻声进来，跪在地上听旨。

"把她送到浣衣局去。"

"是，奴才遵旨。"

打发了于秀英，朕又回到寝宫外的上书房。宽大的御案上，依旧摆放着杨廷和那份奏折。朕厌恶地又看了一遍。

恶心。你们居然要朕把伯父叫父亲，把父亲叫叔父，把母亲叫叔母。不仅恶心，还荒天下之大唐。

朕让太监把杨廷和召到文华殿，不仅赐茶赐座，还把刚从南方进贡的水蜜桃和枇杷也赐了他一筐。可是，这老家伙喝了茶领了水蜜桃和枇杷，仍是不肯替朕考虑，坚持认为他和毛澄的建议是天下之至理，好像朕不采纳，就成了无道昏君。

杨廷和走后，朕本打算把毛澄召来，想了想，没召。到了晚上，朕派司礼监的张永去毛澄府上走一遭。

那天，张永到了毛府，进屋就对毛澄下跪行大礼。当然，这是朕要张永这样做的。毛澄见了，大惊失色，连忙扶起张永，并问他为何行这样的大礼？这不是折杀老朽的草料吗？

张永回答说："这是皇上的意思。是皇上要我向您行大礼的。"

毛澄更加摸不着头脑。张永说："皇上说了，哪个人没有父母？奈何朕做了天子，却要让父母受委屈？望毛大人体恤皇上一片苦衷，劝劝杨阁老，改改上次的议论吧。"

毛澄还没来得及说话，张永又从口袋里取出朕赐给毛澄的黄金。

可是，毛澄这老匹夫简直比杨廷和还可恶。朕虽然与杨廷和谈崩了，杨廷和倒是很得体地谢了朕赐他的水蜜桃和枇杷。当然，这也可以看作是杨廷和比毛澄更老奸巨猾。

根据张永事后的报告，毛澄竟然像受了侮辱，他的手因气愤而有些颤抖，他伸出颤抖的手推开张永手中的黄金，大声说："老夫虽然年迈糊涂，却绝不能坏了祖宗规矩。请你转告皇上，如果皇上不收回成命，那老臣只有一条路可走了。"

张永问他哪条路。

毛澄嘴里蹦出冷冰冰的三个字："乞骸骨。"

张永汇报了情况，默默地把毛澄不肯收的黄金放到御案上。明亮的灯光下，这些十足的赤金闪烁出细微而明净的光芒。朕拿起一枚，在手里掂了掂，又放下。

"好了,你下去吧。"

张永走了,朕气得把一枚黄金狠狠扔到地上。这个不识抬举的老家伙,居然用乞骸骨来威胁朕。朕早就不想看到你们了,只是时候不到而已。时候一到,你们全都滚蛋吧。

朕只有最后一招:把杨廷和与毛澄的奏章留中不发。朕不表态,不说可,也不说不可。反正,先拖下来,再静观其变。

6

十来天后,转机来了。带来转机的人是去年的新科进士张璁。那天,司礼监照例送来一大摞奏折。张永知道朕的心事,他特意把张璁的奏折放在了最上面。

朕才看了两句,就被吸引住了。瞧瞧,这才是明事理又真心为朕考虑的明白人啊:

> 孝子之至,莫大乎尊亲。尊亲之至,莫大乎以天下养。陛下嗣登大宝,即议追尊圣考以其正号,奉迎圣母以致其养,诚大孝也。

两句话,就把朕为父皇议封号的性质定得很清楚:大孝。当朕还是兴王时,朕与母亲相依为命,父老就口耳相传,称道朕是少见的孝子。

接下来,张璁就引经据典地批驳了杨廷和与毛澄的观点。你们不是用汉朝定陶王和宋朝濮王的成例来比照当下吗?张璁反驳说:

> 今廷议乃执汉定陶、宋濮王故事,谓:为人后者为人子,不得复顾私亲。夫天下岂有无父母之国哉?《记》曰:"礼非从天降、非从地出也,人情而已。"

坦白地说，看到张璁的奏章前，朕凭直觉也以为杨廷和与毛澄的观点并不对，但朕对古礼所知不多，到底哪里不对，却说不太清楚。及至看到张璁奏章，不由恍然大悟：

夫汉哀帝、宋英宗固定陶、濮王子，然成帝、仁宗预立为嗣，养之宫中，其为人后之义甚明，故师丹、司马光之论行于彼一时则可。今武宗皇帝嗣孝庙十有七年，未有储建，比于崩殂。而执政大臣方遵《祖训》，定大议，以陛下聪明仁孝，伦序当立，迎继大统，岂非天下者祖宗之天下也。故遗诏直曰"兴献王长子"，而未尝著为人后之义。则陛下之兴，实所以承祖宗之统，而顺天下之心，比之预立为嗣，养之宫中者，亲疏异同较然矣。

是啊，汉朝定陶王和宋代濮王都是预先就立为太子并养在宫中，之后才继位的，这不就等于是在继位之前就过继给他们的皇帝伯父了吗？他们把伯父尊为父亲，这便是很自然的事。可朕在继位之前，并没过继给朕的伯父弘治爷，哪有在他死了这么多年后，再尊他为父的道理呢？朕得继大统，是按太祖高皇帝的《祖训》中规定的伦序当立。就是说，朕继承的是祖宗的天下，并没有过继给伯父为子的义务。

张璁的奏章如同及时雨，让朕大为宽慰。连读两遍，朕令人把骆家印召来。骆家印乃锦衣卫世家，几代人都在锦衣卫出任要职，向来以忠心和能干著称。他家几代人的职掌，说穿了，就是替大明天子做眼线，监视文武百官以及其他人等。

看到张璁的奏章前，朕对他一无所知，现在需要有些了解。

骆家印回奏说，张璁是浙江永嘉人，字秉用，今年已经四十八岁了。他二十四岁就中举，参加了七次会试，次次名落孙山。据说，就在他心灰意冷，打算授徒为生，不再应试时，他的好友、御史萧鸣凤给他相了一面，说他三年之后必成进士。再过三年，必当大贵。去年，张璁第八次进京会试，果然中了二甲。

骆家印所说的萧鸣凤精通星相之术，引起了朕的极大兴趣，也让朕一下子想起元天先生。朕心有所动，立即令人星夜奔赴安陆去请元天先生进京。

骆家印果然厉害，对张璁这个去年的新科进士，竟然也如数家珍。他怀里有一个小簿子，上面全是极细极小的字和符号，旁人看不明白，他却一目了然。原来，这都是他平时收集的文武百官的资料。别人不经意的闲谈，他听到了，统统细心记上去。

关于张璁，骆家印提醒朕说："皇上，您在今年五月十五日还召见过他呢。那天是皇上举行的廷试。之后，他和其他新科进士一样，分到各部院去观政，他去的是大理寺。"

末了，骆家印说："其实，张璁早就对杨阁老和毛阁老的意见不以为然。几个月前，他曾经在和他的同乡、礼部侍郎王瓒喝茶时说过：'皇帝是入继大统，不是为人之后。'王瓒觉得有理，把这当成他自己的意见向杨廷和提了出来。谁知道，杨阁老大概是怕王瓒的意见影响了他的定论，便把王瓒派到南京任职去了。张璁犹豫了很久，才写了这道奏章。"

"哦。"过了老半天，朕才淡淡地点点头，心中却升起一股怒火。原来早就有人替朕说话，却被杨廷和打击报复，贬到南京去了。

"很好，你下去吧。"

7

母后从安陆千里迢迢地来京了。

父皇驾崩后不久，母亲就患上了心痛病和头晕病。从安陆到京城，两千多里地，虽然坐轿子，可也难为她老人家了。想到马上就能与分别了大半年的母后见面，朕发自内心的欣喜。

然而，母后在抵达距京城只有半日路程的通州时，却拒绝进城。

因为，在通州驿站里，她得知了杨廷和与毛澄要朕以弘治爷为皇考的荒唐意见。母后很生气，一生气，心口就更痛，头也更晕。母后对前去迎驾的礼部官员说："你们怎么能把我的儿子当作别人的儿子呢？我们在安陆好好地做藩王，是你们要把我儿请来京城做皇帝的，你们快快把我送回安陆。我不进京了。"

礼部官员很惶恐，急忙回报杨廷和。当然，在杨廷和得知消息之前，朕已经通过骆家印知晓了。

其时，朕与杨廷和之间又发生了大礼议之外的另一纷争。当然，说到底，它也是大礼议的延伸。

那就是母后到底该从哪道门进宫和到底该用什么规格的仪仗。

礼部拟定的方案中，母后从崇文门入东安门进宫，并使用王妃的仪仗。这是朕无论如何也不能同意的。朕既然已登基为天子，朕的母亲就不只是王妃，而是太后，必须经由中门入宫谒见太庙。之后，由朕在午门迎入宫中。至于仪仗，当然得符合太后的身份。

如同预想的那样，朕的决定遭到了杨廷和为首的一班人的坚决反对。

骆家印进宫报告，说母后在通州驿馆不愿进城，并因生气而哭泣，哭泣之后心痛病和头晕病同时发作。朕一方面赶紧下旨让太医院派出最好的医生火速赶往通州；另一方面，朕亲自前去晋见慈寿皇太后，也就是朕的伯父弘治爷的正宫。在杨廷和这班老糊涂看来，朕得叫她母后，但事实上，她只是朕的皇伯母。

那是朕在父皇去世后第一次大哭，也是朕一生中的最后一次大哭。那场大哭之后，朕不仅和大哭，甚至也和流泪永别了。

如今回忆起来，朕得说，这场大哭是朕的表演。朕要表演一个孝子对母亲关怀备至的孝道所引发的悲伤和愤怒，而悲伤和愤怒的源头就是杨廷和等人无事生非的大礼议。

朕哭着向慈寿皇太后表示，朕不愿再做皇帝了，朕宁愿回安陆做兴王，以便继续奉养母亲。朕不能为了皇位失去母亲。

朕的哭诉和威胁使得内廷与外朝一片大乱。

朕去晋见慈寿太后前，派往安陆迎接元天先生的太监风尘仆仆地回来了。元天先生却没有来。元天先生说他年事已高，不堪再为君用，还是留在白云观为宜。不过，他为朕推荐了他的师弟。他的师弟叫赵元节，现在江西龙虎山修道，克日就将启程来京。此外，他还托太监给朕捎了一封信。打开信封，里面飘出一张纸，纸上是朕很熟悉的元天先生的字。很简单的十六个字，却一下子让朕有了战胜杨廷和的信心和方法。朕也是在看了那十六个字之后才决定去见慈寿太后的。那十六个字朕从六七岁发蒙读书时就会背诵，只是，朕从没像如今那样深刻理解它的含义：

  普天之下，莫非王土。率土之滨，莫非王臣。

  更令朕欣慰的是，几乎与此同时，善解人意的张璁又一次上奏了。骆家印汇报说，张璁此前的奏章已经得罪了杨廷和与毛澄一帮人，他也就明白再通过通政司把奏章送到内阁后转到御前根本不可能，于是就到左顺门直接呈进了宫。
  很多年过去了，朕还记得张璁这道奏章中的一句话：

  非天子不议礼，愿奋独断，揭父子大伦明告中外。

  它其实与元天先生写下的十六个字异曲而同工。他们都是在暗示朕或者说提醒朕，大明是朕朱家的天下，而朕是打下这片江山的太祖高皇帝的七世孙，朕是当今天子，朕承天受命，朕有权力乾纲独断，并不需要讨好或者屈从任何人。哪怕他是四朝重臣，三朝首辅，他也只是臣子。是他得听朕的，不是朕得听他的。
  两天后，朕如愿以偿地让母后从大明门中门进入了皇宫，朕在午门外亲自迎接。拜谒了奉先殿和奉慈殿后，母后在宫内住了下来。朕的父皇和母后，也从那天起，获得了尊号。
  只是，朕还没满足。朕还要为父皇争得皇帝的名号并配享太庙，朕还要为母后争得和慈寿太后一样的名位。那样，方才是一个孝子该做的。
  只是，朕立足未稳。朕得慢慢来。朕还年轻。

<h2 style="text-align:center">8</h2>

  那年九月，朕举办了大婚典礼。朕按祖制，一后以二贵人陪升，也就是同

时娶了皇后陈氏和两个妃子文氏、张氏。朕在人世间这几十年，从十来岁开始，便有三好，一好道，二好酒，三好色。按元天先生所讲述的道家理论，酒和色事实上与道是三位一体的，酒和色有利于朕的修道。所以，朕好酒好色，与凡夫俗子不同，朕是在用它们来进行修炼。

朕一生先后有三个皇后以及数十名妃嫔，当然，更多的是普通宫女。这些宫女，朕一般都只使用一次，因而几乎不记得她们的名字。于秀英是朕入宫后幸的第一个宫女，是故还记得。这也是她走运。听说她在浣衣局洗了十来年衣服，二十多岁时咯血而死。朕没有再见过她。宫中上万名宫女，少一个，就和折了根草没多大区别。

父皇在世时，常和元天先生一起研究房中术。那时候朕年岁尚幼，还不明白其中的奥义。等到父皇去世，朕在安陆做藩王，朕精血已壮，元天先生便像辅佐父皇那样，一心一意辅助朕。

元天先生的理论博大精深。比如，他认为，男女行房，如果能依从道家的法术，九浅一深并固精不予的话，就能保持元阳，称为采补。上古时的仙人彭祖为什么能活八百岁？最重要原因就是他每天必御童女数名。元天先生还言之凿凿地指出，据上古的经书记载，如果能日御童女九九八十一名而不予，就能坐地飞升。"当然，这个太困难，"元天先生说，"千万年来几乎没有人能做得到。"不过，他说，纵使不能坐地飞升，延年益寿却是必然的。当然，这也有前提，其一是配用秘药；其二是采取奇特的交配姿势。

北方的秋天和南方相比，肃杀，空寂，好像深藏着一种忧伤。朕无端地生了一场病。朕总是寒冷。才九月初，就令太监生起炉子。晚上，朕在乾清宫宽大的床上，令皇后和两个贵人同时侍寝，让她们用火热而柔软的身体为朕取暖。

夜半时分，朕不冷了。朕身心发热，把她们一一临幸。之后，沉沉睡去。早晨，又沉沉醒来，打着呵欠，任由太监穿衣、洗面，坐着肩舆去午门参加早朝。有好几次，当杨廷和或其他大臣奏事时，朕忍不住打起了呵欠。朕看到，近在咫尺的杨廷和与毛澄对朕的呵欠十分意外，他们交换了一下眼色，想说什么，却终于没有说出来。

朕无比想念元天先生，尤其是元天先生这么多年来潜心研制的秘药。春天进京时走得仓促，竟忘记了向他要一些。

这些秘药，朕在安陆时曾经用过，它们对男人采补的修炼具有十分灵验的功效。只不过，元天先生说，要炼这些秘药，委实艰难。

如果说红铅秋石虽然麻烦，毕竟还可以依靠他众多的弟子深入民间慢慢完成的话，那么大守宫和混天丸，很多时候就要靠运气了。

据元天先生说，大守宫的主要材料是生活于西部极寒雪山上的一种仙蟾，状如壁虎，比壁虎更大，更雄壮。它们雄雌相随，终生不舍。每逢月圆之夜，仙蟾就在雪山深谷间交合。趁其交合时，用一种金丝线制成的网将它们捕获，再放进寒玉钵内迅速击打。仙蟾虽死，雄雌仍牢抱不开。再浇入事先备好的诸种药酒浸泡，一年后，药酒升腾已尽，再把仙蟾肉制成丸子。

仙蟾数量甚少，居于雪山深谷不说，且这东西能在数十丈外嗅到人味，随即双双隐入岩缝。

父皇在世时，每年都会派百十个灵巧的下人随同元天先生的弟子们前往四川西部那些高峻的雪山捕捉仙蟾。他们深秋出发，初春回来，要耗掉四个月时间。并且，每一次出去的人，最终都会有十个八个跌进山谷死亡，或是因冻伤而截掉手或脚。

至于混天丸，甚至比大守宫更难得。元天先生原本修行的武当山以西，满目都是杳无人烟的林子，群山茫茫，如同鸿蒙初辟。其间，有一种身如猴而面似人的野物，能上树，善涉水。元天先生说，这种东西名叫山魈。屈平曾经把它误认山鬼，还写过诗：若有人兮山之阿，被薜荔兮带女萝。既含睇兮又宜笑，子慕予兮善窈窕。

山魈好淫，一夫而多妻。当它春情萌动时，一张略似人形的脸因精血上涌而涨得通红，如果十二个时辰内不行房事，必然热血冲顶而死。因此，以山魈的阳具为药引，可制成混天丸。

但这种混天丸，元天先生说，只能算混天小丸。真正的混天丸，也出自山魈。

元天先生在为朕讲这些典故时，面容平静，却听得朕热血沸腾。元天先生呷了口茶，继续说道："原来，雄山魈中，大约一百只，方才有一只称为金枪王。金枪王淫毒异常，阳具相当于普通山魈的一倍。雌山魈都不敢与之交，纷纷避之不及，因而金枪王一生无偶。这样，当金枪王春情发作时，只好抱住大树做交配状，一日一夜，其势竟钻入树木数寸。金枪王也因之而死。如果能找到金枪王留在树木中的阳具，以它为主料，再配以紫河车、肉苁蓉、膃肭脐，不仅食之能御百女，且有延年益寿、轻身健体的奇功。

"不过，"元天先生说，"只要功夫深，山魈倒是能找到，至于金枪王，贫道也是一百年前，听说真玄观的一位火工道人，入山砍柴时曾有过这样的奇遇。那火工道人得到金枪王后，一半献给了当时的某个藩王，一半自用。那藩王后来活了八十五，留下儿女一百余人。火工道人活到了一百零五岁才无疾而归。"

朕生病几天后，朕的祖母邵氏驾崩了。祖母是父皇的亲生母亲，她的去世让朕悲痛无比。这样，朕的病也加重了。一连三天，朕都下旨免了早朝。然而，不近人情的杨廷和却上奏章，含蓄地批评朕沉溺女色。他含沙射影地说，唯愿吾皇爱惜圣躬，远离酒色，是为国家社稷之大福。

朕很愤怒。这个杨廷和，他既不知道朕的病加重是为祖母而悲哀，更不明白元天先生讲授的那些深沉的奥义，不明白如果运用得当，酒色不仅于身子无损，且有利于增加福报。

如果能像安陆兴王府那样，建一座坛，举行几次斋醮的话，朕的病一定会立马根除。

9

思念之中，令朕欣喜的是，距太监回来复命一旬左右，元天先生竟然从安陆飘然来到京师。

朕连夜把他宣进宫，在暖阁里和他说话。

虽然奔波了几十天，元天先生依旧仙姿绰约，身子骨瘦削了些，看上去更加飘飘欲仙。任谁也看不出，这竟然是一个一百多岁的老人。陪同元天先生一起进京的，是他最宠爱的弟子化子节。

元天先生说："贫道人在安陆，心却在京城。夜来观测天相，知道陛下龙体违和，且亦听人说道朝中的风风雨雨，贫道于是夙夜忧叹，也顾不得年迈体衰，星夜兼程赶来京师。一者,想为陛下祛病健体;二者,贫道已百岁有余,恐怕不能长伺陛下了,特地把朕最得意的关门弟子化子节荐与陛下。"

朕深为感动。当即令人拟旨,赐元天先生良田千顷,封为忠靖祖师。元天先生却坚辞不受。他说:"良田美宅,于贫道只是身外之物。恳请陛下收回成命。至于封赐之名,贫道深谢陛下知遇之恩,但也是不必了。贫道于世俗的功名利禄,都看得淡了,远了。"

元天先生越是淡泊,朕越是感动。该给元天先生的,朕一定要给。

然而,让朕意外且震怒的是,太监奉了朕的旨意到内阁,令杨廷和拟旨时,却遭到了他的反对。

杨廷和最会讲大道理。他一讲大道理,朕就烦得要命。他说什么国家名器,不可滥用。可元天先生对朕父子两代,居高厥伟,怎么会是滥用呢?

尤其让朕愤怒不已的是,内阁负责端茶送水的两个小吏,居然也凑在一起猖猖妄议。据骆家印的眼线汇报,两个小吏中的一个,家在武当山下,曾经见过元天先生。他向另一个小吏炫耀这段经历倒也罢了,可恶的是,他无中生有地说:"元天先生说他有一百多岁了,那都是骗人的。我祖父说,他们是老庚,到现在,满打满算,也就七十二岁。"

骆家印的汇报让朕勃然大怒,依这小吏的说法,那岂不是说朕父子两代都是任由元天先生欺骗的傻子?真是是可忍,孰不可忍。

"这种丧心病狂的妄人,还不把他们抓起来,还要留下来当宝吗?"朕气恼地拍了拍桌子,对骆家印吼道。

骆家印回答说:"回陛下,奴才本想将他们抓起来,可他们身份虽低微,却是为阁老们服务的。奴才怕阁老们问罪。"

朕气得乐了:"那你说说,朕是不是还要给他们封个官晋个爵?"

骆家印低头道:"奴才这就去把他们抓来重重治罪。"

"王子犯法,与庶民同罪。不要说他们只是内阁的吏员,纵使阁老犯法,也照样难逃国法。"

"是的,奴才明白了。"

"朕听说你廷杖的技术可是精通得很呢。要人生,要人死,都在一念之间。"

骆家印一愣:"陛下……"

"每人廷杖四十。"

"臣领旨。"

"去吧。"

当天下午，两个乱嚼舌头的内阁吏员被缇骑下狱，由骆家印亲自行刑，廷杖四十。与元天先生同籍那个吏员还没挨到三十就一命呜呼。另一个抬回家后，在床上呼号了半个月，也死了。

廷杖吏员那天下午，朕等着杨廷和求见，等着他来和朕理论，朕一肚子怒火，就等他来点燃。意外的是，杨廷和没有来。这让朕有点失落，就好像一记重拳打到一堆棉花上。

以后，杨廷和也从未提起过这件事。非但他不提，其他阁员如毛澄等人，均无一人提起，似乎这件事从来没有发生过。

朕仔细琢磨，渐渐明白了一个道理。他们其实并非不想找朕理论，可他们不敢。朕才是唯我独尊的皇帝，他们只是大臣，哪怕进了内阁，掌握中枢，同样也只是大臣，就如安陆民间一句俗话：豆芽长齐天高——小菜。

琢磨出这道理，朕心平了，气静了。

10

化子节不愧是元天先生的嫡传弟子，才三天时间，就指挥一群太监在乾清宫外建起一座高大的法坛。与从前安陆兴王府的法坛相比，这座法坛更高，更大，也更牢固，更符合朕现在是皇帝而非藩王的身份。

三天后，元天先生亲自主持了法坛的第一次斋醮。朕坐在法坛外侧，看着年迈的元天先生为朕和朕的江山子民祈福。蝇头小楷写就的青词在青铜鼎里化为一道道轻烟，其间游离着檀木特殊的清香。这场久违的斋醮，一下子又把朕带回了安陆，带回了兴王府那些悠游的旧岁月，更让朕想起早逝的父皇。

朕决定，无论阻力多么大，也要让父皇在太庙享有一席之地。

元天先生的斋醮和秘药，很快就让朕龙体安康。朕不再寒冷，哪怕随着秋去冬来，京师已经下了好几场大雪。朕不但不冷，反有几分燥热。夜里，侍寝的皇后或贵人,已经不能满足朕对女人的欲望,朕又先后封了几个嫔妃,还临时起意,幸了几名普通宫女。

随着朕身体好转,朕开始把为父皇立庙祭祀提上日程。那次朝会,先议了几件一般性事务。群臣以为将要退朝时,朕提出在追尊父皇为皇帝后,那就理应称宗入太庙。朕故意说得很慢,以便观察众臣反应。

果然,如同朕设想过的一样,朕说完,大殿里一片死寂,就连呼吸声似乎也消失了。过了半晌,杨廷和与毛澄习惯性地对看一眼。依朕对这两个老头子的了解,接下来,他们就会据理力争,以便显示他们的忠直与坦荡。不过,朕早就做好了准备,朕要在文武百官面前,杀杀这两个老家伙的威风。朕要让他们明白,普天之下,只能由朕说了算。

意外的是,杨廷和最终却只颤抖着说了八个字：兹事体大,容后再议。

朕看到,他说这话时,面色苍白,胡须抖动,他显然在压制着内心翻涌的情绪。为了显得平静,他压低了声音,因而,他的声音听上去与平时颇为不同。

这么说,朕又赢了一局吗？不过,朕也清楚,他们绝不会这么善罢甘休的。

果然,第二天,刑部员外郎邵经邦的奏章就送了上来。

朕敢打赌,让一个六品的小官上这么一道奏章,一定是杨廷和的主意。毕竟,他是首辅,若是他打头阵,他不可能把话说得太绝,那闹僵了就没有转圜余地。小官员却可以口无遮拦。他们的如意算盘是,一者,因是小官,朕不好和他计较；二者,如果朕要计较,杨廷和等人还可以站出来打圆场。大事化小,小事化了。

我大明立国一两百年来,除了洪武爷和永乐爷两朝,二位皇爷乾纲独断,英明神武外,其他历朝,常常出现小官高调批评皇帝的怪事。究其原因,便来自于此。至于那些赤膊上阵的小官,大多也知道会遭处罚,市井里却对这些胆大妄言的人评价甚高,认为他们是直臣。可在朕眼里,无疑就是讪君卖直,其心可诛。

邵经邦的奏章不长。主题就是不同意朕为父皇称宗入庙,这是用脚指头都想得出来的。可他的奏章极尽讥讽之能事,坚持认为朕此举乃是"私议礼之臣",甚至公然讨论朕百年以后的庙号,这不是盼着朕山陵崩吗？

此风绝不可长。朕当即朱批,将邵经邦下镇抚司拷讯。讯后,发配福建镇海卫,永不赦免。

处分了邵经邦,杨廷和坐不住了。他与毛澄两人,交疏上章。一方面不同意朕为父皇称宗入庙,一方面给邵经邦通融说情。

对此,朕的反应是:留中不发。你们爱上疏尽管上,朕看了却懒得批示。

朕与内阁冷战期间,杨廷和的儿子杨慎也上了一道奏章。杨廷和的这个宝贝儿子,二十几岁中了状元,据说琴棋书画无不精通,名气很大,朕还在安陆做藩王时就听说过他。但他品级不高,朕并不认识他。

杨慎上书所言内容,让朕微微有些意外。当然,可以想象得到,他上书是要批评朕,以此替他的父亲说话。可他没有批评朕为父皇称宗入庙,而是批评朕把元天先生召进宫做斋醮。这位状元在奏章中说:"如今民变于江南,蒙古起于漠北,生灵涂炭,民不聊生。奈何陛下不问苍生,多问鬼神;未亲直臣,反泥小人。陛下将置天下社稷何?"

围魏救赵,并不稀奇。到底如何处置杨慎,朕略有些犹豫。最终,朕决定放他一马。文武之道,一张一弛,既然已经廷杖了两个内阁吏员,又发配了一个刑部员外郎,这个杨慎嘛,朕倒是要怀柔一番。毕竟,杨廷和还是首辅,许多事,还要他去做。

朕当即令司礼监的一个小太监,取了两支湖笔,三块徽墨,一令宣纸,一方端砚,送往杨府,赐予杨慎。

次日,朕宣骆家印进见。骆家印说,杨慎领了赏赐,似乎有些意外。当晚就用朕所赐的笔墨纸砚写字。

"写的什么?"

骆家印从怀里掏出一张折得整整齐齐的纸片:"回陛下,缇骑把杨慎写的内容都抄在上面了。"

朕接过一看,是两首七绝。

一首是:

> 飞挽频年苦不休,乾坤无地脱征求。
> 黄云塞北三千里,青海山东二百州。

另一首是：

> 南昌舟楫静江渍，北塞烽烟自虏氛。
> 寰海讴歌明圣主，太平威武大将军。

朕看了两遍，骆家印小心地问："陛下，杨慎诗里可有狂悖之语？"

朕摇头："他这诗是讽刺正德爷。"

"要不要把他拿了？"

"小题大做。不必了。文人嘛，就喜欢发发牢骚，擅擅口舌之利。且由他吧。"

实话说，朕的堂兄正德爷，在皇位上只知道由着性子胡作非为，朕也有几分看不上他。杨慎写诗讽刺，原非空穴来风。

"张璁怎么样？最近怎么没见他有什么奏章？"

"回陛下，张璁上个月调到南京做刑部主事了。"

"啊，朕怎么不知道？"

骆家印没回答，低着头。

朕从椅子上站了起来，明摆着，张璁因替朕说话，杨廷和看不惯，把他调到南京晾在一边。

"桂萼呢？"

"也调到南京去了。"

朕气得手脚冰凉，重重一掌击在御案上，一个太监闻声进来，捡起被震到地上的茶碗。

桂萼这人，朕是一月前才知道的。朕提出要为父皇称宗入庙并遭到杨廷和一党坚决反对后，时任成安知县的桂萼上书提了一个方案，那就是在太庙之外，另建一庙，作为祭祀父皇的专庙。按桂萼的说法："宜于皇城内择地，别立祢市区，不与太庙并列，祭用次日，尊尊亲亲，庶为两全。"

朕其实也知道，按祖制，把父皇迎入太庙的确不合，因而杨廷和等人反对甚为激烈。退而求其次，按桂萼建议，另建一庙，是为上策。是故，朕看到桂萼奏章后，当即朱批把此人拔擢到礼部任主事。

朕说的礼部，当然是京城礼部，可杨廷和故意装糊涂，把他安排到南京礼部任主事。

阳奉阴违，阳奉阴违啊杨廷和。

骆家印奏报的两件事，让朕终于下定决心：尽快与杨廷和翻脸，不管他是几朝老臣，都必须致仕回家抱孙子。

第一件，杨廷和把张璁任命为南京刑部主事。之前，张璁还是观政的实习官员，这南京刑部主事，相当于正常分发。朕意是留在北京，他分发到南京，这也罢了。万恶的是，对张璁做了安排后，杨廷和派心腹、中书舍人张天保对张璁说："杨阁老要我告诉你，你本来不该分发到南京，而是留在北京。但现在，只好先委屈你一下了，希望你以来不要再写《大礼或问》来为难我。"这简直就是明目张胆的打击报复。

第二件，支持议礼的张璁等人被赶出京城，支持杨廷和的官员却得到重用。比如云南都御史何孟春曾上疏说兴献王不宜称考，杨廷和就把他调到京城任吏部侍郎；都御史林货代也是杨廷和的铁杆追随者，杨廷和奏请任命为刑部尚书。

总之，杨廷和的种种做法，实在没把朕放在眼里。

朕不愿也不能僵持下去了。

那天晚上，朕召见了元天先生，征询元天先生的意见。

灯光下，元天先生目光如炬，白须白发。他说："贫道本系方外之人，又是一介草民，原不该对朝政说三道四。怎奈陛下父子对贫道恩重如山，君恩不报，实与禽兽无异。陛下既然下问，贫道还是前次那十六个字，普天之下，莫非王土。率土之滨，莫非王臣。"

"还请先生明示。"

"陛下，当年洪武爷在位时，惩元末主居深宫，臣操威福之流弊，在剪除了胡惟庸乱党后昭告天下，从今往后，不得再设丞相，有提议者处以凌迟之刑。太祖英明神勇，龙骧虎步，自有他的深思远虑啊。他老人家这道圣旨后，历朝都有的丞相，国朝却再也不设了。后来，为了让皇爷们有个顾问和帮手，才设了内阁学士。究其实质，不过六七品的小官。谁知大道多歧，后来竟慢慢演变成有实无名的丞相。积重难返啊，陛下如今要废除内阁，或是把阁老们打回洪武爷时代的六七品顾问，固然其势已成，难以撼动。不过，说到底，国朝的阁老，哪怕是首辅，也不再如汉唐那样，是可以与皇帝坐而论道的丞相了。他们的去与留，进与退，依然只是陛下一个人可以左右，其他人无权置喙的。"

"朕明白先生的意思。但那杨廷和历仕四朝，又是三朝阁老，恐怕轻易把他撤掉，难以服众。"

"陛下，国朝一百多年来，几十任首辅，除了极个别是被皇爷免职的外，九成以上，都是他们自动辞职的。倘若陛下多次驳回他们的意见，或是干脆乾纲独断，他们稍有自知之明，稍微爱惜羽毛，岂有赖在位子上的道理？"

元天先生一番话，其实也是朕那些天里一直在思考的。不过，由他说出来，朕有一种谋而后定的踏实。

"还有一事，先生。朕听说杨廷和的儿子杨慎，状元出身，是个博学多才的名士，在文人圈里名气很大，俨然清流领袖。先生知道此人吗？"

元天先生笑了笑："听说过。文人也好，清流也罢，总而言之，这江山，是洪武爷打下的。打江山，坐江山，天经地义。如今坐在龙椅上的，是陛下。"

那天晚上，元天先生走了，朕却兴奋得难以入睡。朕亲自用朱笔写了两道圣旨，一道，按桂萼建议，在太庙旁为朕的父皇建庙；一道，将张璁和桂萼调往京师，于礼部任职。

写完，朕亲自用了宝，并令司礼监明天一早送到内阁。

朕的措辞十分强硬，不容他人置喙。这是朕的老祖宗洪武爷打下的江山，朕作为他的承天受命的继承人，有权力按自己的方式去处分。

11

当为父皇修建的祠庙开挖地基的时候，杨廷和的第三道请求致仕的奏章送到了朕案头。

前两道，尽管朕一看他奏章里乞骸骨之类的字样就露出会心的微笑，恨不得立马准奏。但是，朕是万民拥戴的皇帝，是普天之下的君父，朕还是得按游戏规则办事，不能让人在背后说闲话。

对那两道奏章，朕用亲切的语言安慰他，鼓励他，希望他留下来，继续一心一意辅佐朕。甚至，为了表示朕的诚恳，朕还令张永给杨廷和送去两袋遮放贡米和一斤武夷山大红袍。

这之前，朕已经送走了毛澄。毛澄的致仕请求，是在他上第二道奏章时，朕御笔批准的。毛澄离京十几天后，骆家印报告说，毛澄病死于返乡途中。一路暗地里跟踪的缇骑透过墙壁的缝隙看到，临终时，毛澄挣扎着身子，面北而跪，叩了一个头。然后，头一歪，告别了人世。他的面北而拜，让朕有几分猜不着。他到底要拜谁呢？是拜朕吗？缇骑和骆家印都如是说，当然只有陛下才能受得起他这一拜。

但在朕看来，这种解释很可疑。朕与他打交道才一年多，并且，这一年多并不愉快。那么，他是拜正德爷吗？看来也不像。那么，最可能的，他是在拜朕的伯父弘治爷，甚至是在拜朕的老祖宗洪武爷。

这种推理让朕很不爽。

倘若这推理成立的话，那么，毛澄还是不服气，死都不服气啊。所以，礼部照例请求给毛澄谥号时，朕懒洋洋地批了三个字：免了吧。

拿起杨廷和的第三道请求致仕的奏章，朕对秉笔太监说："杨阁老这道奏章，由朕亲自朱批吧。"

朕原想写几句充满感情的话，就像前两道奏章一样。

但最后，朕只写了两个字：准奏。

写完它，朕扔下笔，有一种油然而生的轻松。

毛澄致仕了，杨廷和也致仕了，朕终于成了这座江山真正的主宰，唯一的主宰。

第五章　杨敬修，杨府管家

0

小少爷第一次被廷杖那天，我喝醉了。

那天，我五十岁生日。

早晨，小少爷上朝前，站在院子里最大的那棵桂花树下，笑嘻嘻地对我说："敬叔，我散了朝就回来，晚上，我们好好喝一杯。"

所以，我原本应该晚上才喝醉的。

没想到，中午就醉了。

小少爷走后，如同往年生日那样，我也出了门。我出门，是要去离杨府不远的大悲寺烧香。老实说，我并不信佛。但我妈信。尽管我妈早就死了三十几年，但儿子的生日，却是母亲的难日。为此，每年这一天，我总要到菩萨前烧一炷香。

我妈悲惨地死于非命，没得到善终。我只有乞求菩萨，让她早日脱离苦海。

从大悲寺出来，却与矮张三不期而遇。矮张三是大理寺少卿张文华的家人，身材矮小，为人极是古道热肠。张文华与小少爷是过从甚密的朋友，我也因此与矮张三相识并成为朋友。

矮张三一把拉住我："杨爷，数日不见，我们且去喝一杯。"

我也没推辞，就近找了家酒楼，点了三五个菜，两壶酒，慢慢喝了起来。

我酒量不如矮张三，晌午时分，喝得醉了。

可笑的是，直到后来南行途中，我才从小少爷口中得知，出卖小少爷的，正是张文华。只是，不仅我不知道，就是矮张三，也完全不知情。大人们已经成了敌人，我们两个下人却还在为友情干杯。

总而言之，矮张三把我送回杨府时，我已有九分醉意。

昏沉沉地睡在床上，突然被哭声和叫声惊醒，我急忙起床。

一个下人说："杨爷，不好了，少爷被皇上廷杖了。"

"谁？谁被皇上廷杖了？"

"少爷，少爷被皇上廷杖了。"

我的酒一下子全醒了。

1

我在一百岁生日到来前一天的黎明告别了人世。

是的，我活得太长了，长得自己都有点不好意思了。对我这种苦命人来说，高寿并不是一桩幸事，它只是让我领受了比普通人更多的痛苦和不幸而已。

我去世之前，我的儿子和孙子都已先后辞世。两个孙女远嫁外地。也就是说，我是一个人孤独上路的。幸好，我无疾而终，做梦时被死神带走。当我的孙女们为我下葬时，她们一定会发现，除了胡子太长太脏外，我的面容平静从容，就像处于一场永久的昏睡中。

我如愿以偿地埋在了云南，阳光充沛雨水也充沛的云南。更重要的是，那地方叫安宁。我喜欢这个名字，它就像我的故乡富顺一样，都是让人心生欢喜的好名字。

几年前，小少爷病势渐重。尽管他比我小十好几岁，可看上去，他似乎比我还衰老。毕竟，小少爷出身于名门望族，从小就锦衣玉食，不承想青年时因那场无妄之灾，被发配到蛮荒之地长达三十几年。

几十年间,他多次往来于新都和安宁、安宁和永昌之间,每一次旅程都意味着短则十几天,长则两个月的风餐露宿。他的身子早年受廷杖时被打坏了。我听他说过,如果不是行刑的太监手下留情,他当场就会被活活打死。尽管他没被打死,也只捡得了半条命。伤愈后,他的两瓣屁股,一边高一边低,左腿还有点瘸,不能长途行走,不能久坐。这样,往返川滇时,他既无法长时间地骑马,更无法依靠双脚跋涉千山万水。他只能时而骑驴,时而拄杖慢行。还有,每当阴天,他的左腿就像有一把锯子在慢慢地锯,常常痛得在床上打滚。唉,我多少次在心里想,对小少爷来说,活着就是为了忍受更多的痛楚和更多的辛酸,实在还不如早点死了好。

我这样说,并非我就不辛酸。只不过,我一直固执地认为,杨家累世为官,小少爷金枝玉叶;而我,我只是一个连爹也不知道是谁的野种,我受累是活该,是命中注定。小少爷受累,却是老天不长眼,有意让他受苦受难。

2

我出生在怡春院背后的一条冷巷里。怡春院是成都的一家妓院。不怕各位笑话,我妈就是怡春院的妓女。

打我记事起,我妈似乎就没笑过。她总是愁容满面,这让原本就姿色平平的她看上去更加有些难以入目。所以,她的客人很少。有时候,老鸨把她介绍给喝得醉醺醺的客人,客人酒醒过后,一看她的尊容,大喊着换人换人。于是,我妈的脸色就更难看了。不过,她难看的脸色似乎只针对我。或者说,只有面对我的时候,她才敢甩脸色。在客人面前,在老鸨面前,她从不敢甩脸色。她努力让脸色好看。

多年以后,当我闯荡人世,饱经风霜,我会慢慢明白一个道理:这世上的人,并非每一个都敢把自己的心情表露在脸上。越是低贱的人,越是只能预备更多的笑。虽然人家不一定瞧得上你的笑。比如我妈面对客人的笑,常常比哭还难看。

我妈偶尔心情好——大多是有客人让她服侍了一回,或者某个喝得烂醉的客人醒过来后，没有把她当场轰出去——她也会给我讲一些关于她的过去。把她多年的只言片语收拢来，我能知道的事情其实也不多。

第一，我妈姓王，当然我外公也姓王。外公家住叙州府下属的富顺县，家里曾有良田千亩，是当地有名的有钱人。有钱人的女儿为什么沦落到青楼做了千人骑万人压的妓女呢？

我妈的解释是，成化爷坐龙椅的时候，流民造反，一路攻城略地，其中的一支，竟然流窜到富顺，一把火把外公的房子烧了，连同房子一起烧掉的，还有我的外婆和两个姨妈。那天逢场，外公赶场去了，回到家时，一片三进的宅院连同三个大活人早就化为灰烬。幸好，那天外公带了年纪最小的女儿一起赶场。不然，也就不会有我了。当然，说不定这才是好事。我也就不必在人世间遭受长达一百年的罪。

外公望着灰烬，当场就得了疯病。几天后，他跳进了沱江。七岁的妈就此成了孤儿，被一个走村串户的货郎收为干女。

货郎也是个苦命人，收养我妈三年后，他挑着一担货去邻近的南溪。这一去，就再也没回来。很多天后，人们在王场山中的一条山路上，发现了他被野兽咬得不成样子的尸体，货担却早已不知去向。至于他到底是被野兽咬死的，还是被强盗杀死的，永远没人知道了。

这样，我妈又成了孤儿。这一次，她再也没遇到过货郎那样的好心人。她听人说她有个远房亲戚，家在成都，就一路流浪，几个月后，竟然真的走进了成都。可是，在成都的一条小街上，她被怡春院的老鸨用几个馒头引进了那座对她来说十分奇怪的四合院。从此，她就在怡春院住了下来。先是干粗活的使女，天不明就起床烧锅做饭。到十三岁时，一个满身油腻的杀猪匠用一两银子为她开了苞。

"我一辈子都记得，那个杀猪匠，又胖又高，浑身上下都是猪粪味儿。他怕是至少有一个月没洗澡了。手指呢，又粗又短，像几截胡萝卜，一看就是干体力活的。他喝醉了，我怕得要命，躲在门后。他歪着身子走过来，一把抱起我，远远地扔到床上。"

为老鸨挣了一两银子，从第二天起，我妈不再一大早起床做饭，这活由另一个刚来的八九岁的小姑娘接手。老鸨甚至还给我妈煮了三枚荷包蛋，以示对她也能挣钱的奖励。

我不知道我的爹是谁,这是很自然的事。我妈的肚子隆起来后,老鸨嫌她在院里进进出出很晦气,当然更关键的是再也没客人愿意要她服侍,就叫她从怡春院搬出去,在怡春院后面那条偏僻的小巷里租了间巴掌大的屋子住下来。

那是一条断头巷,巷口是灯红酒绿的怡春院,进来有一家茶馆和十来户人家。最里面,是一间小得可怜的尼姑庵,住着四五个老尼姑。半夜,她们轻敲木鱼的声音从小巷深处传出来,像是有人在压抑地哭,惹得夜行的猫也忍不住跟着哭起来。

我就是听着那些木鱼声和猫哭声长大的。六岁时,我妈带我到龙兴寺烧香,听着熟悉的木鱼声,我站在庙里久久不愿离去。住持的大和尚呵呵地说:"这孩子和佛有缘呢。要不,就来寺里出家吧。"

十二岁那年,我妈死了。

那时候,我妈早就年长色衰,怡春院是早就待不下去的了。两年前,她掏光了这些年来几乎所有的积蓄,在龙兴寺附近买了几间屋子,一间临街,正好开成一个小小的粮油铺。后面三间,供我们母子俩居住。粮油铺的生意不好也不坏,却也够我们母子俩糊口。更让我妈受用的是,左邻右舍来买米买油时,都会叫她一声掌柜。她那过早风干了的脸就会漾出掩不住的笑意,给人家称米称油,米一定是冒尖的,油称好后,还得再饶上小半勺。

我妈的货郎养父粗通文墨,曾教过我妈识文断字,以及记账算账。每个月初一的晚上,我妈早早吃了晚饭,关了店门,堂屋里燃一盏灯,在灯下算账。算来算去,一直算到深夜。我不断打着哈欠催她睡觉,她说:"快了快了马上就完了。你要是熬不住,就趴在桌子上睡一会儿吧。"良久,当我被她扯醒,她终于算完了账,满意地打着哈欠。"儿子,"她说,"照这样下去,再过几年,妈就有能力给你娶老婆了。到时候,你可别娶了媳妇忘了娘啊,儿子。"

我说:"我不娶老婆,我跟妈一起。"我妈就满意地哈哈大笑起来。当我们从堂屋走进卧室时,一墙之隔的龙兴寺里传来悠长的木鱼声,它常常让我产生一种错觉,那就是我和我妈还住在尼姑庵隔壁的小巷里。

这样的日子过了两年,我妈长胖了,我也长壮了,要比邻居同岁的孩子高出整整一个头,走出去,人家都以为我有十五六岁了,其实我才刚满十二岁,吃十三岁的饭呢。

然而,我妈没能给我娶老婆。她在我十二岁那个秋天走完了她的一生。

那年夏天,街坊上就传说,龙兴寺要扩建,要为菩萨重塑金身。龙兴寺就在我们家隔壁,每天晚上,我总是听着穿墙而来的木鱼声入眠。有时候,还能听到和尚们早课时的诵经声。我听不懂那些经文,只觉得和尚们的嘴里像是含了老大一块冰糖,他们诵经的声音永远模糊,含混,如同从极远的天边传了好些时间才传过来。

按理,龙兴寺为菩萨重塑金身与我们没有关系,至多到时我们去看看热闹,顺便在庙里吃顿斋饭就成。可是,龙兴寺不仅要重塑金身,还要扩建。据说,蜀王殿下生了几个月的病,有一天晚上,突然梦见自己驾临龙兴寺,在龙兴寺的葡萄架下喝了一碗冰镇银耳,醒来病就好了。蜀王坚定地认为,这是龙兴寺的菩萨为他开出的圣方,他必须对菩萨的关爱予以回报。

扩建龙兴寺是从龙兴寺东门那边开始的,东寺街的房子很快就被拆除了。那条街主要是大财主赵明成的宅子和商号。赵明成当然不愿意拆,但据说蜀王答应给他几千张茶引和盐引做补偿,赵明成略一沉思,就答应了。我们后来才明白,其实他答不答应都得拆。答应得好,还有点补偿,要是不答应,那也就白拆了。哪怕赵明成这种腰缠万贯的大财主,也没法保护他的宅子和商号。他面对是的蜀王,蜀王是正宗的皇亲国戚,谁惹得起他?

拆赵明成宅子的时候,我跟我妈前去看热闹,看热闹的足有几百人。两层的楼房在众多伙计长悠悠的号子声中轰然倒塌,地上炸出一股股呛人的浓烟。一条茶杯粗细的蛇从倒塌的墙体中钻出来。众人一阵惊呼,那蛇盘着身子,在废墟上回了几次头,快速穿过街道,折进了街面下的锦江。

我们没想到的是,拆完东寺街后,蜀王说还不够,龙兴寺还不够气派,还不够宏大。那就把西寺街也拆了吧。我们的家,就在西寺街。听到这个消息,我妈先是不相信,后来是震惊,再后来是悲愤和绝望。我妈把她的后半生和我的前程都系在这几间屋子上,如果没了铺面,我们就没法开粮油铺,不仅没法攒钱给她养老给我娶老婆,甚至,我们连每天的吃喝都成问题。

我妈坚决不肯拆,坚决不肯接受蜀王的管家送上门的几两银子。我妈说:"两年前,我买这房子就花了一百五十两,你们只给我十五两,天底下哪有这种昧良心的事情？"管家冷笑道："你真的不要是吗？"我妈说："不要，说不要就不要。"管家说："你个人尽可夫的臭婊子，你这是给你脸不要脸，你就等着瞧吧。你会哭天无路的。"

我妈就哭天喊地地闹起来，一边哭一边骂："狗日的狗腿子，欺负我们孤儿寡母啊。菩萨你睁开眼把他收了啊。"我妈从小在怡春院长大，在如何撒泼如何哭闹方面见多识广。随便一哭，立即把左邻右舍都招来了，一个个拉长脖子，兴致勃勃地看我妈坐在一只用来盛米的木斗上一心一意地哭。

管家心烦意乱，看了看四周，又看了看我妈："你等着，有你的好日子过。"说着，分开人群去了。看热闹的不尽兴，遗憾地搓着手交头接耳。我拿起铁制的秤砣，狠劲敲在木板上，巨大的响声里，人们像一群受了惊吓的麻雀，急急忙忙飞走了。我妈还在哭，哭得人心烦意乱。"你不要哭了好不好，人家早就走了。""哦，走了？"我妈止住哭抬起头，似乎也有点不尽兴。

我却有一种不祥的预感。我感觉，这一回，不像我妈以往和邻居发生纠纷，能靠着她响彻半条街的哭声和五花八门连骂一天一夜也不会重样的脏话粗话所向披靡。在西寺街，人人都让这个曾经的老妓女三分。这一回，她面对的可不是和我们一般的平头百姓，她面对的是全成都最大的龙兴寺。更重要的是，龙兴寺背后是尊贵无比的蜀王。人家伸一根指头，都比我们腰还粗，我们争得过吗？但是，我妈似乎没想到这一层，她听说蜀王管家走后，懒洋洋地从地上爬起来，张罗着到厨房去烧午饭。

我自知大祸将临，我妈却一无所知。我想提醒她，可看到她快乐地在铺子里忙着为客人称米倒油或是在厨房里一头汗水地炒菜做饭，我只得把到了嘴边的话又吃力地咽下去。

胆战心惊三天后，果然，拆房子的人来了，拆房子的工匠前面，有一群蜀王府的兵丁。

那是一个凉风吹拂的初秋早晨，我妈坐在靠窗的柜台前梳头。突然，她拿梳子的手停住了，好奇地张望窗外。我看见，一队全副武装的兵丁正步走过来。我知道，是祸终于躲不过了。可我妈反应迟钝，居然饶有兴趣地看着那些兵丁，仿佛在看庙里演大戏。她说："讨债鬼，你看那些兵，他们这是要到哪里去？"

是的，我没有名字，一直到我十四岁遇到杨大人之前，我既不知道自己的姓，甚至也没有名。打小起，我妈就叫我讨债鬼，认识我的人也跟着叫我讨债鬼。最初听到我名字的人，要么惊讶，要么好笑。久而久之，也就习惯了，熟视无睹了。名字吗，不就是一个代号吗。再说，像我这种连爹是谁也无法搞清楚的野种，哪里配有一个名字呢？又不是蜀王楚王这些天潢贵胄，名字都讲究班行，讲究寓意。

我还没来得及回答我妈，兵丁们已经把包括我们家在内的西寺街包围起来。紧接着，手持铁钎、大锤的工匠们一声不吭地砸打泥木结构的墙壁。古老的墙壁在剧烈的敲击下瑟瑟发抖，仿佛一个光着身子被赶进雪地的孩子。整条街最初回荡着此起彼伏的敲击声和倒塌声，紧接着，哭泣的声音也强行掺杂进来。沙哑而压抑的，是男人们哭；撕心裂肺的，是女人们哭；尖利细长的，是孩子们哭。其间，我妈的哭一枝独秀，既撕心裂肺，又尖利细长。我没哭，我被两个兵丁一左一右从铺子里挟了出来扔到街上。兵丁甲说："小王八蛋，想活命，就赶快滚开。"

他们把我扔出来后，又去拉我妈，我妈双手抓住铺子里的一根柱头，发疯似地叫："这是老娘的家，老娘哪里也不去，有种你就把老娘杀死在这里。"两个兵丁拉了半晌，拉不动，只得放手走出门，向街心的管家耳语一阵。一会儿，又来了十几名工匠，他们和之前的几名工匠一起，一心一意地敲。

随着一阵飞扬的尘土，我娘买来的铺子倒塌了。一同倒塌的，还有左邻右舍的房子。四处腾起一股股浓烟，浓烟里有一种干燥而呛人的土腥味，就像那年我挤到街上看蜀王出巡，被一个兵丁抓住后背扔到街角的泥地里，我的嘴巴和鼻孔涂满泥污时，我闻到的就是这种味儿。

3

我妈被砸死在我们家的粮油铺里。废墟下，还有几大包没卖完的米和几大桶没卖完的油。铺子后面的堂屋里，还有供在正上方的神龛，上面是我妈用半袋大米请隔壁吴老秀才写的天地君亲师牌位。堂屋再里面的厨房，还有我妈早上煮的一锅红苕稀饭，一碟没吃完的炒青菜。厨房旁边的卧室，还有一大一小两张床。床之间，有一张方几，上面放着我妈从怡春院带出来的唯一财产：一面据说从西洋进口的玻璃镜子。

大概也就半天工夫，曾经鸡鸣狗叫孩子跑的西寺街就变成了一片残垣断壁。站在街上，我根本认不出这是我生活了六年的地方。有的邻居麻木地坐在废墟上。有的试图从废墟里捡回一些有用的东西：一袋米，几只侥幸没打碎的碗，一个被砸得瘪下去的铁桶，三两件压得皱巴巴的衣服，一床破旧的棉絮。有的邻居一边哭，一边向城外走。他们已经对这个叫西寺街的地方绝望了，想必是要出城去投亲靠友，以便开始新的生活。我们就像是一些含辛茹苦的蜘蛛，好不容易织起一张网，一个孩子跑过来，伸出手中的树丫，几下就把网给搅得稀烂。我们只好换个地方，再次织网。

我没有亲友可以投靠，也不想去废墟里翻找东西。刚才，两个兵丁把我摔到大街上，我脸先着地，眉骨摔破了，流了一大摊血。流在地上的血被风吹得快要凝固了，看上去，有几分乌黑。不像血，倒像陈年的醋。我的半边脸也高高地肿了起来。我坐在一根倒塌的横梁上，一只眼睛被肿起的肉挤进缝隙里，我只能可笑地睁大另一只眼睛，呆呆地望着天空。初秋了，一些大雁往南飞，我看见它们灰色的身影被太阳投到街面上。

我在废墟上坐了两天两夜，没走的邻居好心地递给我食物，我没接，递给我水，我还是没接。他们说，讨债鬼怕是活不长了。但我却活了下来。第三天晚上，我感到饥饿，我钻进废墟，翻找到一个磨盘大的南瓜，我用半匹砖头把南瓜敲碎。敲击的那一瞬，我心底一阵哆嗦，我想起了工匠们敲打我家墙壁的情景。我闭上眼睛，狠命敲下去，一声闷响，南瓜裂开了。我把手伸进南瓜腹内，掏出瓜肉大口大口地吃起来。

令人意外的是，整个西寺街都拆了，龙兴寺却没有朝这边扩建。据说，蜀王听说拆房子时，有一个女人，而且还是一个在怡春院里干了多年的老妓女，被砸死在破房子里，蜀王认为，西寺街太肮脏，已经不配再扩建成供奉普贤菩萨的龙兴寺了。他大为恼怒，下令杖打了那个不会办事的管家。三十棍下去后，管家被打了个半死，尔后被赶出王府。管家的半边屁股因受刑而永远地凹了下去，与他的另一边屁股形成鲜明对比。

既然西寺街失去了扩建为寺的资格，而龙兴寺又不可能不扩建。蜀王看了看新管家为他举着的地图,拿起朱笔在地图上另外画了一条线。"把这条街和这条街也拆了吧。"第二天,相邻的北寺街和南寺街也变成了一片废墟。我记得,当西寺街被拆时,北寺街和南寺街的人曾经跑过来看热闹,叽叽喳喳,指指点点,像一群清晨放出圈的鸭子。

一个说:"看那些兵,好威风啊。我二姑爷的三表弟,也在平安卫做军呢。"

一个说:"唉,胳膊扭不过大腿,拆就拆了嘛。做人啦,最重要的是心平气和。再说,蜀王殿下是为了扩修龙兴寺,那可是给菩萨挪地方,功德无量的事情哟。"

一个说:"看,那个妇人,哭得跟死了野男人一样。"

一个说:"可怜可怜,我老人家心最软,最见不得人哭了,再哭下去,我怕也要跟着哭一场。"

一个说:"阿弥陀佛。"

我妈死后大半年时间里,我就像一只无家可归的野狗,东一餐西一顿。晚上,要么睡在桥洞下,要么睡在街沿边。我无数次回到面目全非的西寺街。被拆毁了房子的西寺街一片瓦砾,几场雨水后,生命力旺盛的野草从各个缝隙里冒出来,废墟渐渐被掩埋,我也渐渐分不清哪里是张家,哪里是王家,哪里又是我和我妈的家。从废墟里再也翻找不到任何有用的东西了,除了断砖便是泥土,便是被打成小片的青瓦,从前,它曾经高高在上地为我们遮风避雨,现在,却将在无尽的岁月中重新化为泥土。

我决定离开西寺街,离开成都。我想去富顺,我妈说过,她是富顺人。富顺,又富又顺,那里的人知书达理,家境殷实,待人和气。所以,我要去富顺。去富顺有几百里地,但也不算远,我可以一边讨饭,一边赶路嘛。

不过,离开西寺街和成都前,我还要做两件事。

管家被蜀王赶出王府后,也沦落得和我一样无家可归,扭着受了伤的身子,在街上讨一点残汤剩羹。晚上也和我一样,要么住在桥洞下,要么露宿街沿边。有几个西寺街的青年,三番五次打他。最初挨打时,他尖利的声音像在杀猪;到后来,他只能一声不吭地抱着头,任由别人拳打脚踢。

那个晚上,他如往常一样睡在北门大桥的桥洞下。我悄悄摸过去,用半块砖头敲在他的太阳穴上。我知道,月光下,我一定像当初那些在管家指挥下敲击我们家的兵丁那么强健有力。睡梦中的管家出人意料地没有发出惨叫,而是低低地呻吟了一声便昏了过去。我推着他的身子,顺着河边的斜坡,像滚一只麻袋,慢慢向河道滚去。终于,我听到他掉进锦江里,发出一声闷响。月光下的锦江,河水惨白,泛着一层氤氲的柔光。

我站在北门大桥上,朝着脚下的江水撒了一泡尿。然后,我摸到了还在扩建的龙兴寺,熟练地通过围墙外那株酸枣树翻进寺内。寺里一片幽暗,唯有大殿里燃着几盏长明灯,长明灯下供着一些新鲜果瓜,据说是为蜀王一家祈福的。我把果瓜揽进怀里,拉了几坨屎,放进摆放瓜果的供盘,再端到原来的位置。临出门,我吹灭了所有的长明灯。

天刚亮,我和一群早起到乡下贩猪的屠户一起出了城门。我要去富顺,我妈说过的又富又顺的那个遥远地方。

4

事实上,我从来没到过富顺,富顺只存在于我的想象中。我的想象,来自于我妈的讲述;我妈的讲述,来自于她的只有几岁的记忆。

我也没走到富顺。离开西寺街一个月后,我走到了成都和富顺之间的资州。一路上,靠讨饭或是采摘田里的瓜果,以及还在成长的蔬菜,我半饥不饱地赶路。随着离成都越远,人烟越来越少,饭也越来越不好讨,地里的庄稼也越少。偶尔碰到几个面有菜色的村民,他们面色惊惶。他们劝我,不要再往南边走了,赶快回成都吧。流民正朝这里来呢。那些流民,就像一群蝗虫,饿极了,不但地里没成熟的庄稼要煮来下肚,甚至,他们还吃人肉。

一个爱饶舌的老者,坐在茅草搭成的凉亭里,给包括我在内的几个人讲他听说过的关于流民的可怕故事。他说:"年轻人,知道什么叫和骨烂吗?知道什么叫饶把火吗?知道什么叫不羡羊吗?"

我和其他几个人一齐摇头,老者喝了半碗凉水,也摇着头:"惨啦。世道变了,天下就要大乱了。我七十五,早就该死的人了,多活两天少活两天倒无所谓，可是你们，一个个还这么年轻，啧啧啧，这么年轻。"

老者接着说："古时候有个唐朝，唐朝有个恶人叫黄巢，带着几十万流民到处流窜，没有粮食，就吃人。他有一台怕是比几张桌子拼到一起还大得多的磨盘，磨眼能把一个人扔进去，几十个士兵一起推动石磨。那人啦，就被磨得粉身碎骨，血肉从磨缝里流出来，再盛进大锅里煮着吃。"

我和几个年轻人睁大眼睛，都有些不敢相信老者的话。

老者不满地说："你们是不相信我说的吗？我七十五的人了，我骗过谁？你说我骗过谁？现在哪，天下又要大乱了，黄巢没有了，张巢李巢怕是有的。前几天，我亲家到富顺那边走亲戚，他回来亲口说的，流民已经朝我们资州方向来了，也不晓得到底有几千人还是几万人。一路上，冲州撞府，官府拿他们毫无办法。这些流民，粮食不够吃的时候，就吃人。人也不叫人，叫两脚羊。人肉也不叫人肉，叫想肉，就是吃了还想吃。肥嫩的年轻女人，味道最好，就叫不羡羊。有了它，你连羊肉都不眼气了。小娃娃呢，皮张嫩，肉汁多，就叫和骨烂。放进大锅，几把火就把骨头煮得稀烂。像我这种又老又瘦的老人家最不中用，只好多烧几把火，所以就叫饶把火。唉，这世道啊，明明是老天要收人哟……"

老者一番话，听得我毛骨悚然，我不敢再去富顺了。我也不敢回成都，我怕把管家推进锦江和翻墙到龙兴寺偷瓜果拉屎的事被蜀王查出来，要是那样，恐怕比被流民抓住还惨。可天地之大，我一个十四岁的少年，我该往哪里去？

告别了老者——这老者果然是个善人，临走前，他看我可怜，送了我一些芋头。这东西特别能填肚子，味道也不坏。他说："我看你也是个可怜人，快走吧，说不定还能捡得一条命。记住了，千万别往南边走，被流民捉住，可不是要处。"

没想到，告别老者三天后，我就遇到了传说中的流民。资州境内，到处都是草木深幽的山岭，我在山中迷了路。老者给我的芋头吃完的那天中午，我爬上了一匹小山坡，顺着长满荒草的驿道往前走。站在山巅，我闻到了饭菜的香味。长年饥饿的人的鼻子，会变得狗一样灵敏，能够隔着大老远的距离，闻到饭菜的滋味；然后，双脚就会不由自主地由着鼻子指引，前往那些滋味的发源地。

我看到，山坳里，有一大群人，正围着几个地灶做饭，高高的蒸笼足有十来格。看那些人的打扮，既不像官兵，也不像土匪。我想，他们或许就是一群过路的商人吧。人在饥饿的时候如果遇到食物的引诱，就会变得非常白痴。要是我去帮他们烧火拾柴，想必他们会赏我一碗饭吃。说不定，再给两片烧白也未可知。想起烧白肥腻腻的味道，我略一计算，发现我至少有大半年没吃过肉了。口水从口腔的各个角落急射而出，催促我快步往山坳走去，直走到最大的那架蒸笼前。

两个人在烧火，一个人在看火候，我讨好地朝他们微笑，脸变得又宽又扁。是的，要想吃人家的东西，就得笑，笑得越真诚越卑微越好，好比一条狗向人乞食，也得朝人不断摇尾巴。可惜我没尾巴。如果有，一定使劲摇。

一个人说："光顾着笑什么？没见柴就要烧光了，赶快到那边找些柴过来。"

我急忙跑到旁边林子里，从地上捡了些枯枝回去。

不到半个时辰，我就吃上了热腾腾的大米饭，还有刚才想象过的烧白。并且，不是一片或是一碗，而是管够。我吃得太多，以至于打着饱嗝准备从地上爬起来时，竟然失败了。我只好拉着旁边的一株小树，才勉强站起身。看看旁边，另外几个人也像我一样，拉着小树或是旁边人的手才站得起来。

打嗝时，我终于惊觉，天啦，原来他们就是传说中的流民。而我，也就这么糊里糊涂地加入了他们的队伍。一个首领模样的人问："各位兄弟都吃好了吗？"

"好了，太好了。"

"嗯，"首领满意地点头，"还想明天也好吃好喝吗？"

"想。"所有人大声说，包括我。

首领说："好，狗娘养的蜀王在山脚下有一座王庄，堆了满屋的白米，养了满圈的肥猪，我们这就去把他狗日的打下来吧。"

金枝玉叶的蜀王除了成都的王府外，还有好多座王庄。王庄周围，最好的肥田沃土都是皇上历年所赐。我们要去攻打的那座王庄，是一座规模宏大的堡垒。守在王庄里的兵丁却没几个，据说北方的瓦剌打过来，四川的军队都调过去了。这大概也是流民能够来回驰骋，官府却无法可想的原因吧。

流民分为很多股，大的数千人，小的几百人，时分时合，时聚时散。我误打误撞投奔的那一支，大约有七八百人的样子，首领姓罗，人称罗大汉，有一双蒲扇般的大手和满脸络腮胡须，说话如打雷，又响又炸。

流民手里的武器简单原始，有拿大刀的，有执蛇予的，更多的，不过是一把锄头，一根扁担。也没经过任何军事训练，但凭着人多，更主要的是，凭着对酒肉的无比渴望，一个个都敢拼命。至于和流民遭遇的官兵，却没有谁愚蠢到愿意拼命。

守卫王庄的士兵见我们在庄外堆起木柴，准备引燃大火，早就吓得呆了。他们一个个扔下武器，纷纷从后门溜了出去，只留下一个肥胖的管家干着急，这座王庄没费吹灰之力就拿下来了。果然，王庄的仓库里堆满了米面，圈里养着猪羊，塘里游着鱼虾。

我们在王庄里杀猪宰羊，天天大鱼大肉，大吃大喝。管家的两个没跑掉的老婆，小老婆归了罗大汉，大老婆赏给了众兄弟。每天晚上，几十个兄弟排着队轮流走进后园的卧室。从卧室里，传来管家大老婆的哭声和叫声。后来，终于变得无声无息了。第三天，两个兄弟用一块木板把大老婆抬了出来，她光着身子，一丝不挂，乳房上全是一块接一块的青瘀，肚子高高隆起。

"她怀孕了吗？"我问旁边一个年岁大些的人。

许多人哈哈大笑起来："难道官家的女人，怀孕也更快吗？"

一个说："小伙子，你运气不好，还没轮到你，她就被×死了。要不，你也有机会趴到她肚皮上去玩玩。"顿了顿，斜着眼看我一眼，"小伙子，还是只嫩鸟吧？"

我还没回答，旁边另一个慢悠悠地说："她不是怀孕了，她肚子里装的都是兄弟们给她的宝贝呢。"说着，像是为了卖弄，他脱下脚上的草鞋，对着大老婆白生生的小腹一阵抽打。一会儿，我看到了不可思议的一幕：一些黏稠的液体突然从这个女人的下体里喷了出来。喷了好一会儿，她原本高高隆起的肚子终于慢慢瘪了下去。

大老婆的惨状让小老婆胆战心惊，她谄媚地依偎着罗大汉，罗大汉走到哪里，她就跟到哪里。罗大汉伸出大手，粗鲁地拧她的脸蛋："小贱货，你放心，我会对你好的。"小老婆强忍着脸上的疼痛，朝罗大汉不屈不挠地抛媚眼。

大老婆死的第二天，我们依依不舍地离开了王庄。据派出去的兄弟回来说，一队官兵正向这里进发呢。我们饱餐一顿后，把米、面装进口袋，把猪肉装进笼子，抬着背着，如一群搬运青虫的蚂蚁，沿着山路向北走。

离开之前，还有一段插曲。

罗大汉把小老婆唤过来，问她："你是跟我走还是留下来？"

小老婆略一迟疑，罗大汉说："你大概是想留下来吧？别怕，我说话算话，你只要想留下来，就一定能留下来的。"

小老婆还是没说话，她看着罗大汉，像要判断他说的是真话还是假话。

"嗯，"罗大汉说，"就是想留下来了，对吧，我会成全你的。"

这时，几个兄弟已经点燃了一把火，王庄那些古老的雕梁画栋立即哔哔扑扑地燃起来。小老婆大惊失色，她抓住罗大汉的手："大王，大王，我跟你走，你去哪里，我就跟到哪里。一辈子也不离开你。"

罗大汉摇头，甩开她的手："晚了。你还是留下来吧。"几个点火的兄弟冲上去，抓手执脚，在小老婆绝望而凄厉的叫声中，把她扔进火堆。火焰里，小老婆在挣扎，但我看到的是狂舞的人形火焰。片刻间，人形火焰像一滴水掉进海洋一样，它也被融进了越燃越大的烈火中。

5

唉，人年龄大了，就变得糊涂起来，近事记不住，往事倒是越来越清楚。说了这么多几十年前陈芝麻烂谷子的往事，我其实想说的是啥呢？我其实想说，我是怎么到杨家，又怎么姓杨的。我这一辈子，如果有一个转折点的话，那就是我十四岁那年秋天。之前，我是个不知道爹的野种，我甚至没有名字，我娘叫我讨债鬼，其他人也叫我讨债鬼。十四岁以后，我才有了名字，虽然永远不可能知道谁是我的爹。其实，知不知道谁是爹已经不重要了，就像一根野草，只要这草活着，知风知雨，又何必知道是谁把草种撒在这里的呢？

如同一条奔流的大河带走一块石子、一根木棍，我不由自主地跟着流民、跟着罗大汉向北走。城市我们是不敢进的，我们只能走乡间，不时用几个几十个兄弟的命，换来一座打下来的乡间寨堡或是小镇，然后像过年那样大吃大喝几天，在官军到来之前，又继续向前走。包括罗大汉在内，没人知道我们要到哪里去。我们真的像一群蝗虫，寻找一切可以果腹的东西。

我妈以前给我讲过饿鬼道的故事。她说："我爹说过，一个人如果作恶多端，死后就会坠入饿鬼道。一旦做了饿鬼，首先身子就会变得十分古怪：肚子大得像一面鼓，双腿却十分纤细，如同快要折断的枯枝。咽喉狭窄，如同针眼。饿鬼道的饿鬼们每时每刻都感到无比饥饿，他们吃力地拖着身子，到处寻找食物。可当他们接近食物时，原本可口的食物却因他们的业力变成火炭，变成脓血，即便吃下肚，也只会更加痛苦。"

流民就是饿鬼道的一群饿鬼，为了一口食物东奔西跑。唯一幸运的是，食物能带给我们欢乐和满足。为了这种短暂的欢乐和满足，我们得付出生命的代价。

那年初秋，白露刚过，下起了连绵不断的阴雨，像是为谁哭丧。在简州和汉州，接连攻打几座寨子都以失败告终，我们这支流民队伍只剩下了不到五百人。罗大汉很着急，我也很着急。存粮不多了，再不打下一座寨子，再没有更多流民加入进来，我们要么因缺粮而自行解散，各谋生路；要么就会被官军甚至乡丁赶尽杀绝。

罗大汉决定去汉州附近的新都。罗大汉说，新都杨家，几代人都是做官的，家里肯定有不少不义之财。打下杨家，吃几顿饱饭。

第二天上午，我们抵达新都城外，闻到了从新都城里传来的淡淡的桂花味。

没想到的是，我们要去攻打杨家，杨家的人也正找我们的麻烦呢。

当我们闹哄哄地挤到新都城下时，都以为城墙低矮的新都城很快就会被我们拿下，突然间，几声炮响，两队官军从左右杀了过来，把我们包围在护城河前。流民队伍立即大乱。半个时辰的冲杀后，大部分流民倒在血泊中，少部分做了俘虏。包括我，也包括我们的首领罗大汉。

下午，被俘的二三十个兄弟押到大堂过堂。在兵丁的呵斥声中，我们一起跪在堂前。我悄悄抬头一看，堂上坐着一个三十多岁的官员，青色的官服绣着我不认识的鸟儿。这个官员侧面还有一张桌子，桌子后面坐着一个二十多岁的年轻官员，白白胖胖的面皮，让我想起刚蒸熟的包子。

那时候，我以为马上就会被押出去砍头了。说不害怕是假的，可在流民队伍的半年里，天天都见到一个个活生生的人死去，心也就硬了，也才敢偷偷去看堂上坐的官员像啥样。那时，我没想到自己还能活下去，并且还要活上漫长的八十多年。这一切，都是我旁边两丈开外端坐的那位年轻官员给的。

是的，大堂侧坐的就是杨廷和，我一辈子都叫他少爷。因为，那时候，他的父亲杨春老大人还在。杨春老大人嘛，我叫老爷；至于少爷的儿子杨慎，我也叫少爷。为了父子有所区别，我叫杨慎小少爷，一直叫到杨慎七十多岁。

那一年，原本在京师任翰林院检讨的杨廷和回乡省亲，恰好遇上流民作乱，新都县令知道他素有才能，就上门请他出来襄助，这才有了他在新都城下设了埋伏，把我们这一队五百多人的流民一举击败的事。

被押上堂的几十个流民被简单问了几句，统统判了死刑。一群行刑的士兵，两个人架住一个流民的手臂往堂外拖。据说，西门外的毗河河滩就是行刑地。我们的生命将在那里走到尽头。一些人吓得哭了起来。还有两个人瘫成一团，像是两块烂泥，一会儿还传来刺鼻的尿味儿。罗大汉走在我前面，大声说："老子死了也值了。大鱼大肉吃了大半年，还睡了大地主的雕花床，干了好几个黄花闺女。老子死了也值了。兵大哥，一会儿砍脑壳，麻烦你手脚麻利点。"押解的兵丁不理他，他又看看我说，"讨债鬼，你就不划算了，你十几岁的小鸡巴，连卵毛都没长，就要陪老子上杀场了。你个童子娃儿，可怜啊。"

罗大汉这番话，让堂上的杨廷和注意到了我，他向架我的士兵伸出白皙的手点了点，两个兵丁便停下脚步。

"你叫什么名字？"

我没想到他在问我，也立住了，却没吭声。兵丁粗鲁地踢了我一脚："快回话，大人问你叫啥名字。"

"我，我叫讨债鬼。"

"啥？"杨廷和没听清，旁边的两个兵丁却忍不住笑了起来。

"回杨大人，他说他叫讨债鬼。"一个兵丁说。

"讨债鬼？我是问你的大名。"

"我没有大名。我从小就叫讨债鬼。"

"你父母呢？他们做何营生？难道就没给你取个名字？"

"我不知道我爹是谁。我妈是卖粮油的。我们家被蜀王拆了，我妈被砸死了。"

"我知道了。"杨廷和打断我的话。两个兵丁准备将我押出去，杨廷和却摆摆手，示意他们不要动，他回过头对一旁的那位官员说："卢大人，这孩子小小年纪，又父母双亡，跟着那些人不过是为了吃几顿饭，也没做过什么恶。人也杀得够了，不如法外施仁，让他悔过自新吧。"

卢大人恭敬地拱了拱手："全凭杨大人做主，下官并无意见。"

那是我一生中最神奇的一天。上午，我是流民，像蝗虫一样的流民；下午，我是犯人，是准备拉出去跪在毗河河滩上砍头的死刑犯人；晚上，我被带到杨府。八月的杨府，到处飘逸着桂花淡淡的幽香，像一层弥漫的雾气。那幽香要把人的鼻子、眼睛和嘴巴全都糊得湿漉漉的。从那时起，我就成了杨府的家人，从少爷的书童一直做到了管家。我在杨家度过了八十多个年头，侍候过老爷、少爷、小少爷祖孙三代。并且，这一家三代，都是我守护着离开人世的。我活得实在是太长了，长得我都有些不好意思了。如果可以把我的寿元分一些给他人的话，我愿意拿出三五十年，分给老爷、少爷和小少爷。

也就是那天晚上，我有了自己的名字。从那以后，再没人叫我讨债鬼——除了一种情况，那就是做梦。在梦中，我那死去的妈总是一如既往地叫我：讨债鬼。每一次，我都纠正她："妈，我有名字了，少爷亲自给我取的名字。"我妈却微笑不语。

少爷和气地看着我，少爷其实只比我长十来岁，至于小少爷，那时他还没出世呢。少爷说："你不是没有姓名吗？我给你取一个如何？"我急忙点头。

少爷接着说："姓嘛，就跟着我们杨家，也姓杨吧。子曰：修己以敬，修己以安人，修己以安百姓。我看，你就取名叫敬修。杨敬修，这个名字好吗？"

我重重地点头："反正，不管哪个名字，都比讨债鬼好。"

少爷哈哈大笑。

6

那年秋天，桂花开得最香的时候，少爷带着少奶奶，还有七八个家人，当然还有我，一同从新都前往北京。客船上无聊时，少爷教我识文断字。我一直记得他第一次教我认的是"人"字。少爷一笔一画写下了一个楷体的"人"，他严肃地看着我道："苏东坡说，人生识字忧患始。敬修，你当然不用去进学，但识文断字，总是有百利而无一害的。这个人字，看起来最简单，不过一撇一捺，却要用一辈子，才能写得出一个堂堂正正的人。"

说实话，我听不懂少爷的话，我只是习惯性地重重点头。

以后我才会慢慢明白，少爷那一年回乡丁忧，他原本是不想和地方上有瓜葛的，却架不住卢县令一而再再而三地登门恭请，这才出山帮助卢县令，进而把我们那支流民队伍一举击溃。

沿途，少爷详细询问我流民的各种情况，我都据实以告。甚至，就连资州城外那位老者给我讲的关于两脚羊的故事，也都讲给他听了。

少爷听了，叹息良久，他说："把人当羊吃，什么和骨烂，什么不羡羊，什么饶把火，这些都是宋人记在笔记里的事。想必当年民不聊生，这种惨事多半是有的。国朝虽有小疾，却未成大患，现实未必就有这么惨。据我所知，流民最早的起源，一是云南卫所的士兵被长官克扣打压，活不下去了，才起而为盗；进入四川后，又遇到长江发大水，有司不去抚恤，反而强征田赋，这些农民也就和卫所士兵一起，合伙为盗，终于成了为患两省的流民。"

到了京城，少爷立即上了一道奏折。他提出，为了防患于未然，不致酿成更大后患，必须严肃处理发生在四川和云南的流民问题。奏折递上去后，刚入阁的李东阳，他一向是与少爷交好的，立即把它递给了首辅刘健。刘健也觉事态严重，票拟后交给司礼监，希望皇上早日批红。然而，那时候，刘瑾和包括李东阳在内的内阁不睦，选择了留中不发。

一晃过了十来天，少爷坐不住了，他要去问李东阳。老爷却沉得住气，他说："东阳的品性为人，你是他最好的朋友，你还能不知道？问有用吗？没用的。"少爷不吭声了，十分恭敬地站起来说："父亲教训得是。"

那是初冬的晚上，已经多了几分寒凉，老爷的书房里，老爷半闭着眼坐在一把枣木太师椅上，椅子铺上了厚厚的褥子。少爷坐在一旁的另一把竹椅上，也铺上了厚厚的褥子。我呢，站在旁边侍候。

多年以后，这场景经常浮现于我脑子里。每当少爷和小少爷说话时，小少爷虽然也谦恭，但我总觉着不像当年老爷和少爷说话时，少爷的那种谦恭更发自内心。哪怕少爷很可能并不完全同意老爷的意见，但他的谦恭也总是由衷的；至于小少爷，他的谦恭多半出于礼节，有时甚至是敷衍。

奏折没有批下来，少爷只好组织了四川在京的一帮官员，各人出力为家乡捐款，捐来的款派专人送回川中，用来安抚流民。

这年冬天，杨家双喜临门。

其一是老爷杨春升任行人司正。

行人司这个机构，职掌是册封宗藩，征聘大臣。不仅是个典型的清水衙门，而且即便是行人司正，也只有区区正七品。这与以后少爷就任过的职务相比，无疑天壤之别。不过，和少年得志的少爷和小少爷不同，老爷运道委实不好。他三十岁中举，四十七岁才中进士。少爷却是十二岁中举，十九岁中进士。至于小少爷，他二十岁中举，二十四中状元。

老爷是个事母至孝的人。初中进士时，他一方面觉得自己年岁已高，仕途大概不会有什么前景了。另一方面熊老夫人不愿到北京，而是选择留在新都，老爷就一直不肯到京赴任。熊老夫人一再督责他，他才勉强北上。说起来，北京孝顺胡同那座气度不凡的杨宅，也是少爷中进士后才买的。老爷初来时，常像客人一样好奇地在后花园里迷路。

行人司正虽是清水衙门里的小官，老爷却有几分喜悦。他喜悦的是，行人司历来藏有大量图书。并且，行人司官员到外地出差，每人必带一个图书目录，凡是目录上没有的图书，一定得把它买回来藏进司里。所以，大明的行人司，又像是一座藏书丰富的琅嬛玉洞，好读书的人到行人司做官，相当于把酒鬼送到酒坊做掌柜。

第二件比这第一件更重要，也更让老爷、少爷以及整个杨府的人欣喜。那就是，少奶奶生产了。

那是一个飘雪的早晨。京师的第一场雪，干净，轻盈，落到房顶上或是花木上时，必须尖起耳朵，才能听到它们若有若无的声音，既遥远又邻近。前一天，我已按少爷吩咐，请了北京城里最有经验的稳婆上门。

如平常一样，少爷陪老爷坐在书房里。往天，父子俩谈天说地，兴致高昂。但那个早上，少爷有些心不在焉。父子俩之间的茶几上，摆放着我为他们沏好的茶,少爷喜欢六安瓜片,老爷却喜欢家乡的峨眉毛峰。

说话间,少爷心神不定地拿起茶喝了一口。我在一旁见了,差点就要喊出声来,他端的居然是老爷的茶。少爷一连喝了两口,仍然没发现茶端错了。

这也难怪,这一年,少爷已经三十岁了,人到中年,却还没有一儿半女。现在,少奶奶就快生产了,他心神不定,也是情有可原的。他希望少奶奶给他生一个儿子。杨家迫切需要生丁添口。

老爷却发现少爷端错了茶碗,他笑了笑,问道:"介夫,今天怎么改喝峨眉毛峰了?"

介夫是少爷的字。少爷这才发现,居然喝了老爷的茶,他有两分尴尬。老爷说:"不碍事。咱们杨家,几代人积德积善,修桥补路的事做得不少。你把心放回肚子里去吧。"

少爷果然镇静了几分,父子俩又开始谈些诗文,我却是一句也听不懂。

说话间,一个丫鬟飞快地跑过来,深深地道了一个万福:"恭喜老爷、少爷,少奶奶生了。"

少爷一下子站了起来,又慢慢坐了下去。

这一回,倒是老爷沉不住气了:"母子都安好吗?生了个男孩还是女孩?"

"回老爷,少奶奶生了个公子,母子都平安。"

老爷捋着花白的胡须乐呵呵地大笑起来,少爷站起身来,向老爷行了个礼:"父亲,您给孩子取个名字吧。"

老爷想了想,慢悠悠地说:"我杨家几代书香门第,为人端方,崇尚理学,讲究的是个人的自我完善。《礼记》说:'此谓诚于中,形于外,故君子必慎其独也。'我看,这孩子就叫杨慎,字用修如何?"

7

我是看着小少爷长大的。或者更准确地说,我是看着他走完七十多岁的一生的。这一切,不仅因为我十几岁就到了杨府,还因为我活了漫长的一百年。当然,尤其重要的是,七十多年的光阴里,我绝大多数时候都跟随小少爷。

我听说书人讲过,那些大人物出生之前,屋子里常常金光闪烁,或是异香扑鼻。小少爷出生时,我在书房侍候老爷和少爷,不知道是否有过闪烁的金光或扑鼻的异香。但小少爷生下来后,天赋异禀却是有的。我这里只讲一件事就足以说明,小少爷后来年纪轻轻就高中状元,绝非偶然。

小少爷出生几天后,白天还好,吃喝拉撒,一切正常,可到了晚上,却不吃不喝不睡,哇哇哇地啼哭不止。少爷叫我先后请了五六个最知名的儿科太医,却完全没有作用。后来,他甚至姑且听了奶妈的建议,派我到观音庙请了尼姑来家念经,仍是毫无作用。

小少爷夜夜不睡倒也罢,还没来由地大号大哭。夜深人静,杨府里回荡着小少爷尖利而倔强的哭声,他哭得上气不接下气,让人担心一口气上不来。少爷自然忧愁。有天晚上,小少爷又一次哭了起来,奶妈抱着他,在庭院里转来转去。少爷坐在书房里,书房的窗和门正对庭院,少爷手里胡乱捏了本书,望着夜色朦胧的庭院发呆。

我给少爷沏了壶茶,站在一旁想安慰少爷,却不知如何说起。少爷看了我一眼,说:"敬修,你去歇息吧。我再坐坐。"

走过庭院时,我走近奶妈,她正抱着大哭的小少爷束手无策,喃喃地念着:"小少爷乖小少爷不哭。"

这时,我听到心烦意乱的少爷在书房里高声念书,大约是想用这种方式来转移注意力。后来我才知道,少爷念的是《中庸》:"天命之谓性,率性之谓道,修道之谓教。道也者,不可须臾离也,可离非道也。是故君子戒慎乎其所不睹,恐惧乎其所不闻。"

意想不到的事情发生了。襁褓里的小少爷听到少爷的读书声,竟然止住了哭泣,他像在用心倾听。听了一会儿,脸上竟露出了微笑。

我急忙奔回书房,把这事告诉少爷。少爷有些不相信,他止住了念诵。

这样,我们又听到了小少爷的哭声。

少爷又高声念诵起来:"仲尼曰,君子中庸,小人反中庸,君子之中庸也,君子而时中;小人之中庸也,小人而无忌惮也。"

小少爷的哭声渐渐止住了。我上前看时,他脸上带着笑意,慢慢入睡了。

从那以后,在小少爷初临人世的两个月里,每个晚上,他必须听着少爷高声念诵《中庸》才能止住哭声,并平静入睡。

两个月后,大字识不了一箩筐的奶妈居然也会大段大段地背诵《中庸》。

对这事,老爷和少爷无不啧啧称奇。老爷捋着胡须说:"看样子,这小子将来倒是个读书种子。"

小少爷七岁那年,少爷升任经筵讲读官。经筵讲读官的职责是进宫为皇上讲读经史,向来由品学优良、人品端方的翰林院官员充任。虽然品级并不会比原任的职务更高,可经常与皇帝接触,并有机会讽谏陈言,这当然也是一个正途出身的官员艳羡的职位。

旬假时,几个和少爷要好的朋友,一起上门恭贺。少爷吩咐,在花厅里摆了一桌酒,几个人一直饮到下午方散。晚饭时,少爷似乎兴犹未尽。

杨府的规矩,吃饭时,阖府上下都在那间宽大的饭厅里。只不过,少爷及家人坐一桌,下人们另外坐两桌,中间用一个画有花鸟的屏风略微隔了一下。

我听到少爷在屏风那边叫我:"敬修你过来。"

我急忙走过去。那天恰好老爷不在家,似乎是与几个同僚约到香山郊游作诗去了。少爷正在独饮。他说:"敬修,你过来坐下,陪我喝一杯。"

"这……"我有些犹豫,不知道该不该坐下来。

"坐吧坐吧,你也不是外人。"

我只好浅浅地坐下去。

"瑞娥,给敬修拿个酒杯,拿副碗筷过来。"

瑞娥是少奶奶的使女,也是个孤儿,早年少奶奶回新都,见她可怜,把她收在身边,这时已是将近二十岁的大姑娘了。

我陪少爷喝了几杯。没想到,那几杯酒之后,我就有了老婆。

少爷说:"敬修,你今年二十四还是二十五?"

我还没回答,少爷又说:"你这年龄,也该娶亲了。"

"少爷……"

少爷摆摆手:"我给你娶一门亲如何?"

"少爷……"

"瑞娥今年也二十了,我看你俩挺般配的。"

"少爷……"

一个月后,少爷选了个日子,把瑞娥许配给了我。

我没想到的是,少爷竟为我和瑞娥操办了一个隆重的婚礼。那天,杨府张灯结彩,连大门前的石狮子也披了红布,大门上是少爷亲笔写的颜体大字:喜。

不知情的邻居一直以为是少爷的至亲结婚。他们向杨家的下人们打听:"没听说杨翰林家有谁结婚啊?"

杨家的下人就骄傲地说:"怎么没有,杨敬修结婚啊。"

"杨敬修是谁?"

"杨敬修是我们家少爷以前的书童。"

"书童结婚,也搞得像主人结婚一样隆重?"

我更没想到的是,结婚一个月后,一天晚上,少爷把我和瑞娥唤进了书房。少爷亲切地喊我们坐下。

少爷打开抽屉,从里面拿出一封银子。他说:"敬修,你跟随我已经十多年了,瑞娥跟随少奶奶也有十年了。我寻思了一下,你们都还年轻,脑子也聪明,在我杨家做下人,终究不是一条出路。我这里有二百两银子,你们拿去做个小生意如何?"

我大吃一惊,急忙跪倒:"少爷,你为什么要赶我们走?"

少爷笑道:"我哪是赶你走。我是想为你寻个前途。"

我坚决地摇头:"少爷,我这条命是你给的,我这个老婆也是你给的。我这辈子,说什么也不会离开杨府。瑞娥,你想离开吗?"

瑞娥垂泪道:"如果不是少奶奶当年把我领回家,我早就不晓得死了多少回了。我,我也离不开少奶奶。"

一年半后,瑞娥生了一个男婴,那就是我们的儿子。

我请少爷给我们的儿子取个名字,少爷沉吟着说:"天行健,君子以自强不息。大名就叫杨健,字自强如何?"

8

少爷是得罪了刚刚登基三年的嘉靖爷,才不得不主动提出致仕的。那年,少爷已经六十六岁了，我也满过了五十。

嘉靖爷准了少爷致仕那天，少爷就决定第二天动身回新都。

其他人都很奇怪少爷为什么这么匆忙，这么着急，只有我知道那是为什么。对生活了几十年的京师，少爷现在是一天都不想再待下去了。京师固然是他出人头地之地，却也是他伤心失望之地。当然，如果知道在离开京师仅仅几个月后小少爷的遭遇，京师还是他的绝望与悲愤之地。

那天晚上，少爷和小少爷在书房里交谈，我为他们送茶时，小少爷正愤愤不平。

小少爷在屋子里走来走去，挥着手，显得很激动，我进门，他视而不见。其实，在杨家这么多年，不论少爷还是小少爷，他们有什么事，从来也不会避开我的。

小少爷说："父亲，孩儿想不明白的是，当年如果不是父亲一锤定音，坚持要让他继承大统，今天坐在皇位上的还会是他吗？平民百姓都知恩图报，天潢贵胄反而恩将仇报？"

小少爷说这席话时，面朝窗户，侧对少爷。他没看到，少爷原本平静的脸突然勃然变色，他伸出手，重重地在茶几上拍了一下，我刚端上去的茶碗震得跳了起来。

小少爷吓了一大跳，急急回头。

"子不言父过，臣不彰君恶。你如何出这种大逆不道之言？当年先帝驾崩，未立国本，我身为首辅，自当辅佐皇太后确立新君，岂是市恩？岂是图报？"

小少爷面带惶急，急忙行礼："父亲教诲得是。只是，孩儿心里愤愤不平。"

"没有什么不平的。你要记住，普天之下，莫非王土；率土之滨，莫非王臣。不管做了几朝首辅，不管位多高权多重，这大明的天下他姓朱，皇上才是万里江山的总裁，他乾纲独断与否，都是英明选择。做臣子的，岂有说三道四的权力？慎儿，你锋芒太盛，不是好事。"

小少爷还想说什么，少爷挥了挥手，语气缓和下来："慎儿，老实说，我回新都后，最担心的就是你。"

"父亲，孩儿有什么可担心的？"

"你当时年纪轻轻就中状元，我心里却以为非福。为什么这样说？因为你太顺了，太顺了就容易骄傲，骄傲就容易浮躁，浮躁就容易判断失误，常常擅一时之快而不计后果。唉，希望我只是瞎担心。你们都下去吧，我想一个人待一会儿。"

我刚回到耳房，少爷却又差人把我叫回了书房。

书房里，灯光昏暗，少爷独自坐在书案前，灯光把他的影子投到背后的墙上，模糊而大。

小少爷却是不见了，想必回他房间去了。

"少爷，你叫我？"

"敬修，明天我就要回新都了。这事，昨天我给你说过的，还说你也和我一起回去。我刚才想了想，你还是留在京城吧。你毕竟年岁大些，留在用修身边，常给他提个醒。"

"少爷，那些官场上的事，我可是不懂啊，怎么提醒呢？"

"官场和江湖，原本没什么本质区别。总之，你留下来吧，过几年再回新都。"

"是，少爷。"

可是，我很惭愧，少爷走后，对小少爷，我一句提醒的话也没说过。因为我实在不知道如何说起。

以后的事，也就是少爷离开京师回归新都故里后，倔强的小少爷两次上《议大礼疏》。更严重的是，因嘉靖爷对他的奏疏留中不发，他竟组织了一帮年轻官员到宫门外拍门大哭。震怒的嘉靖爷在中元节那天将他们下狱，十七日和二十七日两次廷杖，然后，流放云南永昌卫。

那时我的老婆瑞娥已经去世了。她是在生育我们的第二个孩子时去世的，母子都没保住。过了些年，少爷曾有意为我续弦，我拒绝了。我悉心抚养我和瑞娥唯一的儿子杨健。少爷从来没把我当成下人，杨健到了读书的年龄，少爷马上把他送到邻近的鲜鱼口街，师从一个著名的老夫子读书。

可惜，杨健这家伙天生就不是读书的料，一本《三字经》念了三年都没念完，当初小少爷只花了不到十天。杨健读书不行，却对武术有兴趣。我知道，这大概和我给他的遗传有关。

当年，我跟在流民队伍里的几个月，就跟着罗大汉学了几招；后来在新都做少爷的书童时，还拜宝光寺的能会和尚为师，悉心学习了两年。看看杨健如此，我就向少爷请求："这野物不是读书的料，《三字经》背了三年，只能背十几句；写几个字，张牙舞爪，就是把毛笔绑到狗爪子上，写出来也比他工整。"

少爷有些遗憾："那怎么办？"

"我想让他回来，帮着干些杂活，他想学武术，我就教他吧。"

杨健跟着我习武几年后，我就教不了他了，那时，小少爷已经中了状元，身边有一大帮朋友。有一次，小少爷和朋友偶然谈起杨健习武，他的朋友便引荐了松露观的一位道长，让杨健拜他为师。长年习武，杨健长着一身健壮的肌肉，步履如飞，体壮如牛，这也使得他常常以江湖好汉自居，且爱与人争长论短。我劝告他，却总也是无用。每当这时，我就会想起少爷对小少爷的骄傲与急躁也是看在眼里，急在心上，一次次地找小少爷谈话，小少爷表面上倒是应了，事实上依旧我行我素。唉，看来，要让年轻一代理解年老一代，除非年轻那代也老成年老一代。否则，就是鸡同鸭讲。

俗话说，会水者死于江，习武者死于枪。后来，我的儿子杨健终于横死。唉，说起他，即便已经过了几十年，可他仍是我心底隐藏得最深的痛。不说也罢。

那年夏天，小少爷二次廷杖后，身体极为虚弱，如果不是执行廷杖的太监手下留情，不是为他治伤的李大夫妙手回春，他的命早就保不住了。侥幸免于一死后，他却不得不拖着病体，星夜赶往云南永昌卫。

杨府原有二十多个下人，除了我和杨健，以及春儿和月娘，其余全都遣散了。小少奶奶给每个下人发了一笔钱，大家伙儿一起伤伤心心地吃了个散伙饭，各自带了行李，一步三回头地离开了杨府。原本天天人来客往的杨府，一下子冷清得如同荒祠野庙。

这荒祠野庙也不再属于杨家了。小少奶奶托了小少爷的一个挚友，匆忙间找了买家，以大大低于市价的价钱把宅子给出售了。初时，小少爷似乎舍不得卖。当然，我后来才揣摩明白，他其实还想着有朝一日东山再起，再来京师呢。这方面，小少奶奶看得可比小少爷入木三分。

我在前门外雇了三辆大车，小少爷和小少奶奶各自坐一辆，春儿和月娘一辆，我和杨健父子两人步行相随。当大车吱吱呀呀地出了北京城门，小少爷突然叫赶车的把式停下来。我走到小少爷车前，小少爷撩起大车的帘子，注视着不远处高大的城楼。他目光迷离，似有所思。我以为他要说什么，结果，他啥也没说。他回过头，示意把式继续赶路。

这一去，我们就再也没回过京城。以后，我还会偶尔梦见京城，梦见孝顺胡同，胡同里的槐树、柳树，以及从屋顶上空飞过的鸽子。醒来，却发现躺在远离京城的南方。要么是云南，要么是四川。

第六章 杨廷和，内阁首辅

0

后来，我掐着指头算了一下，当我行进到叙州府时，慎儿在京城被嘉靖爷第一次廷杖了。

自打离京后，我一路晓行夜宿，中间少有停留，独有叙州府却住了两天。因为，工部侍郎刘大庆致仕后，就居住在此。早年，我俩一同进京会试，又同榜中进士。不仅有同乡之谊，更有同年之情。既然路过叙州，不能不见一面。

刘大庆结庐于城外翠屏山麓，林子清幽，泉声可人。那天，他召集了叙州的一帮人物，大摆宴席，为我接风。

酒过三巡，我竟非常失礼地趴在桌上睡着了。

并且，我还做了个梦。

我梦见慎儿浑身是血，站在面前向我不住地呼喊；我看到他嘴巴一张一合，知道他在呼喊，却听不清他在喊什么。

我说："慎儿，你大声说，我听不见。"

慎儿的嘴张得更大了，我却依然听不见。

我焦急地大叫起来，一下子醒了，才知道是个梦。我拱着手向众人表示歉意，心中却生出几许不祥的预感。

刘大庆笑着说:"杨阁老一路鞍马劳顿,不必介意。来来,大庆再敬阁老一杯。"

一个多月后,我已回到新都,回到桂湖。秋雨绵绵的一个下午,书童把最新一辑塘报送了进来。

我看到了一个多月前嘉靖爷廷杖慎儿等人的圣旨。

扔了塘报,我跌坐到椅子上。

不祥的预感终于成为现实。

那晚,我没吃饭,一个人长久地站在窗前,看着外面越来越黑的天色和越下越急的雨。此时,慎儿应该走到湖广境内了吧?为什么还没有家书送来呢?两次廷杖后远行千里,他挺得住吗?

家人叩了三次门,小心地请我下楼用餐。

我生平第一次不像个读书人:"滚!"

1

那年,嘉靖爷准了我致仕后,我立即动身重返久违的故里。我知道,我走得十分匆忙,也十分低调,就连一般致仕官员概莫能外的郊饮也谢绝了。我要让皇上知道,我已经老了,我不恋栈,我只想回到老家,过一过诗酒自慰的晚年生活。我不再关心朝政,不再忧心国事。所有庙堂之上的东西,自从皇上准了我致仕后,就与我毫无关系了。尽管我先后侍候过四任天子,入过三朝内阁,任过两朝首辅,甚至,还因缘际会地总揽朝政四十日。可以说,我曾经位极人臣,一人之下,万人之上。但是,当我致仕,我必须把这一切全部忘掉。我要在一夜之间,完成从大权在握的首辅到荒野草民的断崖式陡降。

我曾经担任的职务,人们习惯性地称为宰相或者丞相。关于丞相的职掌,汉朝初年的兴汉功臣陈平总结得最好,他说:"上佐天子理阴阳,顺四时,下育万物之宜,外镇抚四夷诸侯,内亲附百姓,使卿大夫各得任其职焉。"

不过,早在洪武爷年间,宰相也好,丞相也罢,就已经退出大明朝的政治舞台了。

其实，从汉魏以来，直到国朝，丞相的地位就在不断地下降中。辅佐洪武爷打天下的人里，有一个是濠州定远人胡惟庸。胡惟庸有才干，能办事，洪武爷很倚重他，既至定鼎南京建立大明后，胡惟庸一步步做到了左丞相。

胡惟庸久居相位，不免因位高权重而骄横。一方面扶持亲信，一方面打压异己。诚意伯刘基向来与胡惟庸不睦。刘基致仕时，洪武爷向他询问国朝人事，刘基起初不肯说，洪武爷再三追问，刘基只好用手指蘸了茶水，在几案上写了一个字，并说，此人不宜为相。

洪武爷探头看时，淡黄的茶水，写的是一个同样淡黄的胡字。洪武爷想了想，点了点头。

这本是君臣之间的密谈，旁边只有三两个服侍的太监，竟然也很快传到了胡惟庸耳朵里。胡惟庸自然对刘基恨之入骨。不久，刘基生病，胡惟庸热心地推荐了一个据说经常给他看病的名医。刘基本是实诚君子，还道他是好意，没想到服了药后竟沉疴不起，半月后一命归西。

如果仅是排斥异己，洪武爷或许还不会对胡惟庸生出杀心。要命的是，胡惟庸独断专行，许多生杀黜陟的重大事件，根本不向洪武爷禀报便自作主张。洪武爷乃是自有机杼的雄主，早就对胡惟庸极其不满，可惜胡惟庸没想到这一出。人啊，在顺风顺水的时候，总以为什么样的波澜都不在话下。只有翻了船，才晓得世上还有风浪一说。

这样，后来就有了胡惟庸被人告发通倭乃至谋反等大逆不道的阴谋，胡惟庸被收监当天，洪武爷就下旨处死，甚至根本就没有审讯。前前后后，牵连胡案而死的官员达三万余人，这就是国朝之初令人谈虎色变的胡惟庸案。

二十多岁时，我在翰林院做检讨。那是一个清闲职务，没有多大权力，更没有什么油水，却有一大好处，就是能够自由翻阅历代积存的文献。

翰林院是一座门脸很小的两进院落，官员们在第一进院落里办公，第二进院落大大小小十几间房，里面全都是汗牛充栋的档案文献。庭院中间，有两株高大的槐树，据说还是元世祖时种的，算起来，也有两百多年了。哪怕是最炎热的酷暑，庭院里也有一种幽幽的凉意。

那是一个蝉声如雨的午后，小睡起来，我像往常一样到档案库里检索文献。

那些日子，我正好对国朝初年为何废除丞相制甚有兴趣。当然，那时候，纵然我心高志远，也还没预料到三十年后，我将升任到民间尊为丞相的首辅。

查阅那些档案文献时，我想起坊间流传已久的一个关于胡惟庸造反的故事。

故事说，洪武十三年元宵节，反骨已露的胡惟庸做贼心虚，打算向洪武爷下手。这天，他向洪武爷报告说，他府中花园里一口废弃多年的老井，早上突然涌出大量甘泉。胡惟庸说，这是天降的祥瑞，是陛下仁义感天动地的征兆。并力请洪武爷前往观赏。

洪武爷不知有诈，欣然答应。然而，当洪武爷走到西华门时，一个叫云奇的太监突然莫名其妙地冲到洪武爷的车驾前，紧紧拉住辕马的缰绳。

所有人都惊呆了，甚至包括洪武爷。大家都不知道这个地位低下的太监要做什么，难不成是得了失心疯？护驾的卫士一拥而上，立即把云奇给拿下了。云奇涨红了脸，急得说不出话来，卫士们乱棍齐发，差点把他打死。他却挣扎着爬起身，用手指着外面的某个方向。洪武爷觉得事有蹊跷。因为，云奇指的那个方向，就是他正准备前往的胡惟庸府。

洪武爷心中一动，命令立即返回宫中。在路上，他亲自问云奇："你为什么要冒死拦住车驾？"云奇仍然涨红了脸，想说什么，却一个字也说不出来，继续用手指着胡府方向。

洪武爷登上宫城眺望，他看到胡府上空，腾起一些尘土，里面人来人往，刀枪林立。

洪武爷勃然大怒，他明白胡惟庸是想趁他前往胡府时谋逆，立即派出禁军，包围胡府，果然从胡府搜查出一支数百人的队伍。

那个示警有功的云奇，洪武爷将他连升三级，做了尚食监的监正。

故事发生的时间距我在翰林院出任检讨，已经过去了一百余年。但故事几乎家喻户晓，尤其是京城。坊间的野老村妇，好像人人都是见证者。对这个漏洞明显的传说，我一直不太相信。我以为，那不过是坊间的传言罢了。

为此，我仔细翻看了洪武爷的《起居注》，对此，里面没有一个字的记载。我又查了洪武爷时期内廷人员名单，尤其是历任尚食监监正，根本没有云奇这个人。

也就是说，这桩众所周知的往事，在官方史料上，没有留下只言片语。那么所谓的胡惟庸谋反,到底是怎么一回事呢?

就在我对胡惟庸谋反案迷惑不解时,一张偶然发现的发黄的纸片为我解开了谜团。

就是那个小睡起来的午后,我独自在档案房里翻阅一本本发黄的文献。仿佛是上天有意为之,当我看得昏头脑涨时,我把一本洪武爷的《起居注》放回书架,这时,旁边的几本文献被我不小心碰了下来掉到地板上,屋子里慢慢散发出一股刺鼻的霉味。然后,那张写满了小字的纸片就从某本文献里飘了出来。保存纸片的人像是曾打算把它撕毁,但还没来得及完成,又不经意地地夹在了文献里,也因此才保存了下来。

纸片上的字是一个叫林永的人写的,此人是洪武爷时期的拱卫司指挥使。所谓拱卫司,后来改名亲军都尉府、统辖仪鸾司,掌管皇帝仪仗和侍卫。成立十多年后再次改名,也就是大明朝吏民闻之丧胆的锦衣卫。

作为一名武官,林永只能算粗通文墨,纸片约写了两三百个字,却有好些错漏,用词也了无文采。我细细看了两遍,直到背上发出阵阵凉意。我不像置身在酷暑,倒像掉进了冬天的冰窟。

很多年过去了,我还记得其中最关键的几句。几句中,我第一次看到传说中那个叫云奇的太监的名字。

那几行字如同春蛇秋蚓,刺得我两眼昏花,一下子从椅子上站了起来:

> 臣已于前日会同司礼监黄公公,将本司缇骑雷木儿净身后送入内廷,改名云奇,分发在尚食监。臣素知雷木儿此人,公忠体国,素怀精诚之心,必能不辱使命。

我倒吸一口凉气。整整一个夏天,我在翰林院堆积如山的前朝文献中查找那个传说中的云奇,所有正式资料里都付诸阙如。就在我以为云奇只是一个传说时,没想到这张偶然从文献簿里掉出来的纸片,却如同醍醐灌顶。云奇既然存在,那么他拦住洪武爷车驾并告发胡惟庸谋反的故事,肯定也是存在的。并且,拱卫司指挥使林永给洪武爷的只言片语,表明云奇本身就是一个阴谋,而阴谋的主使者,正是坐北朝南的洪武爷。

倒吸一口凉气后，我跌坐在椅子上，背上一阵凉一阵热。也不知道到底坐了多久，直到有人轻轻敲着房门。那是看管库房的王老头，他在外面提醒说："杨大人，天快黑了，您还不走吗？要不要我给您掌一盏灯？"

我扭头看看窗户，窗外暮色苍茫，我竟然呆呆地坐了大半个下午。

"不用了，我马上就走，你一会儿再来锁门吧。"

王老头应了一声退了下去。站在一排排书架后面，我把那张发黄的纸片细心地撕得粉碎。撕完后，我把它放进嘴里，硬生生咽了下去。我是大明的臣子，我有义务也有责任把这天大的秘密咽下去。

从此，世上就没有什么云奇了，更没有什么雷木儿由拱卫司悄悄阉割后改名云奇并送到尚食监的离奇之事了。

回家后，我大病一场。

病愈，我却落下了心疾。当然，这心疾，只有我自己才知道。即便是我的夫人黄氏，或者我的两个儿子，杨慎与杨惇两兄弟，我在这个世界上最亲的人，我都没告诉他们。

那就是，每当与文武百官上朝或是接受皇上的单独召见时，我总要想起那张被我咽下肚的小纸片，我总是在一阵寒意后情不自禁地想：会不会我也面临着一个阴影般的阴谋？我还会想到戏文里的说法：伴君如伴虎。

这心病直到二十多年后，我已成为内阁首辅，也就是民间所称的丞相时，才慢慢好转。

2

那段时间，我总是忧心忡忡地想起一桩古老的故事。那段故事记载在我从小就熟读的司马迁的《史记》里。

故事的主角是李斯，算起来，他和我当然是同行。他的名字，不但上过几天学的人都知道，就是乡间的贩夫走卒，大概也听说过。毕竟，他辅佐大名鼎鼎的秦始皇几十年，是第一个拥有丞相名与实的人。

然而，李斯风光了几十年，最终结局却很惨。秦始皇病死沙丘前，本来已写好遗诏令公子扶苏继位。遗诏还没来得及送出，秦始皇偏偏就那么早死了半个时辰——如果上天再给秦始皇半个时辰，那么秦朝很可能不会二世而终，李斯也不会从人生巅峰跌落到低谷。总而言之，历史将是另一番模样。可是，一心想长生不老的秦始皇，到头来，老天连半个时辰也不肯再给他。老天让他在不甘不愿中叹了最后一口气，然后必须闭上双眼。

这时，像老鼠一样在暗中窥伺的赵高出场了。这个赵国国君的远房亲族，他的一切作为，就是为了搞垮秦朝。有一种说法是，他这是在变相给赵国，以及秦所灭的楚国、燕国、韩国、魏国和齐国报仇呢。当然，这只是一种揣测而已。少年时读到这段历史和这种说法时，我曾经问过父亲，父亲说："臆断，臆断而已。赵高到底怎么想的，一千多年了，有谁清楚呢？我们又不能起先人于地下，让他开口说话。所谓的历史，有时候，就是后人的臆测甚至妄断。"

我记得那是一个夏日的午后，桂湖的后园，杨柳依依，清凉的风拂去了身上的汗，有一种说不出的舒适与平静。那时候，我大概才十来岁，而今，才眨了一下眼睛，就垂垂老矣。天底下，哪怕是秦始皇，哪怕是洪武爷，谁都斗不过时间啊。世间公道惟白发，贵人头上不曾饶。我甚至已经老得连白发都没几根了。

赵高说服了秦始皇的小儿子胡亥，共同篡改秦始皇的遗诏。谁不想当皇帝呢？哪怕胡亥这个只知道吃喝玩乐的公子哥儿，他也想坐到龙椅上。不过，如果身为丞相的李斯不参与，这阴谋就没法实施，更不可能实现。所以，赵高威逼利诱，终于把李斯也拉到了篡改遗诏的贼船上。从那时候起，李斯家族的悲剧下场就已经埋下种子了。

赵高这只狡猾的老鼠，他同时也是一个不世出的说客。他打动李斯的，其实只有一条。他说："你知道的，如果把始皇帝的遗诏发出去，并按它执行，那么，扶苏就会登上皇位。你想想，在你和蒙恬之间，扶苏会相信谁？会重用谁？"

多年来，蒙恬一直受秦始皇之命，与扶苏一同驻守边疆防卫匈奴，两人的关系亦师亦友。至于李斯，他和扶苏却真是没啥交情。

赵高的潜台词就是，扶苏要是上台，肯定任命蒙恬为丞相，那么，你李斯的仕途就到头了。

为了保住丞相之位，李斯终于还是和赵高、胡亥绑到了一辆战车上。

扶苏被逼自杀，蒙氏家族被清洗，胡亥摇身一变成了秦二世。如同赵高说的那样，李斯还是当他的丞相。可是，此时的丞相已非彼时的丞相。尽管赵高因为本身是宦官，不可能出任丞相，但他不会容忍有人的权力比自己更大。

赵高最重要的武器就是秦二世，因为秦二世只听他的话。这样，李斯终于下狱。不久，又被绑赴刑场。

那时候，我经常想起的就是李斯和儿子李由一起被绑赴刑场时的一个细节。

那是秦二世二年七月。也就是说，参与篡改秦始皇遗诏并把胡亥推上帝位才两年，李斯就走到了生命的尽头。被绑赴刑场时，李斯对他的儿子说："我现在想与你一起，像从前那样牵着大黄狗到东门外去打野兔，还有可能吗？"言毕，父子相对号哭。

后来，向秀在《思旧赋》中说，昔李斯之受罪兮，叹黄犬而长吟。国朝大文士高青丘也在诗里说，竟成黄犬叹，莫遂白鸥期。

唐朝以前，丞相相当于皇帝和文武百官之间的纽带和中枢。那时候，丞相是尊崇的。任命丞相时，皇帝要向他行礼，民间把这叫作拜相。丞相与皇帝讨论国家大事，大家都是平等地一同坐在榻上，面前几案上摆放着茶点果瓜，这叫作三公坐而论道。

规矩是从宋朝开始起变化的。宋太祖设立三司，拿走了丞相的财权；设立枢密院，丞相就与军事没什么关系了。

更令人绝倒的是，有一天，丞相范质像往常一样，和宋太祖坐在一起议事，宋太祖手里拿着一篇奏章，他突然对范质说："这个字我看不清，你看看是什么？"

范质从椅子上站起来，凑过去为宋太祖指点。指点完，他退后要坐时，却惊讶地发现，椅子不见了。他看看宋太祖，宋太祖也若无其事地看着他。从那以后，坐而论道的君臣之礼就再也没有了。到了国朝，即便是大权在握的胡惟庸，他在洪武爷面前，也必须得战战兢兢地跪下去。并且，无论他如何权倾天下，天下始终是皇帝说了算，也才会有洪武爷龙颜大怒后，胡惟庸早上还是受人尊敬的百官之首，下午却被绑赴刑场的剧变。

处死胡惟庸后，洪武爷余怒未消。他很快发出一道措辞严厉的上谕，此上谕刊印在政府的塘报中,目的是让全天下的人都知道。

上谕说:"以后嗣君并不许立丞相,臣下敢有奏请设立者,文武群臣即时劾奏,处以重刑。"

从那以后,丞相消失了,皇帝直接领率六部,一切均由皇帝圣裁。联想到洪武爷在立国之初,多次在和刘基等人谈话时,对元朝末年的宰相专权和臣操威福的局面深恶痛绝,再联想到我在翰林院文献库里找到的那张小纸片,不管是胡惟庸还是张惟庸李惟庸,只要还有丞相这个职务存在,担任这个职务的人就注定家破人亡,身败名裂。

洪武爷废了丞相,以尚书任天下事,侍郎副之,同时设了几名殿阁大学士,作为秘书或顾问。洪武爷精力过人,处理起政务来倒也得心应手,据我翻阅他的《起居注》可知,像洪武十七年九月十四日至二十一日的八天时间里,洪武爷除了每天三次上朝外,其余时间还批示了各个部门送到宫内的奏章一千一百六十件。这些来自各部门、各地区的奏章,有的专讲一件事,有的一个奏章讲几件事,综合起来,一共讲了三千二百九十一件事,而这些事情,都得由他最终圣裁。

洪武爷既精力过人,又不好酒贪色,更不出外浪游,没有丞相的协助,他也能把天下治理得井井有条。可是,到了后来,国朝的其他皇帝当政时,完全无法像他那样勤恳任事。这样,原本品级低微的殿阁大学士,开始成为有实无名的丞相。首先,他们一般都要加挂各部尚书至少是侍郎衔;其次,全国各地的公文送来时,由他们在一张小签条上写出处理意见,再送进宫中供皇帝参考,称为条旨,又称票拟;皇帝看过并参考之后,把大学士写的条子撕了,亲自用红笔批下正式的谕旨,称为批红,又称朱批,再由太监送到内阁交付执行。

大学士一旦有了替皇帝草拟批示的权力,看上去,也就和前朝的丞相差不多了。不过,鉴于洪武爷当年的圣旨,没有任何人胆敢提出恢复丞相。内阁成员,大家也只是敬称为阁老或老先生。只有民间,才把阁老尤其是首辅,通俗地称为丞相。

大学士获得实权的同时,太监的地位也水涨船高。这是因为,许多皇帝连批红的兴趣或精力也没有,常常令秉笔太监替他执笔,这样,太监也渐渐接近了权力中枢。

我在担任内阁首辅时，最重要的事情就是和司礼监的太监们搞好关系。不然，我票拟的文件，他们全都予以批驳，事情就难办得很。

当了一辈子官，官越当越大，我也就越来越明白，多个朋友多条路。对商人来说，和气生财，对官员来说，和气就是给自己留后路。

3

我是正德二年进入内阁的，其时，我的职务是詹事府少詹事和《孝宗实录》副总裁。李东阳升任内阁首辅后，经他极力推荐，我得以入阁，专掌诰命等文书的起草。几位阁臣中，很自然的，我排名最末。那时候，我已经五十岁了。

我入阁前，朝廷刚刚发生了一场极大的风波，如果不是李东阳苦心经营，还不知道会出些什么大乱子。

当年，洪武爷开基立国时，生怕江山不能流传万年。他有两怕，一怕丞相揽权，致使君上大权旁落；二怕太监弄权，扰乱朝纲。前者，他杀了胡惟庸并废除丞相制；后者，他除了在《皇明祖训》里提醒后人不许太监干政外，还专门令人铸造了一块三尺高的铁牌，上面是几个大字：内臣不得干预政事，犯者斩。

这方杀气腾腾的铁牌，就树立在皇宫门口，来来往往的太监抬头不见低头见。洪武爷是想用来警告他们，提醒他们，不要拿自己的小命开玩笑。

永乐爷从南京迁都北京，这块铁牌也跟着迁了过来，同样树立在皇宫门口。

可是，后来的情况却与洪武爷的要求背道而驰。除了洪武朝和永乐朝以外，几乎每个皇爷统治时期，总有太监大权在握，弄权成性。甚至，就连洪武爷当年铸造的那块铁牌，竟也让太监给毁了。

我进京考中进士并选为翰林院庶吉士时，距铁牌被毁才二十多年，许多年纪大一些的官员都对铁牌记忆犹新，尤其是对毁铁牌的太监王振记忆犹新。

王振本是大同府蔚州人，从小也入泮读书，可惜屡屡名落孙山。他是个有心机的人，人们背地里都称他王狐狸。王振看到读书入仕之路不可能走得通，一狠心，就自阉后进宫做了太监。也合该他发达，那时是宣德爷在位，颇有几分赏识他，把他派去服侍太子。宣德爷驾崩后，太子继位，是为英宗，也就是正统爷。

正统爷继位时只有九岁，由太皇太后垂帘听政。这时，王振已经做到司礼监提督太监了，是后宫数万太监里地位最高权力最大的。

当时，内阁由杨士奇、杨荣和杨溥等三杨组成，三人均是道德文章高超宇内的清流。王振深知赢得他们认可的重要性。

一天，正统爷和几个小太监一起击球玩耍，王振见了，也没吭声。第二天，当着三杨的面，王振突然向正统爷跪下，声称有话要说。正统爷让他说，他做出痛心疾首的样子道："先帝爱击球，玩物丧志，差点误了天下。陛下现在也沉溺于此，这不是江山社稷的福分啊。"

正统爷听了，默然无语。旁边的三杨均是忠直之臣，想不到这是王振的表演，还认为王振虽是宦官，却能公忠体国，直言敢谏，对他留下了很好的印象。

为了进一步获得三杨好感，王振每次奉命到内阁传旨，格外恭谦小心，甚至连内阁大门也不进入，只是毕恭毕敬站在门外。

王振的小伎俩骗得了三杨的信任，却没能骗过太皇太后。是时，太皇太后年事已高，三杨也渐入风烛之年。她怕这些老人们一死，王振跳出来为祸。这天，她把王振和三杨一齐宣到乾清宫。

乾清宫是国朝历圣的寝宫，他们也在此处理日常事务。不过，其时正统爷还没亲政，并不在这里起居。

洪武爷铸造的那块三尺见方的铁牌，就镶嵌在一块青色的条石上，四周还特意罩上了从红毛夷人手里高价买来的玻璃。一百多年过去了，看上去，那铁牌还光洁如新。

太皇太后在几名宫女簇拥下，端坐于乾清宫门前的一张软椅上，三杨端立于下首。王振气喘吁吁地赶来，行礼如仪，太皇太后却半天没吭声。就连三杨也搞不清这老人家葫芦里到底卖的什么药。

王振局促不安地跪在地上，喘息声越发明显。不是累的，是吓的。早春的天气，他的额上竟渗出了细如虫卵的汗珠。

良久，太皇太后方才徐徐说："王振，你站起来，把上面的字念给我听听。"

王振起身，声音干涩："内臣不得干预政事，犯者斩。"

太皇太后一声冷笑:"王振,你也明白,太祖爷早就给你们这些奴才立了规矩,内臣不得干预政事,犯者斩。我虽深居禁中,你不守规矩的事却早就传到我耳中了。依太祖圣谕,当赐你一死。"

王振吓得不住叩头,口称冤枉,辩解说他只知道侍候皇上,从来没有干过政。

三杨都是明白人,慢慢看出太皇太后并不是真的要杀王振,而是要拿捏他一下,让他长个记性。于是都沉默不语。

偏偏这时,正统爷闻讯赶了过来。正统爷虽然身居大位,毕竟才十二三岁,以为祖母真的要杀王振,急忙下跪求情。

太皇太后叹了口气,语气严厉地指了指三杨,对正统爷说:"这三位都是正人君子,国之股肱,是受了先帝遗命辅佐你的。国事家事,你都要和他们商量着办。王振这种宦官,不过是供役使唤的奴才,万万不能让他干预政事。你可记清楚了?"

然而,不到三年,太皇太后驾崩,三杨或死或致仕。要命的是,太皇太后当年的担忧成为现实:正统爷对王振言听计从,王振成了大明朝最有权势的大人物。

王振权势之大,有桩被传为政坛笑话的事就能充分说明。我记得,这笑话是李东阳讲给我听的。

李东阳说,王振当权后,顺之者昌,逆之者亡。一些阿谀奉迎之徒,纷纷投到他们下。言行之荒唐,简直让士林蒙羞。工部郎中王佑,居然认王振为干爹,自愿当这竖阉的干儿。王振问他为什么不长胡子,王佑回答说,老爷你没长胡子,儿子我怎么敢长。王振哈哈大笑,不久就把他提拔为工部侍郎。

王振每天进出乾清宫,宫门外那块铁牌,总让他如鲠在喉,必欲毁之而后快。

这年夏天,一声炸雷后,京城下起了大雨,一时间,电闪雷鸣,天地间一片昏暗。王振计上心来,喊过几个心腹太监,一阵耳语。

雨停时,精心保护在玻璃罩里的铁牌被砸成了一坨废铁,玻璃罩自然都碎成了渣,就连铁牌依托的那块大青色长条石,也变成了一堆大小不等的乱石。

乾清宫外轮值的几个太监汇报说,就是刚才的炸雷给炸的。

王振立即向正统爷汇报，正统爷当然相信王振。说句大逆不道的话，那时候，正统爷是没长脑子的，他的脑子长在王振身上呢。

王振说："石头和玻璃倒是不难，关键铁牌是洪武爷铸的，皇上你看是不是照着样子重铸一块？"

正统爷摇头："不必铸了。再铸也不是洪武爷那块了。再说，只要内臣都像你这样尽忠尽责，哪还用得着铸铁牌来示警？"

青春年少的正统爷血气方刚。先前那些年，有三杨这样的老臣在，更重要的是，有威严的太皇太后在，他不得不收敛。等这些老人不复存在后，他终于有了乾纲独断的机会。可惜，这机会带来的却是大明朝立国以来最大的耻辱。这耻辱的板子，一定要打在王振身上。

正统十四年，瓦剌入寇。王振想建军功以服众，力劝正统爷御驾亲征。正统爷年轻气盛，也要效仿永乐爷深入漠北，勒马燕然。两人一唱一和，朝中诸臣虽然反对，却是毫无作用。正统爷终于兴高采烈地率军二十万离开京城。

哪知道，由于准备不足，大明军队还在行军途中，就有不少士兵饿死病死，士气十分低落。等到大同前线兵败的消息传来，王振害怕了，决定撤军。不过，他选的撤军线路却是绕道他的老家蔚州，他想让家乡父老见识见识他的威风。所谓富贵不归故里，如同锦衣夜行。

就在回军途中，官军遭到瓦剌伏击，不仅二十万大军被击垮，随征的一百多名文武大臣几乎全部战死，就连正统爷也以天子之尊，做了异族的俘虏。大明开国以来，最大的耻辱莫过于此。

正统爷被俘后，瓦剌以为奇货可居，向大明提了种种过分的要求。这时，在兵部尚书于谦等人拥戴下，正统爷的弟弟在京城继位，是为景泰爷。一年多后，正统爷被瓦剌人放了回来，景泰爷把他软禁在南宫。宫门的铁锁灌了铅汁，再也不许打开。所需物什，只能从门旁的一个犬洞里递进去。甚至，就连南宫附近的树木也被全部砍尽，以免有人和宫内的正统爷联系。有时候，外面送进南宫的食物不够，正统爷的原配钱皇后不得不亲自做些女红，从洞里递出来，让人送到市上卖几文钱补贴家用。一国天子，竟然潦倒如此。

八年后，景泰爷病重，武清侯石亨等人拥立正统爷重登帝位。

再说王振。正统爷被俘之前，正统爷身边的护卫将军樊忠眼见君臣都要做俘虏，悲愤难抑，一锤打破了王振的脑袋。王振就以这种意想不到的方式倒在血泊中。

匪夷所思的是，对王振这个祸国害君的家伙，正统爷复辟帝位后，反倒认为王振为国牺牲，是难得的忠臣。他就像从前坚持要御驾亲征一样，同样不顾群臣反对，在京城里为王振建庙血食。任职于翰林院时，我曾趁着差事无多，相对自由，时常到京中到处寻访遗迹。那座纪念王振的旌忠祠，位于智化寺北院。祠中，王振塑像赫然挺立，旁边，还有正统爷当年亲笔写的石碑。

4

按理说，国朝出了王振这么个竖阉，后人应当有足够的教训。可谁能想到，才过几十年，又出了个比王振还要作恶多端的刘瑾。

弘治十二年，对我杨家来说，是一个多事之秋。正月，元宵刚过，与我相濡以沫二十载的黄氏病逝。此后，我虽又继娶喻氏，以及侧室蒋氏，并与她们分别生下子女。但坦率地说，黄氏在我心中地位最高。因为，她见证和陪伴的是我最美好的黄金岁月。

祸不单行。安葬了黄氏十几天后，父亲致仕，带着母亲和几个随从返回新都。谁知，就在路上，母亲也一病不起，到家几天就去世了。

为此，我带着慎儿急匆匆赶回新都。按礼制，我得在家丁忧。

弘治十三年初夏，丁忧服满，我重回京师。我清楚地记得，就是回到京师后第二天，我听说了刘瑾这个名字。那天，老友李东阳来访。

李东阳字宾之，号西涯，是长沙府茶陵人。和我被远近所知的人谬赞为神童一样，东阳也一直背负着神童的光环。他八岁入府学，十六岁中举，十八岁中二甲进士第一，授翰林院庶吉士。大概因为我们都是人们眼中的神童，又都先后在翰林院任职，因而从认识起，就成了过从甚密的好友。我也记得，那天，慎儿刚写了一首咏黄叶的诗，稿纸就放在书房几案上。一会儿，李东阳来了。他看到慎儿的诗，称道不已，并改容道："这不是寻常小儿能写得出来的。看来，令郎是我的小友啊。"

李东阳如此称赞慎儿，令我惊喜，急忙将慎儿叫出来，向李东阳行礼如仪。从那以后，慎儿也算是李东阳门下了。

慎儿退了下去，李东阳简单而礼貌地问了问我来京的情况后，告诉我一个意外的消息：皇上病重。

"有多重？"

李东阳想了想，慢慢说道："要做最坏的打算。"

那一年，弘治爷只有三十出头，正是富于春秋之年，可弘治爷打小身体就不好，常年多病，据说从去年起，大半时候都卧病在床。

与其他皇帝大不相同的是，弘治爷用情甚深，除了皇后张氏，再无其他妃嫔。这也导致了另一个后果，弘治爷膝下长大成人的儿子只有一个。

沉默半晌，我说："陛下只有一个儿子，早几年就正式立为太子，倘若陛下真的有些山高水低，也只能节哀顺变。西涯兄为何如此忧心忡忡？"

李东阳有个习惯，他在说话前，总要接连不断眨几下眼睛，这习惯使他看上去不同于朝堂之上道貌岸然的高官，反有些像舞台上的伶人。当然，这只是我内心的感觉，我不可能对任何人讲。

李东阳中进士和入翰林都比我早，但他早年在官场上却很不如意。其中最大原因，就是他长得比较难看且又爱说笑话。是故，他虽然在侍讲学士位上坐了好几年，上司竟然没安排他给皇上或太子讲过一次经筵，甚至连日讲也没有。原因不言而喻，一是觉得他不好看，于颜面有损；二是怕他信口乱说，惹出事端。

四十多岁后，李东阳还在做他的没有前途的侍讲学士。当年同级别的学士们，早就做了侍郎甚至尚书。他痛定思痛，一夜之间，似乎变了个人：他不再诙谐好打趣，而是变成了一个不经过深思熟虑绝不开口的人。至于长相，当然不可能变得好看。但人过四十，已是中老年，好看的不好看的，大体上也相差无几了。这样，当时的首辅刘健终于把他推荐给弘治爷。

只是爱眨眼的习惯，李东阳却一辈子也没改过来。

李东阳眨完眼，尽管书房里再无第三者，庭院里也连只猫狗都没有，他仍然望了望窗外，压低声音说："你还记得王振吧？"

"当然记得。"

"我担心,皇上一旦大行,太子冲龄即位,还会出第二个王振。"

"谁?"

李东阳又看了看窗外,伸出手指头,自茶碗里蘸了点茶水,在我面前的茶几上写了两个字:刘瑾。

"听说过这个人吗?"

我摇头。

"看来,你回乡丁忧这些日子,对时局不太了解啊。这个人,现在是钟鼓司司正,早些年犯了错,还被廷杖过,后来皇上派他去侍候太子,不想深得太子欢心。"

我担任过好几年左春坊左中允,那个职务,就是为太子服务的,也算得上太子的身边人。可是,我的确不知道这个叫刘瑾的太监。正像李东阳说的那样,我回乡守制这些日子,对时局不太了解。刘瑾也可能是这两年才派到太子府并获得太子宠信的。

对李东阳的担忧,我有些不以为然。后来的事情说明,在政治敏感上,我比李东阳差得太远。

当时,我对李东阳说:"他只是一个小小的钟鼓司司正,虽说是五品,可负责的不过钟鼓礼乐,唱剧演戏之类的杂事,李阁老何以如此忧心?"

我与李东阳平时都是以字号相称,但在公务场合时则必改口。此时虽在我家书房,但因所论者为国家大事,我也脱口称他李阁老。

"介夫兄,王振早年也只是个小太监,后来如何?再低贱的人,只要皇上雨露滋润,还不跟见风长似的?你说王振,不就仗着正统爷宠信他,对他言听计从,他才炙手可热,权倾天下?"

李东阳的预言惊人的准确。首先,一年后,弘治爷驾崩了。太子继位,改元正德。其次,正德爷果然对刘瑾情有独钟,很快就决定把刘瑾提升为司礼监提督。这个提拔幅度实在太大,并且,由于李东阳和首辅刘健等人对刘瑾成为第二个王振的担心,便酿成了诛八虎事件。

5

由首辅刘健打头,次辅谢迁以及内阁成员李东阳随后,三名内阁大臣分别向正德爷各自上了一道充满火药味的奏章。他们坚决不同意提拔刘瑾为司礼监提督太监。不仅如此,刘健和谢迁的奏章中,还要求正德爷将刘瑾等号为八虎的小团伙成员处死。耐人寻味的是,李东阳的奏章却没有这一条。

内阁重臣的意见,正德爷左右为难。他当然舍不得杀掉八虎,尤其是杀掉从小看着自己长大的刘瑾。但内阁的意见他也不能不考虑。要是三位内阁大臣都撂挑子不干了,一时半会儿,只怕大明朝都得瘫痪。

就在正德爷不知如何是好时,刘瑾等八人求饶来了。当时,刘瑾羽翼未丰,更重要的是,他们不知道在自己和内阁之间,有最后决定权的正德爷将站在哪一边。他们听说刘健等人势不两立的奏章后,一齐跑来向正德爷求情。他们一个个可怜巴巴地跪在正德爷面前,请求正德爷放他们一条生路,他们愿意马上就离开紫禁城,到南京孝陵卫去给太祖高皇帝守陵。

正德爷听了,觉得这未尝不是一个两全齐美的办法,急忙派人把这意见转告内阁。哪知,刘健和谢迁却坚决不同意。倒是李东阳认为,适可而止。既然皇上答应把八虎贬到南京,他们也就没有为非作歹的机会,不如见好就收,这样大家都有台阶下。

刘健却慷慨激昂地拍着桌子道:"自古忠奸不两立,除恶必尽。不能就这么便宜了他们。"

正德爷一连派了三批人去传达,三批人都被打发了回来。三批传话太监中,有一个叫王岳,素来与八虎不睦。他向正德爷汇报时补充说,内阁阁老们的意见是对的,而且态度也很坚决,不杀刘瑾等八虎,刘健还要约九卿大臣到朝廷伏阙面争呢。

九卿之中,吏部尚书焦芳素来与刘瑾交好,急忙把消息传递给刘瑾。刘瑾等人面面相觑,商量来商量去,终于生出一计。

当天晚上,八虎来到乾清宫求见正德爷。一番哭诉后,刘瑾说:"这分明是王岳勾结外臣要陷害臣等。他们的目的是想限制皇上,所以先把皇上信任的人一一除掉。不然,皇上贵为一言九鼎的天子,任命一个小小的司礼监提督太监,不过是一个服侍皇上的奴才,他们为什么也要坚决反对?"

正德爷已经对内阁屡次三番不同意把八虎贬到南京守陵十分不快,再加上又年轻气盛,在刘瑾挑拨下,终至勃然大怒。

当天晚上,正德爷连夜任命刘瑾为司礼监提督太监,八虎中的马永成掌东厂,谷大用掌西厂。至于传话的王岳,被收捕后发往南京充军。

第二天早晨,刘健带领九卿到宫门外伏阙请愿时,他们惊讶地看见,前来接待的正是他们想置之于死地的刘瑾。只不过,他的身份已经变成了提督太监。刘健与谢迁脸色苍白,相对苦笑。

意外的是,李东阳却不在请愿的重臣中。他压根儿就没来。

不过,三人都于次日提出辞呈。

正德爷很快下旨,同意刘健、谢迁致仕。对李东阳,却是温言相留。不仅不同意李东阳致仕,反而将他提拔为首辅,接任刘健。至于向刘瑾通风报信的吏部尚书焦芳,也同时入阁。

李东阳被任命为首辅的第三天晚上,我坐一乘小轿,悄悄到李府拜访。像往常一样,李东阳让人把我带进了他的书房。书房外,有一座宽大的棋室,那里,是我们经常对弈的地方。

今天谁都没心思下棋,甚至,谁也没提下棋的事。仆人上了茶后,顺手带上书房的门。李东阳眨着眼,说:"介夫,我知道你来的目的。你是来责问我的吧。"

我没有吭声,只拿眼看着他。

他说得对。既然之前就担心刘瑾作乱,为什么刘健和谢迁号召九卿伏阙请愿时,你李东阳却没去,这算什么呢?更何况,刘健和谢迁致仕,虽说是自己提出辞呈,可谁都知道,他们这是不得不辞,是被逼的啊。倒是你李东阳,不仅没受影响,反而升任首辅。

当然,我什么也没说,我端着茶碗,呷了口茶,静静地看着他。

李东阳顺手递给我一叠写满了字的手稿。略一看,是几封奏章的草稿,全都是这几天写的。上奏的事只有一件:谢绝出任首辅,同时提出辞职。其中一道奏章中，他写道："臣等三人事同一体，而臣独留，何以自容？不知何以为处。"

看完手稿，我递给他并问道："圣意如何？"

李东阳眨了眨眼："唉，不同意呗。"

说着，他又递给我一份手稿，也是一道奏章。奏章表示，既然陛下对他如此信任，他只能效犬马之劳。不过，介于内阁人手不足，他要举荐一个德才兼备的大臣入阁。

他举荐的人就是我，杨廷和。

"李阁老，你这是何意？"我挥着手稿，有些愠怒。

"介夫，你以为我是为了收买你，封你的口吗？我李东阳是这种人吗？"李东阳有几分激动，眼睛眨得更快了，"伏阙请愿我的确没去，我知道这是鸡蛋碰石头的事，如果把刘阁老、谢阁老和我三个人一起罢职，那你想过没有，以后上来的就全是焦芳之流了。刘瑾他们巴不得这样。再说，我原本就不同意刘阁老和谢阁老斩尽杀绝的做法。只要把刘瑾一帮人从皇上身边赶走，就已是釜底抽薪了，皇上面子上也过得去。可刘阁老和谢阁老偏偏大讲忠奸不两立，这就是不给皇上面子。皇上年轻气盛，这么一刺激，干脆倒向了刘瑾。我要是也被赶下台，那朝中还有谁站出来说话？那正统朝王振的悲剧不就又重演了吗？"

我想说什么，李东阳快速地挥手眨眼："你别打断我，先听我说。于私，你我多年至交，我担纲首辅，你有义务出来帮我一把；论公，你杨介夫的能力和品格摆在那里。介夫，食君之禄，忠君之事，你也该出来实心任事啊。"

李东阳一番话，不禁让我耸然动容。就这样，在李东阳的大力举荐下，我意外地入了阁，也成了人称杨阁老的阁臣。

6

从正德元年到正德七年，李东阳做了七年首辅。我因他的举荐入阁，也做了七年他的副手。七年间，大多时候我们天天见面，我眼看着他半白的胡须变得全白，脸上的肌肉日益松弛，像要掉到地上；眼袋越来越重，如同两只盛了一小半水的皮口袋，显眼地挂在眼睑下面。同时，他也越来越清瘦，他小而干的身子罩在宽大的袍服中，晃眼一看，仿佛是刚洗过的衣服晾在低矮的衣架上。

七年间，李东阳多次向正德爷提出致仕，理由几乎都是体弱多病，不得不向陛下乞骸骨。他身体不好，这倒是实情。不过，至于这致仕是真心还是假意，却不能一概而定。

说穿了，内阁大臣和皇上以及内臣之间，是一种互相制衡又必须互相配合的关系。有时候，相互之间势力的消长，必会影响到微妙的平衡。做臣子的，最有力的武器就是向皇上提出辞职，以撂挑子作为讨价还价的手段。这也是国朝政坛上不成文的习惯。内阁大臣，尤其是举足轻重的首辅一旦提出致仕，皇上哪怕真有心赶他下台，也必定下旨温言挽留。至于像李东阳这种治国之才，他的每一封辞呈，皇上都认真对待，真心挽留。当然，原本皇上不太同意的李东阳的某些意见和建议，也只得打个马虎眼儿拟个准字。

李东阳是第一个向我说起刘瑾，并为刘瑾可能擅权而忧心忡忡的人。然而，意料不到的是，自从做了首辅，他和刘瑾的关系居然走得比以往近多了。

我知道，他这样做，是为了让司礼监配合内阁，至少不和内阁唱对台戏。但另一方面，夜深人静时，我有时也未免怀疑他和刘瑾的虚与委蛇是为了稳定自己的位置。

我算是李东阳的好友兼同僚，我尚且有所怀疑，那些不是他的朋友，甚至根本就不认识他的人，他们的怀疑简直就是板上钉钉的事了。

李东阳做首辅前三年，就出了两件事。两件事都是有人要让他出丑。

其一是某个月黑风高的夜晚，有人摸到李府门前，在大门上题了一首诗："才名应与斗山齐，伴食中书日已西。回首湘江春已绿，鹧鸪啼罢子规啼。"

当时，李东阳因处处谦让刘瑾，官场把他讥为伴食宰相。诗中所谓鹧鸪啼，乃是鹧鸪的叫声，听起来好像在喊："行不得也，哥哥，不如归去。"稍通文墨的人一看，就知道是讽刺李东阳无所作为，不如趁早致仕。

仆人们发现门上的诗，急忙报告李东阳。李东阳出来看了，却一哂了之。不久，有人告诉他，写诗的人已经查出来了，是国监子的某个监生，李东阳却捂住耳朵，连退几步，大声说："公不可陷我于不义，公不可陷我于不义。"报告的人只得就此打住。

据说,李东阳的儿子为此事愤愤不平,李东阳告诫他说:"唾面自干的典故该知道吧?娄师德昆仲做得到,我们父子难道就做不到吗?"

娄师德是唐朝武则天的宰相,备受武则天赏识,时人多有嫉妒。他的弟弟被任命为代州刺史。行前,娄师德告诫他:"我是宰相,你又当刺史,荣宠过盛,世人所疾,你一定要事事忍让。"他弟弟说:"就算别人把唾沫吐到我脸上,我自己擦掉就是了。"娄师德摇摇头:"不行,这样还不行,你自己擦掉就是对别人不满意,你要让别人消气,就应该让脸上的唾沫自己干掉。"

其二是有人匿名送了李东阳一幅画。内阁办公的地点位于紫禁城东侧,在文华殿背后的文渊阁。一排修建于一百多年前永乐爷时期的房子,足有几十间,但大多数房子其实用来藏书。除了永乐爷编定的《永乐大典》卷帙浩繁,专门贮藏在文华楼外,其他书籍都在正统爷时期入藏文渊阁,以千字文排序,自天字至往字,共二十号,计五十橱,装满了十多间屋子。

是故,阁臣们办公的地方其实并不宽敞。除了朝廷规定的公休日,其余日子,每天卯时早朝后,阁臣们就到文渊阁处理政务。我入阁那些年,几位阁臣共用一间大的会客室,会客室内,便是阁臣们的办公处,几张条案,几把硬木圈椅,上面铺了层褥子,桌上摆放着笔墨纸砚,以及各人的火牌。相邻的另一排房子,有两间是阁臣们每天中午吃饭的地方。按照一条不成文的规矩,阁臣们每天一同享用午餐,以便把需要交流的事情在吃饭时拿到桌子上非正式地议一议。

李东阳年事已高,又是首辅,正德爷特赐了他紫禁城乘坐肩舆的特权;我虽入阁不久,也蒙正德爷恩宠,准许我紫禁城骑马。

这样,每天上完早朝后,我便骑着一匹白马,跟在李东阳的肩舆后面,缓缓向东边的文渊阁而去。

那天,在路上,突然有一个太监拦住去路,声称有人给李阁老送了一幅画。李东阳令随行人员将画接了。

到了内阁,趁其他几名只能走路过来的阁员还在路上,李东阳叫随从把那幅画拿上来。初时,我俩都以为,这是哪位士子想走干谒的门路呢。

打开画卷,是一幅工笔画。田埂上,立着一头老牛,牛背上,坐着一个面目丑陋的老妇,正在横吹竹笛。细一看,那老妇的长相,竟和李东阳有几分酷肖。旁边,是几个刺目的楷书大字:此李西涯相业。

明摆着羞辱李东阳。

"这些妄人妄语,李阁老不必理睬他就是。"我在一旁小心劝道。

李东阳眨了几下眼睛,笑了笑:"介夫兄,你看这画,其实画得也还不坏。可惜没有配诗,未免美中不足,待老夫帮他写几句吧。"

说着,李东阳拿起案上的笔,略一沉吟,真的在画旁题了首诗:杨妃身死马嵬坡,出塞昭君怨恨多。争似阿婆骑牛背,春风一曲太平歌。

以后,我几度想和李东阳谈谈这幅画,每次话到嘴边又咽下。因为,我知道,如果李东阳想谈,他一定会主动和我说;他没主动说,表示他不想提及。按我的判断,这幅讽刺他的画,多半出自刘瑾一伙,目的是试探他。

不过,刘瑾什么也没试探出来。李东阳的表现,真的应了那句俗话:宰相肚里能撑船。不要说刘瑾,就连我这个朝夕相处的人,也没看出李东阳的真实想法。

7

很多年以后,我也将在漫长的仕途中,经过数不清的挫折与风险,尔后修炼得如同李东阳那样像一块沉入水中的石头。那样沉着,那样不动声色。

不过,说实话,谁都年轻过。而年轻,就意味着大多数人都不可能像李东阳那样沉着,那样不动声色。

比如我,靠李东阳帮衬进了内阁,虽然主要工作只是负责一些文稿的初撰,但在别人眼里,俨然也是大明帝国文武百官里最有权势的几个人之一了。尽管如此,我还是犯了一个后来被李东阳称为意气用事的错误。

那时,由于把正德爷哄得快活,刘瑾权力之大,早已超过了当年的王振。人们甚至认为,大明帝国有两个皇帝,一个坐皇帝,即正德爷;一个立皇帝,即刘瑾。

我曾多次含蓄或不那么含蓄地提醒李东阳,忠奸殊途,如同幽明异路,作为内阁首辅,有义务有责任提醒皇上亲贤臣远小人。

李东阳的回答却永远都是："别着急，慢慢来。"

我的职掌除了负责初撰文稿外，还包括为正德爷讲课。这天讲的是史上的治乱之道。末了，我为正德爷总结说："从历朝历代的经验和教训来看，正如诸葛亮在《出师表》中所说：亲贤臣，远小人，此先汉之所以兴隆也；亲小人，远贤臣，此后汉之所以倾颓也。"课讲到这里，原可以结束了。但接下去，我又发挥了几句，讲完才发现，一旁伺候的太监脸色很不对。我知道，我算是把刘瑾这个立皇帝给得罪了。我讲的是："所以，臣希望陛下能像历代明君那样，重用贤臣，远离小人，诚如是，则是天下万民之福。"

两天后，我接到圣旨：到南京任吏部侍郎。

我知道，这就是那天我在正德爷面前大谈亲贤臣远小人的后果。我是以左春坊大学士身份入阁预机务的，与之相比，南京吏部侍郎级别比左春坊大学士更高。可谁都知道，南京是陪都，那里的六部九卿虽与北京的六部九卿品级相同，却是无所事事的闲差。更何况，我品级不高，却已入阁，算是进出中枢了。

李东阳已经知道了事情的前因后果。他先是埋怨我意气用事，不该就这么得罪刘瑾，如今被刘瑾以明升暗降的方式调到南京。

"不过，"李东阳说，"不出三个月，我就保你重回京城。"

果然，到南京履新仅一个月余，我就真的回到了北京。

令我愤怒的是，我能重回北京，竟是李东阳以我的名义向刘瑾送了一笔厚礼。面对我的震怒，李东阳一点也不急，他说："江山社稷与个人名声谁重要？你我世受国恩，正当有报于国家。如今奸臣当道，如果只为了逞一时之快获一时之令名而擅匹夫之勇，那是不负责任的做法。倘若朝中正直之臣人人都这样，必然会使朝廷里善类一空，余下的全是奸臣及其党徒。你我身负重任，理当忍辱负重，个人的名声又算得了什么？"

我被震住了。良久，方才问道："难道就一直忍下去吗？"

"不，我时刻都在寻找机会。"

不到一年，机会终于来临。那是正德五年四月，一个惊天动地的消息通过八百里加急文书送达京师：就藩于甘肃的安化王朱寘鐇以"清君侧，诛刘瑾"为名起兵造反。

说起来，这事的起因，和两年前刘瑾的一个冒失决断有关。

按弘治爷定下的规矩，各地商人应赴边地交纳的课银，统统交到户部，再由户部调拨与各边境地区，以助军需，称为年例银两。

这规定施行多年，可谓民军两便。不意刘瑾却坚持认为，这是户部与边境官员及戍边部队共盗国帑。他草率下令，停止向边境地区支付这笔费用，留归朝廷。当时，我和李东阳均以为不可，此事势必引发边军动荡，刘瑾却一意孤行。

其时，乐于游荡嬉戏的正德爷早就不理朝政，朱批之事，一律委之于刘瑾，而内阁却只有票拟，也就是建议的权力。握于皇帝的最终决断权，转移到了刘瑾手里。所以，刘瑾一言九鼎，那笔边地将士眼巴巴盼着的军需，竟然说没有就没有了。

雪上加霜的是，次年，刘瑾奏请派御史到各地清理屯田。边境地区屯田最多，这也是洪武爷以兵养兵政策的延续。刘瑾却认为各地卫所屯田存在少报。这种情况当然有，却并不多。但那些御史奉了刘瑾意旨，在清理中迎合虚报，伪增屯田，并令卫所出租。卫所本来没那么多田，哪里去拿来出租呢？

前后两桩举动，让边境卫所将士愤怒已极。更要命的是，安化王早有不臣之心，此时正好煽动边军，以"清君侧、诛刘瑾"为名，发动叛乱。

消息传至京中，正在豹房行乐的正德爷一把推开怀中的西洋鬼女，愣了半响才说："马上传李东阳。"

刘瑾也露出草包本色，一下子乱了手脚。

我把兵变前后情况梳理清楚后，写了一份详细的密折，由李东阳呈送到御前。正德爷看后，无语半响，方才仰面长叹："不想刘瑾这竖阉，误国至此。"

接下来，李东阳奏请正德爷同意，令前右都御史杨一清总制军务，泾阳伯神英为总兵官，太监张永为监军，迅速搭建起平叛班底。

这班底可谓深藏玄机。杨一清是广东化州人氏，曾三任三边总制，虽是文官，却熟谙军伍，在边军中威望很高。安化王叛乱的队伍，大多是被其蛊惑的边军，杨一清此去，可谓对症下药。神英倒算是刘瑾的人，但神英本人作战勇敢，曾多次率兵平息夷蛮叛乱。由他协助杨一清，既可用其长，又可让刘瑾稍有放心。至于张永，此人原本属刘瑾的八虎之一，近年却与刘瑾有隙，常有明争暗斗。用他，是我和李东阳商议了一个晚上的结果。

可以说，除刘瑾成与否，八成在张永身上。

想不到国家安危，竟系于一个阉人。我和李东阳不禁默然。

乍暖还寒的春夜，小雨淅沥，李东阳棋室里，我和他一边下棋，一边做出这些关系国运的安排。

果然，杨一清不负众望，迅速平息叛乱。尤其重要的是，他说服了监军张永，张永许诺回京后即揭发刘瑾。

不过，正德爷虽对刘瑾失去信任，却并不打算除掉他。

据后来张永的讲述，张永一行凯旋回京后，正德爷单独在后宫为张永设宴庆功，刘瑾等人均在座。等到刘瑾告退后，张永把他从甘肃带回的安化王的檄文呈与正德爷。正德爷此时已醉酒，含糊着说："刘瑾负我。"

张永又启奏，一一列数了刘瑾十七条大罪。正德爷酒醒了，乱翻着眼睛要找刘瑾，但刘瑾已退下。

第二天，正德爷下旨将刘瑾发往凤阳看守祖陵，籍没其家。

李东阳把抄刘瑾家的任务交给了我，在内阁内室，他低声对我说："陛下无意诛刘瑾。刘瑾不死，有朝一日必定东山再起，到时你我和杨一清、张永都死无葬身之地。"

"李阁老以为如何是好？"

后来，我回忆往事时才想起，那时候的李东阳与之前的李东阳判若两人，他不像刘瑾当政时那样举止谦卑，他的目光比以往任何时候都更犀利，动作更敏捷。他说："介夫兄，皇上不杀刘瑾，是他认为刘瑾只是贪赃枉法。要让皇上杀他，只有一条，那就是谋反。"

我看着李东阳。李东阳也看着我："介夫兄，你今天去抄刘瑾的家，只要在他家中发现一些违禁之物，他就只有死路一条。"

"李阁老放心。我明白。"

我带人抄了刘瑾的家。从刘家抄出的金银珠宝堆积如山，粗略估算了一下，相当于大明朝几年田赋的总额。

当我把这一数字汇报给正德爷时，正德爷长叹道："这竖阉也太能捞了。"

不过，就像李东阳预计过的那样，真正让正德爷动了杀机的，是从刘瑾家中抄出的仿制的龙袍和一把特制的纸扇。

223

那把纸扇，刘瑾几乎从不离手，扇面上，是国朝初年倪云林所绘的《溪山仙馆图》。正德爷也认得这把纸扇，他说："这不是刘瑾常常拿在手里的吗？"

"是的，陛下。陛下请看，这里有一个不拿在手里仔细检查发现不了的机关。把机关正按一下，反按一下。"

我一边说，一边为正德爷及旁边的李东阳等人演示。当我按完之后，从扇子的龙骨里，竟伸出一把匕首。正德爷吓了一跳，李东阳厉声喝道："杨阁老，你这是干什么？"

我一笑，伸手握住匕首，"臣怎敢身带寸铁到陛下身旁？陛下请看，这匕首是臣特意用木头仿制的。至于那把原本藏在扇骨里的匕首，削铁如泥，还在药水里浸泡过，见血封喉，臣不敢带到御前。"

正德爷接过扇子和匕首，看了半天，终于勃然大怒："竖阉，我待你不薄，你竟敢包藏祸心。我只好成全你。"

会审完毕，刘瑾被凌迟。

几个月后，我升任武英殿大学士、吏部尚书。

那晚，如同平时一样，我和李东阳又一次坐在他雅致的棋室里。这一次，我们没有对弈。

李东阳突然老了，头发和胡须全白了。尤其是，他走路的姿势，已经老态龙钟。与几个月前诛刘瑾时相比，判若两人。

李东阳长我十三岁，此时六十四，虽然已入老境，但还不该老得这么匆忙，这么势不可当。

"刘瑾一除，于公于私，我心愿已了。这人啦，没了心愿，老得就快。"李东阳倒是很淡定。

一时间，我竟无言以对，只得听李东阳继续用他那带着长沙口音的官话缓缓说道："介夫兄，我把你保荐为吏部尚书，是为了我致仕后，你能顺利接任首辅。纵览朝中，公忠体国而又具备操纵全局之才者，恕我直言，老夫之外，也就只有你杨介夫了。陛下本是天资聪明，奈何玩耍之心太重，如若没有尽忠尽责之首辅，必然国将不国呀。"

和李东阳春夜谈心两年后，老病的李东阳致仕，由我接任首辅。

8

我任首辅第九年，正德爷暴死于豹房。

我永远都记得，那是一个花红柳绿的春天，温暖而久违的阳光把地上的积雪晒得化了，整个帝都一片泥泞。那天下午，我像往常一样坐在内阁处理政务。忽然，一个太监急匆匆地站在门口宣诏，让我立即带领内阁全体成员赶往豹房听旨。

我心里一沉，我知道，正德爷终于走到了生命的尽头。

正德爷的驾崩并不意外，自从年前他平定宁王叛乱返京时，不慎落水后便沉疴在身。正月十四，照例举行南郊大祀。典礼上，行初献礼时，龙体欠安的正德爷竟一头栽倒在地，口吐鲜血，以致典礼不得不半途而废。这在国朝一百多年的历史上尚无先例。从那时起，大概大半个京城的吏民都在传说，今上的日子已经不多了。吏民议论一番则罢；身为帝国首辅，我忧心的却是另一件事：一旦正德爷驾崩，正德爷后宫繁盛，却没留下子息，该由谁来继承正德爷空出的皇位呢？

豹房在紫禁城西北一角。从前，那里本来是为皇家饲养各地进贡的珍禽异兽的地方，正德三年，年轻气盛的正德爷不顾朝臣反对，从皇宫搬到豹房居住。那以后，只要在京师，他几乎都待在豹房。

豹房有房屋两三百间，形制上如同迷宫。除了饲养包括豹子在内的诸种猛兽外，还建有妓院、校场和佛寺。这里的妓院当然不可能有真正的妓女，而是由宫女扮演。佛寺也一样，僧人也由太监扮演。此外还有市肆，五行八作，全都由宫女或太监扮演。整个豹房被扮演成了一个五音乱耳、五色迷眼的花花世界。

我带着四名内阁成员，在太监引领下，火速赶到了位于豹房深处的正德爷寝宫。司礼监太监张永迎出来，哭泣着说："皇上，皇上他已经大行了。"

站在豹房门前，我也忍不住哭起来。

我哭，一是礼制使然，二是发乎内心。从正德爷做太子时起，我就充任他的日讲官,和他有师生之谊,我也因而被称为帝师。这些年来,正德爷胡作非为,却不失良善。他经年累月要么长驻宣府,要么巡幸各地,我每每规劝,有时言语甚为刺激,他虽不听,尚不以为忤,继续把国事交由我处理。

在外人和后人眼里,正德爷也许是一个糊涂昏君。只有我知道,他其实并不糊涂,他只是玩耍心太重。我记得有一年钱塘县上报刑部一起命案,死者身中五刀,刀刀都在致命处,钱塘县令的结论是此人系自杀。刑部深觉可疑,驳回重审,孰料杭州府重审后仍持原定。刑部再次驳回并报大理寺。按规矩,到这一步,案子理应报到御前。正德爷虽不理朝政,偏是对审案子颇有兴趣,他亲自看了卷宗,大为恼怒,批示说:"岂有身中五刀自毙者?欲将我比晋惠乎?"并严旨彻查杭州知府及钱塘县令,最终查明并非自杀,而是钱塘县令徇私枉法,意欲包庇真凶。

正德爷驾崩前,留下了一个简单的且没有实际内容的遗诏。遗诏说:"我疾不可为矣。其以我意达皇太后,天下事重,与阁臣审处之。前事皆由我误,非汝曹所能预也。"

接下来的几十天,是我一生中最紧张也最劳累的日子。首先是确认新皇帝。

正德爷去世那天,回到内阁后,我立即令人关上内阁大门,把内阁成员全都召集到一起,我以不容置辩的口吻告诉他们:"兄终弟及,这铁的规矩谁也不能违背。想当年,太祖洪武爷就预想到了天子无后的可能,因而在《皇明祖训》里明确规定,凡朝廷无皇子,必兄终弟及,须立嫡母所生者,庶母所生虽长不得立。今大行皇帝无子嗣,也无兄弟,因而只能由孝宗皇帝上溯到宪宗皇帝。宪宗皇帝正后无子,另十四个儿子中长子、次子均早逝,故宪宗皇帝薨后,由三子即位,是为孝宗皇帝。宪宗四子即孝宗皇帝兄弟,后来受封为兴献王。按太祖洪武爷的铁律,理当由兴献王以孝宗长弟身份继承皇位,但如今兴献王也已去世,倘若他没有儿子,就得往孝宗的其他兄弟中往下推。不过,兴献王留下了儿子,而且还是长子,就是如今的兴王。因此,兴王乃兴献王长子,宪宗皇帝之孙,孝宗皇帝从子,大行皇帝从弟,伦序当立。诸位以为如何?"

我的一番话,说得内阁成员全都点头称是。迎立兴王为帝就算内阁通过了。内阁的意见由张永带入宫,转达于皇太后。皇太后也没有异议,一会儿,便按我的意思拟好了懿旨和遗诏。

也就是说，正德爷其实没有留下正式遗诏，那份后来昭告天下的遗诏，是按我之前拟好的文稿，由张永抄写的。遗诏写道：

> 我以菲薄，绍承祖宗丕业，十有七年矣。图治虽勤，化理未洽，深惟先帝付托。今忽遘疾弥留，殆勿能兴。夫死生常理，古今人所不免，惟在继统得人，宗社生民有带赖。吾虽弃世，亦复奚憾焉。皇考孝宗敬皇帝亲弟兴献王长子熜，聪明仁孝，德器凤成，伦序当立，已遵奉《祖训》兄终弟及之文，告于宗庙，请于慈寿皇太后，与内外文武群臣，合谋同词，即日遣官迎取来京，嗣皇帝位。内外文武群臣，其协心辅理，凡一应事，悉遵旧制，用副予志。

连夜，使臣带着遗诏前往安陆迎接兴王去了。后来，有不少人猜测我之所以提出立兴王为帝，乃是因兴王年幼，便于控制。我曾为这种诛心之论气得发抖。在决定谁该即位时，我唯一考虑并遵守的标准就是《皇明祖训》。可是，如同古人说的那样，知我者谓我心忧，不知者谓我何求。身为大明首辅，我也挡不住那些阴暗角落的非议声。

确立了皇位继承人，帝国的危机还没有度过。还有一个更大的危机随时可能变生肘腋。说起来，它也是大行皇帝在位时的遗留问题。原来，正德爷诛了刘瑾后，不久又开始宠信江彬和钱宁。好像不宠信几个太监，他就不能活下去似的。

正德爷尚武，江彬利用他这一特点，奏调辽东等四镇军马到京，称为外四家，由其指挥。正德爷则选善于骑射的宦官为一营，号称中军。每月初一、十一、二十一，正德爷身着戎装，和江彬一起检阅部队，称为过锦。到了后来，正德爷觉得在宫中检阅还不够过瘾，他给自己另取了一个名字，叫朱寿，然后下旨封朱寿为大将军。在江彬怂恿下，正德爷以九五之尊，率领部队到应州与蒙古作战，尽管以付出几百人的代价，斩敌仅十六名，他却荒唐地以总督军务威武大将军总兵官朱寿的名义向京师报捷，并要求录此战功，封江彬为平虏伯，江彬的三个儿子都荫为锦衣卫指挥。

那时李东阳刚致仕，我也才接任首辅，看了捷报，哭笑不得。这空穴来风般的朱寿将军,他明明就是当今天子。天子自己当自己的臣子,又自己封赏提拔自己,简直是盘古王开天地以来都不曾有过的怪事,偏偏在我做首辅时遇到了。可是,除了照朱寿将军的意思拟旨外,我别无选择。作为天下第二号人物,很多时候,我都别无选择。

这当然也包括正德爷驾崩后,必须立即处置江彬,我也别无选择。

没了正德爷,江彬一下子失去了强大的靠山。他也知道,这些年来他依仗正德爷的恩宠,飞扬跋扈,得罪了不少人。靠山一倒,他肯定没好果子吃。

正德爷驾崩当天,得到皇太后批准,我立即命张永等人选调京营精锐部队,防守皇城四门和京城九门及其他要害之地,厂卫则守卫中央各衙门,以预事变。

后来江彬等人的供词表明,江彬一度打算谋反。他的心腹周琮就力劝他赶快率家丁起兵直扑皇城,控制住皇太后和内阁成员,然后另立新君。周琮认为,事若成,无异于改变朱明天下;事若败,还可北上投靠蒙古。

看到这份供词,我额上冷汗涔涔而下。幸好,江彬外表像硬汉,实则优柔寡断。

如何捉拿手握重兵且反骨已露的江彬,颇让我踌躇。况且,为了保密,此事除了向皇太后呈报并得到她批准外,其他内阁成员也仅有次辅蒋冕和司礼太监张永知情。

这天晚上,我心事重重地坐在书房里。慎儿敲门进来了。

"父亲,"慎儿神色凝重,"父亲,您调动京营精锐,必然打草惊蛇。当务之急,儿以为,应该赶紧把江彬拿下,以防夜长梦多。"

我心中一动。江彬手里掌握几万边军,稍有不慎,反受其害啊。

"昔年何进图十常侍,执意要调董卓进京,曹孟德却认为,一个典狱长就足够了。何进不听曹孟德之言,坚持调董卓进京,终至闹得不可收拾。"

"慎儿,你有何良策?"

"只可智取。"

"如何智取?"

"我听说这两天坤宁宫要安兽吻,按惯例,安兽吻必然要由工部尚书和一位武官共同举行祭礼。坤宁宫是皇后居所,门禁森严,不是皇上特别信任的人,没资格去参加祭礼。父亲何不就以请江彬到坤宁宫参与安兽吻礼的名义诱他进宫，到时只要几名身强力壮的太监就可将他拿下。"

我略一沉吟，的确是个好办法。

次日，奏明皇太后之后，太监请来江彬以及工部尚书，一同到坤宁宫参加祭礼。礼毕，张永安排江彬到宫内一间小屋吃饭。饭菜还没上桌，一群太监破门而入，宣称奉了皇太后懿旨，捉拿江彬。

江彬是武将，力气大，但十几个精心挑选的太监一拥而上，争斗之际，江彬的头发都快被揪光了。

几天后，江彬被处死，一同处死的还有他的三个儿子，以及当初劝他尽早谋反的心腹周琮。

刑场上，周琮回顾江彬，高声骂道："江彬蠢材，你若早听我的，哪里会有今天。"

江彬紧闭双眼，默不作声。

9

新都是平原上的一座小城，南距成都府三十里。

新都多桂花，金桂、银桂均有。八月中秋，满城花开，一座小小的城市像是浮动在浓郁的花香里。我家的后园，有一汪几十亩的湖，湖边，除了柳树，便是桂树。那湖，便唤作桂湖。从我童年时起，我就常坐在湖心的石舫里读书。那时候，父亲还会招来几个文朋诗友，相聚于亭子里，赏花吃酒，分韵作诗。

我们老杨家并非新都土著，我们的祖籍是江西庐陵，与欧阳修、文天祥是老乡。元朝末年，天下大乱，我的五世祖为避战乱，从江西庐陵迁到湖北麻城，后来又迁到四川新都。

从那时起到我这一代，杨家在新都已经居住了五代，时间也过了一百多年。

我五岁发蒙读书，十一岁在新都县中秀才，十二岁在成都府参加四川省的乡试，中举；七年后，我还不到弱冠之年，与父亲一同进京会试，我金榜题名，父亲却名落孙山。三年后，他才在成化十七年中进士。

这就是说，在我致仕重回故乡之前，我在新都生活了十九年。当然，其实还因丁忧或休假回过故乡，加在一起，有二十多年吧。

按历朝历代不成文的规矩和习惯，官做得再高，一般而言，也会在致仕后回到久违的故乡。因此，嘉靖三年春天，因大礼议而起的风波，迫使我三次向嘉靖爷提出辞职，并得到批准。

我一刻不停地回到了故乡，回到了久违的新都和桂湖。

在新都，在桂湖，我将度过生命中的最后六年。

我将目睹这个兴旺了几代人的钟鸣鼎食之家，如何一步步衰败，破落，如同那些曾经生机勃勃的桂花，在一场场越来越冷的秋雨后，慢慢凋谢，坠落。

我的五世祖世贤公入川后，他和我的曾祖父寿山公虽然也读过几天书，但没有取得功名，至死也是白丁。到了我的祖父美玉公，他以明经贡入太学，授贵州永宁吏目。他为官清廉，史称他"却土官之赂金，正州民之地界"，后来病逝于任上。我的父亲元之公，中进士后任翰林检讨，后来升任行人司正。我本人算是少年得志，一步步升迁到了一人之下万人之上的首辅，并在正德爷去世后，嘉靖爷就位前的四十多天里，总揽全国政事。我的弟弟杨廷仪、杨廷宣，也都是进士出身。一个做到兵部左侍郎，一个做到播州知府。我的两个儿子，一个以状元而任翰林院编撰兼筵讲官，一个以进士而任兵部主事。我的一个侄子，以进士而任河南佥事。

总而言之，杨家是一棵根深叶茂的大树，不仅在新都，即便在成都府乃至四川行省，都是首屈一指的官宦世家。

可是，盛极而衰，这是世间事物必须遵循的规律。自从在大礼议期间与嘉靖爷的意见越来越不合拍，我就开始明白，新都杨家，在兴旺发达了几十年后，终于不可避免地走下坡路了。

只是，我还是没有预想到，这下坡路会走得如此陡，如此突然。我坐在清冷的湖滨，听着从田野里传来的明亮的鹧鸪声，仔细听起来，它的确像是一声接一声地喊："行不得也哥哥，行不得也哥哥。"

那时候，我已经预见了自己的晚年将更加凄清。我七十一岁那年夏天，平原的夏日闷热而潮湿，田里的稻谷正在吐穗，田坎上的桑叶正肥，我却走到了生命的尽头。当我死时，我的两个儿子都不在身边。其中，我最牵挂的长子慎儿，他的身份依然是犯了罪流放充军的犯人。他远在新都西南的千山万水之外。

在来往的书信和不多的几次相见中，慎儿曾经充满希望，他认为，时过境迁，嘉靖爷一定会赦免他，尤其是当同案的其他人都已得到了赦免，有的起复原职，有的另有任用。最不济的，也回到故乡和家人团聚。那时，他曾经对我说："父亲大人，儿子很快就会回来。圣上如果有新的任用，我也打算婉拒。我早已人到中年，还是回到新都早晚侍奉在父亲面前吧。"

　　我唯有沉默点头，之后又急忙说："好的，好的。"

　　其实，就我对嘉靖爷的了解，他是一个薄情寡恩的人。尽管我和他相处时，他才十多岁，放在常人，还心智未开。但他是一个早熟的人，一个心思缜密且刻意记仇的人。廷杖的其他人，他会赦免，独有慎儿，他不会赦免。这仅仅因为，他是我的儿子。

　　上一年，我七十大寿。人生七十古来稀，亲友们张罗着要为我办寿宴。意想不到的是，当年我力排众议迎立的嘉靖爷给我送来了一份大礼。

　　是他亲笔的圣旨。

　　圣旨由一位太监前来宣读。与太监一同前来的，还有新都县令。新都县令是个年轻人，几年前，我刚回新都时，他就坚持隔上十来天就热情地上门拜访，总要带一些新都特产，不外乎桂花糕、白米酥、姜糖和泡菜什么的。我曾劝他少来往，我只是一个致仕的乡间老人。他却总是睁着一双真诚而漂亮的大眼睛说："杨阁老辅佐几任天子，学生不敢指望忝列门墙，只希望平日来请个安。一则，表达学生对阁老的敬重；二则，若能得到阁老三言两语的点拨，学生这辈子都受用不尽了。"

　　这样过了两三年，他来的次数渐渐稀了，后来终于不来了。所以，当听杨敬修报告说他带着天使已到堂上等着见面时，我略有些吃惊，也实在不知道，皇上什么时候又想起了我。一瞬之间，我甚至想，难道皇上还要让我出山。我很快为这种想法羞愧。我已是七十岁的老人，风烛残年，不能儿孙绕膝，含饴弄孙，已是人间大不幸，还去想什么东山再起，岂不是一肚子圣贤书都白读了吗？

　　到了堂上，新都县令没有像从前那样笑容可掬地迎上来，而是木着脸说："这是朝廷来的天使，皇上有圣旨到，杨廷和接旨。"

　　太监傲慢地踱着步，上上下下打量了我几眼，问："你就是杨廷和吗？"

我心里有气，哼了一声，看着他，慢慢道："在这杨家，怕是没人敢冒充老夫的。"

太监脸色略宽："那就请接旨。"

我老了，以前曾经过目不忘、过耳也不忘的记忆严重衰退了。太监宣读的圣旨，前面的套话外，我到死，都还记得那让我心惊肉跳的几句：

  杨廷和为罪之魁，以定策国老自居，门生天子视我，法当戮市，特宽宥削籍为民。

就是说，在嘉靖爷看来，当年我快刀斩乱麻地迎立新君，是为了获取定策国老的殊荣；我对初登帝位的嘉靖爷的辅佐，是把他当作了门生。我所犯的罪过已经达到了应该绑赴刑场的地步，只是由于嘉靖爷恩典，才饶我一条老命。尽管我几年前就已主动申请致仕并得到了嘉靖爷的恩准，但嘉靖爷收回成命，把我的致仕改为革职。

虽说对一个已经下台的前首辅来说，致仕与革职并没有什么本质区别。但是，我知道，嘉靖爷是为了羞辱我。从此以后，我就不能再以致仕首辅得享缙绅之尊荣了，我只是一个犯了大错被革职的平民。

圣旨外，嘉靖爷还赐给我一部书，这部书是由他亲自指导编订的。书的名字叫《明伦大典》，厚厚的二十四册。一言以蔽之，就是论述大礼议的重要性和合理性。或者可以说，嘉靖爷认为，这是对大礼议的盖棺定论。他亲自写的序言中，我看到一大段和我有关的定论：

  大学士杨廷和，谬主濮议，尚书毛澄，不能执经据礼，蒋冕、毛纪，转相附和，乔宇为六卿之首，乃与九卿等官，交章妄执，汪俊继为礼部，仍从邪议，吏部郎中夏良胜，胁持庶官，何孟春以侍郎掌吏部，煽惑朝臣，伏阙喧呼，我不为已甚，姑从轻处。杨廷和为罪之魁，以定策国老自居，门生天子视我，法当戮市，特宽宥削籍为民。毛澄病故，追夺前官。蒋冕、毛纪、乔宇、汪俊，俱已致仕，各夺职闲住。何孟春情犯特重，夏良胜酿祸独深，俱发原籍为民。其余南京翰林科道部属大小臣衙门各官，附名入奏，或被人代署，而已不与闻者，俱从宽不究。其先已正法典，或编成为民者不问。尔礼部揭示承天门下，俾在外者咸自警省。

天使离开那个下午，我在书房翻阅这部《明伦大典》，心中百感交集。我一下子联想到了北宋时的元祐党人碑。是的，嘉靖爷刊印此书的目的，除了证明他为兴献王称宗立庙的正确性与合法性外，另一个目的就是将我压在这部大典的阴影下，他想让后人知道，杨廷和是一个多么荒唐、多么忤逆、多么妄自尊大的小丑。

那个晚上，我吐出了第一口血。血很稠，当我把它吐到痰盂时，我似乎听到它把痰盂敲得叮当作响。

次日是我七十大寿。一帮亲朋早就说好要来吃酒。但是，那天，除了几个杨家的老亲外，没有任何一个人前来。当然，我也毫无庆生的兴趣。七十之年，只欠一死。

吐血不到一年，我病入膏肓，杨敬修忙着到处找医生，我劝他不要瞎忙活了。我说："我这病我自己清楚。"杨敬修两眼含泪："少爷，还是再试试吧。"

我摇摇头。

最后那些日子，我拄着拐杖，在杨敬修的搀扶下，费力地登上了新都城南熏门城楼。我站在破旧的城楼上极目远眺。我看到平原横无际涯，绿色的稼禾与树木一直铺向无边无际的远方。我突然想起十九岁那年，我和父亲前往京城会试的情景。那个夏天的清晨，我们父子俩骑着马，带着四五个家人，穿过空荡荡的街道和城门洞走向原野。官道笔直如画，那时候，我无论如何也不会想到，几十年后，我将站在城楼上眺望远方。

从城楼上回来，我坐在书案前写一封奏折。那是我一生书写的上千道奏折中的最后一道。我向嘉靖爷哀求，请他放过我的儿子，请他准许我的年已四十二岁却还没有一儿半女的儿子从永昌卫回来，永生永世，在新都做一个种田为生的农夫。

我双目昏花，握笔的手不断颤抖。杨敬修心疼地劝说道："少爷，别写了，早点上床休息吧。"

我没理他，我继续写道："罪臣膝下两子，次子杨惇以罪臣故，前已革职为民；长子杨慎举止轻狂，嘉靖三年谪戍云南永昌。今罪臣年逾七旬，风烛之年，朝不保夕。两子在外，形影相吊。祈望陛下法外施仁，赦罪臣子杨慎以归，汤药饵食，良有所依。罪臣今世无以报陛下厚恩，惟来生再效犬马之劳。"

写到这里，我心中一阵剧痛，终于又咳嗽起来。一大口浓重的血痰速地喷出嘴，射到稿纸上。

"罢了，罢了，不写了。敬修，扶我上床吧。"

那个晚上，是一年来我睡得最沉的一夜。我知道，这种甜蜜得忘记一切的沉睡，以后，只有在九泉之下才会有了。

现在，我可以去见我侍候过的几位先帝于地下了。在我弥留之际，我半躺床上，家人们围着我，我艰难地转着头，想从中找到我的儿子杨慎和杨惇，但是，没有。一个都没有。我收回目光，望着窗外那株据说种植于北宋的桂树。桂花还没开放。中秋还远。我是注定吃不成今年的月饼，闻不到今年的桂花香了。不过，我活了七十一岁，算是高寿了。

我散漫的目光盯着那株桂树。桂树一会儿化作成化爷的样子，一会儿又化作弘治爷和正德爷的样子。唯独，没有化作嘉靖爷。列位先帝啊，你们对臣有知遇之恩，将臣由一名白面书生，一步步拔擢到内阁首辅，臣怎敢不殚精竭虑，公忠体国？只是，臣无能，没有处理好与嘉靖爷的关系，终至惹得龙颜大怒，不仅搭进了我的晚年，也搭进了臣大半生引以为骄傲的儿子，甚至还搭进了兴旺几代人的新都杨府的黄金岁月。

臣做这一切，只是为了坚持太祖洪武爷当年立下的规矩。即便到了九泉，臣对嘉靖爷为他的生父称宗立庙的做法，依然难以苟同。列位先帝爷，你们倒是为臣评评理啊。

家人们听到我喉头滚动，他们不知道我在说什么。老家人杨敬修泪眼迷蒙，他把耳朵伸到我面前，他说："少爷少爷，你是在望小少爷吗？可是，小少爷在云南啊。"

"谁在云南？"

"小少爷啊。"

"哦，云南，是的，他在云南……皇上发配他到云南去了……云南好，在云南好……"

第七章　丁黑牛，长岗岭土匪

0

我记得，小时候，爷爷给我讲过廷杖的故事。

不过，我总是记不住廷杖这种文绉绉的说法，我管它叫打屁股。当然，爷爷也打过我的屁股，那不叫廷杖。须得是皇帝下了圣旨，让专门训练过的人来打屁股，那才叫廷杖。

直到后来认识了杨状元，我才记住了廷杖这个词。

或者说，杨状元是我认识的唯一一个被廷杖过的人。

看上去，杨状元也和普通人差不多，略有点胖，脸不白也不黑。如果仔细看的话，你会发现他走路时显得有点不自然。听杨状元说，那就是廷杖落下的后遗症。并且，每到天阴欲雨，受过伤的地方就会痛。

爷爷讲过，山沟里有一种叫斩龙剑的草，把它捣碎后敷到伤口上，可止痛。后来我进山打猎，总会绕到山沟里找些斩龙剑给杨状元送去。

我记得第一次送给他时，他一愣，问："你说什么，这草叫斩龙剑？"

"是啊，斩龙剑。我爷爷说的。"

他突然哈哈大笑起来："斩龙剑，这叶子看起来倒有些像剑，可它斩得了龙么？飞龙在天，或跃于渊……"

说到后面，我再也听不懂了，只好也笑着说："你就试试好了。"

"好的，我一定试，一定试。要是你这偏方能奏效，那不妨多带些到京城去，听说，这些年被廷杖的倒霉蛋可不少啊。"

1

那时，我还是个猎户。后来，我却成了强盗，而且是强盗头子，官府把我称为土匪。为了抓住我，官府愿意出一千贯钱的赏格。上山落草前，我的全部家当也值不了十贯钱，没想到做了强盗，一下子身价百倍。

可是，没有人生下来就甘愿做强盗，甘愿过刀头舔血、火坑扒食的日子，朝不保夕，过一天算一天。

从我爷爷起，我们丁家就是猎户，世代以打猎为生。我从小就是吃兽肉喝山泉长大的。

永昌城外，到处是连绵起伏的大山，山上伏着高高低低的林子，林子里，出没着各种野物。那就是我们丁家的衣食饭碗。我家居住的那匹山梁，距永昌卫西门只有二十里，叫长岗岭。三十岁以前，我在长岗岭打猎；三十岁以后，我在长岗岭抢人。

爷爷在时，除了打猎，每有闲暇，他就坐在茅屋前的芭蕉树下读书。爷爷曾经说过，他以前其实不是猎人，而是官员，他曾经做过我已经忘记了名字的某地方的参将。后来奸臣当道，受人诬陷，只得连夜挂印辞官，躲进了长岗岭。那时候，爷爷已经七十多岁了，满头白发，像一只白头翁。能够证明他做过参将的东西除了那些我看着就头痛的兵书，还有一支手铳和一张弓。

一尺多长的手铳是用铜制成的，有着铜的微黄光泽，仿佛爷爷晚年病入膏肓时的脸色。把火药和铅子填进膛里再舂实后，用火捻送进火门点燃，再瞄准目标，手铳就会喷出一团火焰，发出一声巨响，四散的铅子飞出百余步，能把一群正在觅食的野鸡杀死四五只。手铳上面，刻有一个英字，岁月久远，字已经很模糊。总之，英字更大，后面还有一串小字。爷爷说，这是当年制作手铳时的编号。爷爷还说,那时候,手铳这种贵重武器,只有保卫皇上的神机营官兵才有资格装备。他呢,是因为抗击海盗有功,得到皇上嘉奖,才赏给他这支手铳的。爷爷说起这些陈芝麻烂谷子的往事,满面都是激动和骄傲。尤其说到皇上时,那神情,就像随时要跪下去行三拜九叩的大礼。

如果爷爷知道,他死后,他唯一的孙子不仅没遵照他的教导,像他说的那样,好男儿要为国效力,一刀一枪,博个封妻荫子,反而上山落草做了强盗头子,我想,也许他会气得用手铳抵住我的脑袋。在他看来,我这就是目无君父的犯上作乱啊。

可是,我难道是心甘情愿犯上作乱的么?

火铳之外,爷爷还留下了一张黄桦弓,三尺长的弓,要比普通的更大一号。爷爷说,这是一百五十斤的硬弓。能拉开一百二十斤的弓,称为上力;十个士兵中也许只有一个人能做到。能拉一百五十斤的弓,称为虎力,一百个人中也难找到一个。偏偏你爷爷我就是那百里挑一的人啊。爷爷喝了几口酒,满面红光地捋着胡须。

那年我十五岁,身子骨已经长得像一头小牛犊。那张黄桦弓,爷爷平时轻易不示人的。我听了他的话,不服气,爷爷,你让我也拉一拉吧。爷爷说,你小子正在长身子,别把身子骨弄坏了。

话虽这么说,他还是把弓递给了我。要比我平时用的桑木弓更沉一些。我使出浑身力气,用力一扯,居然把弓拉开了。爷爷兴奋地站起来,不错不错。像我的孙子。

那时,我已经跟随爷爷在林子里跑了好几年了。一开始,我跟在他身后,负责观察打望,像一只猎狗那样尖着鼻子,嗅着林子里淡淡的野物的体味寻找。爷爷喜欢用那只手铳。林子里,手铳的火光闪过,总有山鸡、野兔或麂子倒地。

不过,手铳威力太小,没法用它打野猪。爷爷说,打野猪,得用我的黄桦弓,可惜我老了,拉不开弓了。

十八岁那年,我终于能熟练地使用黄桦弓了。我在那年春天,用黄桦弓猎杀了第一头野猪,一头体重四百多斤,獠牙足有半尺长的发情的公野猪。从那以后,我就成了长岗岭最有名的猎人。

第二年,我和相距只有半里地的林二妹成了亲。成亲后第三天,爷爷病重。

他把我和林二妹唤到床前，他说，黑牛，你爷爷我不行了。我给你讲过，我原本是朝廷命官，是得到皇上御旨奖赏的守备。可惜奸臣当道，只好隐居林泉。你其实不是我的亲孙子。我没有儿女，你是我到长岗岭隐居时，路过永昌卫，在南门外捡来的。那年，云南饥荒，遍地都是饥民。我估计，你亲生父母早就饿死了。我把你拉扯成人，原指望你读书识字，以后也像爷爷那样，做个朝廷命官。可惜，你从小就不是读书的料。唉，也罢也罢。你现在倒是个不错的猎人，这山大林深，饿不着你的。你和林二妹好生过日子，逢年过节，生辰忌日，也到你爷爷坟前烧点纸吧。

爷爷死后，我和林二妹相依为命。每日，只要不是大雨或酷热，我都背着黄桦弓，挎一把腰刀，再带上林二妹为我准备的麦饼，一头扎进熟悉而又陌生的林子。太阳下山时，我总会带回不同的猎物。有时是几只山鸡，有时是一头麂子，如果运气好的话，偶尔，也会是一头野猪。当然，我无法一个人搬走一头野猪，我只是把野猪头切下来带走。在我们长岗岭，有一个不成文的规矩，切下了头的野猪，哪怕摆放在大路旁，别人也不会搬走。因为这意思是说，野猪是有主的，主人正找人来搬呢。要是不讲究地把它顺走，那他的头也会像野猪一样被人切下来。

尽管我打到的野物不少，可野物不值钱。过两三天，我就去一趟永昌城，把野物出售后，换些米面油盐。永昌城里许多人都认识我，知道我是那个独自射死公野猪的神箭手。

噩运是突然之间降临的。

细细说来，这噩运也是我的无知造成的。要是当年爷爷教我识字时，我用心一些，多识得几百个字，或许，噩运就擦身而过了。

要出事时，天气也变得日怪。四月尾上，还没到雨季，却一连降了二十多天的雨，倒不太大，却是从早晨下到傍晚，整座山岭都被淋得湿漉漉的，像是刚从水底捞出来。天空阴得发暗，墙角已经长出了肥大的蘑菇。最初几天，我和林二妹也没着急，就权当是休息吧。我们还没有儿女，关上小院的门，就是二人世界，天天腻在床上。

下到二十来天时，我们开始着急了，这大半个月坐吃山空，米瓮里早就没米了，还有两三斤面粉，一升把黄豆，这要是吃完了，难不成我们就饿死。所以，那天早晨，天有些放晴的样子，我赶紧带了黄桦弓，连干粮也没让林二妹准备，就一头扎进林子。

整个上午却一无所获，野物们好像都被连绵的雨水冲走了，或是搬了家一样。我又累又饿，懊恼着走在乱石横叠的山埂上。这时，我听到从前方的小树林里传来细微的声音。作为长岗岭乃至永昌卫最优秀的猎人，我从十几岁起，就能用鼻子嗅到野物的气味。没错，这应该是一头肥大的麂子。如果能猎获一头麂子，用它换的米面，足够我和林二妹吃小半个月了。

果然，我小心靠近小树林时，一头麂子正在低头吃草。当我张弓搭箭瞄准它时，它抬起头，用潮湿的大眼睛迷茫地看着我，像是一个不懂事的孩子。

意想不到的是，我的箭明明射中了它的脖子，它却发出一声尖叫，快速地转身往山沟跑去。在我的打猎史上，还从来没出现过这种一箭不能让麂子毙命的情况。我追着麂子，来到山沟。山沟深处，树林消失了，有一条清澈的小溪，流水发出哗哗的声音。

我站在小溪畔一块高大的岩石上张望，明明跑在我前面不到一百步的那头中了箭的麂子，竟然再也看不见了。我在沟中来回寻找，找了一炷香工夫，还是没有麂子的影子，就连它身上的膻味儿，也完全消失在风中。我还来不及气恼，就看到临近溪水的石头上，有什么东西闪闪发光。

我走过去，看到一顶金黄色的帽子。帽子上面，有一颗比桂圆还大的珠子，就是它，在微弱的阳光下，发出了亮晶晶的光。

看样子，这帽子被遗弃在水边，时间应该不会有一个月，帽子也还新，只是因雨水而发涨了，衬里有一行字，可我只认识里面的大、明、内、王四个字，其他几个字，面生得很。

谁会把这么一顶华贵的帽子遗失在山里呢？难道还有谁像杨状元那样，喜爱这山里的风景，在游山时不小心遗失了吗？或者，他也像杨状元那样，在这山里遇到了野猪？

2

半年前,我如往常一样在山中转悠,寻找野物。

转过一个山坳,我闻到了空气中若有若无的气味,我身上的汗毛一下子就立了起来,马上张弓搭箭,随时准备射击。

我闻到的是野猪的气味。在长岭岗,山中无老虎,野猪称霸王。这些尖牙利齿的蠢货,平时也不攻击人,但如果它发起怒来,就连黑熊也不是对手。所谓一猪二熊三老虎。我记得山下一个姓吴的猎人,在山上和一头野猪迎面相遇,愤怒的野猪用它铁钎一样的獠牙在他腹部刺出两个大洞,一直顶着他,把他戳死在一棵高大的鸽子树下。

我和爷爷在山中发现他时,他已死去三四天。那悲惨的场景让我在十五岁前做了好长一段时间噩梦。洁白的鸽子花开放在嫩绿的树叶间,真的像一群展翅欲飞的鸽子,山谷里,不时传来鸟儿的啼叫。但就在鸽子花的掩映下,却是一具腹部露出两个血肉模糊大洞的吴猎户。他瞪大了双眼,充满恐惧和痛苦,肠子从两个血洞掉出来,被老鼠啃食了大半。余下的,像是一堆在血水里浸泡过的绳索。

所以,尽管我二十岁时就独自杀死过一头可怕的公野猪,但只要闻到野猪的味儿,我仍然会想起吴猎户。这样也好,我就不会掉以轻心。

我爬上一块高大的岩石,这样不仅视野更开阔,也更利于居高临下地射击。我震惊地看到,前面的空地上,一头野猪正在向两个人扑去。那两个人显然不是猎户,也不是山民,看服饰,要么是读书人,要么是城里的官人。

因为惊恐,他们似乎已经无力挣扎,只从嘴里发出含糊不清的尖叫。

五十步外,我能清楚地看到野猪的狰狞。那两个人面对野猪,背对我,我看不到他们的脸,但我知道,他们的脸上此时一定是绝望。就像吴猎户。

就在野猪的獠牙刚要刺到其中一个人时,我的箭疾如流星,野猪嗷嗷大叫时,我的第二支箭又射中了它。这一次,它倒在地上,哼唧着,把泥地扑打出一个形如圆盆的小坑。

我救下的那两个人，果然既是读书人，也是官人。只不过，现在，他们中的一个因得罪朝廷被发配到永昌卫，一个因丁忧回乡闲居。

他们一个是杨慎，字升庵；一个是张含，字愈光。

想了半天，我才想起丁黑牛其实是我的小名，我爷爷给我取的大名是丁奉国，字卫祖。可是，这名和这字，从来就没人叫过。所有认识我的人，从我爷爷到林二妹，全都叫我黑牛或是丁黑牛。当然，也有例外，那就是在床上时，每到紧要处，林二妹总是用力缠住我的腰，嘴里发出水一样光滑的声音：牛牛，牛牛，好牛牛。

杨慎这个名字我是早就知道的。早几年，我就听爷爷说，有一个叫杨慎字升庵的状元，得罪了皇帝，从北京城赶到了永昌卫。爷爷说，这个杨状元啦，是天上的文曲星下凡，他家老子，做过四个皇帝的宰相。你看爷爷我，只得罪了一个总兵，都只好逃到深山老林里隐姓埋名，他可倒好，他得罪的是皇帝啊。一万个总兵也赶不上一个皇帝。你说说，他杨状元咋就吃了豹子胆呢？要是有机会啊，爷爷我倒是想到永昌卫去会他一会。

然而，说归说，爷爷却从来没有下过山，更没有进过永昌卫。晚年的爷爷更加谨慎胆小，只有茫茫无际的林子，才能带给他些许安全与安慰。

那天，我把杨状元和张含大人带回我家小院。在二位大人的赞叹下，我用一柄锋利的小刀，一会儿工夫就把那头野猪分解成了一堆整齐的肉块。我记得杨状元还称赞我是庖丁解牛，我不知道谁是庖丁，可能是他认识的另一个猎人吧。

林二妹用野猪肉烧了几个菜，我又取出一瓦缸自家酿的米酒，请二位大人用餐。二位大人对我的救命之恩很感激，一个称我是恩公，一个称我是壮士。临走时，他们把身上的银子全都拿出来硬塞给我，我不要，他们不依，我只得收了。过了几天，我打到几只山鸡和野兔，立即去了一次永昌卫，分别把它们送给杨状元和张大人。

杨状元住在城外的一座小山上，曲曲折折的山路爬上去，路旁开满野花。他对我的到来格外高兴，不仅请我喝酒，还为我画了一张像。我把杨状元为我画的像拿回家，叫林二妹好生收起来。以后，我的子孙们就知道我是个什么样的人了。

3

没找到中了箭的麂子，却意外地发现了这顶镶有珠子的帽子。看上去，这珠子恐怕比一头麂子更值钱。这难道是山神爷对我丁黑牛的眷顾？也不枉了林二妹初一十五的晚上总要在家里点一盏清油灯，献上几枚果子向山神爷祈求保佑。看来，山神爷也是个知冷知热懂礼节的好人呢。

没带干粮，很饿，我在小溪边喝了一肚子的水，走路时，我甚至能听到那些水在肚子里晃来晃去发出的声响。很快，我终于射中了三只山鸡和四只野兔。我用一根树枝挑了它们，急匆匆地往永昌卫而去。我的怀里，揣着那顶帽子。我想，这帽子和珠子到底值几文钱，我还是去问问杨状元吧。他见多识广，一定是懂的。

不巧，杨状元寓所却锁了门。按我的计划，原本想在他家里吃点东西填填肚子再进城。可没法，他既然不在家，我只有往城里去。到城里，已是未时，太阳偏西了。我在经常打交道的那家山货店卖了山鸡和野兔，买了几升米准备回家。山货店旁边，是一家当铺。我灵机一动，何不让当铺的朝奉看看，这帽子和珠子值几个钱呢？要是价钱合适的话，不如把它当了，再买些油盐回去。

朝奉在柜台后面打瞌睡，两个小二瞪着牛卵子一样的眼睛。我把帽子从怀里掏出来递给小二，小二递给朝奉，朝奉看了又看，一下子精神百倍。

朝奉问："兄弟，你这帽子从何而来？"

我略一愣，还是老实回答说："山上捡到的。"

朝奉点头："哦，捡到的。你等等。"他回头对小二说："快给这位兄弟上茶。兄弟，你先请宽坐片刻，我把帽子拿到后院给掌柜的看看。"

我点头称是，在旁边的圈椅上坐下来。一个小二捧上茶。我问："朝奉，有没有面饼点心，我还没吃午饭呢。要有，劳烦给几块。"朝奉说："有的有的。"小二转身去后院拿饼。

一会儿工夫，小二端出一盘香酥饼。可是，我才吃了两口，几个全副武装的士兵在一位官爷的带领下突然冲了进来。我吓一大跳，急忙从椅子上站起来。

我完全没想到的是，他们居然是来抓我的。我徒劳地喊着冤枉，可没人听。那位官爷大概是嫌我声音太大太吵，伸出刀背在我的头上拍了几下。我一阵昏眩。醒过来时，已经被反绑了双手，两个士兵一左一右架住我，在街上拖行，两旁立满了看热闹的人。

我想说话，想辩解，却发现嘴里居然还塞了半片香酥饼。我吃力地咽下香酥饼。后来我才知道，那是我一辈子吃过的最好吃的香酥饼。因为从那以后，我再也没吃过香酥饼了。

"官爷，官爷，小人是个猎户，从没干过违条犯法的事，你这是抓错了吧？官爷，官爷你倒是说话啊。"

官爷一声不吭地虎着脸，对我扬了扬手里的刀。

我怕他又一次拍我的头，只得闭嘴不说话。

看热闹的人叽叽喳喳。

"抓他干吗？"

"哦哟，好一条莽汉。"

"听说是朝廷派往掸国宣慰的公公，竟然在长岗岭被人杀了。"

"是啊是啊，一个多月了，皇上发了火，要永昌卫限期抓住犯人。"

"这不，就抓住了嘛。"

"啧啧，这人真是吃了豹子胆。公公是皇上身边的人，他也敢杀，那还不得灭族呀。"

"你知道啥，听朱紫当铺的王朝奉说，这人不但杀了公公，还把公公的官帽拿到当铺想换银子呢。"

"啊啊，天底下哪有这么笨的人，这不自投罗网吗？"

"要不就得了失心疯。"

叽叽喳喳的议论让我渐渐明白自己为什么会被抓了，越想越怕，在溪边捡到的有珠子的帽子，难不成真的是朝廷里某位公公头上的？而这个公公竟然被人杀了？天哪，现在肯定要把我当成杀人犯。那我这条小命还保得住吗？

汗水从头上冒了出来，"官爷官爷明察，小人是个安分守己的猎人，那顶帽子，是小人打猎时在山里捡的。"

"闭嘴。有话你一会儿对金事大人说去。"

"官爷，我真的冤枉啊，真的冤枉啊。"我绝望地大喊，军爷顺手操起腰刀，刀背在我头上拍了两下。还好，虽然昏眩，却没倒下去。估计他是怕我倒下去了，架我的士兵会更吃力。

离永昌卫指挥衙门越来越近，我也越来越绝望。看来，这条命要丢在永昌卫了，可怜我的林二妹还饿着肚子等我买米回家呢。想起林二妹，我泪眼模糊，又无力地喊了一声："官爷啊，我真冤啊。"

这时，我听到一个熟悉的声音突然叫我："黑牛，你这是怎么啦？犯了什么事？"

我眨巴眨巴眼睛，看到一个瘦长的中年人站在几步之外的屋檐下，头戴四方平定巾，身着杂色盘领衣，正是两个时辰前我寻访却不遇的杨状元。

心中一凛，我知道，我有救了。

"状元公，我冤枉啊。"

那押送我的官爷也识得杨状元。其实，真要说起来，恐怕一大半永昌卫的人都认识杨状元，纵使不认识，也一定是知道他的。所以，尽管现在杨状元早已不是官身而是沦为军籍，那位官爷依旧礼貌地和他互相打了个拱。

"经历大人，他这是犯了什么事？"听到杨状元叫指挥抓我的官爷经历大人，我才知道他原来是永昌卫指挥使下属的经历司的长官。看他身上的官服补子，是一只有点像老虎的野物。那野物好像叫彪。对武官补子上的动物和品级，爷爷曾经给我讲过好多回，我大体还记得。那么这位经历大人，他的品级是正七品。爷爷说，他原来的补子上，绣的是一头凶猛的熊罴，那是正五品，要比这位经历大人，高几个级别。

可是，那又怎么样，他的孙子不是照样被人家用刀背敲得晕头转向，当作杀害公公的要犯押回去受审吗？

"状元公，你怎么会认识这个人？"

"经历大人，此人姓丁名奉国，字卫祖，小名叫丁黑牛，是长岗岭上的一个猎户。几个月前，还从一头野猪獠牙下救了我和张愈光一命呢。"

"哦哦。原来如此。其实说来也简单，状元公想必也听说过，三个月前，朝廷派卫公公带了两个人前往掸国，据说是要为大内采购翡翠，谁知卫公公到达永昌境内的长岗岭时，却忽然失了踪，生不见人，死不见尸。据他两个手下报告，说是那晚借住在长岗岭中的长生寺，前一晚明明服侍他上了床，天明时人却不见了。卫公公是皇上身边的人，莫名其妙失了踪，皇上自然无比震怒，责令指挥使大人限期破案。可我们把长生寺的十几个僧人和周边两个村庄的住户全都关起来拷问，不瞒你说，死在棒下的就有好几个了，还是审不出一点线索。今天朱紫当铺的朝奉来报告，说这个人竟拿了卫公公的帽子到当铺来典当，你说他一个山野猎户，要不是杀害了卫公公，卫公公的帽子为何在他手中？"

  杨状元还在沉思，我急忙喊道："状元公，那顶帽子我也不知道是谁的，我射中了一头麂子，那野物把我带到山沟里的小溪边上，我在一块大石头上捡到的。状元公，你晓得的，我是一个本分的猎户，我怎么可能谋财害命？"

  杨状元想想，对经历大人说："经历大人，这丁黑牛，与我倒是相识了大半年，我素知他是个本分的人，这中间想必另有蹊跷。我敢肯定，他绝对不是凶手。卫公公也未必然就一定是被人杀了，那长岗岭林深草茂，野物多的是，说不定晚上起夜时，被野物叼走了也是可能的。"

  经历道："状元公说得自然有道理。只是，如今指挥使大人急于破案，再说，这丁黑牛既然和卫公公的帽子有牵涉，依下官愚见，怕是难以脱得了干系。"

  "状元公，救我，救我。"

  "黑牛，我会救你的。经历大人，你这是准备把他押到指挥使大人那里去吗？"

  "指挥使大人这两天亲自带了几百兵丁到长岗岭搜山，想必后天才回城。按规矩，得由下官先把他羁押过堂。"

  "既如此，还盼经历大人手下留情。丁黑牛绝对不是真凶。"

  "状元公，我这里好说。只是，指挥使大人后天回城，你看该怎么办吧。"

  一番话之后，杨状元与经历大人揖别。临走，杨状元拍了拍我的肩膀，安慰道："黑牛，我知道你是冤枉的，我一定会救你。经历大人是个明是非有本事的好官，必定还你一个清白。"

  经历听了，长脸上荡出数不清的笑纹："状元公，请了。"

4

那天晚上，我被那个姓周的经历押到了牢里。不大的牢房，关了三个和尚，七八个山民。他们就是周经历所说的长生寺的僧人和附近住户。所有人都气息奄奄地躺在谷草堆上，有的在呻吟，有的在饮泣，还有的面目呆滞，一副等死的神情。

一个年岁较大的老人，大概受的刑要轻些，坐在门侧，一动不动地盯着我。

一会儿，他问我："你啥事进来的？也是因为卫公公吗？"

我点头。

"可我是被冤枉的啊。"

一个正在呻吟的和尚抬起头："这里有谁不是冤枉的？前些天被打死的那些人，又有哪个不是冤枉的？"

另一个年老的和尚止住了他："阿弥陀佛，众生皆苦啊。"

后来，当老人听说我是捡到了卫公公的帽子被抓进来的时，他突然从地上一跃而起，猛地扼住我的肩膀："你说，你是不是真凶？你就赶快招了吧，你招了，我们才能活命。"

另一个男人也站起身："你若不是真凶，你怎会捡到卫公公的帽子？我们可是连卫公公是男是女是胖是瘦都不知道。刘爷，一会儿经历再来审问，我们就一口咬定，就是这条黑大汉做下的好事。"

我又急又怕："你们可不能血口喷人啊。"

刚才那个呻吟的和尚睁大了眼睛，另一个一脸苦相的老和尚原本一直闭目养神，这时睁开眼说："苦海茫茫，何处是岸？众位施主既然知道他不是真凶，又怎能睁着眼说瞎话？难道不怕死后下拔舌地狱吗？"

一时间无人回话。过了半晌，抓我的老头愤然道："还要等死后下地狱？这指挥使司监狱不就是求生不得求死也不能的地狱吗？阿猪，一会儿提审，就照我们刚才说的办吧。"

我操你个亲娘。我忍无可忍，一拳打在老者脸上，老者一脸鼻血，用手一抹，手上也沾满了血，他把血手伸到我面前，一一抹到我身上。

正闹得不可开交，外面传来周经历的声音："丁黑牛，状元公给你送的酒食。"

一个兵丁手里提着食盒，打开牢门进来，把食盒递给我。

呻吟的和尚早已不呻吟了，他探头问："状元公，哪个状元公？"

老和尚说："永昌卫难道还有第二个状元公吗？不要说永昌卫，全云南行省也只有一个状元公。"

"师父，你是说杨状元吗？"

老和尚点头。

所有的人都看着我和我手中的食盒。

满面是血的老者也看着我和我手中的食盒，他的鼻子受了伤，说起话来有点嗡："黑大汉，杨状元和你啥关系？他为啥要给你送酒食？"

"他……他晓得，我是冤枉的。"

"我们哪个不冤枉？"

老和尚淡淡地说："也许，只有杨状元救得了我们。"

后来我听说，我被投进监狱次日，永昌卫指挥使刘大人从长岗岭搜捕回到了永昌。杨状元立即前往指挥使衙门求见。刘大人大概听手下人汇报过情况，推辞说一路劳顿，无法见客。杨状元无奈，只好在指挥使衙门对面的一家客栈住下来。客栈的窗户正对着衙门，他和老家人杨敬修，两人轮流注意着衙门，以便刘大人出门时求见。

有杨状元的关照，我在狱中前两天，他都让人把酒食送了进来，并让周经历转交给我。我反倒比在家中吃得更好些。

指挥使大人亲审之前，周经历先审。我照实把事情讲了一遍。周经历倒也没为难我，录了口供，令我签字画押。好多年没写过字了，加上心里害怕，我把丁黑牛三个字写得歪歪斜斜的，衣袖上也沾了墨水。写完才想起，丁黑牛是小名，我其实应该写丁奉国才对。但周经历好像并不太在乎，他总是一副神思恍惚的样子。

回到狱中，同监的几个人见我居然毫发无损，都有些意外。倒是老和尚有见识，他仍旧淡淡地说："他有杨状元关照。杨状元再是被贬为民，可他说话，人家还是要听几分的。"

另一人接着说："是呢是呢，我听人说，中状元的人，前世都是天上的文曲星呢。"

杨状元终于见到了指挥使刘大人。这次倒不是杨状元上门求见，而是刘大人新近修缮了永昌城的东门城楼，城楼上照例得写几个字，想来想去，刘大人和手下的同知一致认为：再也没有比杨状元来写更适合的了。

同知不知道刘大人不想见杨状元，或者也有可能刘大人把杨状元求见的事给忘了，当即派人去请杨状元。一会儿工夫，杨状元就来到了衙门。

自然先写字。刘大人虽是武将，却也爱舞文弄墨，可能正因为有这爱好，他对杨状元也还过得去。按朝廷规矩，杨状元不仅早就削职为民，而且还属于谪戍，理应干些守城卫土的事。但据说云南巡抚等一应官员，自然也包括刘大人在内，都对他抱有好感，默认免去了他应服的杂役。

杨状元为东门城楼写的字，一个月后，被制成了一块精致的木匾，挂到了城楼正中。那时，满城的人，识字的不识字的，都跑去围观。围观时，识字的不识字的，都纷纷伸出大拇指说，写得好。有识字的问那不识字的："你说好，好在哪里？"那不识字的就呆了半响，团着脸笑着说："好大，好粗，好黑。"

杨状元写的三个字是：沐晖门。

城楼下的城门洞两侧，两端各挂一条长匾，那是杨状元写的对联，那几个字，我倒还依稀记得，道是：

一时忧乐登楼起
万里江山持酒看

写完字，杨状元趁刘大人和同知大人心里愉快，出言为我求情，不仅为我求情，还为长生寺的僧人和被抓来的山民求情。

刘大人原本盈盈的笑意如同急雨后的彩虹，转眼间就消失得无影无踪。同知忙着打圆场："状元公，为了卫公公失踪这事，皇上两番下旨切责，我们也不好交差啊。那丁黑牛持有卫公公的帽子，即便不是凶手，也多半是知情者。只要他好好地招了,我保证不为难他。"

刘大人这才缓和了脸色:"是啊,杨状元,你前年谪戍来永昌卫,我和李同知对你如何?我们都敬你是名满天下的大文豪,从来都礼敬有加。你既然和丁黑牛有些交情,不如帮我们劝劝他,他要是招认了,这事就算了啦。我和李同知哪怕舍了这顶乌纱,也要保他一条命。"

杨状元听了,气得笑了起来。刘大人不仅不承认丁黑牛是冤枉的,反而要杨状元劝我自证真凶,那样,他自然可以对朝廷交差。可我丁黑牛还有命吗?他说什么舍了乌纱也要保我一条命,简直是把杨状元当小孩子哄。

话不投机,杨状元知道再说下去只有越说越僵。他只得拱手告辞。

李同知在后面喊叫:"状元公,你的字和对联,壮观本卫,刘大人也不会亏待你,给你准备了一瓮酒,一只羊,我一会儿令军士送到府上。"

杨状元回道:"不必了。两位大人留下自用就是。"

说罢,扬长而去。

其实,走出指挥使司衙门,杨状元就后悔了。

就这么一走了之,他没法救我丁黑牛,更没法救长生寺的僧人和山民了。

可又不能折回去。折回去,刘指挥使和李同知更不会松口。怏怏走到街上,杨状元有些不知所措。幸好,杨敬修是个难得的明白人,他年岁虽大,脑子却好使。他一看杨状元脸色,就知道碰了壁。他小声提醒杨状元:"小少爷,找找张大人如何?"

杨状元恍然:"对,刘大人不给我面子,愈光的面子他未必也不给?走吧,去张府。"

张大人就是张愈光,名叫张含。张家是永昌世家大族,据说早在唐朝时,张家的先祖就从湖南邵阳府迁居云南大理。好几代张家子弟,都曾在南诏国和后来的大理国任过要职。到了国朝,张家也是人物不断。张含的高祖、曾祖、爷爷和父亲,都是饱学之士,点过翰林,出任过尚书或侍郎。永昌有句俗话叫作:永昌有三宝,永子、张家和玛瑙。

永子就是永昌出产的围棋子,爷爷爱下围棋,他有一副永子,光润如玉,握在手中,冬暖夏凉。爷爷晚年不再到林子里打猎时,几乎每天都要长时间地坐在窗前或门前的鸽子树下,自己和自己下棋。空寂的山岭间,除了鸟啼的声音和花开花落的声音，常常就只有偶尔响起的，他的永子落到棋盘上的脆响。

玛瑙产自永昌城百十里外的一匹大山上，大山就叫玛瑙山。山上挖出的玛瑙，打磨后十分细腻，红白相间，很是好看。林二妹嫁到我家时，她父亲给她的嫁妆便是一颗小小的玛瑙。

张府不用说了，在永昌卫，谁都知道，张府就是张家，一门九进士，祖孙五侍郎。不要说在永昌卫，即便在云南省，怕也是不好找到第二个了。

不过，张含却好像时运不济。他中了举人后，先后多次进京赶考，却次次都没能金榜题名。直到四十多岁时，才总算中了进士，授了某地知县。谁知，他后发先至，做了知县的张含一路升迁，很快就做到了知府和分守道、分巡道。前年，他的母亲去世，他回到永昌卫丁忧。据说，他与杨状元从儿时起就是好友，此时两人同在永昌卫，经常结伴出行，游山玩水。这也是我能同时从野猪獠牙下将两位大人物救下来的原因。

公正地说，如果不是张大人；或者更准确地说，如果不是当我刚下狱时，遇上朝廷为张大人任命新职务的文书正好下达，单凭杨状元，要把我救出来，一定困难重重。

杨状元和杨敬修到张府时，张含满面春风地迎了出来。

客厅里落座后，张含告诉杨状元，昨天，刚接到朝廷诏命，他被任命为腾冲兵备道。

杨状元有几分狐疑："愈光，你之前早就任过分巡道、分守道，论品级，与这兵备道相同，似乎不值得你为之一璨。再说，腾冲兵备道驻永昌卫，辖区遍及滇西，不仅与掸国等方国接壤，境内复多夷民，事务繁剧，按理你不但不该高兴，反该苦恼。"

张大人含笑望着杨状元，既不点头，也不摇头。杨状元也望着张大人，似在沉思。

良久，杨状元的声音有些哽咽："愈光兄，还是让我来回答这个问题吧。你是担心我独自在永昌卫，无人照应，所以才视肥差美缺为粪土，一心要留在永昌卫，好做我的保护伞吧。"

张大人轻轻辩解说："升庵，也不完全如此。你知道，我祖辈墓庐都在永昌，我也四十好几了，不想再宦途漂泊。也难得朝廷开恩，准了我的请求。你知道的，要是我求做永昌知府，朝廷万万不可能为我破例。至于这腾冲兵备道，虽然驻地主要在永昌，治下之地却多在腾冲及滇西，上面也觉得不至于违了回避制，总算勉强答应。"

杨状元有些愤愤不平："愈光，如今严嵩父子当政，细究起来，他不过是靠写青词得宠于今上，闭塞言路，结党营私，你要做这风险巨大，地理闭塞的偏僻之地的兵备道，他们可是求之不得。你要是求个苏松道或是中原的粮道，四川的盐茶道试试，你看他们准不。"

与杨状元容易激动不同，年长他几岁的张含大人是个宁静的人。他又笑笑："严嵩倒是给我写了封信，要我对你多加照顾呢。我知道你和他交情不算深，也看不上他，可他以前也受过令尊大人的恩惠。他还知道感激，还不算万恶。"

两人议论了一番，杨状元想起来张府的目的是救我丁黑牛和长生寺的僧人与山民，就把前因后果仔细对张含讲了一遍。

张含听了，沉吟半晌："刘指挥使想浑水摸鱼，他要用丁黑牛的人头来向朝廷交差。不要说丁黑牛曾经救过你我的命，即便是全无干系的陌生人，从道义上说，也该施以援手。"

杨状元说："奈何我不顾老脸，可惜人家并不买账。为今之计，只有请愈光兄出手。"

张含道："他这个指挥使司是武职，我这个兵备道是文职。虽然文武有异，然而统辖事务却多有交叉，日后他所需的粮草军械，还得从我这里划拨。我要为丁黑牛洗冤，这面子他多半得给。但丁黑牛放了，那些无辜的僧人和山民，却必然被他严刑拷打，以致屈打成招，弄一个两个来当冤大头搪塞朝廷。"

杨状元急道："我刚才倒寻思出一个法子。只是，这法子又对不住老兄了。"

张含想了想，点头："升庵兄，我知道你的法子了。恐怕也只有这样了。事不宜迟，我马上去指挥使司衙门。"

两人之间这些关系到我生死的商讨，我身在狱中，自然不可能知道。我是事后听杨敬修谈起的。杨敬修谈起杨状元时，总是称他小少爷，虽然杨状元其时已经两鬓花白，是一个年过四十的中年人了。

张含到指挥使司求见刘指挥使，刘指挥使自然也已经看过塘报，知道张含新近被任命为腾冲兵备道，以后还有不少事情要依赖他，对他十分热情。

当张含把他的来意说明时,刘指挥使非常意外,也非常干脆甚至带有几分激动地马上答应了。

张含说,由他来接手卫公公失踪的案子。如果刘指挥使同意的话,他马上向朝廷请示。

这两个月来,卫公公失踪案一直是刘指挥使挥之不去的噩梦,如今竟有人主动把这烫手山芋接过去,他如何不又惊又喜呢。

刘指挥使一边满口答应,一边令手下大摆酒宴,声称要为张道台履新庆贺庆贺。张含笑道:"既如此,我也就恭敬不如从命了。不过,我有一至亲好友在大人治下,若方便,请他一同饮一杯如何?"

刘指挥使知道张含说的是杨状元,自然满口答应。那天,杨状元在指挥使府喝得烂醉。后来,由刘指挥使派了两个士兵,一边一个,将他架着送回了家。

次日,我和关押在狱中的僧人和山民一起被放了出来。

兵丁刚打开牢门,宣布我们无罪释放时,包括我在内的人都一拥而出,只有那位老僧慢条斯理地站起来,把脏兮兮的灰色僧衣整理了一下,甚至还把地上的稻草顺了顺。我回过头,听到他喃喃地说:"杨状元宅心仁厚。救人一命,胜造七级浮屠。"

两天后,在几名兵丁的护卫下,张大人和杨状元骑马来到我家。他们说,虽然我和僧人、山民都被释放了,但卫公公失踪这事,也不可能就这样不了了之,必须给朝廷一个交代。他们琢磨了很久,认为最大的可能不是有人杀害了卫公公,而是卫公公死于野物。他们此行的目的,是要我发动长生寺的僧人和附近山民,仔细搜寻方圆十里的林子。

长生寺的僧人和附近山民都感激张大人和杨状元的救命之恩,我把他们的意思一说,从半大孩子到七旬老人,甚至几个没缠过足的夷妇,一下子就组织了一支两百来人的队伍。队伍分成三队,每天天明就带了干粮和武器到林子里寻找。

到第七天上,有人在距长生寺三四里的深山沟里,发现了一只靴子,经过确认,那靴子就是卫公公的。紧接着,又在深山沟的一个山洞里,发现了一个老虎洞。洞里,除了鸡骨、狗骨、麂子骨外,还有卫公公的另一只靴子。张大人对长生寺仔细查寻后,发现靠山一侧的围墙被扒下了几匹青砖,那里,距卫公公当晚下榻的房间最近。

事情到此算是水落石出，卫公公是被一只饥饿的老虎叼走的。真凶既不是我丁黑牛，也不是长生寺的僧人或附近山民，而是老虎。几天后，我带着另外几名全副武装的猎户，以及张大人手下的十几个同样全副武装的兵丁，将那只老虎围在洞前，一番箭雨和手铳的射击中，山谷里回荡着打雷一般的愤怒吼声。之后，这野物才慢慢地倒了下去。

但我还是为卫公公的那顶帽子受到了处罚。张大人说，按《大明律》规定，我这种行为，当处以笞刑，也就是用竹板打背部或屁股。不过，张大人说，念在你猎虎有功，笞刑就免了，就罚你到永平前所去做一个月苦力吧。

5

永平距永昌卫不远，那里有一个由永昌卫指挥的所，称为永平前所。永平前所的城墙因山洪暴发倒了几十丈，正在征调民夫重建。甚至就连杨状元，因为他的身份是谪戍的军籍，也被征发去工地。

张大人宣布了对我的处罚后，小声对我说："明白我的用意吗？状元公也要去工地，哪怕是做个样子也得去，我却不便再陪他，你一路上替我小心伺候他吧。"

就这样，我和杨状元来到了永平前所。永平前所只是永昌卫统率的一个千户所，说是千户，其实离太祖爷时代规定的军人数量已差出不少。千户所的总部，说是城，其实只算一座稍大的寨子，横在半山上。夏季山洪暴发，洪水从山顶直流而下，竟把寨墙冲毁了几十丈。趁着秋天里多阳少雨，永昌卫便派了几百号军户和我这种犯了轻微过失的平民前来筑墙。

与永昌城的城楼全是十多斤重一匹的青砖砌成不同，永平前所的寨墙很寒酸，它用泥土夯成。永平前所四周，林子不像永昌城外那么幽深，大山变成了小山坡，山坡上全是黄土。从一箭之地用竹筐把黄土担回来，放进两长两短四块厚木板架成的方框里，再用一种像舂杵的东西用力地舂得紧实。如此一框框、一段段、一层层地舂上去。

千户所的长官卢千户是个只有一只眼的武夫,据说他的另一只眼是在与夷人交战时,被夷人的箭射瞎的。他喝醉了酒向人夸口说:"老子就像三国时的猛将夏侯惇一样,那箭插在我眼眶里,老子一把扯出来,眼球还挂在箭上,老子一口把眼球放进嘴里自己吞了下去。那个射中老子的夷人头人吓得目瞪口呆,老子拍马上前,一刀把他砍成两段。"听的人都不住口地恭维:"夏侯惇算得了什么?他要是生在咱大明,恐怕和卢大人还过不了两招呢。"卢千户哈哈大笑。

是故,卢千户看不起文人。甚至,他连大名在外,连他的上司刘指挥使和周同知都礼让三分的杨状元也不放在眼里。

第一天,他训话。训完,分派活计。我和杨状元都以为,就像以前走过场一样,不会给杨状元分配具体事务,纵然要分配,也不过让他核计一下各人完成的额度罢了。他尽可以像往常那样住在客栈里,喝喝茶,晒晒太阳,要不四处走走,隔三岔五到工地上看看就成。

可是,卢千户看了杨状元几眼:"你这病汉,让你夯土,你怕是夯不扎实,到时那墙连风都要吹倒。你就去担土吧。"

杨状元有点意外,他轻声说:"千户大人,我是杨慎。"

卢千户漫不经心地用仅有的那只眼睛瞟了瞟杨状元:"我知道你是杨慎。若是从前,你还是状元还是翰林编撰,我这个千户自然管你不着。不过,你如今不仅无官无职,还是我永昌卫管辖的军户,你不去担土,难不成让老爷我去替你担?"

杨状元面色通红,却又不好发作。我灵机一动,上前向卢千户施了个礼:"卢大人,杨状元体弱有病,你看能不能让我替他担?我每天担两人的量就是了。"

卢千户冷笑一声,手里的马鞭"啪"的一声抽到我脸上,火辣辣的,像被毒蛇的芯子舔了一下。

"你他妈是谁?你有资格跟老子说话吗?"

"回大人,小的是长岗岭的猎户丁黑牛。"

接下来几天,杨状元也只好挑了一副竹筐,和我一起挑土。我跟在他身后,趁人不注意,把他竹筐里的土倒一些在我的竹筐里,到了寨墙下,又把土还他。

即便如此,不到十天,杨状元已累得不成样子。我建议他赶紧给张含大人写封信，让他出面给刘指挥使说说。杨状元却摇摇头："算了，我杨慎几十年不稼不穑，干几天重活，也算是古人所说的劳其筋骨饿其体肤吧。咬咬牙，就过去了。"

我听不懂他说的啥意思，只好跟着他担土。

出事是在担土的第十五天。本来，看样子，最多再有十来天，工程就要结束了。

那天，我正低头弯腰，挥动手里的铁锹，把一锹锹泥土往竹筐里塞。我忽然感到身边所有的人都停止了劳作，一个个拉长了脖子，就连同样低头挥锹的杨状元，也抬起身子。

我也抬起身子，顺着他们的目光看过去。

我看到一个年轻女子，手里挎着一只竹篮，背上背着一个青布的包袱，从山坡上走过来。几乎每一天，都有民工的家眷送衣服或食物到工地上来，但大多是些土木形骸的中老年妇人。这一个，却是年轻女子，洗得发白的青色布衣，难以掩饰其姿色。

我一下子就认出，那不是我的林二妹吗？我放下铁锹，看看卢千户并不在周围，于是向林二妹飞奔过去。林二妹也看到了我，急急忙忙迎过来。

林二妹为我带来了换洗衣物，以及竹篮里的酒食。酒是长岗岭下的长岗镇糟房的苞谷烧，下酒菜是两只腊猪腿。林二妹匆匆地说了几句话，把东西交给我，就得往回赶。太阳已快偏西了，她必须得天黑之前回到家。否则，天一黑，山上的野物就要出来害人。

谁知道，不等天黑，野物就出来害人了。那时候，我天真地以为，只有四条腿的野物才害人，不知道两条腿的野物害起人来更疯狂。

林二妹走后，我拎了竹篮和蓝布包回到工地上。那天卢千户一直没来，其他两个负责监督的百户，为人和气，眼见得墙已筑得差不多了，比原计划至少能提前十天半月的，因此大多数人都放下手中的铁锹和竹筐，或坐或躺，十分悠闲。

我回到杨状元身边，把他拉到旁边一株银杏树下。刚入秋不久的银杏，叶子将黄未黄。我自竹篮里取出酒食，请杨状元一同坐下享用。看看两个百户在旁边不远，杨状元朝他们努努嘴，示意我将他们请来。两个百户客气一番，上前来吃了两片肉，饮了半壶酒走开了，乐得我和杨状元顶着满头将黄未黄的银杏叶，慢慢地喝。

太阳西沉，像一枚没煮熟的鸡卵，蛋黄浸散出来，把西边天际的一抹山峰都染得有几分昏黄。那里，就是我熟悉的长岗岭。估摸着，我的林二妹应该走到半山腰了。

"状元公，小的敬你一杯。"

"同饮同饮。"

"状元公，你吃些腊肉。这是内人的手艺。"

"黑牛，你可是讨了个贤内助啊。不仅人漂亮，腊肉也熏得恰到好处。难得的是，她一人走这么远的山路，巴心巴肝地给你送来。"

"嘿嘿嘿，状元公过奖了。"

就在这时，住我家山脚下的二狼从远处飞跑过来，一边跑，一边气喘吁吁地喊我："黑牛黑牛，你个小杂种在哪里？"

我站起身，大吼："二狼，你叫魂啊，老子在这里。"

二狼比我小两岁，从小一起长大的，这次也被征来筑墙。

二狼跑到面前，直喘粗气。

"二狼，你个日脓包跑啥子，见了状元公也不晓得打个拱作个揖。来，拿着，喝几口。"

"喝，喝个卵。你婆娘，你婆娘被卢千户弄到黑屋里去了。"

"啥，你小杂种说啥？"我一把抓住二狼。

"黑牛，快去看看。"杨状元低沉地吼了一声。

我放开二狼，撒腿就跑。跑了几步，才发现手里还捏着那个陶制的酒壶。

二狼说的黑屋，是城墙门洞里的两间屋子，据说打仗时可以伏兵或是屯放兵器；不打仗时呢，千户所有时把抓到的他们认为犯了法的人关进去。屋子没有窗户，小门一关，里面漆黑一团，幸好凹进去的一面墙上，常年点了一盏油灯。

我拉着风箱一样跑到城门洞里时，城门洞边有两个兵丁在站岗，他们把手中的长枪一顺，挡住去路："干什么？"

"我……我找卢千户老爷。"

"千户老爷正忙，你走开些。"

"军爷，我有急事，我要见千户老爷。"

"走开。千户老爷岂是你想见就见的。"

"咦，你不是那个长生寺云光和尚的侄儿吗，我是丁黑牛啊，说起来，我们还有点远亲，我看，你得叫我黑牛叔呢。"

那个兵丁歪着头，好像也认出了我。趁他犹豫之际，我把手里的酒壶递给他："来，你们站岗也累了，不如喝几口。我马上就出来。来来来。"

我跑过城门洞，在城门洞后边的瓮城里，找到了那间黑屋。黑屋前有一条阴暗的过道，黑屋的门半掩半开。我听到林二妹的声音从黑屋里传来，像是溺水的人在无望地挣扎呼救。

我的身子颤抖起来，完全不受控制。我用力咬紧嘴唇，推开黑屋的门。一盏昏黄的灯，把室内照得晦暗不清。唯有两具白色的肉体，发出刺目的光。我的头被它们的光一刺，立即眩晕，必须扶住墙，才不会倒下去。

卢千户光着身子，我的林二妹也光着身子。肥大的卢千户的身子，把我的林二妹苗条的身子，压在冰凉肮脏的泥地上。

林二妹拼命挣扎，卢千户气喘吁吁，我听到空中飘浮着卢千户难懂的下江口音："你要是不从了我，我就污你男人谋反，杀他的头，杀他的头，哎哟，辣块妈妈，你敢咬你爷……"

我扶住门框，我喊："林二妹。"

卢千户吃惊地回过头，他眯着眼看了看："你是谁？不见老子正在忙，滚出去。"

林二妹听到我的声音，挣扎着从地上坐起："黑牛黑牛快救我。"

"你就是他男人？你听着，赶快滚出去，要不然，本千户告你谋反，把你凌迟处死，再灭你三族。快点出去！"

我的手从门框上滑下来。它在发抖。

很多年过去了，我依然无法原谅自己。我是个胆小怕死的懦夫。我敢一个人独自在深山老林里打死一头发疯的野猪，可我却不敢把我的女人从卢千户身子下救出来。

亏得当初杨状元和张大人称赞我是壮士，我居然觍着脸应了。

天底下哪有我这么无耻的人啊。

我这种人，也只配当强盗，只配钻林子住岩子挨刀子。

门被卢千户重重地推了过来，门板打到我额头上、鼻尖上。一阵酸痛，血从鼻孔里涌了出来。我像根木头一样呆在门口。林二妹的声音又轻又飘，像是从天上传来的。我宽慰自己，或许，这只是一个梦吧？

"黑牛黑牛救救我，你救救我呀。"

"黑牛黑牛你个小杂种，你倒是救救我呀。"

6

我忘了那天是怎么回家的。按理，我还得在工地上干下去，虽然我们干得很快，要比预计的早完成半个月，剩下那段墙，可能还需要再筑十天，当然也可能是五天。

但我回家了。我隐约记得在城门下遇见了杨状元。杨状元很愤怒，也很着急的样子。我很奇怪，他有什么愤怒和着急的呢？他再不济，也是个做过京官的状元嘛。哪像我丁黑牛，我这个长岗岭中的猎人，除了在野物面前耍耍威风，一个千户长，一个百户长，甚至，更小的，一个总旗，一个小旗，都可以像捏只蚂蚁一样把我给捏死。

林二妹睡在床上。我以为她在哭。但她没哭。她睁大了眼睛望着蚊帐，一眨不眨，好像上面正在演戏。

"二妹，我回来了。"

林二妹没吭声。

"二妹，你……要吃点东西吗？我去给你做。"

林二妹没吭声。

"二妹，你……要喝点水吗？我去给你倒。"

林二妹没吭声。

我坐在门前的石桌边喝酒。一壶，又一壶，我记得我好像一共喝了三壶。没吃口菜地喝了三壶。然后，我像半匹山一样倒在地上。等我被山风吹醒时，天快要亮了，因为我看到太白金星已经走到了西边那匹最高的山上。夜露滴滴答答地从鸽子树、杉树和板栗树上抖下来，像是下起了雨。残缺的月亮发出惨白的光，有力无力地挂在东边山上。

我的头痛得厉害，口也渴得很。我起身走到房间，想倒口水喝。

我看到林二妹披头散发地站在堂屋正中。只是，她没这么高啊。她怎么突然长高了？我走近她，她的旁边有一把倒在地上的椅子。她的身子悬在空中。她细长而白皙的脖子上，拴着一根布带。布带的另一端，系在房梁上。

一盏灯晦暗不明，它让我想起了城门洞黑屋里的那一盏。它们不仅样子相似，就连发出的光也相似，扑闪扑闪的，如同一只惊慌的兔子，时刻想要夺路而逃。

"二妹，林二妹。"我扑上去把她解下来时，她的身子还有些余温。我把她抱在怀里，一直，抱了两天，直到她的身体完全冰凉、僵硬，直到杨状元在杨敬修的陪同下，拄着拐棍，满面悲伤地出现在我家院坝里，大声喊我的名字："黑牛，丁黑牛。"

杨状元身后，还跟着长岗岭山前坡腰的几个邻居，以及长生寺的两名僧人。

他们全都面容悲戚。

我收下了杨敬修送来的一袋米和二两银子，也同意让长生寺的僧人为林二妹念经。她这冤死的亡魂，如果没人超度，注定要在地狱里受大鬼小鬼的欺负。她在人间已经过得够苦了，到了地下，也该换个活法了。我把那二两银子，托付一位年长的邻居，让他赶紧到集上，为林二妹买一口松皮棺木。

但是，我却对杨状元恶语相向。

我说："你走吧，我不认识你。我和你没有任何关系。"

杨状元和所有人都诧异地望着我。有一刻，我从他们的目光中可以判断出，他们都在怀疑我是否得了失心疯。

"你走吧，你和卢千户赵百户一样，你们都是官府的人。滚吧，快滚下山去。"

杨状元气得发抖，他用手捋着胡须："丁黑牛，你这混账东西，你竟把老夫和那些禽兽相提并论。"

杨敬修也狠狠地瞪着我，似乎只要杨状元嗯一声，他就会冲上来打我一顿。

我把身子向他凑近："打呀，你倒是打我呀。"

杨敬修哼了一声,没理我,他扶住杨状元:"小少爷,莫和这妄人一般见识,我们回去吧。"

赶走了杨状元,我心里隐隐作痛。

我把林二妹安葬在我爷爷坟旁。这深山老林,不仅人少,就连坟也少。就是说,长岗岭上,鬼魂也孤独。和我最亲的两个人,我把他们安排得近一些。月白风清的夜晚,他们也好串个门,说几句在人间没说够的家常话。

之后,我在家里一连睡了三天三夜。不吃,也不喝。蒙头大睡,像一头冬眠的刺猬。

三天后,我起床烧了一大锅野猪肉,就着最后一壶酒吃了个饱。打着嗝,我坐在房前磨刀。刀磨好后,我从屋角找出黄桦弓和十来支箭。我用一根铁钎,在每一支箭杆上歪歪斜斜地刻下三个字:

丁黑牛。

我又从阁楼的角落里找出一个小土坛。土坛里盛着半坛糨糊样的东西,散发出一股难闻的腥气。我小心地把糨糊倒进一只碗,糨糊是翠绿色的,有一种诡异的绿光,像夜幕深处狼的眼睛。

十多支箭,全都涂上了糨糊,再放到石桌上,任由永昌卫瓷实的阳光和厚重的山风把它晒干,吹干。

这是十支见血封喉的毒箭。不要说人,哪怕是野猪,只要射中了它,走不出五步就得完蛋。

这毒药是我爷爷制的。那年,他前往腾越府的野人山,在当地夷人的帮助下,捉了两条红色的蛇,并采集到几种我已经忘记了名字的花草。回到家后,他把红蛇从竹篓里小心放出来,当红蛇在草地上游动时,他飞快地挥出一刀,斩下了它的头。

然后,他把蛇倒挂在一棵小树上。过了几天,蛇身开始腐烂,从头的部位滴出一滴又一滴脓水。这时,我爷爷把一个早已准备好的小碗放到下面,让脓水滴进碗。碗里,是他用那些花草捣出的浆。

十几天后,月亮最圆的望日,我爷爷捧着小碗,用一种古怪的声调念起咒语。尔后,他对我说:"大功告成。只是,这东西没有解药,不到万不得已,千万不能用。听到没,黑牛?"

"听到了。"我说。

那时候,我是长岗岭最年轻,同时也是箭法最好的猎人,成年的公野猪在我的箭下也无路可逃。我哪里需要什么见血封喉的毒药呢?

所以,那一小坛毒药就一直放在阁楼的角落里。想不到,现在,它竟派上了用场。

7

又一个夜晚,月光晃荡如泥水,天地间一片朦胧。我站在永平前所城墙下。那段城墙,就是我和杨状元前些时候参与修筑的。与永昌卫相比,永平前所的城墙低矮逼窄。我从怀里掏出一把系着长绳的铁钩向上一扔,铁钩钩住了城墙,然后,我拉着绳索,像猴子一样爬上了墙。这原是我们长岗岭中打野物的猎人都具备的本事。不远处,城楼上吊着两盏灯笼,灯笼下,两个士兵无精打采地握着武器在站岗。其中一个,似乎就是长生寺云光和尚的侄儿。

我翻过城墙,猫着腰,尽量让自己的身子在月光下更小,更矮,甚至也让我的灰黑的衣服,与月光融为一体。大约一盏茶工夫,我摸到了千户所衙门背面。那里有一片低矮的树林。树林尽头,是一株高大的槐树。爬上槐树,正好能从高处俯瞰千户所衙门的后花园。

前几天,我已经爬上过一次了。这一回,更加轻车熟路。

初冬的黎明来得很晚。我骑在树丫上熬过了一夜。夜风冰凉,吹在身上,有如芒刺。必须依靠仇恨燃起的烈火,我才能打发这漫漫长夜。

鸡叫三遍时,月亮退下去了,东边的天开始慢慢地敞亮。这时,千户所衙门的后花园响起了人声。如同我之前看到过的那样,卢千户在两个亲兵的陪同下,来到后花园晨练。熹微的晨光中,他扛起一把沉重的大刀,舞动得像风一样,哪怕隔了十几丈的距离,我仍然能感到刀锋逼人的寒意。我忍不住打了一个寒噤。

我又想起之前在城门洞那间黑屋里的时刻,和此时面对他手中的大刀一样,都让我寒冷。我忍不住又打了一个寒噤。

卢千户舞得累了,把刀扔给亲兵,他站在越来越明亮的晨光下,面向东方,闭目仰头，像是在做五禽戏。

这时，我的黄桦弓已经拉得如同满月，只听得一声轻响，那支涂了毒药并刻有我名字的箭朝卢千户疾速飞去。

随即，我看到卢千户像一根木头那样倒了下去，我甚至没有听到我想象过的大叫。不仅没有大叫，连小叫都没有。

或者说，发出大叫的不是卢千户，而是侍候他的两个亲兵。

我溜下槐树，朝城墙方向跑去。

两个时辰后，我穿过山间小路来到了永昌城外。

我来到一座熟悉的房舍前。那是杨状元的府邸。

我轻车熟路地摸进去，偷走了几串铜钱和一锭银子，并把一支刻有我名字的箭深深地射进屋子里的一根柱头。

当然，这支箭没有涂抹毒药。

做完这些，我马不停蹄地往长岗岭而去。

两天后，我找到了长岗岭后山的于家寨。说是于家寨，其实没有寨，只有一座形似寨子的高大山峦。山上，是一股土匪的老巢，领头的，叫于大。

我投奔了于大。

于大问我为什么要落草。

我说我杀了卢千户。

于大和几十个手下满眼放光，几个月前，卢千户指挥兵丁，把他们追得满山乱窜。

于大说："不是吹牛吧？你怎么杀的他？为什么要杀他？"

我把前因后果简单地说了一遍。于大大喜，拍着我的肩膀道："好，从今天开始，你就是于家寨的二当家。咱们弟兄有福同享，有难同当。"

就这样，我从猎人变成了土匪。

我听说，杨状元不相信我做了土匪，他带着杨敬修又一次前往长岗岭山腰的我的家。他看到了那座他熟悉的小院，院门敞开，屋门也敞开。他走进屋子，伸出手在八仙桌上一抹，抹了一指头的灰。

他叹了一口气，走出屋子，坐到院前的石桌上。

那时候，长岗岭正是暮春，阳光灿烂，花落如雨。

乙编

杨慎曰

0

是的,我叫杨慎,字用修,号升庵。后来,人们总是叫我杨升庵。其实,我还取过许多别号,比如逸史氏、博南山人、博南逸史、远游子、金马碧鸡老兵等。博雅的君子应该看得出来,后面这几个别号,都和云南有关。一个四川人,他的命运却托付给了云南;一个状元,却是皇命永不赦免的罪人;一个毕生充军烟瘴的流放犯,却又度过了大半生诗酒自娱的逍遥日子。这就是我,杨慎。

当你读到这部小说的时候,作为小说的主人公,我已经死去四百六十年了。我记得,当年白乐天怀念他的好友元微之时,曾经写诗感叹说:君埋泉下泥销骨,我寄人间雪满头。现在的情况却是相反的:我在泉下泥销骨,小说的作者在人间雪满头。

九泉下的泥土真诚而平等。我这种客死异乡的罪臣的皮肉也会在它的庇护下缓慢地腐烂,判定我为罪人并把我发配异乡的嘉靖爷,他的天潢贵胄的皮肉同样也会在泥土的庇护下缓慢地腐烂。腐烂的速度,既不会比我更快,也不会比我更慢。腐烂后的皮肉,再也没有高贵与卑贱之分。就好比后来的人,如果你从荒山上经过,偶然看到两根年代不明的白骨,请问,你能确定哪一根是龙子龙孙,哪一根是草民罪臣?哪一根更高贵?哪一根更卑贱?

是的,从王有根到黄峨(小峨,我的爱和疼痛),从杨敬修到比我晚了一百多年的滇中柳麻子,当然还有我曾经大权在握的父亲,还有一生中从不曾对我释怀的嘉靖爷,以及我偶然结识的猎人丁黑牛(我一直还记得,他大名丁奉国,表字卫祖），他们每个人回忆并讲述的都是我：杨慎。

但是，他们讲述的只是一个个侧面。对他们的讲述，我想到了盲人摸象的故事。有的人摸到了象腿，有的人摸到了象毛，有的人摸到了象尾巴，甚至，还有一个可怜的人，他摸到了象的生殖器。它们当然都属于大象，但并不等同于大象。同理，他们讲述的都是我，却并不等同于我。

走路的人，你累了；干活的人，你倦了；忧伤的人，你抬头看天色了；幸福的人，你想静静了；那么，如果你愿意，请你坐下来，听听我的故事吧。我将一一道来。

一个几百年前的死者，已经没有什么事需要隐瞒和掩饰了。

1

那么，从何说起呢？既然刚说到白骨，我就从死亡说起吧。

真正理解死亡的时候，死亡已经不可避免。

对我来说，死亡就像一只盛满了米粒的布袋，不慎被锥子刺出一道口子。布袋里的米粒顺着口子一粒接一粒地漏出来，缓慢却又绝不停息，除非里面的米粒全都消失。当布袋终于慢慢瘪下去时，死亡就如期而至了。所以，死亡是一个冗长的过程，急不得，也慢不得。这个过程，既让人心生恐惧，也让人心生好奇，甚至还有一种说不出的慵懒和期待。

至少，对我杨慎来讲，死亡就是这样的。

那是大明嘉靖三十八年七月，按我老家四川新都的说法，七月半，鬼乱窜。七月上半月的十五天里，天气炎热，暑气蒸腾，几乎天天都有明晃晃的太阳吊在天上，可夜晚却是属于阴世的。半个月里，据说阴世的地狱之门整夜大开，听任鬼魂们从阴世溜出来。要么回到阳间，寻找他的亲人，享用亲人为他准备的水饭，领取亲人为他献祭的纸钱。要么像个孤魂一样，四处游荡。所以，我老家的人一致认为，死在七月半的人是有福的。他们可以一边游玩，一边结识阴世的友人，结伴前往地府。并且，地府对这半个月里新到的子民，也将予以特别关照。

唯一遗憾的是，我没能死在故乡新都，死在新都桂湖畔的榴阁。作为一名永不赦免的充军罪犯，我注定只能死在戴罪立功的戍所。那里，距离新都几千里，中间大概有几千座大小山峦和上百条大小河流。那里叫永昌，人们总是称它永昌卫。

不过，我并不感到悲伤。我已经习惯了永昌，习惯了那里冬天依然灼人的阳光，习惯了七月里从河谷吹来的烫人的风，风中，无数我以前从未见过的热带水果，做梦一般爬上绿油油的树枝。腰间缠着皮裙或草裙的夷人少女，站在集市一角出售从大山里采来的野菌，你若看她一眼，她的眼神就直勾勾地跟着你走。说实话，年轻时候，我喜欢这种像永昌卫的阳光一样烫人的目光。即便老了，看看也总是让人心生欢喜。

永昌卫城池高大。旭日初升，南方的太阳爬上太保山大半山，把满山树木的阴影投射到城墙和城楼上。如果盯着那些阴影，过一会儿，你会发现阴影在缓慢而固执地移动。像从前的岁月。

我在永昌卫的最后几年，由于年事渐高，加上张含大力协调，我得以从城楼下的一座小四合院搬到太保山半坡。那里，有张含家族早年修建的一座别业。别业不是汉族样式，而是学着傣人竹楼的样子，只不过用的是木头而不是竹子。早晨，阳光裹挟着太保山树木的阴影倾泻到城楼和城墙上时，一定得先照进我的卧室，然后，它飞快地爬过卧室的窗口和屋顶，像一只金色的猫。晚年，永昌卫的太阳有着金黄色的毛发和脚印。

留在身边服侍我的，是在杨家干了几十年的老管家杨敬修和一个十几岁的小童子。杨敬修已经很老了，老得胡子都全白了，干巴巴的脸像是被永昌卫七月的热风吹皱的老桑叶。他整天进进出出，忙着为我煎药煮饭，端茶送水。隔上三天，他就到山下的永昌城里，把刘太医请过来，为我诊脉。

刘太医走进卧室，脚步沉重，不像一个修身养性的道人，倒像一个大鱼大肉的酒肉之徒。他坐在床前的一把竹椅上，请求我把手伸出来，由他号脉。我知道我的病已经无法医治。想必，他也是知道的。但他还是装模作样地望闻问切，而我也装模作样地问他何时有好转何时有起色。等到杨敬修到外屋去张罗午饭时，我们相视而笑。他的手从我的手上收了回去。

"你懂的。杨状元，你是明白人。"刘太医喃喃自语。

"是啊是啊,你也懂的,你也是明白人。"

"那还是胡乱抓些药吧。甘草,陈皮,菊花,反正就当茶饮,也不会有害处。"

"好的好的。"我说,"刘太医,你是我见过的最实诚的医生。"

刘太医有些不好意思地笑了笑:"杨状元,你也是我见过的最……沉得住气的病人。"

"沉得住沉不住又有什么区别呢?人固有一死,或重于泰山,或轻于鸿毛。"

"您是状元,虽说贬到这鬼地方,可您这一辈子,无论如何,也是重于泰山的。"

"不,我倒愿意轻如鸿毛。"

张含借我暂住的那座非汉非夷的别墅,它的底部是空地,由几十根桩柱托举起上面的两层楼房。楼下是客厅、饭厅以及杨敬修与小童的卧室,楼上是我的卧室和书房。此外,还有一间小小的屋子,里面空无一物,那是我晚年打坐的地方。

晚年,我在那间幽暗的屋子里,盘腿而坐,一坐就是一天。有时候,我像是睡着了,但似睡非睡之际,脑子里却天马行空地回放着这一生的某一年某一月某一天。别墅门楣上,有一块修长的木牌,上面是一些曲里拐弯的符号,像是用烙铁直接烙在木板上的。我并不认识这些符号。张含告诉我,那是傣人的文字,的确是用铁笔烙上去的。

那几个符号的意思,张含想了想,他说:"要是换成我们的语言的话,可能韩退之的八个字最贴近。"我问他哪八个字。他说:"状元公一定猜得到的。"我想了想说:"是起居无时,惟适之安吗?"

张含拊掌大笑:"升庵兄才思敏捷,不让当年啦。"

起居无时,惟适之安。我重又走出门,仔细打量着那些春蛇秋蚓般的傣文。从那一刻起,我决定,如果要死在永昌卫的话,那就一定死在这座小巧而隐蔽的别业里。

从别业到山下的永昌卫,有一条两三尺宽的小径,小径两旁是幽深的林子,林子里,生息着野兔、黄鼠狼、蛇和豹子。很多时候,小径上的行人只有必须经常往来于城里和别业的杨敬修与小童。隔三岔五,他们得下山买些粮食和油盐,当然还得为我抓药。坐在书房的窗前,我能看到他们沿着小径下山,一直走出几里地,变成一个小小的黑点,消失在渐次出现的房舍之间。

那一天,司礼监太监王有根上山时跌落受伤,就是被进城抓药的杨敬修救起的。他似曾相识的口音如同草蛇灰线,一步步地把我引向三十多年前,引向京师。于是,我猜到了他的身份,也猜到了他的来意。他在别业待了两天,我们像老朋友一样对坐在书房里,慢慢说着话,说着我这漫长又短暂的一生。

2

我是四川新都人,先世却在江西庐陵。能够与欧阳修和文天祥这样的先贤同出一地,我很荣幸。不过,在我六世祖时,就从祖居的庐陵迁到了湖北麻城,后来又迁到新都。据我所知,有很多四川人都说他们是湖北麻城人。事实上,麻城只是他们的祖先迁川过程中的一个暂住地。

我是四川新都人,祖籍江西庐陵,我本人却出生于京城孝顺胡同,死于云南永昌卫。这几个东西南北相距千里的地方,它们大概是一个隐喻,暗指我的一生将在颠沛流离中度过。

我出生于大明孝宗弘治元年,那是年底的冬月初六。在我四川老家,农人已经结束了一年的农事,大多时候缩在家里烤火打发日子了。京城却不同,京城永远像一条被酒精刺激的壮汉,从不间断地保持着亢奋。后来,我听说,我出生那天,京城飘起了那年的第一场小雪。雪落无声,位于孝顺胡同的杨府,为了我的到来,我的爷爷和父亲,两个以理学著称的君子,在书房里默然相对,久久无人作声。至于府中的其他人,也全都悄无声息,就连走路也尽量踮起脚尖。

小雪在梅树上积了约莫一粒米厚时,我来到了世上。令接生的稳婆和我的母亲黄夫人纳闷的是,我没有像其他刚落地的婴儿那样大声哭叫,而是一声不吭。先前,稳婆被我的无声无息吓了一大跳,甚至以为是死胎,可定睛一看,我却不停地扭动着血迹斑斑的身子,还把肉乎乎的手指头放进嘴里吸吮。

母亲也有几分意外，她问稳婆："怎么不哭不闹？"

　　稳婆略一沉思，觉得找到了答案："少爷是天上的文曲星下凡，走得累了，饿了，你没见他正忙着吃手指头吗，他哪有工夫哭，哪有工夫闹？"

　　母亲觉得稳婆说得有理，她又累又倦，喝了半碗鸡汤后很快睡着了。

　　母亲没意料到的是，从生下来后第三天起，每天晚上，我总是大哭大闹。奶妈抱着我，在院子里从东走到西，从南走到北，我还是不住声地哭，哭得大冬天里也是一头汗水。直到有一天晚上，父亲出于烦躁，在书房里大声念诵《中庸》，我这才止住哭声，并在他的念诵中渐渐入睡。

　　当然，这些事情我不可能有丝毫记忆。这都是童年时母亲告诉我的。后来，从京师去永昌卫的路上，头发花白的杨敬修又告诉过我。那时，我们一主一仆行走在荒无人烟的苍茫大地上，如同两只小小的蚂蚁负重爬行。

　　我在二十四岁那年高中状元，民间便开始流传着我是文曲星下凡的神话。那时，那位为我接生的稳婆还健在，已经八十多了，她张着因缺了太多牙齿而瘪瘪的嘴巴，大声武气地告诉旁人："我一进屋，就看到红光环绕，大福大贵啊。晚上，我接了生出门，你们猜我看到什么？我看到一颗星星从杨府上空划过去，那不是文曲星又是什么？"

　　与此相比，母亲和杨敬修讲的倒是真事。襁褓里，因为要听着父亲念诵《中庸》我才能入睡，父亲于是每晚大声念着："天命之谓性，率性之谓道，修道之谓教。道也者，不可须臾离也，可离非道也。是故君子戒慎乎其所不睹，恐惧乎其所不闻。"

　　直到后来，我的奶妈、那个大字不识的中年妇女，竟然也能背诵。

3

　　中状元后，按惯例，我被分发到翰林院，任翰林修撰。在那里，我迎来了第一个差使，那就是日讲官，也就是定期进宫为皇上讲课。

　　每次走进巍峨高大的紫禁城，我总有一种恐惧。我知道，在高大庄严的宫殿里，其实永远隐藏着数不清的见不得人的阴谋。越是富丽堂皇的地方，可能越是杀机重重。

我自幼饱读诗书，于本朝典故，亦如数家珍。随便举个例子，就能证明我对紫禁城的恐惧其来有自。单以离我的时代很近的宪宗皇帝，也就是嘉靖爷的爷爷成化爷的旧事来说吧。

成化爷十六岁即位为天子。之前，他还是东宫太子时，身边有一个叫万贞儿的宫女。万贞儿长得五大三粗，年龄比成化爷大一倍还多——成华爷十六岁，她已经三十五岁了。可就是这么个粗手大脚还是大嗓门的女人，却深受成化爷宠爱。

翰林院有一个干了四十多年的书办，姓蒋，身宽体胖，人称蒋胖子。这老人家平时喜欢喝酒，喝了酒就喜欢找我摆些陈芝麻烂谷子的旧事。大概其他人都不耐烦听，我却表现出了极大的兴趣吧。就是从他那里，我得知了一些《宪宗实录》上绝不会收进去的野史。

蒋胖子告诉我，万贞儿能博得成化爷欢心，自有她的原因。一来，万贞儿的年龄当成化爷的妈都够了，可能她就是把成化爷当成儿子来疼来宠的。万贞儿性情很机警，还会一点武功。每当成化爷出行，万贞儿就一身戎装，紧跟身后，像个贴身侍卫；二来，成化爷十多岁，刚晓人事，万贞儿却是三十几的中年妇女。蒋胖子笑道："俗话说，女人过了三十三，犹如破船下河滩。那些做得说不得的事，还不是万贞儿手把手地教会了成化爷，让他领略了做男人的风流快活。"

事涉皇家宫闱，虽然偌大的房间里只有我们两个人，我还是轻轻地嘘了一声，示意他宜粗不宜细，不可深说。

总之，万贞儿把成化爷牢牢地套在了手里，成化爷不仅宠她，黏她，还有些怕她。成化爷的生母周太后很想不通，后宫佳丽千千万万，儿子怎么会把这个万贞儿视作掌上明珠。成化爷回答说："每天晚上睡觉，她都摸着我，摸得我很舒服。她年龄大长得好不好看，我都不在乎。"周太后听了，哭笑不得，却又不便深说，只好由他。

其实，这中间，还与国朝的另一桩大事件有牵涉。原来，成化爷是正统爷的儿子，他既是正统爷的正宫周后所生，也是正统爷的长子，生下来就注定了要继承皇位的。还不到两岁，就立为太子。谁也没预料到的是，正统爷依从太监王振的建议冒失地御驾亲征,不幸在土木堡做了瓦剌的俘虏。这就是土木堡事变。

正统爷被俘,国不可一日无主,兵部尚书于谦等人拥立正统爷的弟弟,也就是成化爷的叔父为帝,是为景泰爷。景泰元年,正统爷被瓦剌人放还回京,但景泰爷不可能让位啊。并且,因怕哥哥夺回帝位,景泰爷就把正统爷和后妃们软禁起来,衣用食物,常常短缺,钱后竟不得不以皇后之尊,带着嫔妃们做点女红,托看守的太监带出去卖点小钱买些食物。其时,成化爷因是太子,还住在宫中。他那时才两岁多,整天由贴身宫女带着。那贴身宫女便是万贞儿。夜里,成化爷怕黑啼哭,万贞儿便把他搂在怀里,让他含着自己的乳头入睡。

成化爷五岁时,景泰爷把他的太子之位也废去了,另立自己的儿子为太子。万贞儿对这位小主子却不离不弃,仍然尽心尽职地照顾他。在渐渐长大的成化爷心中,万贞儿便兼具了母亲、姐姐和情人的诸种混杂身份。

后来,正统爷趁景泰爷病重发动政变,把于谦等人处死,成功复辟。成化爷也顺理成章地又立为太子,并在正统爷去世后登基为帝。要说起来,成化爷也是善良的仁厚之君,比如正统爷复辟后,把景泰爷降为郕王;景泰爷死后,又上了个恶谥:戾。到成化爷上台,他重又恢复了景泰爷皇帝的尊号,改谥为恭仁康定景皇帝。

成化爷登基两年多后,万贞儿为成化爷生下一个儿子,这是成化爷的长子。成化爷大为高兴,不仅将万贞儿封为贵妃,还派使者到各地祭祀山川,以示对上天赐他爱子的感激,群臣也纷纷上表,恭贺陛下。谁知,这个举国关注的男婴,才几个月就夭折了。万贞儿如疯似狂,成化爷也无限悲伤。那些给男婴看过病的太医,一人廷杖五十棍。这些平日里养尊处优的太医们在午门外排成一列,行刑太监手中的棍子此起彼伏,太医们的惨叫高一声低一声。当场就有两个太医死在棍下。其后,又有三个太医伤重不治,呼号呻吟了十来天后死去。余下的两个,好不容易捡得一条小命,不到半年,两人都找了理由致仕回乡。据说,他们从此听人说起京师就两股战战。

比太医更惨的是宫女。侍候过男婴的宫女有六个,领班的被赐死。两个太监取出一匹几尺长的白绫往她脖子上一套,各自拉住一头,用力一勒,那宫女双手双脚徒劳地挥舞着,一会儿便瘫倒在地,眼珠暴凸,舌头引出老长,地上一摊尿液。另外五个宫女被处以幽闭之刑。也就是由行刑太监用一种特制的木槌，猛击这些宫女的小腹。如同廷杖一样，这同样是一门高精准的技术活，需要多年的专业训练才能胜任。木槌击打小腹的力度和角度必须精准，以便使受刑者子宫脱落，从此不再是一个完整的女人。既不能行人伦，当然也不能生儿育女。更要命的是，每逢月信来时，腹内有如刀绞，求生不得，求死不能。

严肃处理了相关太医和宫女，成化爷算是为万贞儿出了口气。我们那个时代，儿童夭折比例大得惊人，即便身上流着皇室的血，从小锦衣玉食，也不见得就能顺利长大成人。所以，这也没什么了不起。但令万贞儿焦急而惶恐的是，大约由于岁数太大，她竟然再也没能怀孕。为了让肚子再次鼓起来，万贞儿派太监到东岳庙求送子娘娘，到药王庙求药王菩萨，还服用了大量稀奇古怪的药物，可除了拉过几次肚子外，依然风平浪静。一怒之下，万贞儿又把开药的太医廷杖了事。那段时间，太医院的太医们一听说万贵妃有请，俱吓得面无人色。

万贞儿渐渐绝了再次生儿育女的梦想。不再求菩萨，也不再找太医。她一方面依旧将年轻的成化爷掌控在手里，另一方面，后宫的女人，只要怀了孕，马上就会被她想方设法用药堕胎。甚至，就连已经生下的孩子，如果是男婴，也逃不脱她的掌心。

弄死其他嫔妃所生的男婴，或是令她们堕胎，这要是别人，那简直就是十恶不赦的大罪。可万贞儿既然能牢牢地控制成化爷，也就能牢牢地控制后宫。纵使十恶不赦的大罪她也不怕。或者说，她被忌妒烧得头脑发昏。她没了儿子，她也不能让其他嫔妃生儿子。哪怕成化爷为此绝后。

最胆大妄为的是，成化五年，柏贤妃为成化爷生了个儿子，取名朱祐极，两岁时立为太子。对此，万贞儿恨得牙痒。次年，太子小病，万贞儿装作关心前往探视，前脚走，后脚太子就一命呜呼。柏贤妃哭得死去活来，宫女太监都跟着掉泪。哭罢，柏贤妃去找成化爷，要成化爷给他做主。柏贤妃的儿子当然是成化爷的儿子。白胖胖的一个儿子说没就没了，成化爷也难过，却怎么也不相信柏贤妃对万贞儿的怀疑。那几天柏贤妃天天朝着成化爷哭，成化爷心里烦，干脆躲到万贞儿宫中不出来。半个月后，柏贤妃就疯了。

紫禁城的规则是赢家通吃，输家通赔。成化爷从此不再来柏贤妃宫。不久，柏贤妃被打发到浣衣局，从早到晚洗着山一样的衣物和被枕。但有人来，她就拉住人家的手说:"你见我儿吗?我儿大名朱祐极,是皇上亲自立的太子呢。"人家不理她,她又说,"我儿生病了,万贵妃来看她,看了就死了。万贵妃的手上有毒。"

又不久,一天早晨,早起打水的宫女发现深井里浮出一蓬头发。打捞起来,是柏贤妃泡胀了的尸首。

宫里暗中相传,万贞儿的父亲是个道士,早些年云游天下,得到高人传授,学会了一手奇妙的使毒手法。这使毒手法,又传给了万贞儿。万贞儿运用之妙,更是青出于蓝而胜于蓝。人们传说,成化爷之所以对这个老女人宠爱无边,就是她用毒术迷住了成化爷。至于柏贤妃的儿子,也是她用藏在指甲里的毒趁人不注意时抹进了嘴角,是故不到两个时辰就口鼻流血。至于那些流产堕胎的嫔妃,有的是她买通了太监宫女下毒,有的是她亲自动手。

弘治爷是成化爷的继承人,也是成化爷的儿子中最大的那个。弘治爷讳祐樘,是死去的祐极太子的异母兄弟。他能在万贞儿的阴影中活下来,是一件极其偶然的事。

九月的阳光温暖地照着高大的紫禁城,当我行走在这天下最神圣的地方时,突然想起弘治爷早年的离奇经历,不由得打了个寒战。离权力中枢越近的地方,阴影和寒冷也越多。

弘治爷的生母姓纪,地位极低下,因她本身并不是以秀女身份选进宫的,而是广西一个姓纪的土司的女儿。土司作乱,纪氏被俘入宫,发在巾帽局看守仓库。一天,成化爷偶然从仓库经过,和她说了几句话,发现她不仅应对得体,且天生丽质。更关键的是,那天万贞儿身体不适,没有如影随形地跟着成化爷。成化爷按捺不住,当即幸了纪氏。事后,纪氏怀了孕。

纪氏只是普通宫女,即便被成化爷播下龙种,成化爷哪里知道?倒是万贞儿听说了此事,她派出手下两个宫女前往衣帽局仓库,令她们为纪氏堕胎。这两个宫女对纪氏很同情,回复说纪氏没怀孕,只是生病而已。万贞儿怕成化爷以后想起纪氏,连夜将她赶到安乐堂去。安乐堂在紫禁城边上,是太监宫女养病送终的地方,门前冷落,清寒孤寂。对纪氏来说,倒是一桩好事。在安乐堂,她生下了一个男婴,这就是后来的弘治爷。

纪氏生下儿子,却伤心痛哭。她知道,如果生的是个女儿,母子还有条活路；如今生的是儿子，万贞儿一旦获悉，母子都只有死路一条。她咬咬牙，找到守门太监张敏，请他帮忙，把刚生下的男婴悄悄溺死。

张敏闻言，大惊失色，他说："皇上至今没有儿子，为了有个儿子，眼都盼穿了，你怎么能这样做呢？"

纪氏伤心掉泪："我也不想这样做，可万一万贵妃知道了，我们母子都没命了。"

张敏很同情纪氏，也希望给成化爷留条根脉。他吩咐安乐堂的太监宫女封锁消息，严禁外传。

再说，成化爷的第一个皇后姓吴。早几年，吴皇后见成化爷宠爱万贞儿，万贞儿也恃宠而骄，十分生气。一次，她借万贞儿有小错，当众杖责了万贞儿。按理，皇后母仪天下，后宫的嫔妃宫女，都应受她管束。然而，成化爷听说后，竟下旨将吴皇后废掉并贬往安乐堂附近的冷宫。也因此，吴皇后对纪氏所生男婴，多有看护，时不时接济她母子一些衣食。

在纪氏的提心吊胆中，这男婴慢慢成长起来。

七年后，成化爷已年近三十，尽管嫔妃一大群，还常常临幸宫女，可有万贞儿的毒术，成化爷依然没有儿子。这时，当初安顿纪氏母子的张敏被调到成化爷身边，负责为成化爷梳头。一天，成化爷揽镜自照，发现鬓边竟有不少白发，他长叹说："我老了，却没有一个儿子。"

张敏听罢，觉得是把纪氏的儿子说出来的时候了，于是跪下道："皇上，奴才有罪，奴才有一件事瞒着皇上。皇上若是免了奴才的罪，奴才才敢说。"

成化爷说："我免你的罪，你说吧。"

张敏说："皇上，你其实早就有儿子了，都已经六岁多了。"

成化爷愣住了："我早就有儿子，我为什么不知道？他在哪里？"

张敏又说："皇上，奴才要是把这中间的前因后果说出来，奴才恐怕就要大祸临头，皇上要替奴才做主啊。"

成化爷说："有朕在，谁敢动你一根汗毛？说吧。"

张敏便把前因后果都说了，当然不敢把万贞儿的加害说得那么明显，只是轻描淡写地提了提。成化爷根本没心思追究万贞儿的责任，只是令张敏速去把他儿子送过来。

张敏来到安乐堂，成化爷的儿子，也就是后来的弘治爷，一身粗服，正在院子里玩泥巴。她母亲纪氏在一旁做针线活。纪氏听张敏宣读了成化爷谕旨，她知道恐怕再也见不到儿子了，一边给弘治爷洗去手上的泥巴，并为他换上一件稍微像样些的衣服，一边流眼泪。

张敏劝说道："你不必难过，皇上要是看到自己的骨肉都这么大了，不知道高兴成什么样呢，你也就从此苦尽甘来了。"

纪氏摇头："张公公，我比你更清楚女人。我注定难逃毒手，求公公以后善待我儿。"又搂着弘治爷说，"儿啊，你一会儿见到穿黄袍的，那就是你的父皇。"

弘治爷六年多就在那座几亩宽的院子里度过，一下子看到几个陌生人，吓得直往母亲背后躲。张敏把他扶进肩舆，他急得哇哇大哭，纪氏追到院子门口，无力地瘫坐在门槛上。

成化爷见到儿子，把他抱起来，一边端详，一边掉泪："是我的儿子，像我，像极了。"

张敏等人刚走，万贞儿就得知了消息，她匆匆带着几个心腹来到安乐堂。纪氏还呆坐在门槛上，她知道死期已到。果然，万贞儿恨恨地抽了她一个耳光："贱货，竟敢骗我。"

纪氏不哭也不动。据说，万贞儿的手上已暗藏了毒药。次日，纪氏被封为淑妃，移居永寿宫。然而，纪淑妃既没能再见到她的儿子，也没能在永寿宫住上十天，她就莫名其妙地在一天夜里惨叫着死去。

万贞儿还想毒死弘治爷，但周太后下令将弘治爷送到她身边，祖孙俩天天寸步不离，万贞儿只得作罢。

从那以后，之前一直怀不了孕的后宫嫔妃，就像比赛似的生孩子。到成化爷驾崩时，他已有了十几个儿子和好几个女儿。

4

嘉靖三年端午节，京师已是黑云压城城欲摧。三年前，刚登基时的嘉靖爷还是一个十五岁的脸色苍白的少年,虽然固执,倒还有几分顾忌和忍让。三年后,他长胖了,长壮了,脸色不再苍白。当然,更重要的是,无上的权力让他变得更加自信,更加固执,也更加易于动怒。

与此同时,毛阁老一年前致仕,在回乡的船上无疾而终;而我的父亲也在三个月前致仕,一刻不留地回了新都老家。

也就是说,偌大的朝廷,众多的文武百官,已经没有几个还愿意、还敢于发出与嘉靖爷不同的声音。更多的,看到了张璁和桂萼这种跳梁小丑因迎合嘉靖爷而加官晋爵的好处。

端午节那天,我邀请了几个志同道合的朋友来家饮酒。

其中有同在翰林院任职的丰熙和王元正,以及给事中张冲,大理寺少卿张文华。

端午时节的京师乍暖还寒,那天却是一个晴天,阳光明亮温暖。酒席摆在花园里。酒过三巡,说起今日之种种不堪,丰熙拍桌大哭。

等到丰熙哭了半晌,王元正抚着他的肩膀说:"原学兄,与其效阮籍穷途之哭,不如振作起来,多想办法,再与张、桂斗斗。"

张文华长叹:"杨阁老、毛阁老德高望重,也阻止不了张、桂得势,你我这些闲曹冷职,又起得了什么作用?"

王元正不服道:"那总不能就眼睁睁地看着奸臣们乱了纲常吧,这不是欺负天下读书人吗?"

我独自干了一杯,拍了拍桌子:"国家养士两百年,这种大是大非关头,如果没人站出来说话,简直是前无古人的奇耻大辱。"

这时,张冲忽然起身说:"诸位仁兄,小弟昨天得到一个消息。张璁和桂萼,下月将从南京来京师,皇上要委他们以重任了。"

众人都发了呆。丰熙伸出手掌在桌上猛然一拍,一只酒杯应声跳起,落到地上,碎了。

"张兄,消息可靠吗?"我问。

"肯定可靠。黄钟毁弃,瓦釜雷鸣啊!"

满桌的人都不说话了,几只雀子落在花园的槐树上,叽叽喳喳地叫,更显出这个端午节的冷清与无奈。

电光石火般，我脑子里突然闪出一个念头。

"诸位仁兄，我倒是有个办法。"

"什么办法？"众人都一齐问。

"诸位仁兄，左顺门不陌生吧？"

众人一齐点头："当然不陌生。"

左顺门建于永乐年间，在午门东北，与东华门遥遥相对，是上下官员接本的地方。

丰熙才思最为敏捷，我刚说出左顺门几个字，其他人还在望着我，等我进一步往下说，丰熙已然领悟了我的意思。他又伸手在桌上一拍，还好，这次酒杯只跳了一下，没摔到地上。他说："好！升庵兄妙计。咱们就重演一回正统朝痛打马顺的故事。"

丰熙嘴里冒出正统朝和马顺两个词语，其他几个人也都一下子明白了我的意图，他们相视而笑，略一沉吟："是个法子。"

原来，几十年前，正统爷宠信竖阉王振。瓦剌入寇时，他在王振的怂恿下，草率地御驾亲征，不想却以九五之尊做了夷狄俘虏。消息传到京师，正统爷的弟弟郕王监国。朝中文武对误国的王振都痛恨万分，交疏上章，请求诛王振及其党羽以谢天下。其时，郕王还未登基，还是藩王，自认兹事体大，没敢做主。他在午门临朝时，听了大臣们依次宣读的请诛王振的奏章后，传旨令大臣们出宫待命，此事从长计议。群臣出宫后，甚为不满，聚在午门附近的左顺门外伏地痛哭，坚请降旨。

锦衣卫指挥使马顺是王振的心腹。原本，他也担心郕王会降旨诛杀王振一党，及至见郕王起驾回宫，以为王振必然无事，便大声呵斥众人。与他一唱一和的，还有另外两个王振同党。

众人原本就为郕王不敢决断而不满，此时见马顺指手画脚地斥责，如同油锅里泼进一碗冷水，一下子群情激愤。众人围住马顺三人，你一脚我一腿，竟把三人活活打死在左顺门前。

事后，鉴于王振已在军中被樊将军打死，郕王又登基成了景泰爷，众人群殴打死马顺三人之事便不了了之。

自那时起，也就形成了一个不成文的习惯：若是在朝堂上受了委屈，还可到左顺门讨讨公道。

所以，我的意见是，等张璁和桂萼到左顺门递手本时，众人一拥而上，把两人当场打死。法不责众，嘉靖爷也只能认了。

定了主意后，心情大好，几个人都喝醉了，歪着斜着，竟睡了过去。

直到天空传来沉闷的雷声。风乍起，小池里的水皱得像一块缀了荷花图案的麻布。

5

如果不是卧佛寺之游，如果游完出来不去抽签，也许，我和张文华还将是无话不谈的朋友。不过，人生的细故引发的变化，谁也没法保证，也没法预知。

那天，天气清朗，夏日的京师常常闷热，那天却很凉爽。张文华邀请我和丰熙、王元正到卧佛寺一游。卧佛寺在京西寿牛山南麓，香山东侧，始建于唐代贞观年间。它本名叫寿安寺，只因寺里有一尊唐朝时用檀木雕成的卧佛，故而民间都称它卧佛寺。原是我们常去游玩的地方。

卧佛寺景色清幽，宜消长夏。此外，寺里香积厨的头陀，做得一手好饮食。虽无鸡鱼荤腥，素席却精美绝味，我尤其爱一种叫炒麻豆腐的小吃。据说炒麻豆腐乃京师独有，他处皆无。其做法是先把豆子浸入水中，再用石磨与水同磨成浆。豆浆可做三种吃食，最细的用来做淀粉；最稀的做豆汁；中间一层稠糊凝滞的暗绿色粉浆，装入布袋加热一煮，水分都滤去了，就是麻豆腐。食用时，杂了雪里蕻和大青豆，用羊尾巴熬成的油来炒。上桌后，灰白红绿相间的一盘，散发出扑鼻的香气。

流放云南时，京师那个给了我终身创伤的地方，唯一让我怀念的就是炒麻豆腐。我曾在永昌和安宁指导周氏、曹氏制作麻豆腐。曹氏祖籍北京，是随先人落籍云南的，小时候曾回过京师，吃过炒麻豆腐。可惜，不管周氏还是曹氏，她们制作的麻豆腐都远不如卧佛寺。

后来我终于明白，不是卧佛寺的麻豆腐更好吃，而是那时我年轻，我气盛，我自以为我的未来是一条铺满鲜花和掌声的锦绣前程。

那天丰熙轮值没能来。我和张文华、王元正喝了茶,吃了包括炒麻豆腐在内的素席,王元正家中有事,先走了。我和张文华在寺里又坐了一个时辰,看看夕阳西下,天色渐晚,也走出寺来。

寺外,一个游方道人,摇着铃铛,招呼过往的游人抽签。

张文华对抽签算命有着异于常人的兴趣。我曾经和他开玩笑,说他哪怕和老妻敦伦,也要请和尚算个佳期。

果然,张文华一定要去抽根签。签抽出来,张文华匆匆读完,脸色大变;紧跟着,又慢慢读了一遍,脸色更加惊惶。我接过签,上面写道:

无根树,花正幽,贪恋荣华谁肯休?浮生事,夺海舟,荡来漂去不自由。无岸无边难以系,常在鱼龙险处游。肯回首,是岸头,莫待风波坏了舟。

"这些胡言乱语,文华兄何必过分在意?"
"是的,不在意,我不在意。"

话虽这样说,张文华的脸色却愈加凝重,刚才还滔滔不绝地和我谈天说地,这时却一声也不吭。

卧佛寺前,他叫了一辆车,竟没和我拱手告辞,就跳上车走了。看着那辆车渐行渐远,我无可奈何地笑了。

与张文华和王元正同游卧佛寺大吃炒麻豆腐的第三天,就是我们约定的到左顺门痛打张璁和桂萼的日子。

那天早朝,我们都去得格外早。左顺门外,已经有几个和我们有约的官员到了,宫门还没开,宫门上挂的宫灯也还亮着。

然而,非常意外的是,一直到上朝时文武官员被招呼进殿,依然不见张璁和桂萼的影子。我暗中问张冲:"张兄,怎么没来?消息有误吗?"

张冲也一头雾水,却坚决地摇着头:"消息肯定无误。我亲眼看到他二人的手本,也看到礼部给他们的回复。他们就是今天进宫面圣。"

"那就奇怪了,"一旁的丰熙也百思不得其解,"面圣这么隆重的事,而且又是由礼部提前安排好的,他们怎么可能说不来就不来?"

我心中一动:"只有一种可能。"

两人一齐望着我。

"那就是有人提前通风报信,他们已经知道了我们的计划,因此没来。"

"升庵兄说得有理。"

"谁会给他通风报信?"

"盟约的包括你我一共十二个人,今天谁没来谁就嫌疑最大。"我这么说是基于之前的约定:我们十二人相约,趁张、桂二人面圣之前,在左顺门外将他们打死;然后再到宫门前哭谏。这个提前向张、桂泄密的家伙,当然不会再参与哭谏;但既然与我们有约,他就只能找借口不来。

"文华没来。昨晚他说他吃坏了肚子,正在家里将息呢。"不知啥时,王元正也凑了过来。

丰熙冷笑:"那不就清楚了吗?"

我想起前天在卧佛寺门口,张文华抽到的那根签。

张冲问:"那接下来怎么办,升庵?"

"那就散朝后直接到宫门前哭谏,不仅我们十一个去,还要鼓动其他朝臣,尤其是部堂甚至阁老们也一起去,动静闹得越大越好。"

动静果然很大。甚至比我想象的还要大。

端午节在我家喝酒盟约的十一人——原本是十二人,但张文华当了叛徒——在金水桥上拦住刚散朝的大臣们,要求他们一起到左顺门哭谏。何孟春身材高大,站在人群里格外显眼,他是做过封疆大吏的重臣,他的意见能影响一大批人,他说:"宪宗时百官哭谏于文华门,争慈懿皇太后葬礼事,宪宗听从了哭谏。国朝最重惯例,今天,我们也应效仿宪宗朝的臣子,到左顺门哭谏。"

何孟春话音刚落,张冲大声高喊:"万世瞻仰,在此一举。今天若是有谁不去力争的,我们就一齐打死他。"

不到半个时辰,黑压压的一群人跪伏在宫门外,一边哭,一边高呼:"高皇帝啊孝宗皇帝啊!"

以后,我从有关资料中获悉,那天响应我的号召到左顺门外哭谏的官员多达二百二十九人。具体包括：九卿二十三人，翰林二十二人，给事中二十一人，御史三十人，吏部十二人，户部三十六人，礼部十二人，兵部二十人，刑部二十七人，工部十五人，大理寺十一人。

初时，并无内阁成员参与，丰熙三步并作两步，气喘吁吁地跑到内阁，把阁老毛纪等人也动员过来，一并加入到哭谏队伍中。

我们在左顺门外哭喊时，嘉靖爷正和元天先生谈论如何纳藏天地之气，以求长生。哭喊声越过宫墙，把嘉靖爷吓了一跳，急忙唤太监过问。太监如实向他禀报后，他大为生气，但仍压制着怒火，令张永到门外劝解，要求众臣散去。

然而，我向张永提出，请他转告皇上，收回将他的父亲兴献帝谥为恭穆皇帝并建庙祭祀的成命。

张永不敢隐瞒，向嘉靖爷如实做了汇报。嘉靖爷勃然大怒，手里握着一柄麈尾，气恼地挥来挥去。

这时，元天先生却笑了。

嘉靖爷问他："先生为何失笑？"

元天先生说："我是笑陛下身在庐山。"

"此话怎讲？请先生明示。"

"陛下，表面看他们反对陛下为先帝立庙称号，可说到底，还是不服气啊。那领头闹事的杨慎，区区一个六品的翰林院编撰，他哪来那么大的底气？就因为他是杨阁老的儿子。杨阁老历仕四朝，三任首辅，门生故吏遍布天下。陛下，他虽然致仕了，却是虎死不倒威啊。他儿子也才有这吃了雷的胆子。"

"那依先生之见，这事该当如何处理？"

元天先生眼露精光："还是我之前早就说过的十六个字。"

嘉靖爷略一愣，不由随口念道："普天之下，莫非王土；率土之滨，莫非王臣？"

"陛下圣明。"

嘉靖爷站直了身子，手中的麈尾重重地劈下去。

宫门开了一条缝，张永再次从里面走出来。他身后，紧跟着一群太监；太监后面，是骆家印和几十名锦衣卫的缇骑。

张永令太监把所有请愿官员的名字和部门都登记在册。

这边在吵闹着登记，有人高声自报姓名，有的却坚决不说。太监团团作揖："各位大人，小的奉命行事，请不要为难小的。"

丰熙怒道："谁他妈为难你，你也值得为难吗？"

另一边，骆家印向几十名缇骑打了个手势，立即有人扑上来将丰熙和张冲抓住，反剪了双手。丰熙大喊："我是朝廷大臣，你凭什么抓我？"

骆家印冷冷道："有圣上旨意在。你且到锦衣卫衙门再说。"

请愿的官员一下子全炸开了，也有人悄悄后退，企图溜走。眼看事急，我跳上台阶，振臂大呼："诸公勿退，国家养士多年，仗节死义，正在今日！"

有的人高声附议，也有的人继续后退，后来干脆一溜小跑。请愿之初的二百二十多人，一下子走了将近一半。

王元正很着急："升庵，怎么办？"

我说："走，我们去敲门。"

说着，我大步走向左顺门宫门，王元正紧随其后。我们一边拍打着朱漆宫门，一边高声痛哭，现场不肯走的其他官员，大多数人也跟着痛哭起来："高皇帝啊，孝宗皇帝啊！列祖列宗啊！"

约莫一刻钟后，宫门突然打开，一队锦衣卫缇骑从里面冲了出来。

留下来痛哭的官员全都被捕下狱，后来统计的数据是一百三十四人。

等待包括我在内的一百三十四人的是血腥的廷杖。

嘉靖爷登基后，前两年都无廷杖之事。这让在正统爷动不动就要扒了裤子打屁股积威下过来的朝臣们暗自松了一口气，以为这位年轻的英主也将是建文爷和弘治爷那样的仁慈之君——我查过国朝各位皇爷的实录，只有这两位皇爷在位时，没有廷杖过朝臣。

然而，朝臣们这口气松得早了点。嘉靖二年，昭圣皇太后张氏生日，按惯例，命妇们当进宫朝贺。但嘉靖爷出人意料地下旨令免。内中的缘由在于，当年，嘉靖爷的生母进京觐见张太后时，张太后端着太后架子，把嘉靖爷的生母按藩王王妃之礼接待。按说，当时嘉靖爷还未正式登基，更未为他的生母上尊号，张太后虽然有些拿大，也还算符合礼制。但嘉靖爷为此怀恨在心，此时羽翼渐丰，便在张太后生日时传旨免了命妇朝贺，以此扫张太后的脸面。御史朱涮与马明衡当然也知道个中缘因，职责所在，仍然上疏谏争。嘉靖爷被人看穿了小心思，恼羞成怒，立即令骆家印派出缇骑将二人下在狱中，并要将二人处死。幸好，内阁阁老们不肯拟旨，首辅蒋冕也极力辩争，嘉靖爷才同意将二人廷杖三十。

二人被打个半死，并削籍为民。但二人却赢得了士林的钦佩与民间的敬仰。二人离京回乡那天，包括首辅蒋冕在内的上百位朝臣，都前去送行。

这也是国朝多年来的积习。仗义执言，廷争面折，哪怕为此遭到皇帝的严厉处分，就仕途来说几乎进入绝境，甚至还会有肉身的痛苦，但于个人的名声和清誉，却是极大的提升。这也是言官们敢于逆龙鳞的精神动力。

从朱、马开始，嘉靖爷对廷杖的兴趣与日俱增，动不动就下旨廷杖五十，廷杖三十。在他心里，把那些义正词严的官员们粗暴地剥去衣服，露出白花花的屁股趴在宫门外，听任行刑者手中的棍子在他们身上发出沉闷的击打声，似乎是人间最动听的音乐。

坚硬的木棒下，一百三十四位受刑者中，有十六人当场死亡。

我当然没有当场死亡，不过，嘉靖爷认定我是罪魁祸首，是请愿与哭门的始作俑者，用圣旨上的话说，"杨慎辈倡率叫哭，欺慢君上，震惊阙廷，大肆恶逆"，因此，对我的廷杖是两次。

我居然在两次廷杖之下活了下来，连我自己也感到惊讶。

记得第一次行刑时，骆家印在我旁边监刑，这竖阉趾高气扬地问我："杨慎，你如此大逆不道，到底是受了谁的指使？"

"我受了两个人的指使。"

"哦？哪两个？"骆家印对我的回答有些意外，旁边的人也都有些意外。

"他们一个姓孔，一个姓孟。"

"他们现在何处？快说。"

"他们吗？在文庙。"

6

前往永昌卫的路仿佛永无穷尽。据说，嘉靖爷在琢磨把我发往何地时，曾有过一番比较。显然，这位恩威难测的人君，他是要为我找一个最偏僻最遥远的地方。据说，最初，他打算把我发往山西雁门。同时也还考虑过广东儋州或广西廉州。至于最终为什么是云南永昌，这和两个人有关系。这两个人，一个在明处，一个在暗处。

明处的人是吏部尚书何孟春。何孟春曾在云南为官多年，永昌府就是他于嘉靖元年奏请设立的。当时，他曾给父亲写过一封信，请求父亲为新建的永昌府写一篇记。父亲欣然答应。但这种应酬性文字，他公务繁忙，照例由我代笔。我记得，在这篇题为《新建永昌府治记》中，我历数了永昌沿革之后写道：

> 嘉靖改元，巡抚都御史何孟春遂谋于镇守总兵沐公绍勋，巡按御史罗君玉、席君春连章奏请革镇置府，议上，报可，遂改为永昌军民府。永昌人闻之，室家胥庆，相与语曰："而今而后庶几以生矣，我有田亩，我食我力，无豪夺我者也；我有男女，我婚我嫁，无胁诱我者也；我有官守，我师我帅，无鄙夷我者也；不图今日复为幸民，此新天子之赐，诸守臣谋国之忠，我子孙百世之利也。"

父亲读罢，击节称赞；未几，何孟春迁吏部，也曾专门治酒相邀，席间，居然一字不漏地把这一段背了出来。

实话说，曾做过云南巡抚，后来又任吏部尚书的何孟春，级别远比我高得多，但自从那篇《新建永昌府治记》后，我们却成了莫逆之交。到左顺门外请愿，他是其中职务最显赫者。是故，嘉靖爷虽然恼怒他，但毕竟碍于他的级别，对他总算网开一面，只是罚俸了事。

两次廷杖外，我的另一大处分就是流放。《大明律》规定，国朝的流放分为四等，从轻到重，依次为：安置、迁徙（去乡千里）、口外为民和充军。充军又因戍地不同，分为极边、烟瘴边、远边卫和沿海附近军四种。按时限不同，则又分为终身和永远两种。终身就是到本人去世为止；永远则是罚及子孙，勾丁补缺。即本人死后，还要由子孙顶替；如果没有直系子孙，甚至得从族人中找人顶替。

嘉靖爷赐给我的是永远充军烟瘴。他不仅决定了我的命运，也决定了我的子孙的命运。当然，那时候，我还没有一男半女。有意思的是，后来，在我四十八岁那年，侧室周氏为我生下了长子同仁；仅仅半年后，嘉靖爷的皇后杜后为他生下了嫡长子。这两个相差不到半岁的孩子来到世上，因为父亲的不同，当然更因为血缘的不同，自然判若云泥。同仁出生，意味着我老年得子，这当然是一件可喜可贺之事。满月那天，我请了些亲朋好友，摆了几桌酒席。那天，我喝醉了，张含和简绍芳闹酒，一定要让我当场为儿子写一首诗。笔墨摆上来时，我龙飞凤舞地写了。张、简等人看了后，全都默默无语。

因为我录的是一首苏东坡的诗。苏东坡是我的老乡，也是我一生敬重的前辈。那首诗，是他写给他的儿子的，我在借他的酒杯，浇自己的块垒：

人皆养子望聪明，我被聪明误一生。
但愿孩儿愚且鲁，无灾无难到公卿。

嘉靖爷的嫡长子出生，那就是应该且必须普天同庆的大事。在京的朝中百官，各人自有大小不均的封赏。此外，按惯例，还将大赦天下。那时，我也对此怦然心动。尽管之前嘉靖爷的嫔妃们已经为他生了几个儿女，也曾因此大赦，但毕竟是庶出，这一个才是嫡子。说不定，嘉靖爷一高兴，就把我也列在了大赦之例。——当然，如同你们后来知道的那样，终我一生，嘉靖爷也没有因遇上喜事大赦时把我给捎带上。

嘉靖爷那位比同仁小半岁的嫡长子，在我去世四年后，接替嘉靖爷登上皇位，年号隆庆，庙号穆宗。隆庆爷继位后，下旨追赠我为光禄寺少卿。相当于为我平反。只是，其时，我在泥土下的皮肉已经腐烂，嘉靖爷也沉沉地睡在了他那规模宏大的永陵中。

需要特别指出的是，隆庆爷之所以一登基就变相为我平反（这也使得我留下的大量遗著在经过小峨细心整理后，能够刊印行世），其背后的原因有两个说法，到底哪个说法才是事情的真相，我却没法分辨。

说法之一：与嘉靖爷十几岁就做皇帝不同，隆庆爷一直到三十岁才继位。漫长的东宫生涯里，隆庆爷酷爱读书，尤其对诗词有着过人的禀赋。据说，我的一些诗词经过种种渠道被他看到后，他对我这个二十几岁中状元又因得罪他的父皇而两度廷杖永远充军的倒霉蛋充满兴趣，而那些诗词又在一定程度上让他看到了我的才华与胸襟。这一切，给了他好感。所以他暗自决定，以后一旦登基，立即为我平反。当然，得以遗诏的名义。

说法之二：嘉靖爷晚年，对早年因大礼议与我的父亲和毛澄等人闹翻后，借左顺门请愿事件把我廷杖充军已生悔意。但是，嘉靖爷是个乾纲独断的英武之君，他不可能亲自纠正自己的错误，那等于否认自己，自打耳光。这也是他为什么坚持不肯大赦我，甚至在我临终前一年，还要派太监王有根前来警告我的原因。不过，在他最后的日子里，他终于说服自己，决定在他死后，由他的儿子来为我平反。反正，那时，我也不在人世，他也不在人世。谁能管得住身后事呢？

第二次被廷杖后三天的一个夜晚，何孟春身着青衣小帽，悄悄前来叩门。杨敬修把他迎进来后，他径直来到了我伏卧的书房。

他是个警惕的人，他要用青衣小帽和夜色打掩护，不让人看出他曾经来过杨府。这时候的杨府，对满朝文武来说，就像瘟疫，避之唯恐不及。

何孟春很焦灼。他说："据从宫中传来的可靠消息，皇上正在考虑把你充军到哪里。"

我半趴在床上，胸前垫了三只枕头，以便头能够吃力地抬起，我有气无力地说："子元兄，对我这行将入土的人来说，充到哪里不都一样吗？你看我这样子，恐怕出不了京师地界，就得死在路上。"

何孟春劝慰说："用修不必如此悲观。你虽受了两次廷杖，天幸并未伤筋动骨，只是皮肉之苦，不日就可恢复。倒是这充军的地点，却不得不考虑。"

"怎么考虑？除了听天由命，我还能做什么？"那时候，我心情灰暗至极，每当疼痛如针扎时，我恨不得立即死去，两眼一闭，万事皆休。

"山西雁门，广西廉州，广东儋州，听说都是皇上考虑的地方。"

"那又如何？"

"雁门地处边关，瓦剌时常犯边，你若谪戍那里，谁也无法预料哪天会被派往前线效力，凶险万分，这是最不能去的地方；廉州和儋州，远在岭外，气候炎热，长夏无冬，且异风殊俗，汉夷杂处，也非可以久居之地。"

我无力地笑了笑："儋州好，倒履合了东坡先生的旧迹。"

"好什么呀，你不见东坡到了儋州写给朋友的信，那份凄凉无助：此间食无肉，病无药，居无室，出无友，冬无炭，夏无寒泉，然亦未易悉数，大率皆无耳。"

"那依子元兄之意，又该当如何？"

"我看不如去云南永昌。永昌虽然距京师也有三千里之遥，但一来距你老家四川相对较近，二来我在云南做过巡抚，多少有些关系；三来张愈光就是永昌人，张家在那边是说得起话的世家大族。有此三者，永昌就是不二之选。不知兄台以为如何？"

我想了想，点头称是。"但是，"我说，"皇上要把我充到哪里，得依他的意见，谁做得了他的主？"

何孟春笑道："这一点，我早就想过了。肯定你我说了都不算，不过，皇上这些年很信任司礼监的张永。张永早年与令尊大人交情不薄，对你也素有好感，我呢，和他还有些交情，我给他说一说。"

于是，何孟春找机会把情况告诉了张永，张永答应帮忙。所以，张永就是我前面所说的那个暗处的人。

就像何孟春说的那样，那些年，张永是嘉靖爷身边最受宠的太监。当嘉靖爷拿不定到底把我充到雁门、廉州还是儋州时，他突然向张永发问。

张永听了，认真地想了想说："陛下，你听说过京师流传的民谣吗：宁充口外三千里，莫充云南碧鸡关。若是依臣看来，什么雁门、廉州、儋州的闭塞艰苦，都比不上云南，尤其是云南西边的永昌卫。陛下想想，碧鸡关还在省城昆明附近，已经比口外还艰苦了，那永昌卫去昆明还有好几百里地，是典型的蛮荒之地，瘴疠之乡。其苦其险，远胜他处。"

嘉靖爷听了，觉得有理。不过，他是个多疑的人，当即令张永退下。半晌，又唤来骆家印，问他可曾听说过"宁充口外三千里，莫充云南碧鸡关"这句民谣。骆家印点头。因为，他刚刚不久才听张永说过。不过，嘉靖爷没问他听谁说的，他也不多说。在他那个位置上坐久了，他明白，恩威难测的皇帝面前，能少说话就少说话，除非他问你。

嘉靖爷让太监取来《大明一统图》，他在那张巨大的地图上，慢慢找到昆明，头往左转，老半天，终于找到永昌卫。他在永昌卫三个小字下面，用朱笔轻轻地画了一道横线。

他笑着说："杨状元，你下半辈子就在这里过吧。"

7

出京城后，陆则骑驴，水则乘舟。在湖广省岳阳与小峨分手后，我和老家人杨敬修相依为命，一主一仆一驴，向着太阳下山的方向风雨兼程。

随着我们的行程进入贵州，我总想起一个人。这个人我曾经见过两次面，是一个面容清瘦，不苟言笑的老夫子。此时，他的名气在大明朝如日中天。说句大逆不道的话，有些人不一定知道紫禁城的龙椅上坐的是哪个皇爷，但大概都知道他的名字。

他就是王守仁，字阳明。尽管他身任南京兵部尚书，然而人们在提起他时，总是充满敬意地称他阳明先生。

阳明先生既精通儒道释，又是陆王心学集大成者，还亲自带兵平定了宁王叛乱，可以说，立德立言立功三者俱称善美。

但是，就在我和杨敬修行走的这条路上，也曾留下了阳明先生踌躇抑郁的身影。并且，他差一点就死在了草木疯长的贵州。

正德年间，正德爷宠信刘瑾——后来刘瑾被我的父亲与李东阳等人灭掉，说起来，也算替阳明先生出了一口恶气。有一年，父亲还在相位上时，阳明先生进京公干，曾到我家拜访。他和我父亲在书房里深谈了一个下午。那天我恰好入宫轮值，很遗憾没能旁听。

阳明先生向正德爷上书，要求正德爷严惩刘瑾，这无异摸了老虎屁股。刘瑾假传圣旨，在我被廷杖的地方，阳明先生也被廷杖了四十棍。据说，刘瑾是要把他立毙杖下的。幸好行刑的太监学艺不精，又幸好阳明先生少时曾师从少林寺武僧习过武，身体甚壮，才免于一死。及后，他被贬到贵州龙场驿做驿丞。

名义上是贬谪，事实上，刘瑾已安排杀手等候于途，只要阳明先生进入山深林茂、人烟稀少的贵州，就会被干掉。

阳明先生在路上寻思了一计：刚进入贵州不久，在辰江边，他写下一首绝命诗，伪造了投河自杀现场。杀手们以为他已经死了，于是放心回京复命。阳明先生躲进山中，藏了好些时日，估摸杀手们都走了，才敢悄然上路，继续赶到龙场驿。

我想起王阳明的故事，原因有两点，其一是他当时写的一首套曲，我早年读过，一直烂熟于心，却不想今天竟像他当年那样，也行走在流放路上。其二，我隐隐感觉，恐怕在我看不见的草木深处，也会有杀手的身影。

多年以后，我已经习惯了云南丽日蓝天下的流放，王阳明先生那首套曲，仍是我的至爱。酒酣之际，我常用筷子在杯盘上打着节拍，用我的四川官话一次次地唱起它：

宦海茫茫京尘渺，碌碌何时了？风掀浪又高。覆辙翻舟，是非颠倒。算来平步上青霄，不如早泛江东棹。

乱纷纷鸭鸣鹊噪，恶狠狠豺狼当道，冗费竭民膏。怎忍见人离散，举疾首蹙额相告。簪笏满朝，干戈载道，等闲间把山河动摇。

平白地生出祸苗，逆天理那循公道？因此上把功名委弃如蒿草。本待要竭忠尽孝，只恐怕狡兔死，走狗烹，做了韩信的下梢。

我的预感对了一半。杀手的确来了，不过，杀手没藏在草木深处，杀手根本不屑于隐藏。

那是在贵州凯里安抚司境内。群山连绵，树木疯长，潮湿的云缠在山腰，人马经过时，衣服变得潮湿。我和杨敬修一大早就上路了。一连走了两个时辰，竟没碰见一个行人。

我不祥的预感更加强烈了。杨敬修似乎也感到了我的不安，他安慰我说："小少爷，不用怕，这山虽然荒野，也算不上什么深山老林，最大的野物就是野猪、豺狗罢了，它们不敢到官道上来的。"

他不知道，我担心的不是四只脚的野物，而是两条腿的人。

杀手在山坳转弯处出现了。他甚至连面罩也不戴，他根本不怕我们认出他。

因为，他认定了，我们马上就会死在他的刀下。谁会怕死人泄露秘密呢？

杀手站在官道中间，身材高大的杀手紧身打扮，一条长长的伤疤从他的左额拉到下巴，更衬托了他的狰狞。

预感成为现实，我反倒没了之前那种莫名的心悸与惶惑。看来，我没死于嘉靖爷的廷杖，也将死于杀手的钢刀。可是，杀手是谁派来的？我不敢往下想。也不愿往下想。

风把路边的树叶吹得哗哗作响。我们在距杀手只有一丈开外的地方，胆战心惊地停了下来，杨敬修上前施了个礼："山路狭窄，烦请壮士让让步，我们好过去。"

"你们还过得去吗？"

杨敬修惊问："壮士此话何意？若壮士不愿让步，那小人牵住牲口，请壮士先过去吧。"

杀手不吭声，慢慢抽出一把腰刀。雪亮的刀被惨白的阳光一晃，像是一面移动的长镜子。我仿佛能从镜子上看到自己无助的脸。

看来，担心多日的杀手终于出现了。

这世上大概没有真不怕死的人，尤其是面对杀手突如其来的刀。

杀手的刀逼住我们。

"我来送你们上路。"

"慎与壮士素不相识，不知壮士为何要……为难我们？"

"少废话。你们谁先来？"

杀手的倨傲比刀尖更锋利地刺激着我的神经。杨敬修还在向杀手说话赔小心。可是，如果说话赔小心就能换一条命的话，世界上也就没有那么多冤死鬼了。想到即将成为一个死在异乡的冤死鬼，我有几分难过。

那几分难过,又随即被山风荡开。

"他是我的仆人,我得罪人,与他毫无关系,请你不要为难他。"

杀手摇头:"你们一个也活不了。"

"既然如此,我也不求你。只是,我们包袱里有一封我家小少爷写的家书,当然还有几十两银子,我们把银子送你,你把家书给我们寄回去如何?"杨敬修说道。

"那几十两银子,难不成你们还能带到阴间去?"

杀手虽这么说,但也没制止杨敬修去驴背上的包袱里取东西。

接下来的事就兔起鹘落了:杨敬修把包袱里的几锭银子,用力向杀手掷去,杀手本能地伸出手去接。一瞬间,杨敬修手持一根双节棍,朝杀手扑打过去。边打边喊:"小少爷,你快跑。"

杀手哐了一声,扔下银锭,持刀向杨敬修刺去。两人打成一团。

我不可能扔下杨敬修逃跑,那样,即便逃得一条命,活着又有什么滋味儿。我也知道,现在我们唯有自救。

山路上,有不少拳头大的石块,我捡起石块,朝杀手乱掷,虽不至于打伤他,却可分散他的注意力。

杀手怒极,手里的刀如车轮般舞动,片刻之间,杨敬修身上就挨了两下,幸好都不是要命位置。这杨敬修也算皮粗肉厚,有一股子狠劲儿,一声不吭地继续和杀手周旋。

"小少爷,你快跑。你忘记了刘大人要来接我们吗?你听,前面有人说话,可能就是他们来了。"

自然没什么刘大人来接我们。不过,前面山路上倒的确传来马蹄声。

杀手有点着急,他一刀架开杨敬修手里的双节棍,不再和杨敬修缠斗,而是径直朝我扑来。

我本能地向后奔跑。

杀手在我后面追。

杨敬修在杀手后面追。

跑了百十步,转过山弯,前面竟迎面来了一群人,有的骑马,有的步行,手里捏着刀叉或是弓箭,看看打扮,应该是住在山里的苗人。

骑马走在最前面的，是一个年轻的苗人姑娘，一身白色银饰，阳光下闪闪发光，同时又叮叮作响。

"救命，姑娘救命。"我一边跑一边喊。

姑娘勒住马，两个苗人汉子抢到我背后，伸出钢叉，拦住杀手。

"你是谁？他为什么要杀你？"

"我……是从北京流放去云南的，路过这里，他无端就要杀我们主仆二人。还请姑娘出手搭救。"

姑娘又问那杀手："你是谁？你为什么要杀他？"

杀手看了看，慢慢道："我也是从北京来的。他是个无恶不作的贪官，我要为民除害。"

"你胡说，我们小少爷为官清廉，从没贪过一分一毫。"

姑娘皱起眉头，扬起马鞭："哎，你们汉人最狡诈，我也不知道你们谁说得是。我们懒得管闲事。让开，我走了。"

姑娘一行闹哄哄地朝前走。

杀手得意地笑了起来："杨慎，你今天死定了。"

那柄刀已经沾上了杨敬修和我的血。血被山风吹拂，明亮的刀身上像是蒙了一些深色的纸屑。

山风凛冽。

我想，我今天真的死定了。

这时，我听到杨敬修悲愤地大吼："姑娘，他不是贪官，他是为民请命的杨状元啊。"

姑娘的马停住了，并迅速转回马头。

"他是状元？"

"是啊，他是状元，是四川的杨状元。"

姑娘使了个眼色，两条大汉的两柄钢叉逼住了杀手的刀。

我知道，我得救了。

8

命运就是如此难以捉摸。

一个时辰前,我和杨敬修濒临绝境,都以为必将死于杀手刀下,暴尸苗疆。

一个时辰后,我们却被隆重地迎进了山腰上的一座苗寨。前往苗寨的路上,领头的苗族姑娘告诉我,她叫阿妮,是木叶寨头人的女儿。

当我们顺着崎岖的山路走到木叶寨大门前时,阿妮的父亲,一个身材健壮的大汉,带着一群手下前来迎候。

后来的交谈中我得知,阿妮之所以救我,并非我之前自作聪明地认为,是她知道我杨慎的大名。对这个连县城也没去过的苗族少女来说,杨慎和山间草木大概没什么区别。

她救我,是因为两年前,曾有一个说书人在木叶寨说了几天书。说书人的故事里,书生进京赶考并高中状元的传奇让她记住了状元这个词。不过,略让她有点意外的是,她说:"要是按说书先生讲的书,你和状元有点不一样。"

我说:"说书先生讲的书里状元是啥样?年轻英俊的白面书生,对吗?"

阿妮笑起来,露出两只深深的酒窝。

"而我,既不年轻,也不英俊,脸还是黑的,对吗?"

阿妮忍不住大笑起来。

与阿妮相比,她的父亲,榜留头人颇有些见识。并且,他大概也是整座木叶寨里,之前就知道我的唯一一个人。

所以,他用隆重的礼节迎接我。两个盛装的苗族少女拦路递上两大碗酒,我接过酒碗,一饮而尽。榜留头人快乐地鼓掌,阿妮等人唱起了我和杨敬修听不懂的山歌。

那是我被廷杖后几个月里最开心的一天。那天,我烂醉如泥。我甚至不知道酒局到什么时候,又是怎样结束的。

醒来已是次日上午。一缕干净而轻盈的阳光从窗户透进来,落在我身上。我坐起身,发现睡在竹楼的一张床上。阿妮坐在窗前,一手握小刀,一手执木头，正在小心地雕刻。

"杨先生，你醒了。"

我点头微笑。

"我去给你拿点吃的。"

阿妮放下手里的木头和小刀，快步走下楼去。

我拿起那块木头，木头显示出鱼的形状。

我打量着这间屋子，它与普通竹楼并无区别，只不过显得更干净一些。不过，令我惊讶的是，在屋子一角的一张几案上，赫然摆放着一张琴。

我当然知道苗人能歌善舞，不过，他们的乐器，大抵是芦笙、木叶、铜鼓、竹笛、唢呐。至于琴，这是汉族士大夫用以修身养性的，它出现在这座偏远苗寨的竹楼上，其间，一定有一些我所不知道的故事。

我抚摸着琴弦仔细观察，发现它不是一张普通的琴。

先人文献里记载，最古老的琴出自周朝，称为号钟，琴音洪亮，如号角长鸣。春秋时有名琴曰绕梁，据传系华元敬献与楚庄王的。前汉有绿绮，琴身黑中透出幽绿。后汉有焦尾，乃名士蔡邕所制。凡此四琴，可称琴中极品，然而年代久远，除了文字记载，谁也没见过它们的真面目。

竹楼上的这把古琴，长三尺有奇，看上去是梧桐木所制，圆形龙池，扁圆凤池。龙池上方有四个行草字：大圣遗音。池两旁复有隶书铭文：巨壑迎秋，寒江印月。万籁悠悠，孤桐飒裂。

原来，这就是琴谱中所载的大圣遗音。唐代宗李亨在位时，下旨制作了一批宫琴，并赐名大圣遗音。这批琴的数量到底有多少，谁也不清楚。在京师时，我也只是听太常博士聂晚舟谈起过。那时候，我对琴的兴趣甚至超过了诗书，聂府与我家相距甚近。无事时，我常常在晚饭后信步前往聂府。聂晚舟嗜琴若狂，宽敞的琴房里，数十张几案上，各自放置着他精心淘来的古琴。

我记得，有一天晚上，他一边抚琴一边感叹："上古四琴，虽然见之于典籍，但究竟是不是真的有过，值得怀疑。并且，纵使真有，距今两三千年，怕也早就不复存在了。唐代所制的宫琴中，大圣遗音一定还有遗珠在民间。可惜，我寻访二三十年，还是一无所获。"说罢，意兴萧然。

自从离开京师，我已有几个月没摸过琴了。一时技痒，我坐在几案前，略一沉吟，抚琴而歌。那是早几年我从聂晚舟那儿学来的《胡笳十八拍》：

> 为天有眼兮何为使我独漂流，
> 为地有灵兮何事处我天南海北头。
> 我不负天兮天何配我殊匹，
> 我不负神兮神何殛我越荒州。
> 制兹八拍兮拟排忧，
> 何知曲成兮心转愁。

这《胡笳十八拍》，据传是制作焦尾琴的蔡邕先生的女儿蔡文姬所谱。蔡文姬遭逢战乱，流落匈奴，而我如今远谪云南，大概也相差不多。弹着唱着，渐渐便进入忘我境界。

一曲既罢，泪水蒙眬了视线。

转过身，阿妮站在门口，斜依在门柱上。

"你弹得真好，比我老师弹得还好。"

"你老师是谁？"

"一个汉人。几年前发配到腾越府，经过木叶寨时生了场大病，我爹收留他，把他的病治好了。他就教我学会了弹琴，这把琴，也是他送给我的。"

"他现在何处？"

阿妮摇头："后来就再也没有他的消息了。听我爹说，腾越府远得很，哪怕骑马，也要走上一个月。杨先生，你弹的曲子，我听老师弹过，好像是很久很久以前一个女子写的。听说这个女子被卖到北方，居住了二十年，好不容易才回到家乡。"

"是的，那女子叫蔡文姬，是汉朝名士蔡邕的女儿，也是个旷古少有的大才女。她流落南匈奴十几年，做了左贤王的夫人，却无法忘记故乡。后来，曹操将她赎回来，她和两个孩子生离死别。这曲子，就是蔡文姬彷徨痛苦之作。"

阿妮出神地听着，阳光偏转，落到她脸上，像一个光洁的瓷人。

"我跟老师学过，却总是弹不好。老师说，我不能理解蔡文姬。"

"你年轻，没经历过人生坎坷，自然无法深刻理解。你老师送你的这张琴，乃是唐朝宫琴，叫大圣遗音。唐朝时的大乐师董大，最擅长用大圣遗音弹《胡笳十八拍》。诗人李颀写诗说，蔡女昔造胡笳声，一弹一十有八拍，胡人落泪沾边草，汉使断肠对客归。"

说到这里，我和阿妮久久没有言语。楼外树林里，传来一阵阵清脆的鸟鸣。

阿妮打破了沉默："杨先生，我给你弹一曲吧。"

"好啊好啊。"

阿妮坐在窗前，伸出修长的手指拨动琴弦。她弹的是《阳关三叠》：

清和节当春，渭城朝雨浥轻尘，客舍青青柳色新。劝君更尽一杯酒，西出阳关无故人。霜夜与霜晨，遄行，遄行，长途越度关津。惆怅役此身。历苦辛，历苦辛，历历苦辛，宜自珍，宜自珍。

我在木叶寨住了三天。三天后，必须启程了。我是一个钦定有罪的犯人，必须按期限赶到服役的永昌。否则，我的罪过将更大。

那是我少有的快乐而短暂的三天。米酒，琴声，笑脸，以及带着异乡风味的习俗，它们让我短暂地忘记了我的罪人身份。

我眼前老是晃动着阿妮的影子。我知道我这是爱上她了。那三天，除了睡觉，我们都在一起。当我终于向她和她的父亲提出告别时，她原本明亮燃烧的眼眸突然暗了下去。

那时候，我若有所失。

榜留头人劝我留下来。他说："你没必要前往永昌卫，我听说那里气候炎热，遍山都是瘴气和毒虫。你就在木叶住下来，官府根本不知道你到哪里去了，过上十年八年，风声不紧了，你要回故乡也好，继续住在我们寨里也罢，任由你选择。你要是觉得太无聊，还可以教孩子们识几个字。木叶虽小，也有三百多户人家，衣食住用，都不在话下。"

对榜留头人的好意，我婉言谢拒。他只得遗憾地摇了摇头。

然后，就是盛大的送行宴。当我们喝得都有几分酒意时，阿妮抱着大圣遗音走了出来，她说："杨先生，既然你要走，我为你弹一曲吧。"

琴声和着歌声，轻轻回响。她弹的还是《阳关三叠》：

渭城朝雨浥轻尘，客舍青青柳色新。劝君更尽一杯酒，西出阳关无故人。芳草遍如茵，旨酒旨酒，未饮心已先醇。载驰骃，载驰骃，何日言旋轩辚。能酌几多巡。千巡有尽，寸衷难泯。无穷的伤感，楚天湘水隔远津，期早托鸿鳞。尺素申，尺素申，尺素频申，如相亲，如相亲。噫，从今一别，两地相思入梦频，闻雁来宾。

9

我抓住了一条鲤鱼。

不是真正的鲤鱼。是一条用木头雕刻而成的鲤鱼。它有肥大宽阔的身躯和总像微笑的表情。多年以来，当我注视它时，它就把虚空当作了流水，在水中快活地摆动尾巴，轻轻游动。

时光回转几十年，这条木鱼将握在一只纤细而白皙的女子的手里。女子一手握木头，一手握锋利的小刀。小刀上下翻飞，一些木屑和木花轻轻飞舞，一条鱼就从木头中间游了出来，带着夸张的微笑。

在那之前，我从没见过微笑的鱼。

女子头上戴着白亮的银饰，颈上系着白亮的银圈，身着蜡染的布筒裙。

那是一座吊脚楼。我们在二楼最尽头的房间。房间很洁净，简单的桌椅、火盆，以及火盆不远处的一张小床。我在这间屋子里住了三天。或者更准确地说，我在这间屋子里被囚禁了三天。

她是负责看守我的。

就是说，她是看守，我是囚徒。

不过，这也只是名义上的。房子不仅洁净，一看就知道专门用心打扫过，甚至还新增了一张宽大的书案，书案上，摆放着笔墨纸砚，以及几部不知道临时从哪里拿来的书。我略翻了翻，里面甚至有欧阳文忠公和苏东坡的宋代刻本。可惜，它们竟和算卜书、历书以及一本从没听说过的某位诗人的诗集胡乱堆放在一起。

每天三顿饭，都由另一个同样浑身上下都闪着银子白亮光芒的苗女送进来，有酒，有肉。第一顿饭时，看守我的苗女为我打开酒壶倒出一杯，我只一闻，便闻出这酒产自泸州。"好酒啊！"我说。苗女微笑："那你多喝一杯。"为我倒了酒，她坐在旁边，看着我吃喝。吃喝完，另一个苗女收走杯盘。

看守我的苗女见我吃喝完毕，重又坐下来读书，她抿嘴一笑。从怀里掏出小刀，拿起桌旁的一块木头，细心地雕刻起来。这东西她已经雕刻好几天了，我已看得出，它雕刻的是一条鱼。一条肥大的鲤鱼。

"阿妮，你雕得真好。"

阿妮抿嘴一笑。

"比三年前我第一次见你时，雕得更好了。"

阿妮仍是抿嘴一笑。和三年前差不多同样的场景，只是竹楼不是从前那一座，寨子也不是木叶寨，但同样有明媚的阳光从窗户透进来，落在阿妮脸上，让她的微笑，有一种沉静的质地。

我没想到，三年之后，我会和阿妮再次相逢，并且，以这种方式相逢。

流放永昌卫的几十年里，我就像一只在狂风中飘荡的风筝，而风筝的线，不在京城，而在新都，在平原深处稻麦欣荣，烟火人间的新都。那里有我的父亲，有我的妻子，有我的根。如果说流放的最初两年，我还经常幻想有朝一日能够起复，回到京城官复原职，甚至像我的父亲那样入阁拜相的话；那么，随着时光流逝，我知道这只是不切实际的幻想。我断绝了起复的幻想。我只想回到故乡。在新都的桂湖畔著书立说，消磨余生。我等着皇上大赦天下。然而，我一次次地失望。不论是皇子降生还是皇太后的万寿节，尽管皇上一次次大赦天下，但每一次，都没有我的份儿。

我知道，坐在紫禁城里的嘉靖爷仍然没有放过我。

我只有寻找机会，短时间地回新都。这机会，有时是合法的，比如父亲病重时朝廷曾准许我回乡探亲；比如四川巡抚约请我编修《蜀志》；比如两次戎役重庆，也得以回乡。当然，有时候则是非法的。那就是我偷偷离开永昌卫，潜行回乡。

在永昌渐久，地方官员大多对我还算友好，如果不是朝廷有严命，他们也就睁只眼闭只眼。

因而，后半生中，永昌卫与新都之间的道路，我曾多次来回奔走。

那一年，我因爱安宁的风景与温泉，在张含等友人的资助下，在安宁修了几间草堂。春暖花开时，我却无比想念新都，想念平原上一望无际的杏花、桃花和油菜花。于是，我独自踏上了回乡之路。

出安宁后，向东北而行，过嵩明州、马龙州后，官道渐渐没入山中。又行了两日，已是路窄人稀的大山。那天中午，在一家鸡毛店打尖时，店主告诉我，苗王波东哈造反了。

"他为什么造反？"

"还不是官府逼的。"

"咋个逼法？"

"听说朝廷征调苗王波东哈带兵到江浙沿海抗倭，立了不少战功，可总督大人不仅把功劳揽到自己身上，还处处压制波东哈。波东哈回来后，云贵方面的大人们也以祝贺为名，向他索贿。波东哈一气之下，集结了八十多个苗寨头人造反了。"

听到"苗寨头人"四个字，我一下子想起榜留头人，当然，也想起了阿妮和阿妮的琴声与歌声。

"目前局势怎么样？苗王派兵攻城吗？"

店家摇头："只听说前几天苗王杀了前去劝降的官员，威胁说要攻打曲靖府，朝廷正在征调大军，已经分别从昆明和四川开过来了。客官你说你要去四川，那正好要经过交战区啊，可得小心。"

"苗王会不会为难我们这种普通的过往行人？"

"我看先生像个读书人。听说只要不是官员，苗王一般倒不会为难的。"

盘算了一夜，第二天一早，我依然选择了向东北而行。既然店家说苗王不会为难普通人，想必我是安全的。只有穿过苗王的地盘，才能回到新都。我必须冒这个险。并且，尽量早起，神不知鬼不觉地穿过这个是非之地。最多三天，就可以走出苗王地盘，到了乌撒府，便是毕节卫的防区。

那是初夏的凌晨，天还未亮，我已经走在了山路上。窄窄的山路，山风劲吹，满目苍翠，山路像是一根被风吹皱的飘带。

中午时分，我来到了一座山的隘口，举目四望，山岭重叠连绵，浑无际涯。

我坐在一株古松下吃完干粮，打算休息半个时辰再上路。

然而只过了片刻，一声锣响，几十名手执各种武器的苗人恍如从天而降，把我围在中间。我解释说只是过路的，不是官员，更与朝廷和官军毫无关系，只是路过宝地回老家四川。

但我仍然做了俘虏，被押往就近的一座苗寨。

非常意外的是，在苗寨里，我遇到了榜留头人，而榜留头人，也一眼就认出了我。

后来我才得知，榜留是苗王波东哈的下属，波东哈一起兵造反，就派人给他送信，要他带着手下前来相助，榜留不敢不来。

这座苗寨叫天龙寨，要比榜留的木叶寨大上好几倍，而且修筑有石头的城墙，矗立在一匹高大的山岭上，山岭四壁陡峭，山面却十分平坦，寨里既有水塘，还有庄稼地，一看就是可以长期据守的理想之地。

在榜留的带领下，我在天龙寨的一座木楼里见到了苗王波东哈。榜留把我的情况告诉波东哈，并说："杨先生虽然是状元，以前在京城里做官，但早就被皇帝打了屁股，发配到永昌卫充军了。他这是要回老家四川探亲，我和他三年前就认识，是个好人，我们留他住一宿，明天就放了他吧。"

然而，波东哈上上下下看了我半晌，用我和杨敬修都听不懂的苗语和榜留交谈起来。

直觉告诉我，情况不妙。

果然。榜留告诉我，苗王波东哈认为，你既是名满天下的状元，却被明朝皇帝当成犯人贬到永昌卫，那你不如留下来，做我的军师，我们一起造反，事成了，你就是开国丞相。

我知道这麻烦大了。我先感谢了苗王的好意，然后告诉他，我如今已心如死灰，只想回到老家，平平安安地度过下半生。

波东哈脸沉似水，似乎当时就想发作，榜留急忙悄声劝阻。接下来，我就被软禁起来。波东哈说："杨先生，你好好想几天，想明白了，就留下来做军师。要是想不明白，你就继续想。"

没想到的是，负责看守我的竟是阿妮。这倒是不幸中的万幸。

301

10

　　三天之后，苗王波东哈亲自来到了软禁我的竹楼。榜留跟在他身后。

　　还是那句老话，波东哈要我和他一起造反。他实在想不通，我早就不是明朝官员，还因得罪了皇帝，被皇帝打个半死发配到永昌，说起来，简直和朝廷有不共戴天之仇，怎么会不愿造反呢？

　　"你是担心朝廷追究你夫人吗？我听说你夫人还在四川？"

　　我苦笑："不仅我的夫人在四川，我的祖茔和祖居都在四川。"

　　"你们汉人的《三国演义》上怎么说的？女人如衣服，兄弟如手足。我们苗家，有的是好女子。你要是留下来，我亲自保媒，把阿妮许配给你。"

　　阿妮站在榜留身旁，听了波东哈的话，飞快地扫了我一眼，不由满面通红。

　　"谢谢大王美意。我只是一介书生，成事不足，败事有余，还请大王放我回川，在下感激不尽。"

　　榜留也劝波东哈放了我，波东哈恼怒地吼他："你懂个屁。"

　　又对我说："我再给你三天，你继续想。想明白了就让阿妮告诉我。想不明白的话，哼！你应该想明白的。"

　　两天过去了。那天下午，我在阿妮的指点下，用她的小刀雕出了一条木鱼。那是一条奇形怪状的木鱼，阿妮见了笑得花枝乱颤。她的没有杂质的笑让我怦然心动。有一刹那，我甚至有过一丝犹豫，要不，我真的就留下来，娶了她？

　　当然，这只是一刹那的犹豫，我知道这是绝不可能的事。我是大明状元，是三朝首辅的儿子，我怎么可能和波东哈一起扯旗造反呢？百年之后，我如何面对九泉之下的列祖列宗？

　　就在这时，负责送饭的那个苗女匆匆跑了进来，她附在阿妮耳边，小声地说着什么。说话时，不时瞥我一眼。直觉告诉我，她说的话一定和我有关。我自然不便偷听，走到窗前，望着窗外青黛的林表。

　　一会儿，屋子里只有我和阿妮了。阿妮表情焦急："杨先生，你必须走了。"

　　我笑了："我也想走啊，可是波东哈大王不放我。"

"你别笑。事情很严重。刚才，阿依娜路过议事厅，听到波东哈和金巨在商量。金巨说，如果你明天还是不同意留下来做军师的话，他建议波东哈就把你杀了祭旗。金巨说，你是状元，是天上的文曲星下凡，用你的血祭过的旗，就会有灵性。"

我目瞪口呆。阿妮说的那个金巨，我曾见过，是波东哈手下的大巫师，一身黑衣，瘦得像根竹竿，两只眼睛白多黑少，哪怕是大晴天里骤然遇见他，也会感到一种莫名的阴冷。据说，他法力无边，画符捉鬼，吞火吃铁这些不说了。早年，波东哈的父亲到湖广省辰州府打冤家，不想中了埋伏，被仇家打死。金巨施展法术，用赶尸的方法把波东哈父亲的尸体赶了上千里路回到天龙寨。

我望着阿妮，尽量按捺住内心的慌乱。

"有一条密道通往后山，天黑了，我带你从密道出去。"

"你怎么向波东哈交代？他会放过你们一家吗？"

"你不用担心，我有办法。"

当天晚上，我睡在床上，自然睡不着，辗转反侧到了三更时分，听到了三声轻轻的叩门声。这是我和阿妮约好的信号。急忙下床，开门。淡淡的月光下，阿妮示意我别出声，跟她走。我们小心地下了竹楼，走过两条窄窄的巷子。远处，有波东哈的士兵手持兵器在站岗。如果是我独自一人，早就被人发现了。

很快，我们来到一座磨坊。阿妮熟练地把磨坊角落的一堆稻草挪开，地上露出一个黑幽幽的洞口。她跳下洞，我也跟着跳下去。太黑，我们的身子碰到了一起。

阿妮一笑，打亮火镰，点燃一根细长的纸捻，黑暗中有了一点细如萤火的孤光。然后，阿妮一手执纸捻，一手拉着我，快步向洞子深处走去。

路上，阿妮告诉我，磨坊的秘道入口，平时都有人守卫。那个守卫的人狂热地喜欢阿依娜，阿依娜在我们到达磨坊前半个时辰，主动请他去喝酒。那人大喜过望，甚至来不及找人替他看守，就跟着去了阿依娜家的竹楼。

走了约莫一盏茶工夫，阿妮松开拉我的手，吹亮燃烧的纸捻。原来，山洞到了尽头，是一方看上去非常坚硬的石壁。我正寻思如何出得去，阿妮把纸捻递给我，"拿着。靠近点。"我依言拿了纸捻并靠近她。她双手伸进石壁上的一个凹槽，用力一推，随着吱吱呀呀的声音，那方石壁竟像门一样被推开了。不，那本身就是一道石门。

走出石门,月光清寒,原来是一片坟地,而秘道的出口,就是众多坟墓中的一座,那道石门,是一块墓碑。

阿妮递给我一个小包袱。"你拿着,里面有些面饼。看到没,那里有一条小路,你就顺着小路一直走,走到有一眼泉水的地方向左转,再走到有一座破庙的地方向右转,然后就上了大路,可以一直走到曲靖府。"

我着急地问:"你怎么办?你和我一起走好吗?"

"不行,我要是和你一起走了,波东哈就知道是我放走你的了,他们会为难我爹。"

我知道她说得在理。尽管心里十分惆怅和担心,也只能就此别过。

"你先走。"阿妮说。

"你多保重。"

我向阿妮所指的小路走去,小路隐在一片松林里,我最后回头看时,月色朦胧,只能依稀看出一个模糊的人影,站在一座高大的坟前,向我缓缓挥手。

11

三天后,我赶到了昆明。

阿妮塞给我的那只小包袱里,有足够三天的干粮,还有几串铜钱,以及一只木鱼。那是看守我那些日子里,她坐在窗前雕刻的木鱼。那是用质地坚硬的金丝楠乌木雕刻而成,木鱼通体黝黑,却又在黝黑中带着一丝丝亮光。

从那以后,我经常把那只木鱼揣在身上,直到去世。

曹氏曾经猜到那只木鱼一定有一番来历,她小心而含糊地问:"雕得这么细致,一定是年轻漂亮的女子才有这么巧的手。"

我点头说是。

曹氏还想追问背后的故事。我没告诉她。我只是说:"如果不是那个雕木鱼的女子,我早就魂断异乡了。"

我为阿妮父女以及阿依娜担忧。波东哈虽然和榜留是远房亲戚,可早就出了五服；再说，擅自把我放走，这么大的事情，波东哈，尤其那个阴阳怪气的金巨，他们会放过阿妮吗？

一路上，我已想到了对策，我要到云南都司衙门去，请求尽快发兵平定波东哈，越快越好。并且，最重要的是，我知道那条秘道，官军可以出其不意地杀他个措手不及。只是一定得保证阿妮父女和阿依娜的安全。

现任云南都司都指挥使姓于，叫于禁，恰好和三国时曹魏名将同名。十多年前，我刚发配到永昌时，曾和他有过一段缘分。这也是我自信他会听从我的建议的主要原因。

永昌设府时间很短，张光天是永昌府首任知府，他和张含交情不错，虽然他们一个祖籍福建长汀，一个祖籍云南永昌，但毕竟一笔难写两个张字，两人向来以兄弟相称。

张含给张光天写了封信，请他一定关照我。

与杨敬修抵达永昌次日，我就前往永昌府求见张光天。门子却说，张大人这些天一直在忙，不在府里。

"那他在哪里？"

"在驿站。"

门子的回答让我有些不解。一个知府怎么可能一连几天都在驿站里忙碌呢？

门子是个爱饶舌的人，他说："哎，你可是真不知道，按理说，堂堂知府大人，当然不会去管驿站的区区小事。可这回住到驿站里的，是海外浮泥国的贡使，一行上百人，还赶了三头大象，还有些大大小小的包袱，说都是献给咱大明大皇帝的贡品。这在永昌府甚至云南行省，怕都是头一遭。事关皇上，知府大人哪敢掉以轻心？这些天，咱们大人可是把心都操碎了。"

正说着话，张光天却回来了。门子送上张含的信，张光天亲自到门外迎接，十分热情。

分宾主坐定后，张光天说："状元公大名，天下无人不知，光天虽耽于俗务，也读过状元公不少大作，内心十分敬慕。"

我回道："张大人过誉，慎委实不敢当。慎如今被钦命充军贵地，还望张大人在于指挥使尊前，多多美言。"

张光天说:"这是自然,不消状元公吩咐。愈光兄与我既是知己,又是同宗兄弟,他所托之事,我如何敢不尽力。只是,有一事还得说与状元公知道。这于指挥使是半年前才从山西调来的,他行伍出行,多次与瓦剌交战,立了不少战功,因此也养成了骄横之气。实话说,他品级比我高,又重武轻文,我固然会向他拿言语,但他到底听多少信多少,却难以预料。"

听了张光天的话,我心里冷了大半,愣愣地,也不知道说什么好。

张光天见状,忙安慰说:"状元公也不必太在意。事在人为,这些天,我和他为了处理浡泥国贡使的事,天天在一起,说话也比平时方便,我明天就找他说说,看他意下如何。你那边,因有朝廷期限,明天也可先到指挥使衙门投了公文报个到如何?"

事情很糟糕。

指挥使衙门的一个经历看了公文,呆着脸道:"我不管你之前是状元也好,是翰林也罢,你既然触犯了朝廷,到哪个山头就得唱哪个山头的歌。按规矩,你先把号衣穿上,暂住到西大营,过几日,待我禀了指挥使大人,再将你分发到永昌卫下属的千户所,或者永平,或者腾越,或者龙陵都不一定。到时,千户所分你五十亩土地,你会种也罢,不会种也罢,每年秋后,却是要征你几分口粮。再有,你得自备武器,随时听候差遣。平时里,除了种那五十亩地,若有命令,还得随营训练或是修筑城垣。"

这些规矩,我当然知道。只是,即便是已经走在前往永昌的路上,我也没想到真有人把这规矩套到我头上。骨子里,我还是把自己当作了首辅的儿子,当作了状元和翰林。

可在这个胖胖的经历看来,我就是个充军的犯人。

经历当然没错,可要让我像一个充军的犯人那样苟且偷生,不如一刀杀了我。

我说:"经历大人,小的在路上染病,能否让小的报到之后再休息十天半月?"

"十天半月?你倒是说得轻巧,若是指挥使大人怪罪下来,谁承担得了?不要再啰唆了,赶紧把号衣穿上,这就去西大营。"

说着，他嘴一努，一个军士拿着一套肮脏的号衣走过来就要扔给我。

我急忙伸手拦住他，对胖经历说："经历大人，小的这里有一封信，求大人看看。"

胖经历冷笑一声："又是谁的说情信？杨慎，我告诉你，你得罪的是当今天子，这规矩呢，是当今天子的老祖宗洪武爷定下的，天王老子给你说情也不管用。"

我从怀里摸出一个没有缄口的信封，走上前，双手呈给胖经历，低声道："经历大人无论如何请看看即知。"

胖经历狐疑地看了我一眼，接过信。

他脸上的表情快速地转换："啊，我知道了，杨状元，看来你沿路确实感染风寒，病得还不轻。啊，这样吧，你今天暂时不用穿号衣，也不用去西大营。你可找到了客栈？找到了，那就好，你且安心在客栈里住它半个月。若是指挥使大人问起，我就给你挡了。杨状元，下官虽然远在边地，却也早就听说过你的好名声。永昌这地方呢，虽然闭塞点，民风还不坏，物产丰富，杨状元多半也不会待得太久，哪天皇上一下旨，你就起复回京了。"

回到客栈，我悲不自禁，双泪长流。

那封呈给胖经历的信，里面装着一张五十两的银票。

我这个骄傲的人，第一次向人行贿，向一个级别低下语言粗俗的经历行贿。

可是，如果不行贿，我此刻已穿上号衣，被押送到西大营和众多犯人们一起睡地铺吃粗粮了。

人在屋檐下，再高傲的头也只有低下去。

晚上，我又一次去拜访张光天。

张光天依旧很热情，看得出，他的热情是真诚的。只是，说到向于指挥使说情一事，张光天面露惭色。

"状元公，实不相瞒，今天我给于指挥使说了你的情况，他当然也知道你和令尊大人。可这家伙油盐不进，坚持说着号衣、进军营、种军地以及征发守戍是洪武立下的规矩，谁也不能破。可事实上呢，洪武爷的众多规矩，传了一百多年，不知道有多少早就成了一纸空文。我看，他多半是为浮泥国贡使的事情着急,所以才如此不讲理。"

"浡泥国贡使?"我问张光天,"张大人,慎前日来拜访时,也听门子说浡泥国贡使到了永昌,一直深觉奇怪。"

"哦,有什么奇怪?"

"以前曾有浡泥国贡使来过永昌吗?"

"那倒没有。以前只有缅甸国贡使进京时,途经永昌。朝廷规定缅甸国是五年一贡,所以上一次缅甸贡使过路已是五年前的事了,那时永昌还未建府,一应事情,全由永昌卫负责。"

"那浡泥国贡使为何到此?"

"据他们讲,他们的船只遇到大风,于上月被吹到占城上岸,因不识路,绕道宁远州和金齿宣抚司来到永昌。"

"他们既只是路过永昌,为何停留了好几天?且据张大人所言,张大人和于指挥使都为此事烦恼?"

"状元公有所不知,他们一行多达上百人,还有三头大象,几十只猴子,每日的消费就要几百两银子。他们又说,大象生病,需要到缅甸请象医来治,又需要一大笔钱。他们所带的其他一些贡品,据说因时间太久发了霉,要求永昌把这些东西买下来,他们另行购置,这又是一大笔钱。几笔钱加在一起,不论永昌府还是永昌卫都难以承担,因此我和于指挥使才焦头烂额。状元公久在京师,你是知道的,自从洪武爷明确了十五不征之国以来,一方面对十五国的贡期做了规定,不得想来就来;另一方面又对符合贡期的贡使,要求沿途各地必须盛情款待,不得怠慢。所以这浡泥国贡使提出这些荒唐要求,我和于指挥使却无法推脱,只得虚与委蛇。可毕竟不是个办法。再说,他们多待一天,我们又得多赔上几百两银子。"

我喝了口茶,略一寻思,对张光天一字一顿地说:"张大人,依慎愚见,这其中多半有诈。"

张光天惊得站了起来:"有诈?有什么诈?"

"张大人,那浡泥国在南洋,他们的船却是上个月,也就是六月被大风吹到占城的,这里便有假。"

"假在哪里?"

"张大人有所不知，南洋虽甚为广大，然而每年风向的转变却大抵相同，是故沿海人将其称为信风。"

"信风？"张光天迷惑地看着我。

"是的。每年三月到五月初，南海刮的都是东南风。浡泥在占城东南，若浡泥国贡使此时在南海遇到大风，倒是可能把他们吹到占城上岸；但刚才张大人已经说了，浡泥国使者自称是六月底才从该国扬帆，然后被吹到占城的。"

"是啊，他们就是这么讲的。"

"这就有破绽了。五月份，南海的东南风已转为西南风，浡泥国的船如果遇到狂风，不可能把他们吹到占城，只可能吹到广东或是福建，或是吕宋一带。所以，慎以为，浡泥国使者的说法断不可信。"

张光天想了想，点头称是："状元公果然博学多才。只是，他们撒这个谎，目的何在？"

"张大人想必知道争贡纠纷？"

张光天道："略有耳闻，只不过远在边地，不知究竟，请状元公详示。"

"国朝自洪武爷以来，对十五不征之国视作屏藩，一向优礼有加。这些藩属国常常派使者带些价值菲薄的特产，声称朝贡，沿途扰骚地方不说，到了京师，还得由朝廷重重地打赏。因此上，这些藩属国把朝贡当作难得的敲竹杠的机会，年年来，甚至一年来几次，洪武爷不胜其扰，于是根据远近亲疏，确定了朝贡时期，有的三年一贡，有的五年一贡。这些藩属国便常伪造文书，冒他国之名前来入贡，甚至发生过一国之内，两大权臣各派贡使，进而在我大明境内火拼之事。"

"那依状元公之意，浡泥国贡使是冒贡还是争贡？"

"这个一时难以厘清。不过，慎虽然未去过浡泥国，但前些年在翰林院时，颇读过些浡泥及南洋诸国秘档，倘与该国贡使一谈，或许能鉴别真伪。"

张光天想了想，拍手道："好，我信状元公。这样，我这就去见于指挥使，把你的怀疑向他讲讲。"

后来的事实证明，我的怀疑没有错。

开初，于指挥使对我的怀疑压根儿不相信，这位来自北方草原的军爷，他没看到过大海，更没听说过海上的风还会年年稳定出现，很讲信用。幸好，张光天一再劝说，他大概才抱着死马当活马医的态度让我试试。

就在永昌府衙门里，由于指挥使和张光天宴请浡泥国贡使。贡使及手下来了十几个，其余的还有好几十个，都安排在驿站里。贡使及其手下一个个面目漆黑，身材矮小，穿着古里古怪的服饰。贡使旁边，坐着通译。贡使叽叽哇哇一番我听不懂的外语，通译再慢慢翻译。

然而，多听几句，我又有了新的疑惑。我知道，浡泥国人操马来语，马来语里有很多梵语，而梵语，因为研习佛经的缘故，我却是能听懂一些的。可这位贡使所说的马来语里，却听不到一句梵语。直觉告诉我，他说的不是马来语。浡泥国贡使不从浡泥国来，也不说浡泥国的马来语，这意味着什么呢？

因为于指挥使的不信任或者更准确地说是不愿意与我这个流放犯人共席，我没有出现在宴席上，而是悄立于宴席大厅后面距离贡使最近的地方，中间，隔着一层纱幔，我能看到贡使，他却看不到我。

我让侍者给张光天悄悄递上一张纸条。张光天随即装作闲谈的样子问贡使："永乐年间，贵国有位王子来朝贡，也是被大风吹到占城，后来陆路到了昆明府，却不幸病死在昆明，年仅十二岁，死得甚是可怜。现今昆明还建有他的陵墓，贵使此去京师，是否去坟前祭拜？"

贡使通过通译回答说："是啊，我们王子为了朝贡，一路鞍马劳顿，十二岁就死了，我们经过昆明时，自然要去祭拜的。"

通译的话让我有九成把握，断定他是假。因为，浡泥国王子来贡并病逝，乃确有其事，此事在浡泥国和南京都知之者甚众。只不过，那位王子不是十二岁，而是二十八岁，当然也不是被风吹到占城，而是一路经广东到了南京，病逝并安葬于南京。

为了保险起见，我又让侍者递给张光天一张纸条。

张光天又问贡使："贵国曾有一位一字并肩王，姓黄，此人早年做过永昌卫指挥使，恰好与于大人同职。后来却因缘际会，前往贵国，成为贵国开创者之一。此人后来下落如何？他的子息尚存吗？"

通译与贡使交头接耳半天，通译才吞吞吐吐道："回大人，贡使是粗人，平时不读书，对这些典故不是太清楚。"

至此，我有十成把握断定他是假贡使。

原来，那位姓黄的指挥使叫黄森屏，屡立战功，后来被洪武爷派遣出使婆罗洲，因船只折毁，在浡泥附近登陆。其时，浡泥国常为邻国侵凌，遂向黄森屏求助，黄森屏屡败邻国，浡泥国苏丹马合谟沙把女儿嫁他，并封他为麻那惹加那，相当于演义小说中所称的一字并肩王。马合谟沙去世后，黄森屏又与马合谟沙之弟监国多年。

这段往事，乃浡泥国开国史上头等大事，浡泥国妇孺皆知，贡使竟然一无所知，岂非怪哉？

"你们到底是何人？为何要冒充浡泥国贡使？"张光天拍桌子大喝。

贡使一行不知何处露出了马脚，手下人竟拔足往外跑，却更加坐实了他们乃假贡使。

后来拷问时得知，这是一伙真腊人，知道朝廷待贡使甚厚，于是伪装成贡使来到永昌。他们倒不是真要到京城去，而是借口所带大象生病需救治，以及其他贡品受潮发霉，企图以此敲诈永昌卫及永昌府一笔钱财。

第二天，于指挥使亲自在永昌卫衙门后花园摆了一桌精美的宴席，席上，他一连敬我三杯，并感叹说："看来，读书还真是有用啊。"

12

像大多数武人一样，于禁也认死理。他认定读书还是有用之后，对我从此刮目相看。但他在永昌卫并没待多久，就转任到广西，又转任到福建。等到他再转任到云南时，已升任云南都司都指挥使了。

在位于翠湖边的都司衙门，我见到了于禁。

我把天龙寨的情况原原本本告诉了他，包括波东哈如何要造反我如何在阿妮和阿依娜的帮助下逃走，统统都告诉了他。我还告诉他，许多苗人并不想造反，但迫于波东哈的淫威，也只好跟着。当然，最重要的是，我告诉了他那条从坟地里通往磨坊的秘道。

正在为波东哈造反伤脑筋的于禁听罢，大喜过望，伸出铁钳般的大手抓住我的手臂用力摇晃："杨状元，你就是老天爷派给我的福将啊。"我痛得歪了嘴，却微笑着不语，他终于察觉了，连忙放手。

我要于禁保证，攻破天龙寨后，只擒拿罪魁祸首波东哈及巫师金巨等心腹，其余被裹挟的民众，万万不可为难他们，要让他们立即回各自寨子，该干吗干吗去。至于救我有功的阿妮和阿依娜及其家人，更是理应小心保护。总而言之，攻心为上。

于禁满口答应，立即写信给具体负责的越州卫指挥使林进来。林进来是他的部下，没理由不听他的。不过，我还是不放心，于禁派出的斥候带了书信连夜奔赴前线时，我告诉他，我也要去天龙寨。于禁极力挽留，我只好留住了一夜。次日，于禁派出几个护兵，护送我重返天龙寨。

三天后，我又来到了天龙寨下。

山道路口，到处是全副武装的官军；远远望去，高耸的天龙寨上空浓烟弥漫，隐约还能听到哭声、喊声。

原来，因为我提供的秘道，天龙寨已被越州卫指挥使林进来率军攻破了。

浓烟和哭声喊声让我心里一沉，匆匆忙忙地往寨里赶。不时，都有官兵横刀阻拦。幸好，我身上带有于禁给我的都司衙门的火牌。

大半个时辰后，我喘着粗气，像一头累坏的老牛，终于走进了天龙寨。与之前我看到的天龙寨相比，眼前的天龙寨一片狼藉。一些房子着了火，竹制或木制的房子在火中呻吟，发出噼噼啪啪的声音，空气中散发出一股煳味。街面上，到处横着尸体，有成年男子，也有老人和儿童。持着刀枪的官军三五成群，从这家出来，又冲进那家。

我叫苦不迭。我不该听于禁的挽留，在昆明住上一晚。我应该随那个传信的斥候一起连夜赶回天龙寨，庶几，就能让天龙寨的无辜百姓免遭一场横祸。

"我要见林指挥使，他在哪里，你赶快带我过去。"我对一个总旗吼道。

总旗傲慢地看了我一眼："你是什么人？跑到这里做什么？"

我懒得和他闲话，把火牌塞到他眼前。他一看，立即满面堆笑："大人，林指挥使在后面。我这就带你去。"

总旗带着我，从一条小巷穿过。小巷里，也横着两具尸体。喷到青石板路上的血已经凝固了，色泽暗红，像是堆上去的一层土漆。只不过比土漆多了些腥味。几只绿头苍蝇兴高采烈地扑在血迹上，被脚步一惊，方才十分不情愿地团起身子升到半空。

转过小巷,我听到从另一条小巷里传来一阵喧闹声。远远一看,三个士兵正嬉笑着把一个年轻女子往院子里拖,年轻女子拼命挣扎,又哭又喊。

我忙叫住总旗:"快让他们放手。"

总旗满不在乎地笑道:"大人不必见怪。兄弟们冒死冲锋,好不容易打了胜仗,总得让他们尝点甜头。不然,以后谁还会为朝廷卖命?"

我气坏了,再一次掏出火牌,冲过去朝那三个士兵扬了扬:"畜生,住手。"

总旗大约见我脸色铁青,也急忙跟上来,喝住了士兵。

女子披头散发,跌坐地上。

"阿依娜,是你!"

果然是阿依娜。她抬起头,迷茫地看看我,终于站起身,走到我面前,目光如刀,上下剜了我一眼。

"是你把秘道告诉他们的吗?"

"我,我是为了救你们。我不能看着你们被波东哈裹挟造反,那是要灭族的。"

"救我们?"阿依娜冷笑,"你看看吧,天龙城寨烧了,波东哈倒是被他们杀死了,可我爹也被他们杀死了。"说着,阿依娜又哭了起来。

"我,我没想到会这样,我请于都指挥使给林指挥使下了命令,要他秋毫不犯,不得妄杀一人……谁知道,谁知道我来晚了……"

在血迹斑斑的尸体和烟火弥漫的房舍面前,我知道我的解释很苍白,很无用,可我还是硬着头皮解释了。多年以后我才会逐渐明白,我其实只是解释给自己听。当然,我也知道,即便我不在昆明住一夜,而是和斥候一同返回天龙寨,将于禁的命令告诉林指挥使。但按官军多年来约定俗成的规矩,他们总会在攻破城池后纵兵两三天的,即使有上峰的命令,他们也会阳奉阴违。而于禁为了让士兵们为朝廷卖命,也不会真正严加追究。

他极力挽留我住一夜,并说前线还没布置好,我完全来得及在总攻前赶到前线,原来都是套路。

事实上,半个时辰后,当我在一进幽深的院落里见到林指挥使时,他笑着看了于禁的指令,也只是对我点点头说:"还得多谢状元公提供的秘道。可惜状元公如今已不是官身，不然，朝廷一定会有提拔的。"

看得出，他因平定了波东哈叛乱而志满意得，他知道他一定会为此提升。至于那些烧了的房子，杀了的人，我敢打赌，那将成为他的赫赫战功。

天龙寨外的大路口，阿依娜和一群面带惊惶与哀痛的苗人踽踽而行。他们都是由阿妮的父亲榜留头人从木叶寨带来的。之前，他们全被当作叛乱分子抓获后关在天龙寨地牢里。我费尽口舌，和林指挥使据理力争，他才勉强同意将他们释放。里面还关押着更多的当作叛乱分子的苗人。但他们不是木叶寨的，林指挥使说："那就和你没关系，你也没义务保释他们。再说，就算你敢保释，我也不可能都放了。"

我知道只有如此了。

但榜留和阿妮却不在其中。榜留被官军杀死了，阿依娜说她亲眼看到的。

"阿妮呢？阿妮在哪里？"

阿依娜平静地看着我，目光却很空洞："她走了。她爹就是为了保护她出寨才被杀的。"

"去哪里了？"

……

"木叶寨吗？"

……

"你为什么不说话？"

"好吧，既然你想知道，我就告诉你，阿妮说她恨你，她从此再也不会见你了。"

13

我说过，流放云南永昌卫的漫长岁月里，我曾合法或非法地多次回到我的老家四川新都。我的家园在这里，祖茔在这里，少时陪伴我长大的众多桂花树和那面小小的湖也在这里，更重要的是，小峨也在这里。

我像一只风筝，被不可预知的风吹到了滇南，风筝的绳子却系在新都。

说实话，越到晚年，我越有些害怕面对小峨。我对不起她。

在京师时，她多次委婉地劝我谨慎行事，我虽然口头称是，却从不曾往心里去，甚至还暗自笑她妇人之见。两次廷杖，我的人生天翻地覆。如果不是小峨细心照顾与安慰，我早已死在京师孝顺胡同了。然后，我发配永昌，她留在新都，伺奉公公婆婆，直到他们先后魂归道山。中间，她曾与我在云南生活了几年。但最终，一者，她受不了云南过于炙烈的阳光；二者，也是更重要的，新都的家必须有人维持。祖居，祖茔，祖上留下的几百亩地和几间商铺，都需要有人打理。我知道这难为她了。她是一个热爱诗酒的出世之人，却偏偏要她去管理这些俗务。可事到临头，却也无法可想。

我先后纳了两房妾，也就是周氏和曹氏。我当然知道，这对小峨是一种无言的伤害。尽管我有我们那个时代最充足的理由，可我还是伤害了她。尤其是娶曹氏。娶周氏还可以用小峨无出，我只是为了传宗接代才这样做来解释；但娶曹氏时，周氏已经生下了我的长子同仁。

如果说小峨和我是声息相通的知己的话，那么我和周氏之间从来就没有过，也不可能有交流。很简单，她出身滇南农家，从小粗手大脚地上山砍柴，下田插禾，一个字也不识。并且，滇南民风粗放，她也养成了大大咧咧的性格。

娶周氏，是那年与简绍芳的滇南之游途中的事。绍芳和我一样，都是外省旅居云南。他是江西新余人，祖上就是有名的富户。他本人虽学富五车，却倦于科场功名，常年往返于云南和江西之间，把江西景德镇的陶瓷贩到云南，又把云南的茶叶贩到江西。在他六十岁那年，我曾写诗赠他：

  金兰意气昔论文，燕坐朝霜竟夕曛。
  千里驱驰来僰道，十年羁旅共滇云。
  交游落落晨星散，踪迹悠悠水国分。
  江北江南从此隔，何时何地再逢君。

不过，那时我们都还相对年轻，都还不到五十。那年，他约我前往滇南临安府。他说临安既有建于元代的孔庙，其规模形制仅次于曲阜和京师孔庙，位列三甲；复有燕子洞，洞中有河，河中有洞，更有无数燕子，世居其中。简绍芳知道我好游，经他一说，我便欣然前往。

果然游了孔庙，也游了燕子洞。返程前一天，简绍芳告诉我，他在临安府有一房远亲，既然来了，不能不去。他家酿的苞谷烧名满临安，也不能不喝。

当天下午，我在简绍芳带领下，走进了临安府后街的一户人家。一座寻常的小院，院墙上坠着许多红色的九重葛。简绍芳亲戚一家人很少，一老头，一老妪，还有一个年轻女子。

苞谷烧果然醇厚而烈，我不住口地夸好，简绍芳便把那年轻女子唤过来，说这酒就是她酿的。年轻女子嘻嘻一笑，施了个礼，下去了。一会儿，原本作陪的老头也出去了，桌子上就留下我和绍芳两人。

绍芳忽然压低声音说："怎么样？"

"好酒啊，浓烈，醇厚，如果再放上两年，更好。"

绍芳却摇头："我是说，我表妹怎么样？"

"好啊，她酿的这酒是我喝过的最好的苞谷烧。"

"那让她一辈子专门给你酿苞谷烧可好？"

"啥意思？"

"升庵，我这个表妹，家境贫寒，你都看到了。你呢，身边也需要有个女人照顾，若依我意，不如你就讨我表妹做妾吧。"

我摇头："绍芳，这么多年来，我不是也过了吗？"

"我知道，你是怕对不起远在新都的嫂夫人。但依绍芳愚见，古人所说，不孝有三，无后为大。如今升庵兄年近半百，膝下尚无一儿半女，倘听之任之，日后如何见宰相公于地下？我知道升庵兄重情，与嫂夫人情深意长，可如今为了子嗣纳个妾，也是天经地义的事，嫂夫人知书明理，必然理解。"

绍芳说中了我的心事。那些年，我既为流放十年，仍未得到朝廷赦免，更未看到起复的希望而苦恼，也为马齿徒长却无儿无女而忧心。

"绍芳兄一番好意，小弟心知肚明。只是，只是……"

"只是什么？今天趁着酒兴，我给你明说吧，我给我表妹相过面，她绝对生儿子。"

简绍芳一向善于相面，这我倒是素常所知的。

"只是怕人家一个年轻姑娘，未必看得上我这糟老头子。"

"哈哈，这你就不必担心了，一切包在我身上。"

就这样，我纳了周氏为妾。过了些日子我才知道，她其实根本不是简绍芳的表妹。她像简绍芳一样，也是江西新余人，只不过，自小就跟随父母到临安经商。那天我见到的老头老太也不是她的父母。她的父母年前就双双病故了。她父亲病故前，由于欠下一批债务，债主上门，声言如果不能按时还债，就要把她卖到青楼。天底下哪个父亲愿意走这条路呢？周氏的父亲想到同是江西老乡的简绍芳，虽然以前没什么过从，但事情紧急，也只得上门求助。简绍芳便出了一大笔钱，帮周氏的父亲还了债。不久，周氏父亲去世，也是他一手操办。办完丧事才发现，周氏已经无处可去。

这时，他想到我一直孤身一人。但他知道，如果直接把周氏送我，我肯定不会同意，于是编造了所谓表妹的关系。

"我自罚三杯，不，自罚五杯吧。"当我责怪简绍芳时，他真的乐呵呵地自罚了五杯。

那时，周氏已生下了我的长子同仁。看着襁褓里的小肉团，我不由百感交集。

简绍芳得意地说："升庵，我算得如何？没骗你吧？实话说，她还要给你再生两个儿子，你命中注定，该有四个儿子，五个女儿。"

但周氏只为我生了一个儿子。

刚纳周氏为妾时，周氏性格温良，对我照顾得无微不至。廷杖让我的左腿落下终身残疾，既不像之前那样利索，更要命的是，每到阴天下雨前，就会有难以忍受的疼痛。

周氏从山里采来一些我不认识的草药，把它们一锅蒸煮了，屋子里发出一股奇怪的气味儿，她把药捞出来，捣成糊状，把它敷到我的左腿上。我问她这管用吗。

她自信地说："以前，我们家隔壁有个猎人，被野猪咬伤，一条腿跛了，就是用这种药治好的。"

然而给我敷过好几次后，却没有任何好转。周氏很失望。当云南的雨季来临时，我的左腿一如既往地疼痛。半夜，我坐在床上，苦挨天明。周氏醒了，抚着我的腿，眼巴巴地望着我。我让她睡，她却摇头。

但自从生了同仁后,她却性情大变。

比如,她不再关心我的腿。当我因疼痛难以入睡时,有时她也会醒过来,扭头望一眼,又扭头睡过去。

她特别反感我读书写字。读书还好一些。只要我一研墨展纸,她往往就会大呼小叫:"官人官人,你儿子又哭了,你快来抱抱他。"

从进门那天起,她就总是叫我官人,这个很具有戏剧色彩的称呼让我啼笑皆非。想到她大字不识,所有的文化教育都来自滇剧和民间说书人,我也不好和她计较。

虽然是充军,但自从有了同仁,我还是雇了两个下人,一个负责烧锅做饭,一个负责帮周氏带孩子。

"吴妈呢?为什么不让她带?"

"我叫她到街上买糖去了。"

我只好放下笔,到外屋抱起同仁。

同仁一岁多时的一天,周氏又大叫我去抱儿子。可我把同仁抱进书房,问他为什么总要在我写字时哭,同仁说:"同仁不哭,妈妈掐同仁,同仁才哭。"

我把周氏叫进来,让她做出解释。她指着桌上的笔墨,高声嚷嚷:"我最怕你写字。我早就听说,你就是写字才得罪了皇上的。皇上你都敢得罪,没杀你的头都算皇上开恩了。你还在写写写,总有一天,你不但要把自己的头写掉,还要把我和同仁也搭进去,你是不是要这样才罢休?"

我气坏了:"滚!"

我去找简绍芳,向他诉苦。走了半响,才想起他半月前就回江西了。你个狗东西简绍芳,你是怕我又要让你自罚五杯吗?我唯有苦笑。

大概因为周氏让我失望,几年后,也就是我五十五岁那年,我又纳了第二房妾,那就是曹氏。

曹氏祖籍北京,祖父那代落籍云南,她自小就在安宁长大。

那些年,上面对我的管束越来越松,我也得以半公开地离开永昌卫,长期居住在安宁。安宁是昆明府附近的一座小城。阳光明媚却又不像临安或永昌那样炙人。四季鲜花不败,更兼遍布汤泉。其中西门外的那眼汤泉,对我落下残疾的左腿功效显著。一年四季,只要人在安宁,我总会隔三岔五地去泡一泡。

阴雨来临之前如同针刺的疼痛也会为之消减。

周氏和同仁留在了永昌。坦率地说，我不想带上周氏。当然，周氏也不想跟随我。我告诉她，我要到安宁，是受指挥使司的派遣，到安宁谪戍。

"啥叫谪戍？"

"就是拿起武器去守城。"

"你拿得动武器吗？"

"没办法，我本来就是充军的犯人，应该干的。所以，你和同仁就留在永昌吧。"

周氏小鸡啄米一样点头："行行，你早去早回吧，我和同仁在家里等你。"

名义上是谪戍，是拿起武器守城，可事实上，除了到安宁卫画个押报了个到，其他时间我都住在张含为我租的那座位于东城的小院，每天和曾屿、李元阳等人谈天喝酒，或是泡温泉，或是分韵作诗，日子过得十分洒脱。

14

这天，我收到小峨一封家书。

小峨说，她已遵照我的吩咐，把我所需的三十贯宝钞的银票汇到了永昌。

小峨的说法让我一头雾水。在云南期间，我的生活费用，除了张含等朋友接济外，每年年初或年中，小峨会分别给我寄两张银票。现在既非年初也非年中，并且，我从来没在家书中说过要她寄银票。

后来我才弄清楚，那是周氏以我的名义写给小峨的家书中提出的。

我动身到安宁前，已经给周氏和同仁留下了一笔足够过半年的钱，她却背着我找人写家书向小峨要钱。小峨认识我的笔迹，也知道我在安宁。不过，她还是把银票汇给了周氏。

我心底一阵愤怒和伤心。

那段时间，到安宁小院来拜访的人明显多了起来。除了几个老朋友和安宁本地的文人外，还有不少是从昆明府或是大姚府赶来的。大多是官场上的人，偶尔也有一些读书人。

一个小道消息在流传，据说，嘉靖爷倦于政事，热心修道，正准备把皇位禅让给太子，他好从俗务中抽出身来，以便专心致志地修道。

"太子一旦登基，必然大赦天下，而且，大赦的力度比任何时候都更大。那样来，状元公，你不仅免去了充军之罪，马上起复，再赴京城也是水到渠成的事啊。"一个前来拜访的官员这样对我说。

他的话并非空穴来风，也不是没有道理。

和我同案的官员，除我之外，其他要么免罪返乡，要么官复原职。我之所以得不到赦免，乃是因为我是嘉靖爷认定的罪魁祸首，其间又掺杂了不少嘉靖爷与我父亲的恩怨，而嘉靖爷又是一个使气任性的人，他当然不愿意由他亲自下旨赦免我，却不会再去阻挡新天子以登基的大喜来大赦。

事实上，在我死去四年后，接替嘉靖爷的隆庆爷甫一上台，就立即为我平反，并追赠我为光禄寺少卿。

只是，对一个死人来讲，怎么样的追赠都毫无实际意义。

如果说小峨的家书让我心底升腾起一股对周氏的抱怨与怒气的话，那这种抱怨与怒气很快就被接二连三的拜访者和他们美好的预言所稀释。

就是在这种奇怪而又冲突的心境下，我出人意料——我知道，至少是出小峨和周氏的意料——我纳了第二房妾。

动议是曾屿提起的。那时，我们常到离我的草庐不远的一条小巷喝酒。那是一条十分偏僻的小巷，里面藏着一家小小的酒楼，老板姓曹，自然就叫曹记酒家。曹记酒家的酒很烈，菜很辣，老板却祖籍北京，这让我实在有点意外。我一直以为，老板应该是四川人呢。

酒家很小，老板就是大厨，老板娘和另一个年轻女子跑堂。年轻女子就是后来做了我的第二房妾的曹氏，老板夫妇是她的叔叔和叔娘。

那天，就在曹记酒家，酒过三巡，我向曾屿说起周氏擅自冒我之名写信给小峨讨要银子的事，曾屿和简绍芳向来有些不和。他说："绍芳本来就是乱点鸳鸯谱。你堂堂状元，乃天上的文曲星，才高八斗，学富五车，他居然把他一字不识的睁眼瞎表妹许配给你，这简直就是佛头着粪。"

"他也是一番好意。"

"好意倒是好意,却办了坏事啊。"

那时候,我似乎也认了当初娶周氏的目的是生儿育女,传宗接代。曾屿看我丧着脸不吭声,又说:"升庵兄你如今虽落难,但眼见得嘉靖爷就要禅位给太子,太子登基,必然大赦天下,升庵兄起复是早晚的事,以后入阁拜相,不说手到擒来,我看也顺理成章。嫂夫人不说了,那是天下一流的才女。但兄长既然娶如夫人,那也得娶个至少略通诗书略知礼仪的才是。"

一番话,我竟不知如何回答,只觉得他好像说到了我心坎儿上。

曾屿满脸酡红,犹自不断斟酒:"升庵兄,我来给你做个媒如何?"

"醉了吧?你做啥媒?"

曾屿伸出筷子,往曹记酒家内堂指了指:"曹姑娘,你是认识的,人长得标致,做事也伶俐,更重要的是,她父亲是塾师,中过秀才,从小就教她读书识字,只是流年不利,十年前因病去世了,她才投靠到叔叔家。女大不中留,老曹是早就想把她嫁出去了,可一般人家,曹姑娘看不上。老曹呢,也不要多少彩礼,给个五十两银子,意思一下就行,做大做小,都没意见。"

"曾兄,你醉了。"

"我没醉,你瞧,我说中你的心事了吧?曹姑娘虽比不上嫂夫人有咏雪之才,但知书达理这四个字却是称得上的。"

半个月后,曹姑娘带着半箱衣服和一大箱书来到草庐,做了我的第二房小妾。

次年,曹姑娘,不,现在应该叫曹氏了,为我生下一个男婴,那就是我的次子宁仁。那一年,我已经五十六岁了。

15

那两年,我大多时间住在安宁,与曹氏和宁仁生活在一起。

时间一长,我既想念留在永昌的周氏和同仁,也想念多年未见的小峨。恰好,成都知府邀请我回川主修《成都府志》,我得以再一次回川。

时值深秋,安宁还很暖和,我想趁着天暖上路,以便回到新都过年。就在出发前半个月的样子,周氏突然带着同仁来到了安宁草庐。

是曹氏去开的门。曹氏开了门,一个身材高大的妇女带着一个七八岁的男孩径直闯了进来。曹氏问她找谁。

周氏说,"这是我家,你问我找谁,我还问你是谁呢。"

曹氏说:"这怎么会是你家呢?这明明是我家,你睁大眼睛看看。"

周氏冷笑,把手中的一个包袱递给同仁:"去,把你爹最爱吃的干巴菌先给他拿进去。"

同仁走进堂屋,大声喊:"爹,爹,你在哪里,你快出来。娘说你这里有狐狸精,我怕,你快出来。"

总之,周氏和曹氏的初次见面就水火不相容。一个屋檐下相处的半个月里,我敢打赌,要不是我在,她们早就撕打起来了。周氏看不惯曹氏爱读书,讥讽她装模作样,又不是男人,男人读书识字都不一定是好事,你一个女流之辈,捧着那些书干什么?曹氏看不惯周氏嗓门大,脚步重,一看就没教养。老爷是全天下一等的读书人,是皇上钦点的状元,你也不怕丢了他的脸面?

越吵越激烈。终于有一天,我拍着桌子发火道:"你们要是再这么吵下去,我就把你们两个都休了。"

曹氏听了,双泪长流,一声不吭地回了房间。周氏呢,居然也拍了桌子:"你要把我休了,我就把同仁带走,你一辈子也别想再见他。"

我还没说话,同仁拉着周氏:"娘,我们回永昌吧。"

大概是长期不在一起生活,同仁对我既陌生又有点害怕。这让我心里很难受。我拉着他的手:"同仁,走,跟爹到书房去。"

同仁抬头看了周氏一眼,周氏瞪着眼:"他是你爹,他叫你去你就去。"

同仁怯生生地跟着我进了书房,睁大眼睛四处张望。书架上的一支葫芦丝吸引了他。前些年,张含赴腾越府公干,我曾跟随他同行。他在腾越公干期间,我又独自向西南而行,漫游了干崖和南甸一带。南甸多傣人,傣人能歌善舞,葫芦丝是他们常带在身边的乐器。我这支葫芦丝,便是南甸宣抚使所送。与普通葫芦丝相比,制作得更精美,用料也更讲究,吹出的音域更宽广。

我把葫芦丝取下来,随手吹了支曲子,同仁目不转睛地看着,听着。"好听吗?想不想学?爹教你好吗?"

同仁不住地点头。

那是几年来我和同仁最温馨的一天。坐在书房窗前，我细心地教他吹葫芦丝。葫芦丝招式简单，只一个时辰，同仁就能吹出简单的曲子了。

那以后，我的安宁草庐里总会有同仁吹出的曲子。周氏听了，笑逐颜开；曹氏不吭声，既不说好，也不说坏。只是，她教宁仁读诗的声音更高了。

草庐里便整日回响着几种声音：葫芦丝的乐曲。周氏的笑。曹氏和宁仁的诵读：行行重行行，与君生别离。相去万余里，各在天一涯……思君令人老，岁月忽已晚。弃捐勿复道，努力加餐饭。

我知道曹氏在用这首诗提醒我，希望我早日从四川回来。宁仁还小，还不到三岁，无法承受长途奔波，因此之前就已决定，曹氏带着宁仁留在安宁。至于周氏和同仁，原早我并未想到他们会突然来到安宁，而他们来安宁的目的，就是想和我一起回川。

16

一行四人，我，周氏，同仁，以及老家人杨敬修。一头驴子驮着大包小包的行李，由杨敬修赶着先走，他要到前面打前站。我们三人走得慢，在后面慢慢跟着。

出发时是初冬，安宁阳光灿烂，只穿一件薄薄的夹衣。周氏自小在山野长大，粗手大脚，走起路来气不喘心不跳；同仁虽小，对什么都好奇，像一匹蹦跳的小马驹。不时还要把我送给他的葫芦丝拿出来，信手吹上一曲。反倒是我走上一个时辰，必得休息一会儿才行。

十多天后，我们走到了川滇交界地带，山峰变得更加高大险恶，山路变得更加崎岖蜿蜒。这里，便是有名的雪山关，因山顶上常年积雪而得名。一生中，我来往于四川和云南时，多次翻越雪山关。

雪山关垭口，有一座雄伟的关城，守护关城的是永宁卫下属的一个百户所。山峻坡陡，要找到一片开阔的平地相当不易，百户所的营房，就设在关城下面几丈远的一块巴掌大的台地上。几年前，我安葬了父亲从新都往永昌时，那时雪山关百户所的百户姓张，卓文君的老乡，四川邛州人，曾邀请我为雪山关题写了关名。后来，他请匠人把我题的关名镌刻在一块长条大青石上，再把长条大青石镶进了关楼正下方。峰回路转，大老远的地方，就能看到雪山关三个大字。

记得，也是那一年，我还为雪山关写了一首诗，道是：

雪山关，雪风起。十二月，断行旅。雾为箐，冰为台。马尾缩，鸟鸣哀。将军不再来，西路何时开？

才刚到冬月尾，随着山路抬升，雪山关上已经有了薄薄的冰。生在滇南的周氏和同仁从没看到过雪，当然也没看到过冰，母子俩都非常新奇。我告诉儿子，冰是雪花变的。雪花是从天空掉下来的，像风中的蒲公英一样，却比蒲公英更白，轻轻地飞，落到地上，雪落得越来越厚，就慢慢变成了冰。

有三次从雪山关经过时遇上下雪，那时，张百户都要派两个身强力壮的士兵，小心地陪护我下山，一直送到再也看不到冰雪的地方才回去。但这一回到雪山关，张百户已于去年致仕回邛州去了。接替他的百户姓王，态度却是不冷不热。他允许我们在营房借宿，并让一个军士把我们带到一间客房。开饭时，却没有派人来叫我们。我们也不好意思厚着脸皮去吃饭，一行四人坐在屋子里，杨敬修找了些干柴，生起一堆火，把随身带的几个馍烤热了胡乱吃几口便上床睡觉。

天明起来，寒气冻人，昨夜又下了一场雪。王百户显然不可能派士兵护送我们，我们必须靠自己走下山去。我问周氏和同仁能走吗。

二人异口同声："当然能。"周氏看看我，不无担忧地说："官人，我们两娘母没问题，就看你如何。"

我自然也说没问题。即使有问题，难不成还能在这军营里继续住下去吗？"敬叔，你走得快，还是先去打前站吧。"

杨敬修应了一声，牵着驴子走了，雪地上留下一行脚印。两个脚印修长，四个脚印椭圆。

下山的路暗藏杀机。三四尺宽的小路斗折蛇行，一会儿钻进林子，一会儿又冲上高岗。最险的那段叫鹰愁涧。一边是壁立千仞的山岩，一边是深不见底的山谷。雪积得还不厚，刚刚形成凌冰，最为滑腻。好在，我已有经验，提前就一人备了一根树枝作拐杖，慢慢扶杖而行。

是在休息时出事的。我走累了，让周氏和同仁都歇息一会儿，喝口热水，吃口干粮。刚喝了口水，还没来得及吃冻得冷硬的干粮，同仁惊叫一声。我一看，原来，他从随身的口袋里取干粮时，不小心把葫芦丝带了出来，一下子没抓住，葫芦丝往山崖下滚落。

我和周氏靠近一看，还好，葫芦丝只滚到距路面几尺远的地方，被一丛挂着雪的荆棘挡住了。我蹲下身，小心翼翼地探出手去拿，却够不着。

回过头，想用放在一旁当拐杖的树枝去勾。周氏笑着对我比了个后退的手势："官人，这种粗活不是你干的。让我来吧。"

"你行吗？路边全是雪，不要踩虚了，跌下去可不是耍处。"

"让开吧，我从小就在山上长大，天天爬高踩低，早就习惯了。"

我想想也是，于是让在一旁。

周氏小心地踩着吱吱作响的积雪，把手里的树枝往下探去，似乎还是够不着。

"你回来吧，勾不上来就算啦，不就是一支葫芦丝嘛。"

"官人，这可是你送给同仁的葫芦丝。"

周氏又往前走了两步，又一次伏下身，探出手中的树枝。

这时，我听到积雪哗哗下落的声音，我大喊："回来，快回来！"

周氏却回头一笑："看，我这不是把它勾住了。"

然而，说时迟，那时快，随着一声闷响，周氏发出一声尖叫，我只看到一个青色的人影随着一团白色的积雪疾速地坠下山崖。

我和同仁都呆住了。同仁拔腿往周氏坠落的地方跑去，我心中一紧，伸出双手死命拉住同仁。"不能去，你不能去。"

"娘，娘……"

"你去也会像你娘一样坠下去。"

"那你救我娘，你救我娘啊！"

我让同仁站在原地不许动，然后小心移过去，探头一看，能看到深谷里的白色积雪上躺着一个青色的人影。我大声喊，一会儿同仁也慢慢挪过来，一起大声喊。

除了山谷回声，只有风声。

我和同仁找了半晌，才发现有一条猎人或是采药人踩出的勉强可称为路的小径通向谷底。我在前面探路，同仁紧随后面，父子俩一步一步往山谷挪去。

然而只走出百来步，我脚下一滑，直往山谷溜去，同仁发出惊恐而绝望的尖叫。幸好，坠下山谷之际，我伸手抓住了一棵小松树。喘息未定，背上已是一身冷汗。同时，我还发现，我的脚扭伤了，轻轻一动，就是钻心的疼痛，更不要说行走了。

如果没有人来救援，我们不仅找不到周氏，就连我自己也会冻死。一切的希望只有靠八岁的同仁了。我用尽量平静的声音对同仁说："同仁，爹的脚扭伤了，一点也动不了啦。现在，你是我们唯一的依靠了。你还记得昨晚我们住的雪山关军营吗？你小心转过去，沿着小路走到前面岔路再左转，之后就是大路了。你到军营去找王百户，请他派人来救我们。"

同仁年纪虽小，却和周氏性格一样倔强，他一边哭，一边点头。

"不要哭了，用衣袖把泪水擦干，不然，你看不清路。注意，走路一定要走路中间，踩着别人之前的脚印。去吧。"

同仁幼小的身影慢慢消失了。我半躺在雪地上。积雪的寒冷透过厚厚的衣服，有如一簇簇芒刺一下接一下地扎。我的位置离山谷里的周氏，最多不过十来丈，我甚至偶尔能看到风吹起她的青色衣襟，却无法看到她的身体。山谷里悄无人声。周氏一定凶多吉少。如果同仁在路上再有什么波折，那么，我们一家三口今天就只有葬身雪山关了。

我五十多了，一生颠沛流离，郁郁不得志，死也就死了，可同仁才八岁。想起自从那天把他带到书房，教他吹葫芦丝后，他对我的依恋与日俱增，却又为了我送他的葫芦丝而闹出这场意外，我在心中长叹一口气。

雪早就停了，天空阴郁。还有一个希望，那就是打前站的杨敬修到了晚上，发现我们没有跟上，他一定会返身回来寻找。只是，这还不到中午，还有好几个时辰呢。

胡乱想着，一只出来觅食的鸟儿，大约是发现我随身的包里露出的干粮，径直扑打着翅膀飞落我身上。难不成这家伙竟然以为我是死了吗？我一巴掌打去，鸟儿吓了一大跳，复又高高飞起。过了半晌，终是不舍，又落到我身旁那株小松树上，一双绿豆似的鸟眼溜溜乱转。

两个多时辰后，昏沉之中，我听到林子外传来了人声。我大声喊同仁同仁。回答我的却不是同仁的童声，而是几个粗大嗓门的军士。

后来我得知，同仁足足花了两个时辰才跌跌撞撞地走回雪山关，王百户喝醉了酒，正在午睡，根本不理他。同仁就坐在营房前伤心地哭。几个老军，喊他进屋烤火，他坚决不肯，继续一心一意地哭。王百户手下一个姓朱的总旗实在看不下去了，于是带了几个军士前来救援。

这样，天快黑时，我终于又回到了雪山关营房。朱总旗派了两个伶俐的士兵下到山谷寻找周氏，士兵爬上来说，早就死了，尸体都僵硬了。士兵手里拿着一只葫芦丝。士兵说，葫芦丝就落在周氏身旁不到两尺的地方。

朱总旗说："我们只准备了一架滑竿，尊夫人的遗体，恐怕只有明天一早再带家伙来抬。"

我知道他说得在理，深山路滑，又没工具，一具沉重的尸体如何抬得走？

两个士兵搀扶着我，坐上了两根竹子外加一把竹椅绑成的简易轿子，四川人把这叫作滑竿，一闪一闪地，我像在做梦。

晚上，杨敬修果然一路寻了回来。

但周氏的遗体却没能在第二天运回营房。因为王百户不同意，他说不吉利。

没法，我只好先派杨敬修到山谷里守着遗体，以防野物撕咬；又求朱总旗到就近人家，买了一口棺木和一身衣裳，以及办丧事用的纸火烛蜡。朱总旗一一应允了，又拿出祖传的跌打损伤油为我治疗扭伤的脚。

三天后，我能拄着拐杖走路了。

周氏就安葬在她坠落的那条山谷里。一座小小的坟茔，看上去就像一个土馒头。环视周遭，四处白茫茫一片，唯独那坟茔却是深沉的暗黄。那是新铲的泥土的颜色。火烛和纸钱在风中闪烁，同仁对着坟茔下跪叩头。这孩子的眼泪哭干了，嗓子也变得沙哑。入殓前，同仁把那只葫芦丝放了周氏身旁。以后好些年里，如果有谁不经意提到葫芦丝或葫芦，他都像被蛇咬住一样惊悚。

以后，我还要从雪山关经过。每一次，我都要折身下到山谷里，来到周氏坟前。那堆矮矮的黄土，从第二年春天起，就爬满了绿色的青草。又过了几年，坟前长出几根松树。当我最后一次来到坟前时，松树已经比碗口还粗了。那时候，同仁已经去世了。我把同仁安葬在周氏旁边，让他们母子俩在另一个世界也好有个照应。山谷里太寂静了，连鸟儿都懒得落下来。

所以，我最后一次经过雪山关，并在朱百户——也就是从前的朱总旗，他早就升任百户了——派出的两个兵丁的搀扶下，好不容易下到山谷时，我看到，在那片长满松树的山谷里，有一片小小的开阔地。开阔地上，也有几棵松树。树下，是两座坟，它们在松涛的啸声中相依为命，像两条航行在波涛上的小船。

17

我的父亲去世之际，他干枯的手紧紧抓住我的手。深陷的眼眶和耷拉的皱纹让他看上去像一件多年未曾洗涤的长袍。他的眼神里既没有恐惧，也没有期待。他不悲不喜地看着我，抓住我的手，仿佛他看到了什么，想要告诉我，却又没法再次张开嘴。

那之前，尽管已经经历了从状元到犯人的剧变，但我还年轻，我对死亡还没有更清醒的认识。但从那一刻起，我突然明白，死亡是随时可能降临的，同时也并不像想象中那么可怕。

要等上许多年，我还要在人世的风雪中奔波许多年，我才会像父亲那样死去。

只是，我临终时，却没法抓住儿子的手。我的长子同仁已经先我去世，我的次子宁仁远在四川。我的身边只有比我还老的老家人杨敬修，以及终生莫逆的好友张含、李元阳和唐池南。

我也没有抓住他们的手。

我抓住了一只木鱼。

一只肥胖的木头雕刻的鲤鱼。

从我居住的太保山往南几百里，是早年我出游过的野象谷。瘴气弥漫的野象谷里，生息着成群野象。当地人告诉过我，老去的大象会提前预感到生命行将结束,它们会在漆黑的夜里悄无声息地离开象群,独自走进丛林深处,找一个最隐蔽的地方死去。

我也像野象那样,提前预感到了生命行将结束。那年,我的左眼皮上长了一个疮,我的左脸肿胀如发面,眼皮耷拉下来,挡住了视线。这让我原本就糟糕的视力雪上加霜。我几乎无法读书,无法写字。那天深夜,大雨如注,我坐在灯下写信,我知道,这应该是我写的最后一封信了。信中,我说:

> 老境病磨,难亲笔砚,神前发愿,不作诗文。自今以始,朝粥一碗,夕灯一盏,作在家僧行径,惟持庞公"空诸所有"四字,庶余年鲞齿,得活一日是我一日。

前一年,我曾想过趁着身体尚可,把这辈子写下的文字整理一番。但最终我放弃了。因为我知道,远在京城还有一双眼睛注视着我。他没看到我在两次廷杖下死去,也没看到我在前往永昌的路上死去,那么,他一定希望看到,我虽然活着,却比死了还凄惨。

这么多年来,我在有限的自由空间里,吟风弄月,游山玩水,写诗著文,过得似乎还算快活。他一定很失望。如果我再编定文集甚至刊印行市,我不敢肯定,这会不会给我的家人和友人带来一次灾难。天威难测啊。

在一个天威难测的年代里,像我这样的人活着就是奇迹,快乐地活着就是了不起的奇迹。

张含、李元阳和唐池南几乎天天都要来太保山别业看我。相交一生,谁都知道,这是在一起的最后时光了。天下没有不散的筵席,天下也没有不分开的朋友。

那天,我哆哆嗦嗦地摸出一张便笺,递给坐得最近的张含。

"愈光,仁甫,池南,三位仁兄,我们相交莫逆,慎窜贬滇南,若不是有三位仁兄在,慎这把老骨头,早就不知道抛到哪里了。"

三人忙道:"升庵兄何出此言?"

我摇摇头:"昔年孔北海感慨,岁月不居,时节如流。海内知己,零落殆尽。而今,慎却是要先零落了。这是昨夜慎写的一首诗,赠予三位仁兄。"

三人把头挤在一起，慢慢看，脸色凝重。我在心里叹了口气，闭上眼睛。我的眼睛累了。

我听到张含在用我非常熟悉的滇西口音念那首诗：

> 魑魅御客八千里，羲皇上人四十年。
> 怨诽不学离骚侣，正葩仍为风雅仙。
> 知我罪我春秋笔，今吾故吾逍遥篇。
> 中溪半谷池南叟，此意非君谁与传！

意想不到的是，临终之前，来了一位不速之客。

是已经从我的生活中退出去好些年的丁黑牛。我一直记得，他大名丁奉国，表字卫祖。

他是夜里来到太保山别业的。

他在长岗岭做强盗头子，哪怕世上如今半是君，强盗头子也得趁黑而行。

他一进门，就哭倒在床榻边。在他身旁，站着已经年近九旬却依然硬朗得让我羡慕的杨敬修。刚才，杨敬修进来告诉我丁黑牛来访时，我忙让他把我扶起来。杨敬修犹自愤愤不平："当年，小少爷你好心好意帮他捡回一条命，他反倒恩将仇报，你去吊孝，他当众辱骂你不说，去落草前，还专门潜进来偷东西，还把一支箭射到柱子上。"

我说："敬叔，你看你，糊涂了不是？当年我就给你说过，他这么做，是怕他落草当强盗会牵连我们，才故意这样干的。"

杨敬修一拍脑门："哦哦，对，小少爷你是这么讲过，我怎么给忘了？那我请他进来。"

丁黑牛哭罢，抹着泪，坐在床前。

"你靠我近一些。"

丁黑牛靠近了一些："状元公，你有何吩咐？黑牛赴汤蹈火，在所不辞。"

我把手里的木鱼递给他。

"这是？"

"木鱼。木头雕刻的鲤鱼。"

丁黑牛迷惑地看着木鱼。

"我的后事，张愈光他们会处理，我的文稿，贱内会整理。这些，我都不担心。只是，这只木鱼，我一直没找到合适的人托付。你来了，真是天助我也。"

丁黑牛抬起头，迷惑地看着我。

"你带着它，帮我找一个叫阿妮的苗人女子，她呢……现在应该四五十岁了。有人说她二十多年前去了乌蒙山，也有人说她去了拱王山或是哀牢山。究竟去了哪里，总之不清楚。你长年在江湖上行走，手下有众多兄弟和眼线，若是天可怜见，真能撞见她，就把这只木鱼给她，就说，杨慎欠她的情，一辈子也还不清……"

附编　作平记

1

　　小学四年级时,爱好文学的父亲买回一套上下卷的《三国演义》。那是一个老版本。几十年后我还清楚地记得,扉页之后,附了一张可以拉开的地图。此外,每个人名下面都画有一根直线,每个地名或官名下面,都画有一根曲线。

　　那个炎热潮湿的夏季,教室的窗外有一株很大很茂盛的法国梧桐,梧桐树上,悬着一根青色的竹竿。竹竿下面,是一个五六米长两三米宽的沙坑。那时候的乡间小学,体育设施少得可怜。竹竿用来练习爬竿,沙坑用来练习跳远。不过,时值中午,按学校要求,孩子们必须趴在各自的课桌上午睡。

　　那天我却睡不着。原因有两个,其一,上周的考试,我考了满分,母亲奖励了我一毛钱。午睡前,我花五分钱买了一块丁丁糖。其二,我偷偷把父亲的《三国演义》放在书包里带到了学校。之前,我曾在镇上的小人书摊上看过《三国演义》的连环画。那套连环画多达四十五本。我记得第一本叫《桃园结义》,最后一本叫《三国归晋》。所以,那个夏天的中午,我以为天底下最美好的事情就是一边吃丁丁糖,一边趴在课桌上读《三国演义》。

　　结果,丁丁糖很快吃完了,一如既往地甜,甜得发腻,发昏,但《三国演义》却读得十分吃力。它不是连环画的通俗白话文且配有图,而是文白夹杂的明清白话——当然,这个概念要很多年以后,我才会有。总之,看不下去。就连许褚这个名字,我也念成了许者。我知道多半不念者,却又不知道该念什么。只好这样念。

　　唯一吸引我的是开篇那首词。虽然也是似懂非懂。比如调寄《临江仙》是什么鬼，我完全搞不懂。不过，老师说过，平时读书要多摘抄名言警句，翻遍厚厚的《三国演义》，我觉得只有这首词算得上。于是，我就拿出笔，把它工工整整地抄了下来。

那也是许多年前，杨慎在永昌城外的太保山别业里，抄录给从京师远道而来的王有根的那一首。如今我们都知道，我的四川老乡杨慎才是词作者。但很长时间里，我一直以为这首词就是《三国演义》的作者罗贯中写的。比如我把它抄在笔记本上时，就在作者一栏写道：罗贯中。那时，我不知道谁是杨慎。当然更不知道王有根。

我刚把那首词抄完，巡查的老师过来了，他发现我没午睡，且神情诡异。他不易觉察地一笑，从我的课桌里搜出了那本《三国演义》和我抄了那首词的笔记本。他小声地把那首词念了一遍。我敢打赌，他也是第一次读这首词。因为他是我们的体育老师。

邻近的几个同学都没睡着，歪着头，饶有兴趣地听他用四川方言拉长了声音念：滚滚长江东逝水，浪花淘尽英雄。是非成败转头空……

念完，他慢慢翻《三国演义》。翻了五分钟，他说："你不认真午睡，看课外书，我要没收了。放假时再还你。要不，你就喊家长来取。"我吓得煞白了脸。一连几天，我生怕父亲发现他的书不见了，还好，父亲到县城开会，回来后又接连下乡，一直没时间去发现。等到他终于发现时，已经快期末了。我硬着头皮告诉他，是某老师借去看了。我没敢说是被收走的。我想，反正再过两周就要放假了，到时他就会还我的。

可是，意想不到的是，某老师却调走了。那本《三国演义》当然没有还我。我把这消息告诉父亲时，父亲忍不住爆了粗口，骂了某老师。当然，我也挨了一巴掌。从那以后，我家里的《三国演义》就缺了上册。

好在，我把开篇那首词背了下来。后来写作文时，我想方设法把它引用到文章里，受到了老师的表扬和最大奖赏：在课堂上用和体育老师差不多的四川方言，拉长了声音宣读一遍。

2

等到我知道杨慎,并且也知道滚滚长江东逝水是他的大作时,我已经上大学了。一所非常野鸡的大学,起伏的丘陵中间,几座山被不辞辛苦地推平了,树了几座楼。最主要的那座,从高处看,呈W形。四周却是些树林、鱼塘、村庄和稻田。总之,我的大学就像一家补习学校。

我明白,上这么一所大学,是对我高中四年不认真读书的报应。是的,我高中读了四年。高三高考,没考上,不要说大学,就连中专也没考上。那时候不比后来扩招,想上大学的几乎都能上。那时候,像我们那种农村中学,一个班六七十号人,能上大学的一般不超过五个。这样,我就到县城补习,上高四。

上高四我还是没吸取教训。整天泡在茶馆里写诗。县城内有一面湖,湖腰蔓回,湖水盈盈,夏天,开满了荷花,环湖曲曲折折的石板路上,种植着柳树和桂花树。隔三岔五,就有一家茶馆。喝茶的人搬了桌椅,坐在临湖的树下,一杯五毛钱的茶,可以从早晨坐到傍晚。

有一天,或许是个春天吧,太阳很暖和地吊在天上。我像往常一样,和一群社会闲杂人员坐在湖畔喝茶。茶早就白而无味了,却舍不得走。这时,有人招呼我。我抬头一看,是我的忘年交郑先生。郑先生比我长近三十岁,在湖边山上的图书馆上班。我们经常一起喝茶,偶尔也喝酒,前提是如果有酒的话。他住在湖边一条幽寂的巷子里,他家大门外低矮的竹篱上,爬着牵牛花的藤蔓,间或有两三朵小花。更多的地方,却挂着许多黄纸。黄纸色深,分明像是才从水里捞出来的。原来,郑先生酷爱书法,天天练习,而图书馆的收入要养家糊口,没多余的钱买纸墨,就用毛笔蘸了清水,在商店里用来包盐和糖的粗劣黄纸上书写。写完了,拿到竹篱上挂着,任由太阳把它晒干,或是风把它吹干,以便下次再用。

郑先生那天有点小兴奋:"走走走,到我家去喝酒。"

听说有酒喝,我从竹椅上急步弹起,跟着他,三五步就走进了那条熟悉的小巷,向牵牛花和黄纸行过注目礼后,进了郑先生家门。

像以往一样，喝酒不是在客厅的饭桌上，而是在郑先生那间当作书房的偏屋。书房低矮，是他自己搭的。屋子正中一张乒乓球桌大小的几案，一半的地方摆着书，一半的地方空着，是他平时练习书法的。两边墙上，钉了几个书架，大多是些线装的繁体古书。其中，有一部《三国演义》，正是我童年时曾翻过的那个版本。我想起被体育老师收走的《三国演义》上册，有一回，把郑先生那部取下来，一下子就翻到了扉页后面的地图。它让我想起十几年前那个蝉声如雨的中午。

酒是一瓶本地产的高粱酒，菜只一味，是一只卤的猪耳朵，也没工夫细切，就用桌上裁纸的小刀，一分为二，我们一人手里捏一片。当然也懒得去取酒杯，就着酒瓶，你一口，我一口。一会儿工夫，我率先吃完猪耳朵。郑先生看看我，好像是担心我会分他的，急忙一把塞进嘴里。我问他有什么喜事。

他嘴里包着猪耳朵，含糊不清地嗯了一声。加了把劲，继续咀嚼。吞下肚，又拿起酒瓶，重重地喝了一大口，估摸着酒瓶里的酒线直接下去了有五六厘米。之后，他长长地出了一口气，说："高兴，今天高兴。"说着，他站起身，拉开随身提的公文包，取出一个信封，信封里，又取出一幅画。

画不大，大概就是两尺左右的斗方。画的是一位古人，戴着斗笠，站在一匹山上。山外，有一轮夕阳。旁边，龙飞凤舞地写了几行诗。

"这是谁？"

"这是谁？这是杨慎杨升庵杨状元啊。"

"哦哦。你再喝一口。"

"你晓得的，我没文凭，在图书馆一直被刘馆长欺压，把老子发配去守台球。简直斯文扫地啊。"

"你不是搞书法吗？这不比文凭强？"

"他们不认。他们说，没有文凭，你发几篇论文也行。这几年，老子头悬梁锥刺股地读古书，接触到杨慎，对他产生了兴趣。你说他得罪嘉靖皇帝被打屁股发配云南，是不是像老子得罪刘馆长发配守台球？"

"嗯，该你喝了。"

"所以去年守台球时，我突发奇想，老子就研究杨升庵，写杨升庵的论文。

这不，几个月后，我就在北京的一家学术刊物上发了论文。刘馆长无话可说，只好把我又调去做图书管理员。这都不算啥子，关键是编辑部给我转来一封信。你知道这信是谁写的吗？"

"我当然不知道。"

"是杨慎的后裔写给我的。"

"杨慎距今只有四百多年，他有后裔也是正常事。"

郑先生摇头："杨慎的故居在新都，我去年趁到成都出差专门去过，杨氏宗祠也还在，他的后人应该排到十五六代了吧，我还和其中几个自称是他后人的人聊过天。但是，我收到的这封信，自称杨慎后裔的那个人，他既不在新都，也不姓杨。"

"还有最后两口了，来，你一口，我一口。"郑先生喜欢卖关子，我故意不接他的茬，他自己就会忍不住说下去。

"信是从云南保山寄来的，保山就是明朝的永昌，杨慎就充军在永昌卫，并死在那里。写信的人说他是杨慎后裔，可他不姓杨，他姓何。他还说他祖上不是汉人。你想想，那杨慎是货真价实的汉人，而这个写信的何先生说他祖上不是汉人，那就是暗示他的女性祖上是少数民族。所以，杨慎的这一支后代，就留在了永昌。收到何先生的信后，我一直在推敲，如果何先生祖上是少数民族的话，那到底应该是哪个族呢？"

我也来了兴趣："哪个族？"

"嘿嘿，老子一肚皮的学问，这时候就起作用了。汉族的何姓，出于姬姓。当初，周武王之子封在韩国。韩国灭亡得早，他的后裔韩武子到晋国做官，封于韩原，以地为氏。后来，韩赵魏三家分晋，韩国成为战国七雄之一。"

"那岂不是有两个韩国？"

"是啊，一个是春秋时的，一个是战国时的。秦始皇灭六国，韩国王室族人逃到江淮一带，为避追杀，改姓何，这就是汉族何姓的来历。但何先生既然不是汉族，这个就不必考虑了。少数民族中，蒙古族倒是有不少改姓何的，并且，当初元世祖革囊渡江征服大理，云南也有不少蒙古人。何先生会不会是蒙古人呢？但我想了好久，考虑到蒙古族改何姓大多是清朝年间，这种可能性并不太大。至于锡伯族、达斡尔族也有改姓何的，但这种可能性更小。"

我听得津津有味,也暗自佩服郑先生的学识。"那他到底是啥族?你推断出来了吗?"

郑先生面露得色,又拿起酒瓶想喝酒,才发现酒已没了。他大叫他老婆:"明芬明芬,家里还有酒吗?"

他老婆在一家集体所有制的菜蔬店上班,是个没文化的工人,对郑先生倒十分体贴。闻声又取了半瓶酒过来,默默地递给他。

郑先生大乐:"哈哈,我有斗酒,藏之久矣,以待子不时之需。我刚才说到哪里了?"

"不是锡伯族,达什么族。"

"达斡尔族。那就只有最后一种可能了。"

"什么可能?"

"游苗苗,范倮子,后山何家挂岩子。"

"啥意思?"

"你也喝一口。这是早些年我到珙县采风,听当地人念的。据说在云贵川三省接合部,好多地方都有这句话。说的是姓游的都是苗族,姓范的都是彝族,姓何的呢,就是僰人。因为僰人死了,不烧不埋,而是悬棺葬。"

我点头:"悬棺我听说过。"

"我把我的猜测写信告诉何先生。刚才收到何先生复信,你猜他怎么说?"

"怎么说?"

"他说,先生大才,小弟十分佩服。"

"那就是说,你猜对了。"

"哈哈,来,来,再干一口。何先生为了表达他对我的敬意,专门把他家中世代收藏的杨慎的画像复制了一份给我。"

我再次打量着书案上摊开的那幅画。那时候还没有复印机,这画大概是用薄薄的宣纸覆在原画上,再用毛笔小心勾画下来的。看得出,复制的人书画水平不错,虽是复制品,也有原画的韵味儿。

至于旁边的诗,郑先生说,那是他下午在文化馆收到画后,一时激动,自己写上去的。那诗写道:

敢逆龙鳞辞帝都，故园草长已荒湖。
窜死滇南原非祚，豆火催成万卷书。

我称赞他诗写得好，他却说不是他写的，是书法家吴丈蜀的作品。

猪耳朵早就吃完了，我们就用那幅复制的古画下酒，画上的杨慎严肃地看着我，后来，我看他时，总觉得他在动。

我知道，喝高了。

我记得，郑先生当时发誓一样地说，他一定要去保山找何先生，还要为杨慎写一本传记。

后来，郑先生时来运转。说起来，他得感谢杨慎。他写杨慎那篇论文，被北京某个级别不低的领导偶然看到，很赞赏。就让秘书与郑先生联系。交流中，又发现郑先生书法也很好，且是领导很喜欢的风格。领导觉得，一个如此有才华的人，居然沉沦在一个偏僻小县守台球，简直是对人才的侮辱，就把郑先生从县城图书馆调到了北京某个牛气冲天的文化机构。

郑先生就去了北京，他去没去过保山我不太清楚，但他肯定没为杨慎写一本传记。

3

因为与郑先生的这段往事，受他影响，我大学时对杨慎也很感兴趣。加上我们那所野鸡大学地处荒野，女朋友又不在身边，平日里除了在校门外的破酒馆里喝几杯小酒外，我只好把大量时间用于写诗和读书。我从校图书馆借了不少杨慎著作。可惜，大多数著作我都没太大兴趣。他考据小学、经学的著作自不用说，即便是文学类如《升庵诗话》《全蜀艺文志》等，说实话，当时我也完全看不下去。这些书从图书馆借回来放到桌上，很久都不再去翻，直到上面积满灰尘。

但对杨慎这个人，我却兴趣盎然。不仅因为当年郑先生的原因，更因为杨慎本人的传奇经历。皇帝是普天下最大的官儿，哪怕是个白痴坐到紫禁城的龙椅上，全国人民也只有山呼万岁的份儿。可杨慎呢，居然敢和皇帝一争再争，甚至于带了一群人，跑到皇宫门前，又哭又闹；皇帝不答应他的要求，哪怕温言相劝，也不肯罢休。终于，皇帝龙颜大怒——再好的皇帝也多少有点脾气啊，换作是我当皇帝，我早就发火了——于是两番廷杖，充军云南。按充军制度，杨慎和他的子子孙孙从此就算是入了军籍，需要到卫所去做军，闲时垦种干杂活，打仗时跟着上前线。可因为他是状元，是首辅的儿子，虽然得罪了皇帝，但大多数地方官还是对他网开一面——用现代我们熟悉的话语讲，这些地方官完全没有和反革命分子杨慎划清界限。不仅平时没有羁管在卫所，听任他四处游山玩水，还默许他隔三岔五找些借口甚至什么借口也没有，就溜回四川。一句话，如果地方官员严格执行朱元璋的规矩，四百多年后，我多半没机会从图书馆借出那么多署着杨慎名字的书了。

这反过来也更引发了我对杨慎的兴趣。这该是怎么样的一个人，才会让那么多地方官冒着被上司严斥的危险庇护他呢？他又如何躲到边远的云南，像只受伤的野兽，慢慢舔了舔身上的伤口，又坚强且充满乐趣地活下去？

我首先想知道杨慎长什么样。当然，那时没有照相术，我能找到的只有图画。但是，中国画家重写意，不像西方画家那样写实。图画上的杨慎看起来，与我想象中相差很远。那是陈老莲画的，一个高大的胖子。而我想象中，杨慎应该瘦瘦的，不算高，中等身材而已，就像大多数四川人一样。后来，我为自己的怀疑找到了证据。汪曾祺先生就对陈老莲画的杨慎像议论说："陈老莲曾画过他的像，'醉则簪花满头'，面色酡红，是喝醉了的样子。从陈老莲的画像看，升庵是个高个儿的胖子。但陈老莲恐怕是凭想象画的，未必即像升庵。"

我还从一些文章里看到，汪曾祺先生对杨慎和杨慎老家新都桂湖也颇有兴趣和好感。汪老是能绘画的，他多次画过《升庵桂花图》。他还在文章中说："桂花以多为胜。《红楼梦》薛蟠的老婆夏金桂家'单有几十顷地种桂花'，人称'桂花夏家'。'几十顷地种桂花'，真是一个大观！四川新都桂花甚多。杨升庵祠在桂湖，环湖植桂花，自山坡至水湄，层层叠叠，都是桂花。"

汪先生写有一首七绝，常常题在《升庵桂花图》旁边，道是：

桂湖老桂发新枝，湖上升庵旧有祠。
一种风流谁得似，状元词曲罪臣诗。

很多年后,我在北京郑先生宽大的画室里,看到了汪先生的《升庵桂花图》。这是后话。

话说我进大学时,女友在成都上学。有年国庆,我爬上火车去看她。国庆假加上逢周末,几天时间里,除了关在宿舍里卿卿我我,还有不少闲暇。她们同班的同学大多去了青城山,我们不想与她们同行,便准备另选一地。选哪里呢,我一下子想起了杨慎的新都。

那时候的新都是一座破旧却带着几分古意的县城,窄窄的街道上,人车稀少,路旁树木成荫,三轮车夫打着铃大声招呼客人:"到桂湖到桂湖。"

我们花两元钱坐上一辆三轮。三轮在曲曲弯弯的小巷中间转来转去,就在我们以为车夫是不是迷路了的时候,突然看到一片古旧的建筑。那是一道大门,门上悬着黑底白匾:桂湖。一看那字,就知道是郭沫若的手笔。

果然有一汪浅浅的湖,湖中还残留着一些枯萎的荷枝,高高低低地像是从水底跐起了脚尖,让人想起李商隐的诗。湖边和湖中,均建有亭台,显出古意苍苍的样子。湖边的空地上,是一片桂花树。游人不多,也不少。总而言之,已找不到任何明代痕迹了。看上去,就像一个普通公园。女友对杨慎不感兴趣,她更愿意回到宿舍继续缠绵,或是逛街。

出得门来,我们又去了邻近的宝光寺。宝光寺前的照壁上,有一个大大的福字。站在几米开外的地方,闭了眼,走过去伸手摸福,是大多数游客要做的事。我却入得殿来,去寻找当年黄峨与杨慎出游时,杨慎数罗汉数到的具足仪尊者。罗汉太多,找了半天,还是没找着。女友对桂湖不感兴趣,再加上没找到具足仪尊者,我忽然觉得有点对不住杨慎。

又过了几年,我早已大学毕业,在自贡工作了一段时间后,借调到成都一家杂志社。那是纸媒的黄金时代,每期杂志总得印二十多万份。对承印的印刷厂来说,是一笔大业务。那年中秋,印刷厂老板亲自驾车到杂志社,把一干人等全请去工厂附近吃酒。海鲜刚登陆这座内陆城市,许多奇形怪状的家伙我都叫不上名字。幸好酒不错。酒后,老板又把男编辑们单独留下来。原来是去一家夜总会唱歌。

唱得入港,玩得欢喜。中途,我出门接电话。电话有点长,不知不觉就走到夜总会二楼的天台上。月亮很端庄,居高临下地照着一片朦胧的树影。树影中间，还有一面湖。看那湖，有些面熟。想了想，想起这就是桂湖。是的，印刷厂的地址就是新都嘛。

平台不高，至多两米。趁着酒兴，我从平台上慢慢翻上旁边的围墙，然后，顺着围墙溜下去。一下子，我就从热闹的夜总会，走进了冷清的桂湖。夜晚的桂湖空荡荡的，我沿着湖边的小路闲逛。一边走，一边发挥想象力，想象从前的榴阁修建在哪里，碉楼又立在何处。我还想象杨慎远戍永昌的岁月里，苦苦盼着夫君回家的黄峨，又如何在园子里徘徊。至于她在路上捡来的那个小女孩，她在跌入湖中，被湖水带走小小的生命时，她无力的挣扎之中，她看到的最后一眼，将是什么样的景致。

等我从桂湖重又回到夜总会，我们那个偌大的包间已经人去楼空，屋子里弥漫着浓烈的烟味、酒味和脂粉味。

又过上几年，北京一家有名的报纸新开了个人物版，编辑向我约稿，要我写写川中人物。历史上的，正面的。我第一个就想起杨慎。我说："我给你写杨升庵如何？"编辑问："就是写滚滚长江东逝水那个吗？好啊好啊。"那段时间，央视正在播《三国演义》，每天晚上，一个苍凉浑厚的声音总在千家万户的电视机里唱：是非成败转头空。青山依旧在，几度夕阳红。

我写杨慎的随笔在该报发了一个整版。一个多月后，编辑用一个大信封装了一个小信封，给我转来一封信。

信发自云南保山。看到云南保山四个字，我心里咯噔一下，我想起多年前郑先生收到的那封信，那封信也来自云南保山。

我有种预感，这两封信都是那个何先生写的。只是，我已经忘记了何先生叫什么名字。

事实就如同我预感到的一样，果然是何先生写的。何先生没署名，只说他姓何，是杨慎的后裔。我打电话向郑先生询问，保山何先生叫啥名字。郑先生说他正应孔子学院的邀请，在北欧某个国家搞讲座弘扬国学呢。

"保山何先生是谁？"他问。

"就是早些年给你写信，寄杨升庵画像那个人。"

"哦哦，你是说那个僰人，他姓何，叫啥名字，我也忘了。"

过了几天，编辑又转来何先生第二封信。这封信里，他说他是个说书人。

从他们何家,大概早在明朝末年,就开始以说书为业了。那是世代相传的手艺。他年轻时,为了谋生,背着一只布袋,布袋里除了洗得发白的蓝布长衫和香烟,以及既用来喝水也用来喝酒的水壶外,就只有一块惊堂木。他常年奔走于滇中,从安宁到昆明,从昆明到永昌,从永昌到腾冲,甚至,就连永昌城外长岗岭中的许多只有几户人家的村落,他也去说过书。

"你不知道,"他写道,"在山中说书,山民没有钱,给我的报酬是一堆土豆。我的布袋里装满了土豆,连蓝布长衫的口袋里也装满了土豆。生土豆,熟土豆,都有。我吃着那些土豆,继续在山与山,村与村,城与城之间漂泊。有一年,我打算一边说书,一边去新都。好几代人了,我们都没去过老祖宗的新都。谁知才走到云南与四川边境,那边的人已经听不懂我的滇西方言了。一个说书的,人家听不懂你在说什么,你说得再好,又有什么用呢?我只好往回走。"

何先生告诉我,他虽然是个说书人,但这么多年来已经无书可说。没人再听这玩意了,就算是柳麻子重生,大概也要饿肚皮。何先生还说,他虽是个说书人,却对滇剧很感兴趣。这些年来,他把他的老祖宗杨慎的遭遇写成了一个滇剧剧本。他最大的愿望是有一天能够把这滇剧搬上舞台。而他,他想在里面饰演一个角色,那就是对杨家忠心耿耿的老管家杨敬修。末了,何先生还告诉我一个秘密:他说,你知道吗?南明的永历皇帝,在败往缅甸途中,曾经驻节于永昌城。那天晚上,他扮成平民样子,到茶馆听了我先祖的评书。我先祖说的就是升庵公的故事。先祖当年说书的底稿,至今还保存在我手里。何先生写道:"你若来保山,我拿给你看。"

4

郑先生在将近八十岁时从京城回了故乡。郑先生说,他要叶落归根,他已经厌倦了京城的浮华,他现在只想回到故乡享几天清福。

郑先生已是国内有名的大书法家和国学大师。多有名呢?前两年,他曾送过我们共同的一位朋友一张条幅。那朋友要给儿子买婚房,首付款却不够,于是就将那条幅拿到市场上出售，竟卖了二十多万元。不过，朋友儿子的婚房倒是买了，郑先生听说后，却宣称和这个朋友从此断交。

郑先生要回故乡，县里把这当成当年最重要的文化大事。首先，拨款在当年我们喝茶的湖畔山上给他修了一座书画陈列馆。除了陈列他的作品（据说大多是复制品）外，还陈列了他早年的一些生活用品，其中甚至包括一把夜壶；馆外，立着一尊他身着长衫的雕像（我忍不住想起了保山说书人何先生那件洗得发白的长衫）。在陈列馆一箭之地的山腰，又修了几间房子供他居住。那是全县城最独特的几间房子。因为郑先生说过，他现在是久在樊笼中，复得返自然。那么，钢筋水泥肯定不行。他要求给他盖几间茅草屋。如今修建高楼大厦的建筑公司多如过江之鲫，会盖茅草房的匠人却不多了。县上派人到最偏远的一个乡，好不容易找了几个老匠人，真的以慈竹片糊了泥土为墙，用牛儿竹做椽子和梁，上面再覆上去年的谷草。房子落成的时候，好多人前来围观，拍照，发朋友圈，俨然成了县城的一道新景观。郑先生亲自为茅草屋命名题匾：无为居。

郑先生却没能像他想象的那样享几天清福。每天总有不少人登门拜访，有买字画的，有邀请讲学或是出席会议或是剪彩的。这些人，既有当地的，也有邻近地市的；既有商人，也有官员，还有不少从前的老朋友老亲戚老邻居老熟人。我去拜访他那天，他不断向我说着抱歉，一连接待了三波不速之客。一个是他的表哥的儿子，在县城开了家洗浴中心，要他题个店招。"表哥以前对我不薄，我没法推。"郑先生说。一个是县高级中学，也就是他母校的校长，请他回去给孩子们搞个励志讲座。还有一个是县委书记的秘书，秘书说，书记要给某个更大的书记拜年，思来想去，最好的礼物就是郑老的字。

所以，当他终于有空和我说话时，他显得非常疲惫。我原本想告诉他，我在写一本关于杨慎的小说。我近日想到保山去，顺便拜访二十年前给他写信，几年前给我写信的何先生。但看看他的疲惫，我只好告辞。郑先生抱歉地拱了拱手，算是道别。

两天后，我独自去了云南保山。

何先生写给我的两封信，我一直留着，上面有他的地址。可是，到了地方一问，我却傻眼了：信封上的某巷某院，如今早已不复存在，变成了一条车水马龙的大街。

寻找的过程复杂无趣，我且略过不表。简单说吧，保山城其实很小，但至少也还有二三十万人口吧。要在二三十万里找一个老人，难度可想而知。并且，我还不知道这个老人的名字。唯一与他人相区别的是，他是个说书人。不过，三十岁以下的年轻人，恐怕压根儿不知道说书人是什么了。

我在保山找了足足五天，就在我以为将铩羽而归时，却峰回路转了。是一条小巷，小巷里有一家茶馆，一些人在打牌，一些人在聊天。内中，有几个看上去年纪较大的老人，他们就是我主要的询问对象。

一问，一个老人立即回答说："有啊，你说的是何评书嘛。他早些年就是说书的。早三十年，全保山城，恐怕没人不知道何评书。"

"那他现在哪里？"

"现在？骨头都能敲鼓了。好几年前就死了。"

"他儿女呢？"

"他没结过婚，哪来儿女哟。"

另一个老人插话说："他是没有儿女，倒是有一个远房侄儿。"

"他侄儿在哪里？"

"在西门外长岗岭，开农家乐。"

那天，我和这几个老人聊了足有两个时辰。我知道了何评书叫何家顺，他自称是杨慎的后人。当年，杨慎充军永昌时，曾和一个少数民族女子有过一段感情，那女子后来生下一个男婴，也就是何家顺他们这一支的先祖。至于那个女子是不是郑先生推测的僰人，其实无法考证。但总之不是汉人。

何家顺在三十年前不再说书，因为没有听众。"他关在屋里，听说在写滇剧呢。"一个老人说，"他说他的滇剧就是写他的远祖杨状元的。前几年，他说滇剧写好了，到处找人来演滇剧，可哪里有人理睬他？那滇剧还不是和他的评书一样，早就跟不上时代了。"

另一个老人补充说："早先，保山也还有个滇剧团。不过，早就垮了，我就是剧团头拉胡琴的。我给他说，昆明还有个滇剧团，你要是不甘心，你就拿起剧本去碰个运气。结果，他当真坐车去昆明，找了滇剧团，滇剧团对他的剧本没兴趣，他碰了一鼻子的灰，回来后越想越气，阴着脸喝酒，有天晚上喝醉了，出门上厕所滑倒在小便池旁边，第二天才被邻居发现，早就死得硬了。"

保山西门外，苍山如海，大风吹时，林子像波涛汹涌的海洋。林表下，奔跑着鸟兽，也隔三岔五地点了些房屋，蛛网般的灰白道路悄悄延伸。

在当地人指点下，我找到了何先生的侄子开的农家乐。

何先生的侄子是个胖子，他听说我从成都来，立即放下手中正在切肉的菜刀，胡乱洗了把手，把我引进里屋。

我报了名字，何先生的侄儿说："我排行老大，你叫我何大就行。我知道你，你是个作家。"

我有点意外。

"我大伯给我讲过。他晚年一直收集杨慎的资料，给不少关注杨慎的人写过信。不过，你应该是他写信的最后一个人了。"

"为什么？"

"不久之后他就摔倒去世了。"

何大说着，从衣柜的顶上取下一个铁皮罐子，像是从前用来装饼干的那种，只是上面的字迹已经磨得看不清了。他说："这是我大伯留下来的。"取出来，里面是几张写满了字的纸。

"是他写的杨慎的滇剧吗？"

"不是。你大概已经听说了，我大伯死于意外。更意外的是，他发生意外前几天，就好像知道要发生意外似的。他从昆明回来，心情很糟糕。他这一辈子，其实过得都糟糕。他五几年就上过师范，算是保山少有的知识分子，可他父亲，也就是我二爷爷，新中国成立前是保山有名的艺人，除了说评书，还会演滇剧。他从说评书开始，发展成一家滇剧团的老板，之后划成分，自然就高。大伯就受了影响，虽然有文化，总是不受重用。先是分配到长岗岭山头教小学，一个学校才七个娃娃，还要分三个年级。反右时，他说了些不合适的话，被打成现行反革命，押到腾冲那边关了好几年。回来后也没了工作，只好到长岗岭挖草药。八几年平了反，安排他到城里小学教书，可他说他的知识早就不适合现在的教育了，放着老师不当，偏要去当校工，天天给娃娃些煮饭，扫地，一个人就住在校门口的传达室里。他们学校的校长，是个地道的王八蛋，在办公室调戏刚分来的一个女娃娃，恰好我大伯看见了，把校长打得鼻血长流。校长怀恨在心，诬告大伯调戏女学生。查来查去没查出个名堂，大伯一气之下辞职不干了。为了糊口,他只好到处说评书。就这样流浪了十几年。

"大伯写了那个滇剧,到昆明找人演,没人理他。他回来后情绪很低落。有天他突然打电话把我喊过去,我进屋时,发现他正在烧东西,是一些写满了字的稿纸。我问他烧的啥子,他说烧的这十几年的心血。那肯定就是他写的剧本了。

"烧了这些,他把这个铁皮罐子给我。他说:'老大,你给我保存吧。以后,你把它送给有缘人。'我问他:'谁是有缘人?'大伯呆了半天,说:'我死了,哪天有人来找我,哪个就是有缘人。'聂老师,我大伯死了这几年,从来没人找过他,甚至连提都没人提过他,你大老远从四川来,你一定就是我大伯说的有缘人了。这个铁皮罐子和里面的东西,我就交给你了。"

何大像是要交出什么烫手的东西一样,急不可待地把铁皮罐子推给我。

我带着铁皮罐子离开了长岗岭回到保山的宾馆。打开罐子,就是何大曾经展示过的那卷手稿。工工整整的钢笔字,一看就像当过老师的老派知识分子写的,这当然就是何先生的手笔了。手稿原来是评书底本,评书内容,讲的就是杨慎。我把它完完全全地抄录下来,便是你们在前面第二章里看到过的了。

我再看那只罐子时,发现它有几分说不出的古怪。于是一再研究,竟发现它还有个夹层。我小心地弄开夹层,从里面掉出一个巴掌大的东西。

是一块木头,由于年代久远,木头颜色又深又暗。我仔细看那块木头,木头原来雕的是一条鱼。一条木头的鲤鱼,宽阔的身子,以及像是微笑的表情。我捧着那只木鱼,它就像要在空气中慢慢游动。

5

我带着那只铁皮罐子回到四川老家县城,去湖边山腰的无为居找郑先生。那天运气好,只遇到两拨拜访者,且都被郑夫人打发走了。郑先生便有难得的闲暇和我在书房里坐下来,一边喝茶一边聊天。

我把去保山的事情一五一十告诉了他,并拿出铁罐里的手稿和木鱼。郑先生很激动,他说,他如今的成就和名气,早就超过了他当年的理想。但追根溯源，还得感谢杨升庵。"要不是当年写了关于他的论文，北京的贵人如何知道我一个小县城的小角色？更不可能知道我会写字，把我调到北京。"

末了，郑先生摇头，面露歉疚："云南我去过好几次，保山也路过了两回，都说要去拜访何先生，可最终却没成行。那时发愿要写杨升庵的传记，这么多年来，总是想着来日方长，谁知一转眼工夫，就八十四了。七十三，八十四，唉，不说也罢。"

我告诉郑先生，我正在写一部杨慎的小说。郑先生很高兴，拉着我的手说："好，很好。我们是三十年的老朋友，你也算替我还了一个愿。"

我问他从前何先生寄给你的那张杨升庵的像还在吗？我想把它印在书的扉页。郑先生高喊比他小二十多岁的郑夫人。一会儿，郑夫人就拿着那张已经发黄的杨慎画像出来了。

那天郑先生兴致很高，一定要留我吃午饭。他说无为居下面不到一百米，新开了一家私房菜，烧得一手好牛肉，又烂又入味，堪称县城第一美味。恭敬不如从命，我就跟在他身后出了门。出门时，杨慎画像和木鱼、评书手稿一起放在书房桌子上。准备饭后接着聊。

牛肉果然好吃，土豆烧的，萝卜烧的，都有。郑先生年过八旬，牙齿尚好，饭量也不错，只是已不能饮酒。一行三人正吃得欢喜，老板突然闯进来，大声说："郑先生，不好了，你家着火了。"

我们几步窜出饭店，抬头看山上，原本隐在半山腰松竹丛中的无为居，果然腾起了浓烈的烟雾。烟雾里，猩红的火苗四处乱窜。郑先生和夫人吓得面如土色，郑先生手里的拐棍一下又一下地敲在地上："快啊快救火啊。"

消防车很快开到山上，一群消防战士冲上山去。烟雾小了，火熄了，我扶着郑先生，朝散发出焦味的无为居走去。

还好，大火只烧塌了端头那间屋子。不妙的是，那间屋子就是我们刚才喝茶的书房。书架仆倒在地，像某种史前动物巨大的骨骸。原本放在书案上的杨慎画像和评书手稿，早就荡然无存，显是烧成了灰。只剩下那只木鱼，烤得焦煳。

我和郑先生面面相觑，苦笑不已。

听说无为居发生火灾，县上的一个领导立即带了一帮人赶来。其时，我和郑先生已移到无为居另一侧的花园喝茶。郑夫人带了几个工人，正在打扫发生火灾的书房。县领导一番安慰，郑先生但唯颔之。过了半晌，县领导终于又说，某某领导想求郑先生一幅画。郑先生听了，全无反应。县领导又说了一遍。郑先生依然不接腔，看着面前一盆开得正艳的菊花发呆。县领导脸上有几分不好看，我只好小心对郑先生说："郑先生……"

郑先生打断了我，习惯性地摸着下巴的花白胡须，轻声说："自古蜀中多才人，远的司马扬雄，李白三苏不说，单说你正在写的杨升庵，平生著述丰富，据史载，多达三百余种。几百年来虽有散佚，如果收拢来，至少还有两百多种，上千万字是有的吧？我听说省上新近评了十大历史名人，杨升庵在其列，出版社正在搜罗他的各种著作打算刊印，这也是一件泽及后人的大好事。前人说明人著述之富，推升庵第一，堪称大明文宗。但如今的人，哪怕是号称文化人，大概也只知道唱几句滚滚长江东逝水了，而且还是拜电视剧之所赐。方县长，你说是不？"

方县长就是求画的那位领导，他在县上分管工商财贸，不要说不知道杨升庵，恐怕就连滚滚长江东逝水也背不完整。果然，他咽了泡口水，没吭声。郑先生当然也不需要他吭声，自顾继续说："学问也好，才华也罢，这些都还其次。古来文人自诩有傲骨，可真具傲骨的，又见过几个？少陵说太白'天子呼来不上船'，不过是朋友间的装点之语，只一个韩荆州，就让太白放低了身段。反观杨升庵，身出诗酒簪缨之家，又高中状元，如果他知趣一点，识相一点，前途岂在他父亲之下？可他偏不识相，偏不知趣，偏要逆龙鳞。我们现在看大礼议，简直莫名其妙，可在当时，却是是可忍，敦不可忍的大是大非，杨升庵才舍弃了锦绣前程挺身而出。放在今天，有几个人做得到？作平老弟你做不到吧？当然喽，我郑某也做不到。"

郑先生说到这里，沉吟着端起茶杯呷了一口，闭上眼睛。方县长想插话，我急忙向他摆手。按我对郑先生的了解，他的话还没说完。

果然。

郑先生睁开眼，又说："这些年，我郑某因缘际会，也算混出了点小名堂，可与人家杨升庵比，我给人家提鞋都不配。"

方县长终于奋不顾身地插上了话："郑老你太谦虚了，你是我们县的宝贝，是全国知名的书画家啊。"

郑先生不理他，甚至也不看他："我刚才想，那张杨升庵的画像被火烧了，难道是老天要让我来画一幅？那我就献丑，为状元公画一幅吧。你知道的，多年前，我一直想写他的传记，这心愿这辈子没法兑现了，那就画一幅画吧。还有，这幅画以后，我此生再也不作画了。"

方县长嘴巴张得大大的，想说什么，终于什么也没说，悄悄地带着几个手下去了。

书房已付之一炬，幸好客厅里还有张长案，我为郑先生取来笔墨纸砚，他站在案前，略一沉思，挥动长毫。

半个时辰后，郑先生完成了他一生中的最后一幅作品。一个清瘦的中年男人，斜靠在一株古松下，面容沉静，若有所思地看着远方。远方，乱山横叠，夕阳如卵。旁边有行草的大段题款，细读，道是：

状元耶？罪臣耶？诗人耶？一身而兼三，天下之大奇也。吾思昔年升庵以五尺之躯而抗九五之命，匹夫不可夺志也。窜贬滇南，人皆谓纵不身死殊域，亦当泯然众人。然则豆火村醪，枯墨残篇，竟成书籍百卷，文章曲赋，方志音韵，莫不涉及。论其志，终明罕有抗手；论其才，当为大明文宗。郑某衰年，沐手敬绘，题曰《青山夕阳》。时八十有四。

半年后，郑先生在县城去世，下葬于县上给他修建的陈列馆后面。他夫人自是回了北京。无为居那几间草房，几场丰盈的雨水后，一天夜里，轰然倒塌。有关部门把废墟清理出来，种了些花草，无为居便无影无踪了。

那只烧焦的木鱼，我把它摆放在书桌上，偶尔端详它两眼。我知道，它一定见证了许多我不知道的秘密。这秘密，和杨状元有关，和四百多年前那些已化作泥土和腐殖质的古人有关。只是，我永远也无从知道了。

一代人有一代人的秘密。一代人也会带走一代人的秘密。人世无常，唯秘密永恒。

2018.5.3—2019.1.8 一稿于成都
2019.2.9 修改于平乐